Título original: *The Midwife of Auschwitz*

© 2022, Anna Stuart
© 2023, de la traducción por Miguel Alpuente Civera y Guillem Gómez Sese
© 2024, de esta edición por Antonio Vallardi Editore S.u.r.l., Milán

Todos los derechos reservados

Primera edición en esta colección: junio de 2024
Undécima edición en esta colección: abril de 2026

Newton Compton Editores es un sello de Antonio Vallardi Editore S.u.r.l.
Pl. Urquinaona, 11, 3.º 1.ª izq. Barcelona, 08010 (España)
www.newtoncomptoneditores.com

Gruppo editoriale Mauri Spagnol S.p.A.
www.maurispagnol.it

ISBN: 978-84-10080-42-3
Código IBIC: FA
DL: B 4.873-2024

Diseño de interiores:
David Pablo

Composición:
Grafime S. L.

Impreso en abril de 2026 en Puntoweb s.r.l., Ariccia (Roma), en Italia.

Anna Stuart

La enfermera
de Auschwitz

Traducción de Miguel Alpuente
y Guillem Gómez

Newton Compton Editores

Barcelona, 2025

Dedicado a la memoria
de Stanisława Leszczyńska y a la de todos aquellos que,
como ella, contribuyeron con su labor a mantener la esperanza
en los días más negros del Holocausto.

PRÓLOGO

ABRIL 1946

Hay cunas por todos lados. Llenan la resonante sala de suelo de madera y desde cada una de ellas un niño mira, todo ojos. No hay esperanza, los pequeños no tienen edad suficiente para eso, pero sí una especie de nostalgia que me llega a lo más hondo y que me toca no el corazón, sino en un lugar más profundo, en la misma matriz. Ha pasado mucho tiempo desde que llevé a un niño en mi interior, pero quizá la sensación nunca desaparece del todo. Quizá cada niño que alumbré me ha dejado una pequeña parte de sí mismo, un pedacito de cordón umbilical que hace que mi corazón se derrita en cuanto tengo delante los ojos bien abiertos de un bebé. Y quizá cada niño al que he ayudado a venir a este mundo durante mis veintisiete años de comadrona me ha afectado de esa misma forma.

Entro en la habitación y avanzo unos pocos pasos. Las cunas son toscas y viejas, pero están limpias y con las sábanas en perfecto orden. En una de ellas, un bebé está llorando y se oye la voz de una mujer cantando una nana, suave y consoladora. El llanto se entrecorta hasta detenerse y entonces queda tan solo la canción. Como todo lo demás en esta gran sala, no tiene brillo ni elegancia, pero suena llena de amor. Sonrío y ruego por que sea este el lugar que estamos buscando.

—¿Preparada?

Me vuelvo hacia la joven que espera indecisa en la puerta, aferrada a la madera enjalbegada del marco, los ojos tan grandes como los de los huérfanos del interior.

—No estoy segura.

La cojo de la mano.

—Ha sido una pregunta absurda. Nunca te sentirás preparada, pero estás aquí y eso ya es bastante.

—¿Y si no es…?

—Entonces seguiremos buscando. Vamos.

Tiro de ella al tiempo que una cordial enfermera se abre camino entre las cunas, deshecha en sonrisas.

—Lo han conseguido. Cuánto me alegro. Espero que el viaje no les haya resultado demasiado pesado.

No puedo evitar reírme con acritud. El trayecto de esta mañana ha sido fácil, pero los años que lo precedieron fueron un laberinto lleno de sufrimiento y dolor. Nadie debería tener que recorrer el camino sucio y oscuro que nos ha traído a este destartalado lugar de tenue esperanza. Nos ha debilitado a ambas y no estoy segura, pese a lo que haya podido decir antes, de cuánto tiempo más podremos continuar este viaje.

La enfermera parece comprender. Me pone una mano en el brazo y asiente con la cabeza.

—Los años malos ya han terminado.

—Espero que tenga razón.

—Todos hemos perdido demasiado.

Miro a mi querida amiga, que se ha adelantado atraída por la cuna más cercana a la ventana. En ella hay una niña sentada, sus rubios mechones ensortijados alrededor de una carita seria iluminada por el sol que entra de fuera. Al ver que alguien se le acerca, se pone de pie con piernas algo tambaleantes pero decididas. Mi joven amiga cruza los últimos metros con rapidez y pone una mano en la barrera de la cuna. La niña alarga la suya y la escena me parte el corazón; ha habido demasiadas barreras, demasiadas alambradas, demasiada segregación y división.

—¿Es ella? —pregunto sin aliento.

—Tiene una marca parecida al tatuaje que describió —dice la enfermera encogiendo nerviosamente los hombros.

Parecida… No es suficiente. Se me encoge el corazón y de pronto soy yo la que no se siente preparada, de repente quiero que el camino sucio y oscuro prosiga serpenteante, porque mientras haya viaje habrá esperanza.

¡Detente!, tengo ganas de gritar, pero la palabra queda ahogada en mi garganta, porque la joven ya se ha inclinado hacia la cuna y tiene a la niña en brazos, y el anhelo que se lee en su rostro es más grande que todos estos pobres huérfanos juntos. Es hora de saber la verdad. Es hora de averiguar si nuestros corazones pueden curarse.

PRIMERA PARTE
ŁÓDŹ

UNO

1 DE SEPTIEMBRE DE 1939

ESTER

Cuando las campanas de la catedral de San Estanislao dieron las doce, Ester Abrams se sentó agradecida en las escaleras de entrada y volvió la cara hacia el sol. Los suaves rayos le calentaban la piel, pero los zarcillos que el otoño había hecho crecer entre las piedras le daban frío en las piernas. Por un momento, pensó en quitarse el abrigo para sentarse encima, pero era nuevo y de un atrevido azul pálido que según su hermana realzaba el color de sus ojos, así que no quería arriesgarse a mancharlo.

Ester se sonrojó. Sin duda había sido una insensatez comprarlo, pero es que Filip iba siempre tan bien vestido... No de forma ostentosamente cara, pues un aprendiz de sastre no tenía mucho más dinero que una aprendiza de enfermera, sino con esmero y dignidad. Ese había sido uno de los primeros detalles que habían llamado su atención aquel último día de abril en que, por primera vez, él se había sentado en el otro extremo de los peldaños y ella había sentido que se colmaba cada célula de su cuerpo, como las flores que estallaban de vida en el cerezo cercano. Por supuesto, enseguida había vuelto a bajar la cabeza y a fijar con decisión la vista en sus *pierogi*, pero se había comido los paquetitos de pasta sin probar bocado del mejor relleno de setas y chucrut de su madre.

No se había atrevido a volver a mirarlo hasta que, por fin, él se había levantado para irse y entonces ella había aventurado una mirada fugaz. Podía verlo ahora en su imaginación, el cuerpo alto y delgado, casi desgarbado, si no fuera por la determinación con la que caminaba; la chaqueta de tela basta, pero cortada con estilo; la kipá bordada minuciosamente cubriéndole la coronilla.

Se había deleitado la vista con su figura hasta que, de repente, él se había girado y sus ojos habían mirado fijamente a los de ella, y entonces había sentido que no solo su cara, sino todo su cuerpo se ruborizaba con lo que debería haber sido vergüenza pero en su interior sentía más bien… alegría.

Al día siguiente, ella había llegado pronto, nerviosa por la expectación. Pero habían dado las doce y allí no había aparecido ningún joven, solo un anciano con un sombrero demasiado bajo que subía los peldaños tambaleándose, apoyado en un bastón. Ester había corrido a ayudarlo, en parte porque era lo que su madre habría esperado de ella y en parte porque tenía la esperanza de que, cuando volviera a salir, el joven ya estuviera allí sentado. Pero no estaba, así que se había lanzado escaleras abajo, arrancando airadamente trocitos de su *bajgiel* como si el pobre bollo tuviera la culpa, y luego había tardado media comida en darse cuenta de que él estaba en el mismo sitio del día anterior. Había estado comiendo tranquilamente mientras leía absorto el periódico, aunque lo cierto era que, cada vez que ella lo miraba, más que leerlo parecía estar atravesándolo con la mirada.

Durante seis largos días, habían comido cada uno a un lado de las escaleras mientras debajo de ellos las gentes de Łódź circulaban afanosamente y se abrían paso y reían por la calle Piotrkowska. Ester se había pasado cada día ensayando sin parar frases en su cabeza, frases que luego se embrollaban en un angustioso nudo cuando intentaba hacerlas salir por la boca. Al final, una mujer había pasado entre ellos y proferido una exclamación de desagrado. No supieron qué podría haberla molestado, porque cuando ambos levantaron la cabeza la mujer ya había entrado en la iglesia y ellos se encontraron mirándose de frente el uno al otro.

Entonces, todas aquellas frases ingeniosas que Ester tenía preparadas habían empezado a girar en su cabeza, empecinadas en no salir, hasta que por fin él había dicho alguna completa estupidez sobre el tiempo y ella había contestado con otra estupidez aún mayor, tras lo cual se habían sonreído como si hubieran mantenido el más inteligente de los debates, lo que hacía sospechar que quizá tampoco fueran aquellas frases las que él había pensado decir. Una vez pronunciadas las primeras palabras, otras siguieron con mayor fluidez y pronto estuvieron, bueno, no exactamente conversando, porque ninguno de ellos era de los que malgastaban las palabras, pero sí compartiendo hechos modestos y sencillos sobre sus vidas.

—Me gusta tu kipá —consiguió decir ella—. Tiene una orilla muy bonita.

Él se la había tocado entonces, cohibido.

—Gracias. La bordé yo mismo.

—¡¿De verdad?!

Y ahí él se había ruborizado y ella se había dado cuenta de que, aunque su cabello fuera oscuro, él tenía los ojos tan azules como los suyos.

—Me estoy preparando para sastre. Casi todo son chaquetas y pantalones y camisas, pero me gusta esto… —había dicho tirando del borde de la gorra—. Mi padre lo llama los «detallitos fastidiosos». A él no le parece bien. Piensa que bordar es de mujeres.

—Pues viendo lo bien que lo haces está claro que no tiene razón.

Sus palabras lo habían hecho reír, brevemente pero con ganas.

—Gracias. Creo que la ropa debe expresar algo de ti mismo.

Ester se alisó el abrigo azul pálido, recordando aquel comentario y cuánto la había sorprendido. A ella le habían inculcado que la ropa debía estar pulcra y limpia y ser discreta, y nunca se le había ocurrido que pudiera expresar nada más que un adecuado cumplimiento de las labores del hogar.

—Cuéntame más —lo había animado, y él lo había hecho, mostrándose cada vez más abierto a medida que hablaba, hasta el punto de que ella con gusto se habría quedado allí sentada toda la tarde, de no ser porque tan solo tenía media hora para comer y la supervisora era un ogro. Si te atrasabas un solo minuto, ya te tocaba ocuparte de las cuñas durante toda la tarde, y, por mucho que le hubiera valido la pena quedarse con el joven sastre, sus padres habían sacrificado demasiado para pagarle su formación de enfermera y ella debía corresponder como era debido. Le había costado mucho irse de allí y, además, con la poca atención que luego había puesto en su trabajo de la tarde, tampoco habría pasado nada si se hubiera tenido que ocupar de las cuñas. En cualquier caso, él había vuelto al día siguiente y al otro, y ella había llegado a apreciar esas medias horas de la comida como si fueran las más espléndidas joyas de las minas de Rusia. Así que ¿dónde estaba él hoy?

Miró nerviosa a lo largo de la calle Piotrkowska. Tal vez el trabajo lo hubiera retenido, o a lo mejor había ocurrido algún tipo de incidente. El ambiente parecía extrañamente agitado esa mañana, la gente más animada de lo habitual, las tiendas más llenas. Todo el mundo parecía llevar bolsas atiborradas de comestibles, como si tuvieran miedo de que se agotaran misteriosamente. Los vendedores de periódicos voceaban con más fuerza que nunca, pero durante los últimos meses Ester había oído tantas veces el desagradable revoltijo de palabras —nazis, Hitler, invasión, bombas— que ahora ya no le prestaba demasiada atención. Era un hermoso día de otoño, aunque el peldaño en que se sentaba estuviera bastante frío, y seguro que nadie haría nada demasiado terrible con un cielo tan azul.

Ahí estaba por fin, zigzagueando entre el gentío que se agolpaba frente a la carnicería, avanzando con facilidad entre la multitud. Ella se levantó a medias y luego se obligó a sentarse de nuevo. Llevaban tres meses viéndose de esta manera, tomando sus respectivas comidas cada vez más cerca en los peldaños de la catedral de San Estanislao, y mientras tanto las flores del cerezo se habían convertido en fruto y las hojas habían ido oscureciéndose hasta adquirir un tono herrumbroso en los bordes.

Habían hablado y ganado en confianza con cada nueva información compartida. Ella sabía su nombre: Filip Pasternak. Por supuesto, lo había unido al suyo propio para ver cómo quedaba —Ester Pasternak—, aunque cuando su hermana pequeña Leah había hecho lo mismo ella le había espetado que no fuera ridícula. Él estaba de aprendiz en el respetado taller de sastrería de su padre, no recibía ningún trato especial y se alegraba de que así fuera (aunque Ester no sabía si eso era del todo cierto), y todavía no estaba previsto que se casara, porque tenía «trabajo que hacer».

La conversación había llegado a un punto muerto con esa revelación. Ester había conseguido decir que parecía tener mucho talento que aportar al negocio y Filip, al oírlo, había sonreído agradecido y dicho, con un tono desacostumbradamente áspero, que «los padres no siempre tienen razón en todo». Entonces, ambos habían mirado a su alrededor con aire culpable, no fuera a ser que alguien hubiera oído semejante blasfemia, y el reloj había dado oportunamente la media y provocado que se levantaran de golpe. Ester había tenido que encargarse de las cuñas esa tarde, pero la tarea apenas le había pesado, con el tropel de pensamientos desbocados que se agolpaban en su cabeza.

Estaba segura de que sus padres la considerarían demasiado joven para casarse, o como mínimo demasiado implicada en su formación de enfermera, y, para ser justos con ellos, debía admitir que se había pasado los últimos dos años diciendo que los hombres no le interesaban en absoluto ni probablemente le interesarían nunca. Su madre siempre había reaccionado con una sonrisa resabida que en aquel entonces a ella la había molestado, pero que ahora le infundía un cierto consuelo. No es que se hubiera hablado de matrimonio, ni siquiera de cenar juntos o de pasear por el parque, ni que hubiera otra cosa que la comida en la escalera de la catedral de San Estanislao. Ese pequeño e invariable ritual era como una burbuja que ninguno de ellos se atrevía a reventar por temor a que después no hubiera nada más.

—¡Ester!

Gritó su nombre por encima de la multitud. Se acercaba un tranvía y durante un instante terrible ella creyó que él iba a cruzar por delante; pero, a pesar de la expresión extrañamente enloquecida de sus ojos, se hizo atrás y el vehículo pasó retumbando durante unos segundos agónicos que a ella se le hicieron eternos. Y luego ahí estaba otra vez, brincando sobre las vías y llamándola de nuevo a gritos:

—¡Ester!

Ella se levantó.

—Filip. ¿Va todo bien?

—¡No! Es decir, sí. Yo estoy bien, pero el mundo no, Ester, Polonia no.

—¿Por qué? ¿Qué ha pasado?

—¿No te has enterado?

Ella arqueó una ceja con expresión interrogante y él se dio una palmada en la frente de un modo tan cómico que Ester casi se echó a reír, aunque se reprimió porque él parecía demasiado preocupado para tales frivolidades.

—Pues claro que no te has enterado, si no para qué ibas a preguntar. Perdona.

Filip estaba dos escalones por debajo de ella y por primera vez tenían los ojos al mismo nivel. Ella fijó los suyos en los de él, demasiado inquieta para sentir vergüenza.

—No hay nada que perdonar, Filip. ¿Qué ha pasado?

Él suspiró.

—Alemania nos ha invadido. Hay montones de soldados de la Wehrmacht cruzando nuestras fronteras. Ahora todos corremos peligro.

—¿Tendrás que ir a luchar?

—Quizá. Si hay tiempo. Pero se acercan rápido, Ester. Ya avanzan hacia Cracovia y Varsovia.

—¿Y Łódź?

—Quién sabe, pero todo indica que sí. Esta es una ciudad atractiva y con mucha industria. A los alemanes les gusta la industria.

—Pero no les gustan los judíos.

—No —convino Filip—. Dicen que algunos ya se están marchando, recogiendo su oro y dirigiéndose al este.

—¿Y tu familia?

Negó con la cabeza.

—Padre no dejaría su taller por nada del mundo. Y aunque lo hiciera…

Se interrumpió y miró a Ester a los ojos.

—¿Y aunque lo hiciera…? —lo animó ella.

Vio cómo levantaba la barbilla y su mirada se ensombrecía con una repentina determinación.

—Aunque lo hiciera, yo no iría con él. No sin ti.

—¿Sin mí? —susurró sin aliento; pero él ya estaba cogiéndole las manos y poniéndose de rodillas ante ella, con las largas piernas en precario equilibrio sobre los estrechos escalones.

—Ester Abrams, ¿quieres concederme el gran honor de convertirte en mi esposa?

Ester parpadeó, sorprendida. Por un momento, toda la calle Piotrkowska pareció detener su despavorido ajetreo y volverse hacia ellos. Dos señoras mayores que arrastraban una carretilla con bolsas de la compra se pararon a mirarlos. Ester le devolvió la mirada a una de ellas y la mujer le guiñó un ojo y, con un gesto de la cabeza, la incitó a volver su atención al apuesto joven que tenía a sus pies.

—Yo...

—Porque esto es la guerra, Ester; en cuanto lo oí, en cuanto me imaginé a los soldados y las armas y al enemigo que marchaba sobre nuestra ciudad, solo pude pensar ya en una cosa: que podrían privarme de ti. Y entonces pensé en lo absurdo que era que ya hubiera malgastado veintitrés horas y media de cada día de este verano por no estar contigo y ya no pude soportar malgastar media hora más. Así que, Ester, ¿lo harás?

—¿Casarme contigo?

—Sí.

—¡Sí!

La palabra salió en un estallido de su interior y de inmediato ya estaba tirando de él para que se levantara y Filip la estaba abrazando y los labios del uno tocaban los del otro, y su único pensamiento era que ella, también, había malgastado demasiado tiempo. El mundo empezó a girar a su alrededor por el júbilo de tener a Filip y un fuerte ruido resonó en sus oídos, como si Dios hubiera puesto a cantar a todos sus ángeles. Aunque, si lo había hecho, habría tenido que elegir mejores voces, porque lo que sonaba parecía más un lamento que un coro celestial, y solo

21

cuando por fin se hizo atrás se dio cuenta de que era la sirena de ataque aéreo que, con un sonido lleno de chisporroteos, emitían los viejos y oxidados altavoces dispuestos a lo largo de la calle.

—Rápido —dijo Filip tomándola de la mano y arrastrándola escaleras arriba hacia el interior de la catedral. Mientras tanto, sobre sus cabezas, dos aviones alemanes cruzaban oscuros y amenazadores el brillante azul del cielo, y Ester no tenía ni idea de si era el día más feliz de su vida o el peor de todos.

Era una pregunta que se haría una y otra vez durante los negros años que vendrían.

DOS

19 DE NOVIEMBRE DE 1939

ANA

Ana Kaminski tomó del brazo a su marido mientras primero Filip y luego una ruborizada Ester eran conducidos a la jupá por sus padres y quedaban uno frente al otro bajo el bonito dosel. Sonrió al ver a la pareja mirarse a los ojos, visiblemente emocionados por enlazar sus vidas, y sintió que su alma se apaciguaba. Gracias a Dios que había venido. Al recibir la invitación, había dudado. Quizá fuera porque, ahora que ya estaba en la mitad de la cincuentena, se había vuelto más nerviosa, pero el caso era que no sabía si a Dios le parecería bien lo de asistir a una ceremonia judía. Bartek, que era un cielo, se había reído de sus miedos.

—Pues claro que Dios quiere que vayas y veas a esa joven pareja celebrar el amor que se tienen. Demasiado odio se está arremolinando ya a nuestro alrededor para no aprovechar sin dudarlo una oportunidad como esta, sin importar en qué edificio se celebre.

Tenía razón y ella se había sentido avergonzada por haberse siquiera preocupado. Los judíos eran gente seria, amable y respetuosa, y a eso había que darle el valor que tenía, especialmente en un mundo en el que imponerse a los demás se estaba convirtiendo en norma. Habían vivido dos meses y medio abominables desde que los nazis, sin previo aviso, habían entrado en Polonia e impuesto sus rígidas normas e ideologías a su querido país. Sentía ganas de gritar su rabia a todos aquellos engreídos soldados que desfilaban por su ciudad, cambiando rótulos y señales y promulgando nuevas leyes sin mostrar el más mínimo respeto por la costumbre, la tradición o ni siquiera, según parecía, el sentido común o la decencia.

Jesús le había enseñado a ofrecer la otra mejilla, pero los nazis les habían abofeteado las dos nada más llegar, y se hacía difícil perdonar una ofensa cuando ya te estaban arrojando diez más. En momentos como este, ella se sentía más como una cristiana del Antiguo Testamento, sedienta de fuego y venganza, que del Nuevo Testamento, lo que tal vez resultaba irónico teniendo en cuenta dónde se encontraba ahora.

Paseó la mirada por la sinagoga y, en ese momento, el rabino comenzó un canto grave y místico cuyo eco devolvieron los muros pintados al fresco. Cuando habían llegado los invitados, el suelo centelleaba por la escarcha, pero ahora el sol brillaba en el cielo y los rayos que caían desde los altos ventanales se reflejaban en las columnas y el mobiliario dorados, de modo que todo el lugar parecía refulgir. No era, tenía que admitir, demasiado diferente a su querida catedral de San Estanislao, y se agarró al brazo de Bartek, agradecida de nuevo por que él hubiera insistido en venir. Aquel era el instante de mayor paz que había tenido en todo el otoño.

Observó con atención cómo la hermana pequeña de Ester, Leah, acompañaba a la novia en sus siete vueltas alrededor del novio, su dulce rostro con expresión solemne y la mirada fija en el suelo, no tanto por devoción como para asegurarse de no pisarle el dobladillo a su hermana. Ana recordaba esa sensación. Su propia boda con Bartek, pese a los veintitrés años transcurridos, se mantenía vívida en su mente. La habían celebrado en 1916, en medio de otra guerra, la Gran Guerra la llamaban, la guerra que iba a poner fin a todas las guerras, aunque no había sido así. Sin saber cómo, ahora estaban de nuevo allí y una vez más las arrogantes potencias que flanqueaban a la pobre Polonia estaban devastando sus pacíficas ciudades y pueblos. ¿Por qué no podían dejarlos en paz? Durante siglos, Rusia y Alemania habían considerado la patria de Ana como un territorio que podían repartirse, hasta que en 1918 Polonia había por fin recuperado su soberanía. Ahora, sus vecinos volvían a pisotearla y esta vez con tanques y artillería pesada.

Ana se estremeció, tratando de concentrarse en la gozosa ceremonia. Ahora Ester había vuelto a colocarse ante Filip y él le levantaba tiernamente el velo por detrás de la cabeza y lo llevaba hacia delante para cubrirle el rostro, simbolizando así que no solo estimaba su cuerpo, sino también su alma. Aquel instante era una bendición, un día de amor en medio del miedo y un recordatorio de que, con independencia de lo que las potencias de turno se estuvieran disputando, las gentes sobre las que tan desafortunadamente tenían autoridad tan solo querían continuar con sus vidas, casarse, tener hijos, formar una familia. ¿Existía algo más valioso que eso?

Instintivamente, la mano de Ana buscó la identificación profesional que siempre llevaba en el bolsillo del abrigo, en una cajita de dentífrico en polvo. Nunca se sabía cuándo podían llamarte y lo mejor era garantizar a las parturientas que sabías lo que estabas haciendo. Había sido comadrona en esta ciudad durante los últimos veinte años y en muchas ocasiones habían requerido sus servicios en medio de una cena, o cuando estaba bebiendo algo con los amigos, o incluso en el teatro. Ahora, cada vez que interrumpían una obra, ella se ponía en tensión esperando el inevitable anuncio: «Se ruega a la comadrona Kaminski que se presente en el vestíbulo». Bartek lanzaba entonces un suspiro, pero le daba un beso en la frente mientras ella recogía el abrigo y la pequeña bolsa de instrumental que siempre llevaba consigo y se adentraba en la noche.

Una pequeña parte de ella lamentaba perderse el final de la obra, pero en cuanto se enfrascaba en el parto, las trivialidades del drama previamente escrito quedaban barridas por la emoción del drama natural que se desarrollaba ante ella. Era un privilegio tener aquel trabajo. Cada vez que ayudaba a traer una nueva vida al mundo, su alma sentía como si estuviera presenciando de nuevo el nacimiento del Niño Jesús, y el cansancio que pudiera sentir se disipaba ante aquel gozoso milagro. ¿Qué poder tenían las pistolas y los tanques contra un renacimiento tan sencillo como aquel?

Ana observó a Ester y negó con la cabeza al pensar en cómo pasaba el tiempo. Esta joven encantadora había sido uno de los primeros bebés que ella había traído al mundo. Por entonces, acababa de salir de la escuela de comadronas de Varsovia y aún la asombraba que la dejaran ejercer sola. Cuando la llamaron al limpio y ordenado hogar de Ruth, al amanecer, la había recibido su marido, Mordecai, encorvado en el umbral, dando furiosas chupadas a su pipa. Al verla, se había enderezado de golpe y le había agarrado las manos.

—Gracias a Dios que está aquí. La necesita. Mi Ruth la necesita. Va a cuidarla bien, ¿verdad? ¿Hará que no le pase nada?

Balbuceaba como un niño y ella había sentido que todo el peso de su amor le caía encima. Toda la felicidad de Mordecai, aquel día, dependía de sus manos, pero esas manos, se recordó a sí misma, habían aprendido en la mejor escuela de comadronas de Polonia, de modo que, después de elevar una oración a Dios, se había apresurado a entrar en la casa.

Al final, no había resultado tan difícil cumplir los deseos de Mordecai, porque Ruth era joven y fuerte y contaba con la ayuda de una madre sensata que la había obligado a apretar los dientes y a empujar cuando Ana se lo había pedido. La pequeña Ester había nacido sin contratiempos cuando no había pasado ni una hora desde la llegada de Ana, y Mordecai había entrado corriendo y deshaciéndose en halagos hacia ella. Ana le había asegurado que todo el trabajo lo había hecho su mujer, y luego se había hecho atrás mientras él tomaba la cara de Ruth entre sus manos y la besaba con ternura antes de sostener al bebé como si fuera lo más precioso del mundo. Y ahora ese bebé era ya una mujer.

Ana escuchó con atención mientras Ester declaraba sus votos matrimoniales a Filip, con voz fuerte y clara. Qué joven pareja más maravillosa, los dos tímidos y serios en la dirección que habían decidido dar a sus vidas. En Ester veía algo de sí misma. La joven demostraba una pasión evidente por la profesión de enfermera y Ana esperaba que pudiera, como ella misma había hecho, continuar con su vocación mientras formaba una familia. Volvió los ojos hacia Filip, alto y orgulloso mientras ofrecía también sus juramentos a la novia. Lo único bueno de que los hubieran invadido, suponía, era que los jóvenes todavía no habían sido requeridos para luchar, así que Filip podía estar ahora allí con su padrino, Tomaz, a su lado. Quién sabía si el insaciable Reich decidiría llamarlos a filas; pero seguramente ni siquiera Hitler estaría tan loco como para pedir a sus enemigos que lucharan por su causa, de modo que quizá Ester pudiera mantener a su novio en casa.

Tampoco es que el pobre pudiera trabajar. Al área de Łódź se le había concedido el «honor» de formar parte del Reich y hacía dos semanas que el comandante alemán había prohibido que los judíos trabajaran en los sectores textil y del cuero, una ley que de un plumazo había dejado sin ocupación a casi el cincuenta por ciento de la comunidad de Łódź. El aprendizaje de Filip había finalizado en el acto y a su padre lo habían obligado a ceder su querido taller a un enorme alemán de dedos gordos y ningún talento.

La ciudad iría peor vestida por culpa de esa medida insensata y, mientras tanto, los cerdos que mandaban en Łódź habían emitido una orden de «trabajo obligatorio» para los pobres judíos y los sacaban de sus casas y lugares de trabajo para que demolieran monumentos polacos, barrieran las calles o cambiaran las señales y letreros. Precisamente, hacía poco que Ana había visto a dos hombres que lloraban sin rebozo mientras retiraban los rótulos de la histórica y monumental calle Piotrkowska para sustituirlos por relucientes placas en las que se leía *Adolf-Hitler-Strasse*. Los nazis estaban haciendo lo mismo en todas las calles de la ciudad, tachando los antiquísimos nombres para escribir encima las arrogantes denominaciones alemanas. Ningún buen polaco utilizaría esos nuevos nombres, pero allí estaban de todos modos, como un insulto.

Y además estaban los brazaletes. La orden había llegado hacía apenas unos días: todos los judíos debían llevar un brazalete amarillo de diez centímetros de ancho justo debajo de la axila, una ubicación pensada para causar la máxima incomodidad. Parecía que volvieran otra vez a la Edad Media. Eran muchos los líderes despóticos que habían impuesto emblemas distintivos a los pueblos judíos a lo largo de los siglos para «impedir mezclas accidentales», como si los seres humanos no hablaran entre sí ni conocieran a las familias de los otros ni compartieran sus historias; como si correspondiera al Estado decidir con quién debía cada individuo unirse en sagrado matrimonio.

Ana se había encontrado recientemente a Ruth y Leah en la calle, ambas muertas de preocupación por cómo eso afectaría a los vestidos que tan cuidadosamente habían elegido para la boda, ambas rogando para que la espantosa orden no se aplicara hasta después de la boda. Pero no: las SS, los más atroces y sádicos representantes de los alemanes, habían vigilado las calles durante toda la semana y apuntado sus armas a cualquier pobre judío que no llevara el distintivo amarillo, hasta llegar incluso a apretar el gatillo. El viejo Elijah Aarons, el mejor panadero de la ciudad, ya no haría más *kolaczki* ni *szarlotka*, esas deliciosas galletas y tartas para deleitar a sus incontables clientes, porque lo habían matado de un disparo en su propia tienda al insistir en que todavía no había encontrado suficiente tela amarilla para abarcar su más que estimable bíceps. Así que allí estaban, casi cada miembro de la congregación, salvo Ana y Bartek, con el trapo atado muy a su pesar. Incluso la pobre Ester tenía que llevar uno, aunque alguien muy listo —casi con toda seguridad Filip— había cosido brillantes franjas doradas alrededor de los dos brazos en desafiante obediencia a la norma, de modo que ella parecía más una reina que una paria.

La ceremonia se acercaba a su conclusión y Ana apartó de su mente cualquier pensamiento inquietante para volver al glorioso aquí y ahora, en el momento en que de nuevo le levantaban el velo a Ester y el rabino tomaba una copa y se la pasaba a uno y a otro para que bebieran. Cuando la hubieron vaciado, el rabino la metió en una bolsa de terciopelo, tiró con fuerza del cordel para cerrarla y la dejó en el suelo delante de Filip. El joven novio miró a Ester, quien lo alentó con su sonrisa y le cogió la mano. Los asistentes se acercaron para ver cómo Filip levantaba el talón y pisaba con fuerza la copa. Ana pudo oír el primer crac antes de que quedara ahogado en los jubilosos *Mazel tov* de felicitación y buenos deseos y, al sumarse ella también, supo que, con independencia de la lengua o el tipo de edificio, todas las culturas estaban unidas en las bendiciones para un matrimonio feliz.

Se volvió para besar a su propio esposo mientras todos conversaban alegremente a su alrededor, se abrazaban y se apelotonaban para alzar a la novia y al novio y llevarlos por toda la sinagoga. La fiesta se celebraría en el salón que había detrás del bonito edificio, pero parecía que ya hubiera comenzado mientras los ridículos brazaletes giraban y giraban, formando un aro dorado alrededor de la joven pareja. Ana vio a Ester reír a carcajadas cuando Tomaz separó su mano de la de Filip, la subió a ella a unos hombros ya preparados para recibir la carga y se acercó a Filip también para levantarlo. La pareja fue transportada por la sinagoga entre los vítores de todos, pero justo cuando los aplausos de los invitados se fusionaban en una cadencia eufórica, las puertas se abrieron de golpe y unos disparos resonaron por todo el edificio. La multitud quedó paralizada al ver irrumpir en el templo a los soldados de las SS, gritando en un alemán bronco: «*Raus, raus*». «¡Fuera!».

La risa de Ester se transformó en horror cuando se vio apuntada por las armas de las SS, aún subida a hombros de la multitud y convertida en el más fácil de los blancos, y eso hizo que Ana, instintivamente, se adelantara.

—Por favor —dijo en alemán—, esto es una boda.

El oficial la miró sorprendido. Ana había aprendido alemán de pequeña y lo hablaba con soltura. Le había sido muy útil a lo largo de los años, pues muchos de sus clientes habían sido alemanes reubicados en Polonia, pero jamás imaginó que tuviera que utilizarlo con soldados.

—¿Una boda?

El oficial levantó un arma para frenar a sus hombres al tiempo que miraba a su alrededor, lo que, por lo menos, sirvió para que los aterrorizados invitados tuvieran tiempo de bajar a Ester y a Filip y refugiarlos en la relativa seguridad de la multitud. El hombre lanzó una risa desagradable.

—¡Una boda judía! Eso, señora, es precisamente lo que hemos venido a impedir. No podemos tolerar que esta escoria se reproduzca. Ya hay demasiados. —Repasó a Ana de arriba abajo y reparó en que vestía un abrigo de calidad, sin la mancha del brazalete—. ¿Qué hace usted aquí?

—Celebrar el amor —contestó ella con atrevimiento.

La risa fue más tétrica esta vez, más amenazadora. Con el rabillo del ojo, Ana vio que el corpulento Tomaz vigilaba mientras Ruth y Mordecai sacaban furtivamente a los novios por la puerta trasera. Agradeció que hubieran podido huir, pero el resto de los presentes seguía corriendo peligro. Los padres de Filip, Benjamin y Sarah, intentaban calmar a todo el mundo, pero el pánico crecía.

—¿Necesitan ustedes alguna cosa, señor? —preguntó Ana, obligándose a ser cortés, aunque las palabras parecían rasgarle la garganta.

—¿Si necesitamos alguna cosa? Sí, señora. Necesitamos destruir este edificio blasfemo y a todos los judíos malnacidos que hay en él. ¡Eh, vosotros! Quietos ahí.

Había descubierto la entrada trasera mientras otros invitados trataban de escabullirse y, acercándose a grandes zancadas, agarró a la dama de honor de Ester y la hizo entrar de nuevo. Ana sintió que se le partía el alma. A sus catorce años, Leah le había parecido ya tan mayor al llegar detrás de su hermana, con su excepcional cabello rubio enroscado en un recogido alto y el discreto maquillaje que realzaba sus rasgos… Pero ahora su aspecto era el de una niña asustada, y con razón. Las armas parecían tan grandes vistas tan de cerca, tan terriblemente poderosas… Si las SS decidían darles rienda suelta en aquel espacio cerrado, no habría lugar en el que los distinguidos invitados de Ruth y Mordecai pudieran esconderse.

—Por favor —repitió—. Deje que se vayan. Hay personas mayores, niños.

—¡Niños *judíos*!

—Niños igual que los demás.

El oficial la miró con una mueca de odio en la cara.

—No son iguales —bramó—. Los judíos son una plaga en esta tierra y nuestro deber es erradicarlos.

Ana sintió como si le hubieran aspirado todo el aire de los pulmones. Había visto cómo obligaban a los judíos a rellenar charcos con arena, los había visto cerrar sus tiendas y esconderse en sus casas, pero hasta ese momento no se había dado cuenta de cuán profundo era el odio al que habían de enfrentarse. Esto ya no eran simplemente burlas y desprecio: era pura maldad. Trató de tomar aire mientras todo parecía dar vueltas ante sus ojos, y entonces notó el brazo de Bartek alrededor de la cintura, fuerte y decidido.

—Y nosotros les damos las gracias por ello —dijo su esposo con calma en un alemán no tan bueno como el de ella, pero suficientemente comprensible—. Pero ¿cuáles son sus órdenes para hoy?

Ana tuvo ganas de golpearlo en el pecho por su aparente complicidad, pero mientras luchaba por mantener la serenidad, observó que las brillantes botas del soldado se movían con cierto nerviosismo. Órdenes. Bartek tenía razón, eso era a lo único que respondían estos autómatas.

—Tenemos orden de volar todas las sinagogas de Łódź.

—Pero no a la gente.

—Todavía no —dijo escupiendo las palabras, pero Ana percibió un atisbo de duda en la voz y se aferró a Bartek cuando este habló de nuevo.

—Entonces, tal vez de momento podría dejarlos salir a la calle para que vean cómo su edificio sagrado se derrumba ante ellos.

—¡Eso es! —El oficial acogió con entusiasmo la propuesta—. Una humillación y una advertencia del poder del Reich. *¡Raus!* —gritó, y los soldados repitieron de inmediato—: *¡Raus, raus, raus!*

Leah encabezó la desbandada hacia las puertas, todos atropellándose en su afán por escapar antes de que el templo se hundiera sobre sus cabezas, como tantas veces había ocurrido a lo largo de la historia. Bartek, estrujado contra una columna, se llevó las manos a la cabeza, y ahora fue Ana la que tuvo que agarrarlo por la cintura y hacerlo salir junto con los demás.

—¿Qué he dicho? —gimió—. ¡Ha sido horrible, horrible!

—No ha sido horrible, ha sido atrevido y valiente y le ha salvado la vida a toda esta gente —le dijo Ana.

—De momento —replicó Bartek lúgubremente, y, mientras todos se abalanzaban hacia la calle Piotrkowska, o la Adolf-Hitler-Strasse, con la boda convertida ya en un caos, Ana supo que tenía razón. Los invasores habían tomado la ciudad y ahora iban a dividir a sus habitantes. Algún demente había decidido que la bebé que Ana trajera al mundo dieciocho años antes, desnuda e inocente, tenía menos valor que los otros bebés, y ahora se había propuesto eliminarla de la faz de la tierra junto con toda su estirpe. Esto no era solo una guerra, sino el fin de la civilización, y, mientras se dirigía a casa, toda la paz de la hermosa ceremonia nupcial quedó borrada del alma de Ana y fue sustituida por una aciaga premonición. Solo podía rezar para que Ester y Filip pasaran unos pocos días juntos y felices, porque iban a necesitar de toda su fortaleza en las semanas y los meses que se avecinaban.

TRES

ESTER

—¡Filip, ya estoy en casa!

Ah, cuánto le gustaba a Ester decir eso. Nunca se habría imaginado que el mero hecho de cruzar un umbral la haría sentir tan maravillosamente bien. Por más que el apartamento fuera pequeño y tuviera muebles toscos y las escaleras se hicieran interminables, era todo suyo y para ella valía tanto como el más lujoso de los palacios.

—La cena está casi lista —respondió Filip, y a ella le dio la risa tonta mientras colgaba el abrigo y entraba en la estrecha cocina, donde vio a Filip en los fogones con un mandil anudado a la cintura y el hermoso rostro encendido por el vapor de la cazuela.

—Qué bien huele —dijo ella ya entre sus brazos abiertos y dándole un beso.

—Es un *bigos*, o al menos trata de serlo. Mi madre me anotó la receta, pero no he encontrado casi ningún ingrediente en las tiendas. Debería llevar siete tipos diferentes de carne, pero solo hay dos y, la verdad, no sé si pueden considerarse carne en el verdadero sentido de la palabra.

Ester lo besó de nuevo y le limpió una mancha de salsa de la mejilla.

—Estará perfecto, Filip. Gracias.

Él sonrió agradecido.

—He tenido que hacer cola durante horas y cuando estaba a punto de tocarme siempre había alguien que me empujaba hacia atrás.

—¿Y no protestabas?

—¿Con las SS en cada rincón? No me los imagino viniendo a ayudarme.

Ester se estremeció. Todos los días de ese año 1940 había amigos o familiares que recibían golpes o patadas o palizas por parte de los nazis, que los trataban como a juguetes. No hacía mucho que una de las amigas de Ester, Maya, había aparecido en su puerta llorando y suplicando su ayuda. Durante toda la mañana, los nazis habían obligado a su anciano padre a cargar ladrillos con las manos desnudas hasta el otro lado de la calle, y luego le habían ordenado devolverlos a donde estaban. El hombre tenía los dedos destrozados, la espalda casi el doble de encorvada y las costillas llenas de morados por las patadas que le habían propinado cada vez que se caía.

Ester había tratado de lavarle y vendarle las heridas lo mejor posible, pero a la mañana siguiente las SS habían vuelto a aporrear la puerta del anciano y a ordenarle que pusiera sus «huesos holgazanes» a trabajar, con lo que de nuevo había comenzado la pesadilla. Su padre estaba ahora en el hospital y Maya juraba que se vengaría. Pero ¿qué podían hacer? Los nazis tenían las armas y, por tanto, el poder. El resto del mundo había entrado en guerra por Polonia, pero, aparentemente, lo único que la propia Polonia podía hacer era matarse a trabajar y rogar por que la rescataran. Muchos jóvenes habían huido al extranjero con la intención de alistarse en algún ejército y, aunque Ester lo entendía, se alegraba infinitamente de que Filip se hubiera quedado con ella.

—Es un poco el mundo al revés, ¿no? —dijo él ahora—. Tú te vas a trabajar y yo cuido de la casa.

—A mí me gusta —respondió Ester con una sonrisa—. El delantal te queda bien.

Filip hizo una graciosa media reverencia y ella volvió a reír y lo atrajo hacia sí para darle un beso más largo e intenso. Apenas podía creer que no hubiera pasado ni un año desde que este maravilloso joven se había sentado frente a ella en las escaleras, y que ahora estuvieran ya casados y vivieran juntos. Lo cierto es que ya no recordaba cómo era el mundo sin él y le parecía que nunca podría cansarse de estar entre sus brazos.

—¿Está listo? —preguntó Ester.

Él probó el sustancioso estofado, frunciendo el ceño con gesto de concentración.

—Creo que no le vendría mal otra media hora.

—¡Bien! —exclamó ella tomándolo de la mano para llevárselo al dormitorio.

—Señora Pasternak, ¿pretende seducirme?

—Sí —convino ella alegremente.

La vertiente física de su matrimonio no había tenido el mejor de los comienzos, después de verse obligados a salir a toda prisa de la sinagoga apenas iniciadas las celebraciones de la boda. La familia de Filip lo había organizado todo para que pudieran pasar unos días en una encantadora cabaña del bosque de Lagiewniki, pero estaban tan alterados que la primera noche no habían hecho más que acurrucarse juntos, con la mirada perdida en el fuego y deseando regresar con sus familias para asegurarse de que todos se encontraban bien.

Presas del cansancio y la incertidumbre, habían terminado por irse a la cama, pero después de dormir abrazados durante toda la noche se habían serenado y, a la mañana siguiente, con los primeros rayos del alba filtrándose entre los árboles, habían encontrado su camino hasta el otro. Después, Ester con gusto se hubiera quedado allí para siempre. Había descubierto que con Filip no tenía por qué ser tímida. Su confianza en él era tan absoluta que la timidez parecía fuera de lugar y, además, los dos habían llegado al matrimonio igualmente inocentes, así que este era un viaje que habían emprendido juntos y que, eso esperaba ella, aún habría de durar muchos años.

—¿A la cama, entonces? —preguntó Ester, arqueando una ceja.

Vio que los ojos de él se ensombrecían.

—Sí, por favor. Ah, pero antes tengo algo que decirte.

—¿No puede esperar? ¡Vaya! —Había tirado atrás las sábanas, lista para acostarse, pero se encontró con el colchón cubierto de ropa—. ¿Filip?

Él se apresuró a recoger todas las prendas y las arrebujó en un saco de arpillera.

—Arreglos. Todo el mundo está adelgazando tan deprisa que necesitan que les estrechen la ropa, y se ha corrido la voz de que yo estoy dispuesto a hacerlo. Pagan en efectivo, o con comida, lo que es aún mejor, pero…

—Pero hay que mantenerlo en secreto —terminó Ester, sintiendo escalofríos de solo pensar en lo que podría pasarles si había una redada. Trabajar con tejidos, incluso en tu propia habitación, estaba prohibido.

—Puedo dejar de hacerlo si quieres —dijo Filip estrechándola con fuerza contra su cuerpo.

Ester negó con la cabeza. Podían bromear sobre el mandil de su esposo, pero ella sabía que tener que quedarse en casa todo el día era duro para él, y este trabajo podía ayudarlo a mantener la cordura. Además, la gente lo necesitaba. El brazalete había sido sustituido por una estrella de David amarilla que debía coserse en el pecho y la espalda de todas las prendas. Con las cuentas corrientes de los judíos congeladas y la imposición de un límite para la retirada de efectivo, cada vez era más difícil ir bien vestido, pero nadie se resignaba a perder su dignidad ante las impecablemente uniformadas SS. Y, si sastres como Filip podían ayudarlos a obtener esa pequeña victoria, mejor que mejor.

—Solo estás cosiendo estrellas, ¿no? —preguntó Ester señalando al montón que había a un lado.

—Sí —contestó Filip.

Eso al menos estaba permitido, incluso algunos de los judíos más ricos habían encargado diseños más elegantes, haciendo de la desgracia moda, hasta que los alemanes habían puesto fin al asunto. Con todo, esa mezquina prohibición no había hecho sino proporcionarle a Filip más encargos, pues ahora había que volver a sustituir esas estrellas por las más bastas que prefería el enemigo, y si, de paso, él entraba alguna costura o bordaba un dobladillo o añadía un volante, ¿quién iba a enterarse?

—Entonces, ¿por qué van a quejarse los alemanes? Ya tienen a bastantes de nosotros para encima tener que quedarse también con nuestra ropa, ¿no?

Filip se agitó inquieto entre los brazos de Ester.

—De verdad, tengo algo que decirte.

Ella lo miró, sorprendida.

—¿No era lo de la ropa?

—No.

—Ah. ¿No puede esperar? —volvió a preguntar, pero empezaba a tener la incómoda sensación de que, fuera lo que fuera «eso» que él había de decirle, ya había echado a perder el momento—. Dime, ¿qué pasa?

—No, no, no. Puede esperar. Ven aquí.

Filip comenzó a desabotonarle el uniforme, pero le temblaban los dedos y ella lo detuvo con suavidad.

—Será mejor que me lo digas, Filip. Las penas compartidas...

—Siguen siendo penas —dijo él lúgubremente.

—Mientras estemos aquí, juntos, entonces...

—De eso se trata.

El corazón de Ester empezó a latir con fuerza.

—¿De qué? ¿Del apartamento? ¿Del casero?

—No, no es el casero. Es solo... Espera un momento.

Cruzó a toda prisa la cocina y volvió con el periódico *Lodscher Zeitung* arrugado entre las manos. Lo desplegó lentamente y se lo pasó a Ester. En primera plana, había un mapa de la ciudad, con un área sombreada alrededor del mercado de Bałuty bajo la cual se leía *Die Wohngebiet der Juden*.

—¿*Wohngebiet*? —preguntó a Filip.

—Área residencial —tradujo él, añadiendo con amargura—: Gueto.

Ella se desmoronó en la cama, solo a medias consciente de la presencia de Filip a su lado mientras trataba de entender las palabras alemanas. La orden, escrita en el estilo imperioso de los invasores, acusaba a los judíos de ser una «raza sin sentido de la limpieza» y declaraba que, en consecuencia, era una cuestión urgente de salud pública separarlos antes de que infectaran a las «buenas gentes» de la ciudad. Ester leyó las palabras una y otra vez, sin acabar de asimilarlas del todo.

—«Sin sentido de la limpieza» —pudo escupir por fin—. ¿Cómo se atreven?

Paseó una mirada de indignación por el apartamento: un poco viejo, incluso un poco desvencijado, pero impecablemente limpio.

—No es verdad, Ester —dijo Filip con suavidad.

—¡Ya lo sé! Eso hace que sea aún peor. ¿Cómo se les permite decir algo así de nosotros? ¿No existen leyes contra la difamación? ¿Por qué no hay nadie que los detenga?

Filip se mordió el labio.

—Son los conquistadores, amor mío. Eso significa que pueden hacer lo que quieran.

—¿También enviarnos a… a un gueto?

La palabra misma le resultaba desagradable: corta y punzante, como un insecto furioso.

—Eso parece.

—¿Cuándo?

Filip tragó saliva.

—Tenemos tres días.

Lo miró horrorizada. Se levantó, fue hasta la puerta del dormitorio y se quedó observando la cocina-comedor. Su abrigo estaba colgado en la percha del recibidor, donde ella lo había dejado al entrar brincando alegremente y ser recibida por el aroma del *bigos* y la gloriosa imagen de su marido con delantal. Tan pronto sentía ganas de aporrear a Filip en el pecho, por haber dejado que lo incitara a ir a la cama sabiendo lo que sabía, como deseaba que se lo hubiera ocultado hasta… ¿Hasta cuándo?

—¿Qué vamos a hacer, Filip?

Él se acercó y la enlazó con ambos brazos por la cintura, y Ester se recostó entonces contra él. Sintió el leve roce de sus labios cuando la besó en el cuello.

—Aferrarnos el uno al otro con todas nuestras fuerzas, amor mío. Me gusta este apartamento tanto como a ti, pero para mí el hogar está donde tú estés, y si los alemanes creen que van a quebrar nuestro espíritu por llevarnos de aquí para allá por nuestra propia ciudad, van a tener que pensar en algo mejor. Vamos a comer el *bigos*, luego nos metemos en la cama y mañana buscamos a nuestras familias y formamos un nuevo hogar, un hogar mejor que cualquier elegante palacio alemán, porque estará lleno de amor, no de odio.

Lo intentaron. Ambos lo intentaron con todas sus fuerzas, pero si el *bigos* hubiera sido serrín no se habrían enterado, y dormir resultaba imposible sabiendo que podría ser la última noche en su diminuto hogar conyugal, de modo que se sintieron aliviados cuando el alba se coló por la ventana, gris y húmeda. Los gritos que se oían ya en la calle hicieron que se acurrucaran el uno contra el otro, demorándose en sus últimos instantes de seguridad, pero entonces unos golpes en la puerta anunciaron la llegada de los padres y la hermana de Ester y no tuvieron otro remedio que levantarse y hacer frente a la pesadilla.

Todo el mundo corría presa del pánico. Al parecer, el gueto iba a ubicarse en la zona que circundaba el gran mercado de Bałuty, en el norte de la ciudad, donde ya vivían buena parte de los judíos, pero ni mucho menos todos, pues otros tantos lo hacían fuera de esa zona. Ahora, nadie parecía saber adónde irían.

—Hay una oficina de alojamiento en la calle Południowa —les dijo Tomaz que había ido a informarles a casa, pero cuando llegaron allí la multitud hacía cola en una cincuentena de filas.

—¿Qué pasará con la escuela? —preguntó Leah mirando ansiosa a su alrededor. A sus catorce años, era la única que consideraba aquello como una aventura.

—¿La escuela? —Se rio un alemán que pasaba por allí—. ¿Y de qué le sirve la escuela a la gente como tú? Solo para desaprovechar a los buenos profesores.

Leah posó las manos en las ya torneadas caderas.

—Para que lo sepa, soy la primera de mi clase.

—Ah, ¿sí? Te diré una cosa: ven aquí y te daré la clase de educación adecuada para las que son como tú.

Le dedicó un gesto lascivo y sus compañeros lo jalearon ruidosamente. Llena de rabia, Leah dio un paso hacia ellos, pero Ester tiró de ella y la hizo retroceder.

—Déjalos, Leah. No vale la pena.

—No pueden hablarnos de esa forma —replicó ella indignada.

Ester le sonrió con tristeza. ¿Qué podía decir? Leah debería tener razón, pero la espantosa verdad de la Łódź ocupada era que sus conquistadores podían hablarles como les diera la gana.

—Pongámonos en la cola.

Fue una espera larga y llena de miedo, hasta que por fin llegaron a la oficina de alojamiento. Los pupitres eran atendidos por empleados que parecían agotados, vigilados por Chaim Rumkowski, a quien los alemanes habían nombrado el mes anterior «decano de los judíos», el hombre, pues, al mando del Consejo Judío y que parecía destinado a dirigir el gueto. Tenía el cabello blanco y suave y una sonrisa alentadora, pero sus ojos de anciano demostraban una aguda vista cuando inspeccionaba las multitudes de «su» pueblo, y además lo escoltaban dos miembros de las SS. Ester se alegró cuando los enviaron a una mujer joven, justo la que atendía el pupitre más alejado de la silla de alto respaldo de Rumkowski.

—Necesitamos una casa pequeña para mi marido y para mí y otra para mis padres y mi hermana —dijo.

La mujer levantó la vista, empezó a reírse y casi de inmediato adoptó un gesto compungido.

—¿Se encuentra bien? —le preguntó Ester.

—Tan bien como se puede estar cuando se tienen que dar malas noticias a todo el mundo —dijo cansinamente—. Tendrán que compartir casa.

—¿Todos nosotros?

Suspiró.

—Todos ustedes y otros, además.

—¿Quiere que vivamos con desconocidos?

—Lo siento, pero el número de casas del gueto es la mitad que el de familias que hemos de alojar. Y en la mayoría de ellas todavía hay polacos viviendo.

—¿Y qué pasará con ellos?

—Serán reubicados, se establecerán en otro lado.

Lo dijo con absoluto convencimiento, pero Ester no pudo evitar pensar que la respuesta era inapropiada, porque toda aquella situación no tenía nada de «estable». Miró horrorizada a Filip. Venían de un apartamento minúsculo, pero al menos era todo para ellos. Ahora se esperaba que compartieran espacio como si fueran niños y que vivieran con desconocidos, ¡además!

—Mis padres —dijo Filip—. ¿Y si incluimos también a mis padres?

—Entonces, ¿serán ustedes siete? —preguntó la mujer, y ellos asintieron. Solo Dios sabía cómo iría todo, porque sus padres se habían visto solo unas pocas veces, pero la presencia de Ester y Filip los uniría—. Tengo un sitio aquí, en la Kreuzstrasse.

—¿Dónde?

La mujer se inclinó hacia delante.

—Antes era Krzyżowa —susurró, como si solo mencionar el nombre polaco fuera un crimen—. Tiene dos dormitorios.

—¿Dos?

—Y una buhardilla.

—Nos la quedamos —dijo Filip. Apretó con fuerza la mano de Ester y le susurró al oído—: Las buhardillas son muy románticas.

En ese momento, Ester lo amó más que nunca por su optimismo, pero, al recibir las llaves de una propiedad desconocida que deberían compartir con los padres de ambos, no pudo evitar pensar que, seguramente, no había oído nada menos romántico en su vida. Su adorado apartamento pasaría a manos de alguna pareja de intrusos alemanes, en tanto que ellos se veían obligados a trasladarse al gueto. Tenía el corazón roto y, mientras se abrían camino para salir de la oficina, se aferró con tanta fuerza a la mano de Filip que le dejó los nudillos de un blanco cadavérico.

CUATRO

ANA

¡Bang, bang, bang!

Ana salió a regañadientes del sueño y buscó a tientas el uniforme, que siempre estaba colgado y ya listo detrás de la puerta del dormitorio. Una rendija de luz se colaba a través de las cortinas, así que debía estar a punto de amanecer, pero ella estaba muy lejos de sentirse preparada para afrontar el día. ¿Por qué tantos niños se empeñaban en llegar en plena noche? Alguien le había dicho una vez que era la estrategia del cuerpo para asegurarse de que el bebé nacía antes de empezar las tareas diarias del hogar, lo cual tenía bastante sentido. En ocasiones, a pesar de su sincero amor por Dios, Ana deseaba que Él fuera mujer, porque seguro que entonces los embarazos estarían mejor organizados.

—¡Ya voy! —gritó al tiempo que volvían a llamar a la puerta.

Estaba claro que había alguna pobre madre necesitada de ayuda. Repasó mentalmente la lista de pacientes a las que les quedaba poco tiempo. No esperaba a nadie para esa semana, pero ya se sabía lo que pasaba con los bebés: siempre llegaban cuando ellos estaban listos, no cuando lo estabas tú. Tiró de las medias más gruesas que tenía, tratando de engancharlas al liguero y preguntándose si debería empezar a llevar pantalones, como hacían algunas de las comadronas más jóvenes. Parecía mucho más práctico, pero no acababa de verlos apropiados para ella. Se estaba haciendo mayor, ese era el problema, mayor y seria y lenta a la hora de salir de la cama de madrugada.

—¡Ya voy! —volvió a gritar.

Siempre avisaba a todo el mundo de que tardaría unos minutos en llegar a la puerta en plena noche, pero los aterrorizados padres casi nunca lo recordaban. Solo podían pensar en sus queridas esposas y en los niños que venían y, la verdad, así era como debía ser. Por fin estuvo lista y se encaminó a las escaleras. Bartek se rebulló en la cama y le lanzó un beso que ella devolvió del mismo modo, aunque los ojos de su marido ya se estaban cerrando de nuevo, hombre afortunado. Todavía le quedaban dos horas para ir a la imprenta en la que trabajaba de cajista, una opción profesional bastante más sensata. Aun así, Ana sentía un cosquilleo de emoción de solo pensar en la nueva vida que iba a traer al mundo, y eso no lo sentirías jamás ordenando letras en una caja.

Sonrió al mirar la puerta bien cerrada del cuarto de sus hijos. Bronislaw y Alekzander habían optado como ella por la carrera médica. Para Bron era ya el primer año ejerciendo como médico, mientras que Zander continuaba estudiando en la facultad de medicina. El más joven, Jakub, había pedido ser aprendiz con Bartek y ella sabía que su padre, aunque no lo dijera, estaba encantado de que uno de los tres siguiera sus pasos.

Examinó la foto de familia, orgullosamente colocada al pie de las escaleras. Ah, menudo alboroto se había armado el día en que se la hicieron, pero había valido la pena. Todos parecían un poco rígidos, quizá, un poco forzados, tan quietos y mirando tan fijamente a la cámara en lugar de correr de acá para allá, entre risas y bromas y peleas, pero en cualquier caso allí estaban, inmortalizados por los siglos de los siglos: su familia.

—¡Abra! —gritó una voz bronca desde el otro lado de la puerta, lo que la hizo vacilar.

No sonaba como un padre ansioso. De todas formas, Ana agarró el abrigo y la bolsa de instrumental y giró la llave. La puerta se abrió de golpe y hubo de retroceder a toda prisa mientras dos hombres irrumpían con ruidoso taconeo en el vestíbulo. Se le encogió el corazón al ver los uniformes de las SS, pero se recordó a sí misma que las mujeres alemanas también tenían bebés; de hecho, ella había ayudado a muchas a dar a luz, así que trató de recomponerse.

—¿Puedo ayudarles, caballeros?

Parecieron un poco descolocados al oír la pregunta.

—¿Dónde está su marido?

—En la cama.

—¿Y deja que conteste usted a la puerta por la noche? —Ambos se miraron al tiempo que soltaban una risotada—. ¡Polacos!

—Soy yo quien *decide* contestar cuando llaman por la noche, porque siempre es para mí. Soy comadrona.

Dieron un paso atrás y la miraron de arriba abajo, fijándose en el uniforme y la bolsa. El mayor de ellos le hizo una leve y graciosa reverencia.

—Mis disculpas, señora. Una noble profesión.

—Gracias.

El más joven miró a su compañero con curiosidad.

—Mi madre es comadrona —le espetó el mayor—. Atrás.

Ambos retrocedieron hacia la puerta, que seguía abierta y dejaba entrar el helado aire de febrero en el hogar de Ana.

—¿Qué puedo hacer por ustedes? —preguntó nerviosa Ana.

—Ah, sí. Pues…

El soldado de más edad parecía avergonzado y su compatriota se adelantó, le arrancó un papel de la mano y se lo dio con brusquedad a Ana.

—Van a ser reubicados.

—¿Cómo dice?

—Les cambian de residencia. No pueden quedarse en esta casa.

—¿Por qué no? Esta es mi casa y lo ha sido durante casi treinta años. Mi marido y yo somos los propietarios. Está totalmente pagada.

—El Reich la necesita.

Sintió que todo su cuerpo empezaba temblar y hubo de apoyarse en la pared para no perder la estabilidad. Su mano fue a dar contra el retrato familiar y este quedó torcido, de modo que trató de mantenerse de nuevo erguida sin apoyo.

—¿Para qué?

—Están en el área que a partir de ahora se establecerá como barrio residencial para la escoria judía.

—Eso no puede ser.

45

Ana había leído sobre el gueto el día anterior. Ella y Bartek habían examinado con detalle la orden en el periódico, horrorizados por el tono desalmado, la implacable eficiencia y la propia idea de segregar seres humanos basándose en decisiones arbitrarias sobre la «pureza racial». Había sentido que se le rompía el corazón —o eso había creído en un acceso de sentimentalismo— por los judíos a los que iban a arrancar de sus hogares para hacinarlos en el área alrededor del mercado de Bałuty, a solo unas calles de distancia, pero ni por asomo había pensado que a ellos pudiera pasarles lo mismo. Cuánta arrogancia autocomplaciente por su parte. Ni mucho menos se le había roto el corazón entonces, pero sí ahora.

—Por favor. ¿Hay algo que podamos hacer? ¿Es cuestión de dinero? Podemos…

—No se trata de dinero, señora. Son órdenes. Su casa está en la zona de reubicación, así que tienen que mudarse. No se preocupe. Se les dará otra casa. Puede que mejor que esta. Algunos de estos judíos se han estado dando la gran vida con los beneficios de sus negocios chupasangre.

—¿Chupasangre? La mitad de esta ciudad iría desnuda de no ser por los sastres judíos.

El soldado más joven soltó una risita nerviosa y el otro lo fusiló con la mirada.

—Tonterías —dijo—. También los buenos sastres alemanes podrían ocuparse del trabajo. Y los polacos —añadió como si se tratase de un acto de generosidad.

Ana sintió que le hervía la sangre y, con alivio, oyó que arriba se abrían las puertas y aparecían los hombres de la casa. Bartek, aún en pijama, bajó a la carrera las escaleras y rodeó con un brazo protector a Ana, que se apoyó agradecida en él.

—¿Qué está pasando?

—Nos van a «reubicar» —le dijo con amargura.

—¿Dónde?

—Al otro lado de la ciudad —contestó el alemán, visiblemente agradecido por poder tratar con un hombre—. Tienen dos días para empaquetar sus cosas y deberán presentarse en la oficina de alojamiento el doce de febrero entre… —y aquí consultó su cuaderno de cuero— las diez y las doce de la mañana. Entregarán sus llaves y les asignarán una nueva ubicación en otra parte de la ciudad. En algún sitio limpio.

—Aquí también está limpio.

—Pero no lo estará cuando todos esos judíos empiecen a vivir a su alrededor.

Ana lo miró, incrédula.

—¿De verdad se cree lo que está diciendo? —preguntó.

El soldado arrugó el gesto.

—Es la verdad, señora. Nuestros grandes científicos han hecho muchos experimentos.

—¿Experimentos sobre hasta qué punto las madres judías mantienen limpios sus hogares?

—Por supuesto que no. La cosa va mucho más allá. Se trata de la sangre, de la pureza racial. No lo entendería.

—¿Por qué no?

Ana sintió que la mano de Bartek le apretaba con más fuerza en el hombro y vio a sus hijos mirarla con preocupación, pero era incapaz de detenerse.

—Porque es usted una mujer.

Ana le lanzó una mirada furibunda.

—Puede que sea una mujer, pero tengo conocimientos médicos.

—Solo de bebés. No de verdadera ciencia.

—¡No de verdadera…! Déjeme que le diga, joven, que sin mi especialidad usted podría haber muerto enroscado en el útero de su madre antes siquiera de respirar. O podría haber salido con el cordón umbilical enganchado alrededor del cuello, y entonces se habría puesto azul y sufrido daño cerebral, aunque, pensándolo bien, a lo mejor es eso lo que le ocurrió, si de verdad se cree…

—¡Basta, Ana! —La voz de Bartek sonó apremiante en su oído. Los soldados estaban rojos de ira y habían echado mano a las pistolas. Bartek cogió el papel que su mujer tenía en la mano y lo agitó entre ellos y los soldados como una bandera blanca—. Les agradecemos el aviso. Lo leeremos con la máxima atención.

—Y sigan las instrucciones al pie de la letra —gruñó el más viejo— o sufrirán las consecuencias. Es por su propio bien, aunque... —dijo mirando expresamente a Ana— sea usted tan estúpida como para no saberlo. Que tengan un buen día.

Salieron de la casa caminando con estrépito y Ana se abalanzó a la puerta, la cerró de golpe y se apoyó en ella con fuerza, como si su viejo cuerpo pudiera mantener a los despiadados agentes del Reich fuera de su hogar.

—¿Cómo pueden hacer algo así? —dijo llorando—. ¿Cómo pueden arrojarnos fuera de nuestra propia casa?

—Al parecer —dijo Bartek amargamente—, pueden hacer lo que les plazca. Ven. Primero el desayuno y, luego, lo mejor será que empecemos a empaquetar.

Fueron dos días horribles. No se concedían permisos en el trabajo, así que Ana, Bartek y los chicos permanecieron levantados la mayor parte de sus dos últimas noches en su querida casa, empaquetando ropa, sábanas y mantas, utensilios de cocina y mobiliario. El Reich les daba una nueva casa, pero ninguna asignación por mudanza, de modo que tuvieron que gastar parte de sus escasos ahorros en una carreta de precio exorbitante para llevar a cabo un traslado que ninguno deseaba hacer.

Ana lloraba mientras envolvía la porcelana del ajuar en las hojas de papel con el odioso anuncio del gueto. En teoría, a ellos debían trasladarlos también a un «área residencial» polaca, pero a sus vecinos les estaban dando casas por todo Łódź, de manera que no parecía que por el momento se estuviera cumpliendo esa previsión. ¿Cómo, pues, iban a instalarse con la amenaza de otro traslado cerniéndose sobre sus cabezas? Una casa era un nido, un lugar en el que una familia podía sentirse segura, y ahora parecía que los nazis también les iban a quitar eso.

La última noche que pasaron en su casa, se sentaron entre las cajas de embalaje y compartieron pan y queso y una botella de vino que Bartek reservaba para una ocasión especial. Ana había esperado que fuera para alguna celebración, tal vez para el compromiso de Bronislaw, pero Bartek anunció resueltamente que ese momento también era una celebración: de su familia, de su unión, de su fuerza.

—La necesitaremos —dijo Ana con tristeza, pero los chicos la animaron con sus bromas y todos se quedaron allí sentados hasta muy tarde, rememorando los tiempos felices del pasado y asegurándose unos a otros que vendrían otros incluso más felices cuando toda aquella locura hubiera terminado.

—La última vez derrotamos a los alemanes —dijeron los chicos con el optimismo propio de la juventud—, y ahora lo volveremos a hacer.

La última vez no tenían tanques tan grandes, habría querido decirles Ana, pero se contuvo. El optimismo era lo único a lo que ahora podían agarrarse, por muy fuera de lugar que pareciera en ese momento.

A la hora señalada, cogieron su carísima carreta y se presentaron en la oficina de alojamiento. Una impasible oficial de las SS les arrebató las llaves sin mirarlos siquiera a la cara y puso una satisfactoria marca de verificación en su larga lista. Tras cruzar datos, sacó otro juego de llaves y se lo entregó.

—Ostpreussenstrasse —dijo con sequedad—. Asegúrense de limpiar bien antes de instalarse. Aquello será un nido de infecciones.

Bartek tiró de Ana para sacarla de allí antes de que contradijera a la oficial, y los cinco atravesaron a pie la ciudad hasta su nueva casa. Al otro lado de la calle, los judíos se alineaban en largas colas, con carretas tan cargadas como la suya y con familias igualmente asustadas, esperando a que los dejaran entrar en el gueto. Ana los observó, preguntándose a cuáles de ellos les asignarían su casa, qué pareja dormiría esa noche en la habitación de Bartek y suya, qué niños correrían por su cocina. Elevó una oración a Dios para que fueran felices allí, pero parecía ya evidente que había más gente dirigiéndose al norte hacia el barrio judío que alejándose de él hacia el sur, así que dedujo, preocupada, que no quedaría demasiado espacio para correr. A los hombres ya los estaban reclutando para levantar gigantescas alambradas, y durante su penosa caminata a la nueva casa vieron venir un gran camión que pasó junto a ellos con estrépito, cargado con rollos del atroz alambre de espino. Ana se detuvo y tiró del brazo a su marido.

—Esto no está bien, Bartek. No deberíamos hacerlo. Deberíamos hacer algo más que tragar ante ellos y ya está. ¿Qué pasa si decimos «no»? ¿Si nos rebelamos todos y nos unimos en medio de la calle, en lugar de ir en procesión cada uno por un lado y acatar una ideología repulsiva que nos está haciendo pedazos? Hay muchos más polacos que alemanes.

Él miró a su alrededor, reflexionando sobre ello, pero entonces se fijó en los soldados de las SS que bordeaban el camino, con los enormes fusiles al hombro y los grandes cinturones de munición en bandolera sobre el pecho.

—No tenemos armas, Ana. La mayoría moriríamos.

—Pero el resto sería libre.

—Hasta que enviaran refuerzos, y entonces también el resto caería y los alemanes tendrían toda la ciudad para ellos, que es justo lo que quieren.

—Así que ¿vamos simplemente a darnos por vencidos?

Bartek se inclinó para darle un beso triste en los labios.

—Por ahora. Hay otros modos de resistir, querida, más lentos, más pacientes.

Ana suspiró. La paciencia nunca había sido su fuerte. Ella era demasiado directa, ya lo sabía, demasiado impetuosa y dispuesta a la acción. Había aprendido a ser paciente en su oficio, porque los bebés no seguían más horario que el suyo propio, pero todavía le resultaba difícil en las otras facetas de su vida.

Bronislaw se le acercó por el otro lado.

—Yo ya estoy en contacto con gente, madre.

—¿Gente?

—¡Ssss…! Somos muchos los que nos sentimos como tú. La obediencia no es más que un escudo. Caminaremos por estas calles con la cabeza gacha acatando sus órdenes absurdas, pero por debajo…

Le sonrió y Ana sintió una oleada de emoción, de orgullo y de alivio, e inmediatamente después, también de miedo.

—Será peligroso.

Él se encogió de hombros.

—Esto es una guerra y las guerras no se libran solo en los campos de batalla. Y ahora vamos, madre. —Levantó la voz, esforzándose por parecer optimista mientras pasaban junto a dos miembros de las SS de oscuro entrecejo—. Vamos a buscar esa nueva y maravillosa casa que nuestros benévolos amos nos han concedido.

Los SS le lanzaron una mirada suspicaz, pero Bronislaw los saludó con una inclinación y lo dejaron seguir sin decir nada. Bartek les metió prisa, porque solo disponían de la carreta durante dos horas antes de tener que cedérsela a otros pobres desgraciados, así que pronto, demasiado pronto, se vieron doblando por la Ostpreussenstrasse —nombre que estaba garabateado con pintura negra sobre el Bednarska del original polaco— y subiendo hasta la puerta del que, para otras personas, había sido su querido hogar. Sin duda, el mundo estaba patas arriba.

CINCO

30 DE ABRIL DE 1940

ANA

Tras despedirse alegremente de una rechoncha madre y de la nueva incorporación a su ya considerable prole, Ana salió de aquella casa de la Gartenstrasse y de inmediato se apresuró al ver el matiz rosado que teñía el cielo primaveral. Pronto oscurecería y no eran tiempos para andar por las calles después de anochecer, tuvieras la profesión que tuvieras. Además, esa noche resultaba especialmente inquietante, porque era Walpurgisnacht, el festival de las tinieblas en el que, según se decía, los espíritus malignos vagaban por los cielos antes de que el alba marcara el inicio de la primavera. Ana se negaba a participar en esas antiguas supersticiones, pero los jóvenes alemanes sí lo hacían. Iban por las calles con disfraces manchados de sangre y con cuchillos y pistolas en miniatura, como parodias de sus padres nazis, y necesitaban poca excusa para la violencia. Bartek estaría preocupado por ella, pero al menos otro niño había llegado sano y salvo a este mundo. Recordó la cara de la madre cuando le había puesto a su nuevo hijo en los brazos y atesoró esa imagen en su corazón. Los nazis les habían quitado mucho, pero no podrían arrebatarles el amor de una madre por su hijo.

Pensó en sus propios hijos, ahora ya adultos pero para ella tan preciados como si acabaran de salir de su útero, y apretó aún más el paso. Finalmente, a su familia no le había ido tan mal con el extraño intercambio de casas. El nuevo apartamento tenía elegantes techos altos y largas ventanas de guillotina encaradas al este, lo que les permitía disfrutar del sol cada mañana. Había una gran chimenea, una cocina muy bien equipada e incluso un tercer dormitorio que un entusiasmado Bronislaw había reclamado para sí. No era su hogar y, cada día, Ana seguía teniendo la sensación de que estaban inmiscuyéndose en los recuerdos de otra familia, pero era cálido y seguro y todo para ellos, mucho más de lo que nadie podía decir en el atestado barrio judío.

Miró en dirección al gueto. La Gartenstrasse tenía enfrente un espacio verde atravesado por la corriente del Lodka-bach, pero al otro lado estaban las horribles alambradas: altos puntales de madera coronados con retorcido alambre de espino y custodiados, cada veinte metros, por toscas torres de vigilancia en las que se apostaban centinelas de las SS armados con largos fusiles. En aquel rincón del suroeste bordeado por el riachuelo, había poca iluminación y las torres de vigilancia estaban más espaciadas, de modo que Ana pudo pasar inadvertida cuando se acercó más a aquella parte. Vio entonces que, al final de la calle, estaban colocando dos puertas gigantescas. Lanzó una ahogada exclamación y una mujer polaca que pasaba a toda prisa arrastrando a dos niños se detuvo y la miró.

—Los están confinando, pobres desgraciados.

—¿Totalmente?

La mujer asintió.

—Ningún judío puede entrar ni salir. Hasta las calles principales del gueto están divididas con alambradas y solo pueden cruzarlas a una hora determinada. El otro día oí que los nazis los están obligando a construir puentes para que no «contaminen» las carreteras.

—Qué disparate —susurró Ana.

—Un disparate cruel —convino la mujer, tras lo cual, mirando con temor hacia las oscuras torres de vigilancia, tiró apresuradamente de los niños.

Ana se quedó allí mientras el cielo se volvía de color púrpura, mirando a la multitud que pululaba al otro lado de la alambrada. Se preguntó de nuevo quién estaría viviendo en su casa y sus pies la condujeron, como si tuvieran voluntad propia, hasta el riachuelo. Apenas pasaba agua ya, pues aquel abril había sido inusualmente seco, así que pudo salvarlo de un salto y continuar hasta la alambrada, medio oculta por unos arbustos. Extendió la mano y sintió la áspera superficie de la madera barata, una lastimosa barrera para las almas del otro lado, también dignas de lástima. A su espalda, dos niños alemanes vestidos con capas de diablo pasaron corriendo y la sobresaltaron, pero ella aguantó allí como si la hubieran clavado al suelo, hipnotizada por la pura maldad que tenía ante sus ojos.

—¿Ana?

La voz era suave y amable, pero la sobresaltó aún más que los niños alemanes. Miró temerosa a un lado y a otro y vio una figura que emergía de la multitud hacinada en el gueto.

—¿Ester? Ester, ¿eres tú?

—Sí, soy yo —confirmó Ester acercándose a la alambrada y extendiendo también la mano. De inmediato, Ana retiró la suya de la astillada madera y agarró con fuerza los dedos de la joven.

—¿Estáis bien?

—Tan bien como podemos estar. Filip y yo compartimos casa con nuestros padres y con Leah, pero tenemos una buhardilla para nosotros solos y es muy… romántico.

Su voz se quebró en la última palabra y Ana sintió el corazón en un puño.

—No parece demasiado romántico.

—Mientras Filip esté conmigo, sí lo es —respondió Ester, de nuevo con firmeza.

Ana volvió la vista hacia el oscuro perfil de la alambrada.

—¿Os están encerrando?

—Sí, están «sellando el gueto». Ya no verás más judíos ensuciando las calles de Litzmannstadt.

Los alemanes habían rebautizado Łódź con el nombre de algún héroe militar germano y poco a poco iban borrando de la ciudad cualquier rastro del idioma polaco. Era desagradable, pero mucho menos terrible que borrar el rastro de sus habitantes judíos.

—¿Estáis a salvo?

Notó que los dedos de Ester temblaban entre los suyos, pero la joven asintió con coraje.

—Hemos montado nuestros propios hospitales, así que vuelvo a trabajar de enfermera. Y Filip está cosiendo de nuevo con su máquina, lo que ya es algo. Rumkowski dice que debemos trabajar para sobrevivir, porque los alemanes solo nos tolerarán mientras les seamos útiles.

—¿Y después…? —Ester se estremeció. Ana maldijo su estúpida lengua y se apresuró a añadir—: Estoy segura de que habrá trabajo de sobra. A los nazis les encantan sus elegantes uniformes y sus mujeres se vuelven locas con la ropa bonita.

—Es decir, mientras les hagamos la vida cómoda, nos permitirán conservar la nuestra, ¿no? Muy amables, nuestros nuevos gobernantes.

—Vamos, Ester…

Ana odiaba esa nueva mordacidad en la voz de su joven amiga. Ester era una muchacha atenta y bondadosa, pero este lugar, este gueto, endurecería sin duda a la más dulce de las naturalezas.

—¿Cómo puedo ayudaros?

—No sé, Ana. Necesitamos…

—¡Eh, tú! ¡La chica judía! Apártate de la alambrada.

Ester retrocedió de un salto como si ya hubiera recibido un disparo.

—Tengo que irme. Mantente a salvo, Ana.

Y desapareció en la relativa seguridad de la multitud.

—Y tú —el alemán gruñó dirigiéndose a Ana—. No te acerques a la valla si sabes lo que te conviene.

Una bala rebotó en el suelo a un metro escaso y, con el corazón desbocado, Ana dio media vuelta y se lanzó hacia el riachuelo, perdiendo los zapatos en su carrera y aterrizando en el barro. El centinela se rio y disparó de nuevo justo a su espalda mientras ella se alejaba corriendo torpemente. Notaba atroces punzadas en el tobillo, pero eso no era nada comparado con lo que sentía en el corazón, que aullaba de dolor por la pobre gente amontonada allí dentro a merced de aquellos monstruos.

SEIS

JUNIO DE 1940

ESTER
—Buenas noches, enfermera Pasternak.
—Pero...
—Buenas noches. Váyase a casa. Vea a la familia. Duerma.

Ester dejó escapar un suspiro que ni siquiera era consciente de haber estado reprimiendo y sonrió agradecida al doctor. Había sido un turno largo y duro, uno más después de muchos otros, y estaba tan cansada que se le nublaba la vista, pero aun así se le hacía difícil marcharse. El doctor Stern era un anciano con una densa mata de cabello blanco que le sobresalía por debajo de la kipá, y debería estar disfrutando de una merecida jubilación, pero el personal médico escaseaba en el gueto y lo habían requerido de nuevo para el servicio. Al ponerse el abrigo para volver a casa, Ester sentía como si lo estuviera decepcionando, pero el doctor Stern le dio un cálido apretón en el brazo.

—Considérelo de esta forma, enfermera: si cuida de sí misma, podrá cuidar mejor de ellos.

Señaló las filas de gente que abarrotaban la sala y Ester asintió con tristeza. La llegada del calor se había recibido al principio como una bendición en el gueto, pues les había permitido salir al exterior y escapar de las atestadas casas, pero no tardaron en aparecer las pulgas y, con ellas, el tifus. La enfermedad se había propagado vertiginosamente por las calles hasta afectar a una persona de cada dos con atroces dolores de estómago y una fiebre imposible de controlar en aquellos sofocantes días de junio de 1940.

De continuo había colas en las bombas de agua y algunos incluso habían empezado a cavar sus propios pozos. Lo peor de todo era la diarrea. El gueto no disponía de red de alcantarillado. Los excrementos se cargaban en carretas que debían sacar los pobres desgraciados que no podían encontrar otro trabajo. El sistema había parecido razonable antes de duplicar a la fuerza la población de la zona y de que el tifus hubiera alcanzado los intestinos, pero ahora era un desastre. Ester había inculcado a su familia que había que lavar y frotar y desinfectar su exigua vivienda y, de momento, habían esquivado lo peor. Pero el desinfectante empezaba a agotarse y, con los suministros bajo el control de una junta central, no había forma de conseguir más. Recientemente, se habían prohibido las cartas del exterior, y una moneda interna, los «marcos del gueto», rápidamente bautizados como «rumkis» en referencia a Rumkowski, su creador, se había puesto en circulación con un tipo de cambio desorbitado. Las condiciones se deterioraban a ritmo vertiginoso sin que a nadie pareciera importarle.

Ester cogió su sombrero y, aguantando las ganas de taparse la nariz, se adentró en las calles. Eran casi las nueve de la noche y todo el mundo estaba en casa, en acatamiento del toque de queda impuesto por la nueva policía judía de Rumkowski. Este cuerpo interno tenía por misión aportar un estilo más suave que el de los alemanes a la hora de imponer la ley y el orden, pero a la mitad de los nuevos oficiales se les había subido su autoridad a la cabeza e imponían su pequeña cuota de poder con exactamente la misma crueldad que las SS. No tenían armas, pero manejaban con brutalidad las porras y, al contar con sus propias redes de familiares y amigos en el gueto, también se mostraban mucho más proclives a las prácticas corruptas. Resultaba ya evidente que muchos de los suministros de mejor calidad llegaban solo a unos pocos elegidos, de modo que los resentimientos se iban acumulando.

Ester miró nerviosa a su alrededor, agradeciendo el uniforme de enfermera que le servía de salvoconducto para salir después del toque de queda. El sol estaba ya bajo y una luz dorada se vertía sobre las calles dándoles un aspecto engañosamente hermoso. Se sintió más animada y alzó la mirada al cielo, buscando a Dios. Resultaba difícil encontrarlo en aquellos días. Todas las sinagogas

58

habían sido demolidas y, aunque Rumkowski había conseguido permiso para que se abrieran casas de oración, eran pocos los que acudían a ellas con regularidad; estaban demasiado llenas y sucias, y entre la gente era más fuerte el temor a las pulgas que el temor de Dios. ¿Quién podía culparlos, cuando parecían estar ya en el infierno?

Ester se obligó a volver a la realidad y dobló con resolución la esquina, dispuesta a llegar a casa antes de que nadie la requiriera a gritos. Hacía pocos días, un joven había salido como un rayo de una casa y la había agarrado por el brazo suplicando su ayuda. Su esposa se había puesto de parto y, como unos días antes habían disparado a la única comadrona del gueto en una refriega por unas patatas, aquel hombre le había implorado a Ester que la asistiera.

—No tengo formación en partos —le había dicho ella.

—Pero es usted enfermera —había replicado él con una confianza tal en los ojos que ella había sido incapaz de negarse.

Por fortuna, el parto no había tenido complicaciones. La madre de ella, según supo después, había muerto de tifus la semana anterior y el mayor problema de aquella pobre joven era el miedo. Una vez Ester la hubo calmado, el parto había discurrido con relativa facilidad y la pareja se había deshecho en agradecimientos hacia ella. Y, lo que era aún mejor, había insistido en que aceptara una hogaza de pan fresco. El nuevo padre trabajaba en la panadería, así que podía «dar salida» a algunas hogazas pequeñas. Desde entonces, varias de ellas habían llegado a la puerta de Ester. Ella estaba muy agradecida, solo que ahora había corrido la noticia de su «pericia» como comadrona y temía que la llamaran para algún parto no tan sencillo. Había conseguido pasar una nota a Ana gracias a los jóvenes muchachos polacos que, desde el otro lado de la alambrada, osaban desafiar a las armas de las SS para hacer favores a cambio de dinero (dinero de verdad, no los inútiles rumkis). En la nota le suplicaba que le hiciera llegar algún libro, o al menos unos consejos básicos, pero aún no tenía noticias.

Se detuvo justo al cruzar la puerta e intentó recomponerse. Podía oír a Ruth y a Sarah discutiendo en la cocina sobre cuál era la mejor forma de ablandar la carne, ¡como si eso importara en esos días!, y se apoyó en la pared del vestíbulo para templar el ánimo.

—¡Ester! —Filip bajó corriendo las estrechas escaleras y la atrajo hacia sí—. Ya has vuelto. —La alegría de su voz era tan auténtica que las lágrimas empezaron a acudir a los cansados ojos de Ester. Él se inclinó y se las enjugó con ternura—. No llores, preciosa mía. Todo está bien, porque estamos juntos, ¿o no?

La abrazó con tanta fuerza que era casi como si los dos fueran uno solo. Ester sintió que su cuerpo se incendiaba y lanzó los brazos alrededor de Filip, tratando de atraerlo todavía más. Su deseo por él no se había enfriado pese a las estrecheces que imponían las circunstancias. Si acaso, se había vuelto más dulce y apremiante, y su único miedo era quedarse embarazada, porque, por mucho que deseara alumbrar a un hijo de Filip, aquel gueto famélico y sucio no era lugar para hacerlo. Filip estaba de acuerdo y, la semana anterior, al salir del taller de sastrería había vuelto a casa trayendo «protección». Había sido algo embarazoso, pero también le había encantado que se preocupase así por ella y disfrutado todavía más de sus encuentros íntimos.

—¿Subimos directamente a la buhardilla? —susurró.

Él le dio un beso largo e intenso.

—Ojalá pudiéramos, pero nuestras madres llevan toda la tarde esperando a que regreses. ¡Tenemos carne!

—¡¿Carne?! —A Ester se le hizo de inmediato la boca agua y entendió las disputas. Miró a Filip con expresión descarada—. Bueno, en ese caso…

—¿Prefieres una loncha de carne antes que a mí?

—¡Prefiero un bocado de carne antes que a ti!

Él se agarró el corazón.

—Estoy herido.

Ella se rio, olvidadas ya las calamidades del gueto.

—Pues tengo el trabajo adecuado, porque soy enfermera y puedo curarte.

—Ah, ¿sí?

—¡Después de la carne!

Él gruñó, pero le dio un rápido beso y, tomándola de la mano, la llevó a la cocina.

—¡Ester!

Fue recibida con desusado entusiasmo, pues su llegada significaba que ya podían servir lo que fuera que estuviese burbujeando en la cazuela de la cocina. Todo el mundo ocupó su lugar en la mesa, tan apretados que los codos no paraban de chocar, aunque esa noche a nadie le importaba. Todos observaron con ojos como platos mientras Ruth servía cucharones de estofado, con las habituales patatas y nabos esta vez más sustanciosos y apetecibles por la adición de jugosos trozos de carne. Sarah repartió pedazos de pan —al parecer, el agradecido padre primerizo de Ester les había hecho otra visita— y a la joven se le llenaron de nuevo los ojos de lágrimas ante semejante banquete.

—¿Cómo es que tenemos carne? —preguntó al tiempo que hundía la cuchara en el caldo y saboreaba el bocado de suculencia celestial.

—El nuevo trabajo de tu hermana marcha bien —le dijo Ruth.

Ester se volvió hacia Leah. Su hermana, ahora ya de quince años, acababa de conseguir un empleo en las oficinas administrativas del mercado de Bałuty. Todos se habían puesto nerviosos al saberlo, porque allí estaba lleno de alemanes, pero ella se había integrado felizmente en el lugar, y al menos podía trabajar en un edificio limpio y organizado, sin las arduas condiciones de muchos de los talleres que Rumkowski estaba instalando por todo el gueto.

—¿Y te han pagado en… carne?

—¡No, boba! —Leah soltó una risa cantarina—. Me pagan en esos malditos rumkis, como a todo el mundo.

—¡Leah, esa lengua! —la reprendió Ruth haciéndola enrojecer.

—Lo siento, madre. Todo el mundo dice palabrotas en la oficina.

—No por eso tienes que hacerlo tú. Deben guardarse siempre las formas.

Leah miró a Ester de reojo y esta reprimió una risita, recordando una tarde en que ambas se habían escondido en el armario del lavadero (una habitación casi tan grande como el dormitorio en el que ahora se apiñaban sus pobres padres) y pronunciado todas las palabrotas que se sabían. No eran muchas, pero habían sentido la deliciosa sensación de portarse mal mientras se las susurraban al oído a pocos metros de su escrupulosa madre.

—Entonces, si no te han pagado con carne —insistió Ester—, ¿cómo la has conseguido?

Su cuenco se estaba vaciando a una velocidad inquietante y se obligó a ir más despacio. Su padre ya había terminado y, por su manera de mirar el cuenco vacío, se diría que de buena gana habría lamido hasta la última gota, de no ser por las «formas». Filip saboreaba cada cucharada y sus padres estaban rebañando los últimos bocados con pan y echando miradas expectantes a la cazuela… la cazuela ya vacía. Leah se metió en la boca su último y delicioso trozo con una sonrisa.

—Me la dio Hans.

Ester se quedó helada.

—¿Hans?

—Trabaja en mi oficina. Bueno, la verdad es que la dirige. Es alemán, pero bastante simpático. Quiero decir que no es tan desagradable como los otros.

Ester se volvió hacia su madre, que evitó su mirada.

—¿Cuántos años tiene Hans, Leah?

—Ah, es viejo. Al menos treinta años. —Sarah se atragantó con el pan—. No te preocupes. No hay nada raro. Solo dijo que yo trabajaba mucho y merecía un regalo.

—¿Trabajas mucho?

—¡Claro! —Leah estaba indignada—. También yo puedo hacerlo, ¿sabes, Ester? Tú no eres la única capaz.

—Lo sé, lo sé. Y es estupendo que lo hagas, Leah, de verdad.

—Gracias.

Leah hizo un gesto de coquetería y Ester la miró, dándose cuenta de lo hermosa que se había vuelto su hermana. Tenía rasgos suaves y delicados y el cabello incluso más rubio que el suyo. Su madre decía que les venía de un abuelo danés, pero mientras el de Ester era de un tono pajizo mate, el de Leah brillaba como el oro. A la vista estaba por qué ese Hans había decidido dedicarle sus atenciones.

—¿Y qué tarea concreta ha impresionado tanto a Hans?

Ester sentía la tensión del resto de los comensales, pero Leah parecía ajena a ello.

—Dice que escribo muy bien a máquina y que le encanta verme archivar.

—No me digas.

—Y también dice que soy la que mejor viste de la oficina, lo que es un disparate, porque hay algunas mujeres que llevan una ropa preciosa y yo siempre voy vestida igual, pero es muy amable por su parte, ¿verdad?

Ester miró otra vez a su madre. Ruth se aclaró la garganta.

—Estupendo, cariño, pero no olvides que es alemán. Mantén las distancias.

—¿Por qué? —preguntó Leah—. Sería una estupidez. Si puede conseguirnos carne, entonces debería ser amable con él, ¿no? Mirad cuánto habéis disfrutado todos con esta carne. ¿Por qué no repetirlo?

Ruth se retorció las manos, pero no parecía capaz de encontrar palabras adecuadas.

—Es por el precio, Leah —dijo Ester con cautela.

—No me cobró nada.

—De momento —empezó, pero Leah parecía furiosa y fue un alivio para todos cuando alguien llamó a la puerta.

El alivio, sin embargo, enseguida se convirtió en miedo.

—¿Quién diantres puede ser? —preguntó Mordecai levantándose. También Benjamin se puso de pie, pero fue Filip quien primero se acercó a la puerta. Los demás se quedaron mirándose unos a otros con nerviosismo, hasta que Filip regresó con un jovencito que sostenía un pequeño paquete.

—Es para ti, Ester —dijo Filip—. De Ana.

Ester se levantó de un salto, cogió el paquete y le ofreció al muchacho el último trozo de pan como agradecimiento. Este empezó a arrancar bocados allí mismo, con evidente ansia de terminárselo antes de volver con sus compinches a la oscuridad del gueto. Ester abrió el paquete y vio, encantada, que contenía un pequeño volumen titulado *Matronería práctica*. Había también una nota y, tras leerla, miró el reloj.

—Ana dice que estará al otro lado de la cerca a las diez. Tengo que irme.

—Pero ya es horario de toque de queda —protestó Ruth. Ester señaló el uniforme que todavía llevaba puesto, pero Ruth negó con la cabeza—. No es seguro.

—Tampoco lo es dar a luz con alguien que no es comadrona —respondió Ester—. Necesito consejo si quiero ayudar a las madres del gueto.

—No es tu trabajo.

—Alguien tiene que hacerlo, ¿por qué no yo? Además, si tenemos más padres agradecidos, quizá necesitemos menos alemanes agradecidos.

Ruth pareció dolida, pero, tras una mirada fugaz a Leah, asintió bruscamente.

—Iré con ella —dijo Filip.

—No tienes pase —replicó Ester.

—Y tú no tienes escolta. Iré contigo.

Ester le sonrió agradecida, porque ya había anochecido y el gueto estaba demasiado oscuro. Se agarró al brazo de Filip y, tras dar las gracias a la familia por la deliciosa cena, salieron por la puerta.

—¿Nos dejarán por fin algún momento para ir a nuestra buhardilla esta noche? —preguntó con tristeza.

Se le doblaban las piernas de cansancio y le escocían los ojos, que pedían a gritos cerrarse, pero al menos tenía el estómago lleno. Haciendo acopio de determinación, se encaminó al sur, hacia el lugar donde se había encontrado con Ana. La luz de la luna resaltaba la palidez del uniforme, así que agradeció el abrigo que Filip había cogido en el último momento de la percha, porque con él pasaba más desapercibida ante los centinelas.

Al llegar al lugar indicado, distinguió a varios SS en la torre más cercana, sentados alrededor de un farol parpadeante con una botella de vodka y una baraja, por suerte más interesados en sí mismos que en dos enfermeras que se reunían en la oscuridad, debajo de ellos.

—¿Ana? —susurró a través de la alambrada.

—¿Ester? —La de más edad emergió de un arbusto y le tendió la mano. Sus dedos se tocaron fugazmente—. ¿Te ha llegado el libro?

—Sí. Muchísimas gracias.

—Explica lo fundamental, pero la tarea de comadrona es sobre todo intuitiva. Hay que interpretar lo que necesita la madre, tranquilizarla, percibir cuándo pasa a la siguiente fase.

—¿La siguiente fase? —preguntó Ester, ya perdida.

Filip se mantenía unos pasos más atrás, vigilante, pero tenían que darse prisa. ¿Y cómo iba ella a aprender, en unas pocas frases apresuradas dichas a través de una alambrada, lo que a las mujeres consagradas enteramente a la profesión les llevaba dos años?

—La madre suele estar más agitada y sentir más dolor justo antes de empujar para expulsar al bebé. Es en ese momento cuando debes comprobar si la cabeza corona, es decir, si se ve. En ese caso, puede empujar. No dejes que lo haga a menos que tenga contracciones. Entre tanto, debe descansar. Puede tardar cinco minutos o cinco horas; lo normal es que ocurra más o menos a la mitad de ese tiempo. La clave está en no dejarse llevar por el pánico.

—¿La madre o yo?

—Las dos —dijo Ana con una risa ahogada—. Si al bebé le cuesta salir puedes ayudarlo con las manos, pero con mucha suavidad y vigilando el cordón; no debe enrollársele alrededor del cuello.

—¿O…?

—O podría estrangularlo.

Ester tragó saliva.

—Ana, no sé si soy capaz. Y, si tengo que hacerlo, ojalá pudiera trabajar contigo. No soy comadrona. ¿Y si empeoro las cosas?

Ana le apretó la mano con calidez y firmeza.

—No vas a empeorar nada, Ester. Si va a haber dificultades, las habrá de todos modos y tú puedes ayudar a reducirlas. Los bebés saben nacer muy bien y en cada ocasión es un milagro maravilloso.

Ester tragó saliva.

—Si cada bebé es un milagro, entonces perderlos debe ser la mayor tragedia imaginable.

Ana le sonrió en la oscuridad.

—No dejes que eso te detenga, niña. Estás haciendo algo bueno y valiente y Dios te bendecirá por ello.

—¿Tú dios o el mío?

De nuevo rio.

—Los dos. Es la misma figura, solo que tenemos diferentes maneras de escucharlo.

A un lado, se oyó gritar a los centinelas de las SS, presumiblemente porque alguien había ganado una mano de cartas, y las dos mujeres se separaron de la alambrada.

—Deberías irte ya —le dijo Ester a Ana—. No es seguro acercarse tanto a nosotros.

—No es verdad —replicó su amiga—. Lo que no es seguro es acercarse tanto a ellos.

Lanzó una mirada de ira en dirección a los centinelas, pero aun así retrocedió y Ester sintió de pronto que la invadía la tristeza. Había tanto que decir, tanto que aprender… Se quedó mirando al espacio que la comadrona había dejado vacío, pero entonces Filip tiró de ella y la arrastró hasta detrás de los edificios que bordeaban el gueto, justo en el momento en que un guarda pasaba tambaleándose. Con el corazón palpitando con violencia, se apretó agradecida contra él hasta que la calle se despejó de nuevo.

—Te quiero —susurró, levantando la cabeza hacia el bondadoso rostro que tanto amaba.

—Yo también te quiero. Y, ahora, ¿qué tal si volvemos a la buhardilla?

Ester asintió con entusiasmo y juntos recorrieron el camino de vuelta a casa. Al pensar en los bebés, la joven deseó poder darse enteramente a Filip, matriz incluida, pero no era momento de tener un niño y, por ahora, les bastaba con tenerse el uno al otro.

SIETE

NOCHEBUENA DE 1940

ANA
—*Stille Nacht, heilige Nacht.*

El villancico que se oía en la calle, bajo el apartamento de Ana, se cantaba en alemán, pero aun así sonaba hermoso. Se acercó a la ventana y observó a los cantantes; su aliento se volvía blanco en el aire helado, como si la música estuviera cobrando verdadera forma a su alrededor, y Ana suspiró. Qué inocentes parecían mientras miraban el gigantesco árbol de Navidad colocado al final de la calle. No eran nazis, sino alemanes normales que habían llevado una existencia pacífica en Łódź antes de que llegaran los soldados y les dijeran que eran superiores a todos los demás. ¿A quién no le gustaría escuchar algo así?

Eso no significaba que ella los perdonara. Tal vez no fueran los mismos que habían cambiado el nombre de la ciudad, impuesto nuevas leyes o encerrado a cualquier persona diferente tras una valla de alambre de espino, pero tampoco se habían alzado contra los que lo habían hecho. No estaban diciendo: «No, esto está mal, no es cristiano». ¡Ah, no! Incluso mientras cantaban sus canciones de paz, estaban bien satisfechos de encontrarse en el lado correcto de una guerra que les entregaría el mundo entero, sin importar el precio que se cobrara en los demás. Apretando los dientes, Ana se apartó de aquellos hipócritas y regresó con su familia.

Se le oprimió el corazón al ver la mesa tan atiborrada. Habían ayunado durante todo el día, pero ahora les aguardaba el tradicional festín. La mesa estaba cubierta de heno por debajo del mantel blanco para simbolizar el establo de Belén, y se habían dispuesto doce platos que representaban a los apóstoles. Se le hizo la boca agua al ver la sopa de remolacha, los delicados *pierogi*, el arenque en salsa de nata y, en el centro de todo, la tradicional carpa frita. El pescado había sido lo más difícil de encontrar ese año, pero el día anterior Jakub había vuelto corriendo a casa con la noticia de que un amigo del padre de su amigo estaba vendiendo algunos que tenía en una cuba a las afueras de Karolew (ahora oficialmente Karlshof), y Bartek había ido allí de inmediato. Habían conservado su «captura» en la bañera durante la noche precedente y allí estaba ahora, dorada y deliciosa en el centro de la mesa.

Los chicos, ataviados con sus trajes de domingo, parecían tan guapos y fuertes que no pudo evitar abrazarlos a todos, aunque Jakub se quejó de que le estaba alborotando el pelo. Su trabajo en la imprenta lo había vuelto presumido, tal vez por las chicas del servicio de mecanografía, y Ana esperaba que no tardara en echarse novia. No eran los mejores tiempos para casarse, como bien habían comprobado Ester y Filip, pero la alegría debía agarrarse con ambas manos cuando se presentase, y al pensarlo Ana volvió a besar a Jakub. Este la dejó hacer con benevolencia y se dirigió a la mesa.

—Tiene todo un aspecto increíble, mamá.

—Parece mucha comida.

La mesa presentaba una imagen de opulencia casi inconcebible tras las privaciones del último año. Habían impuesto el racionamiento y los polacos eran siempre los últimos de la cola por detrás de los prepotentes alemanes, de modo que su dieta había sido parca. Con todo, por sus ocasionales conversaciones clandestinas con Ester, sabía que las cosas estaban muchísimo peor en el gueto. Allí la gente sobrevivía a base de patatas podridas y de las verduras consideradas indignas de destinarse al Reich. Ahora que las temperaturas llegaban muy por debajo de los cero grados, eso no era suficiente y, aunque lo hubiera sido, había una grave escasez de combustible para cocinar, de modo que tenían que comérselo todo crudo. Los niños caminaban hasta Marysin, la zona abierta del norte del gueto, para excavar la tierra en busca de algún trozo de carbón, y la desesperación era tal que la gente había comenzado a quemar los muebles para calentarse. Ana observó incómoda la dorada carpa.

—Es Navidad, madre —le dijo Jakub—. Y no hemos comido en todo el día.

—Es verdad —convino Ana, tratando de no echar a perder el momento. Había puesto tanta dedicación en esta comida que sería una lástima desperdiciarla por remordimiento. Aun así…—. Al menos, hemos podido comer durante toda la semana.

Jakub se quedó parado a medio camino de su asiento.

—¿Estás pensando en los judíos?

Ana asintió y Alekzander, su hijo más serio, se puso a su lado.

—Los veo cuando paso en el tranvía —dijo.

Recientemente, los nazis habían hecho venir a muchos estudiantes alemanes a los hospitales, y a Zander le habían dicho que ahora solo podría trabajar allí tres días a la semana, por lo que había aceptado un segundo trabajo como revisor en los tranvías. Bartek se había quejado de que eso no estaba a su altura, pero Zander había replicado que con los tranvías podía «ir a todas partes». Ana presentía que tenía amigos en la Resistencia y estaba secretamente orgullosa, pero no se había atrevido a preguntar más.

—¿Son las condiciones tan malas como dicen? —preguntó Bartek a su hijo mediano.

—Peores. Las calles están siempre sucias y, cuando las brigadas de trabajo tratan de limpiarlas, el agua se congela y caminar se vuelve un peligro a no ser que peses mucho. Y no es que ahora abunde la gente que pesa mucho. Veo los suministros cuando llegan: carretas de verduras tan repugnantes que no se las darías ni al ganado, y aun así la gente reclama su ración antes incluso de que puedan descargarlas. El tifus se ha ido con el frío, pero la tuberculosis campa a sus anchas. En cada calle se oyen toses angustiantes. Y cosas peores… —Miró a su alrededor furtivamente, aunque estaban solos en casa—. He oído rumores que aseguran que la cosa no acaba ahí y que están enviando a los judíos a la muerte.

—¿Los están matando? —susurró Jakub.

—Con gas, sí. Me subleva que yo, que soy médico, o casi, tenga que picar los billetes de unos alemanes engreídos mientras se desplazan entre las alambradas que mantienen a estas personas enjauladas como animales, cuando podría estar allí dentro ayudándolos. Es cruel. No, peor que cruel: es una salvajada.

Ana le apretó el brazo. Esto era culpa suya. Ella había sacado a colación el gueto y ahora estaban allí de pie, alrededor de su magnífica comida de Navidad, sintiéndose culpables.

—¿Nos sentamos? —sugirió.

Así lo hicieron, pero incluso Jakub tardó en ocupar su asiento y todos se quedaron mirando avergonzados el lugar del sexto comensal, que en las mesas de Nochebuena se reservaba tradicionalmente a cualquier viajero de paso que necesitara auxilio.

—Deberíamos ayudar de alguna forma —dijo Bronislaw—. Yo puedo conseguir medicinas del hospital si encontramos la forma de pasárselas de contrabando.

—Ester podría ayudar —dijo Ana—. Si no es demasiado peligroso.

—¿Qué significa «demasiado peligroso»? —preguntó Zander.

Ana tragó saliva.

—¿Podrían dispararle?

—Podrían. —Zander se mordió el labio—. Pero no si tiene cuidado. Conozco a gente.

Lo dijo en voz tan baja que al principio a Ana le pareció no haberlo oído.

—¿Gente dentro del gueto?

—Gente dentro y fuera. Gente buena que quiere ayudar.

—Y meterles a esos nazis malnacidos una estaca ya te digo yo por dónde —añadió Jakub.

—¡Jakub! —le reconvino Bartek.

—Bueno, es lo que hacen. ¿No quieres tú hacerlo también?

Ana vio cómo su marido se rebullía en el extremo opuesto de la mesa y observó su rostro con detenimiento. La conversación estaba tomando un cariz peligroso y, de pronto, aquello parecía ser mucho más que una comida familiar.

—Más que «meterles una estaca» —dijo Bartek—, lo que quieren es... borrarlos de la faz de la tierra.

Ana respiró hondo; pocas veces había oído a su pacífico marido hablar con tanta vehemencia. Él la miró, en sus ojos un torbellino de emociones: miedo, quizá, y orgullo y la necesidad de aprobación. Ella le sonrió.

—Borrarlos de Polonia, como mínimo.

Él se agarró a sus palabras.

—Exacto, mi amor. Borrarlos de Polonia, de Alemania, de cualquier parte en la que la gente decente intenta llevar una vida sencilla. No hay razón para todo este... este odio. ¿No dice Jesús «ama a tu prójimo»? ¿No nos exhorta a ser como el buen samaritano y ayudar a los que pasan dificultades, sea cual sea su religión? ¿No nació Él para traer la paz al mundo?

Se miraron unos a otros. Ante ellos, la sopa brillaba con un tono rojo rubí y la carpa relucía como el oro. Tanta riqueza en su mesa y, a solo unas calles, otros se morían de hambre. Jakub se levantó de golpe.

—Vamos, vamos, todos sabemos lo que debemos hacer.

Todos se quedaron mirando a aquel fornido joven de dieciocho años que, solo unos momentos antes, se estaba frotando las manos ante el banquete que les aguardaba.

—¿Qué? —preguntó Ana, aturdida.

—Debemos envolver toda esta comida y llevarla al gueto. Es Navidad, tiempo de dar, y jamás ha habido gente que lo necesite más. Además —añadió mientras los otros no dejaban de mirarlo, admirados—, ahora ya no la disfrutaría.

Bartek se levantó también y abrazó a su hijo menor.

—Eres un buen muchacho. Todos lo sois. Vamos, ni siquiera las SS nos dispararán en Nochebuena.

Tenía razón. El número de centinelas en las torres se había reducido al mínimo y los que estaban de guardia, apaciguados quizá por los villancicos que aún inundaban las calles de Litzmannstadt, hicieron la vista gorda cuando se acercaron a la alambrada con

71

sus paquetes de comida. Habían preparado tantos como habían podido, procurando que en todos hubiera un poco de cada plato. La sopa había tenido que quedarse, pero habían abierto la caja de bombones enviada por los padres de Bartek para incluir uno en cada paquete y que así hubiera doce delicias. Una tontería, ciertamente, porque se lo iban a dar a judíos que no conocerían esa tradición cristiana, pero de todas formas les había parecido importante. Tras prepararlo todo, se habían quedado en círculo mientras Bartek los bendecía y luego habían emprendido nerviosos el camino en plena noche.

No estaban solos. Muchos otros se dirigían a las alambradas con paquetes similares y, al verlo, el corazón de Ana se llenó de amor por aquel grupo que se iba formando fuera del gueto. Sin duda, la Navidad consistía en esto precisamente, y se alegraba de que su preciada carpa fuera a parar a estómagos más necesitados que el suyo. Se dio cuenta de que Alekzander saludaba a varias personas y permaneció atenta, pero, al llegar a la cerca, la gente empezó a amontonarse al otro lado y a meter con desesperación las manos entre el alambre, de modo que hubo de centrarse en distribuir la comida. Todos sus paquetes desaparecieron con rapidez, con demasiada rapidez.

—¡Ana! —Ester llegó corriendo a la alambrada—. Cuánto me alegro de verte. Vuelvo ahora de un parto, y difícil. El bebé venía espalda con espalda. —Ana se estremeció comprendiendo perfectamente—. Pero conseguí girarlo al salir y todo fue bien.

—Eso es maravilloso.

Ester esbozó una sonrisa radiante.

—Un milagro de Navidad —sugirió—. O de Janucá a este lado de la valla, si tuviéramos velas para celebrarlo. Aun así, ahora tenemos comida y Dios sonreirá al verlo. Gracias.

Señaló a la gente que se apresuraba hacia sus casas con los paquetes de comida y Ana se sintió desconsolada.

—Ay, Ester. Cuánto lo siento. No me queda nada de comida.

La joven agitó la mano con gesto desenvuelto.

—No te preocupes. Tenemos comida. Leah tiene… contactos en las oficinas y nos trae suficiente para ir tirando.

—¿Contactos?

Ester enrojeció.

—Un oficial alemán le ha cogido cariño. No es algo que me guste, pero de momento solo le ha dado comida y, la verdad, la cosa podría ser peor si ella la rechazara. Lo único que podemos hacer es rezar para que Dios vele por ella.

Levantó la vista hacia el cielo estrellado y Ana la tomó de las manos.

—Rezaré por vosotros.

—Gracias.

Ester le sonrió, pero por una vez, pese a su sincera fe en Dios, tenía la sensación de que eso no bastaba. Ana divisó a Zander hablando muy serio con otros tres jóvenes y respiró hondo.

—Y os ayudaremos.

—¿Cómo?

Ana tragó saliva.

—Todavía no sé bien cómo. ¿Podríamos sacaros, a ti y a Filip?

Ester negó con la cabeza.

—Me necesitan en el hospital y Filip está bien en el taller. Además, allí puede mantener a su padre a salvo. No podemos dejar a nuestros padres, ni a Leah.

Ana asintió. Lo comprendía, pero eso no significaba que le gustara.

—Haremos todo lo que podamos por vosotros. Te lo prometo. Estate pendiente de mi hijo. —Señaló a Zander—. Trabaja en los tranvías y puede arreglárselas para introducir cosas en el gueto. Comida, carbón, medicinas.

Los ojos de Ester se iluminaron como si le hubieran enumerado los artículos más exquisitos de la cristiandad y Ana tuvo una súbita sensación de culpa: ¿podría cumplir todas aquellas promesas que estaba haciendo?

—Cualquier cosa que hagas será bienvenida —dijo Ester—, pero ¿no será demasiado peligroso?

—¿Qué significa «demasiado peligroso»? —respondió Ana con desenfado repitiendo las palabras de su hijo; pero, como si la hubieran oído, los guardias de las SS decidieron que ya era suficiente y agarraron sus fusiles. Los disparos, aunque fueron al aire, hicieron que todos salieran de estampida para ponerse a cubierto, y Ester apenas pudo apretar la mano de su amiga antes de desaparecer. La decisión de Ana estaba tomada.

Más tarde, todos se sentaron ante la sopa de remolacha, una familia ahora más serena, más solemne.

—Quiero conocer a tus amigos, Zander —dijo Ana.

—Y yo —secundó Bartek.

—Y yo.

—Y yo.

Los miembros de la familia se miraron unos a otros. Ana extendió las manos y todos la imitaron al instante hasta formar un círculo.

—Tenemos que estar completamente seguros de esto —les dijo Ana—. Si nos unimos a la Resistencia, podemos perder la vida.

—Y si no lo hacemos —replicó Bartek— podemos perder el alma.

No había punto de comparación. Juntos inclinaron la cabeza encomendándose a Dios y se prometieron a sí mismos combatir el mal.

OCHO

OCTUBRE DE 1941

ESTER
—¡Espacio, por favor, háganme sitio! ¡Esta mujer está a punto de dar a luz!

Ester empleó su tono de mayor autoridad (algo que parecía hacer mejor cada día) y la multitud de la casa retrocedió. No lo suficiente, pero, para ser justos con ellos, tampoco es que hubiera mucho espacio para moverse. Dio una fuerte patada en el suelo.

—Algunos de ustedes van a tener que irse. No pueden vivir todos aquí y, cuanto antes se hagan a la idea, mejor.

Los recién llegados la observaron, pero tenían la mirada velada de puro cansancio y Ester se dio cuenta de que no comprendían la situación. Eran gente bien vestida que se aferraba a sus elegantes maletas, incapaces de entender las privaciones del gueto de Litzmannstadt por más que se hallaran en su mismo centro. Andaban por allí como perdidos, convencidos de que tenían derechos y esperando a que alguien amable con un portapapeles les asignara un lugar. Toda aquella primera semana de octubre de 1941 había sido así. Rumkowski había anunciado que llegarían «algunas nuevas incorporaciones» de guetos más pequeños del este que se estaban desmantelando, pero en la terminología de Rumki «algunas» significaba «miles».

A aquella pobre gente la sacaban de los atestados trenes en el apartadero del distrito de Marysin, algo más al norte, y la hacían marchar hasta el centro del gueto, donde la oficina de alojamiento estaba casi siempre tan desbordada que simplemente les decían que se buscaran por sí mismos un lugar para vivir. Por descontado, todos se encaminaban a las mejores casas, como esta en la que una pobre mujer intentaba dar a luz y en la que ya no cabía un alfiler. Los que ya vivían allí no estaban en absoluto dispuestos a ceder su exiguo espacio vital, de modo que se producían muchas peleas.

En casa, Ester y Filip se habían visto obligados a acomodar a sus padres en su querida buhardilla y, aunque Filip había colocado una vieja cortina entre sus camas, seguía siendo de lo más embarazoso dormir tan juntos. No había ya ninguna necesidad de «protección», porque ninguna noche era adecuada para hacer el amor cuando tus padres políticos podían oírte hasta respirar.

Detrás de ella, la parturienta gritaba de dolor y Ester perdió la paciencia.

—¡Muy bien! Ustedes cinco, pónganse en esa habitación de ahí. A los dos que ya están dentro les tocará trasladarse arriba. Ya sé, ya sé, pero ahora todos hemos de compartir, así que tendrán que arreglarse lo mejor posible. Los demás, si yo fuera ustedes saldría ya de aquí antes de que les quiten también todas las otras casas. Vamos, ¡márchense!

Hizo ademán de espantarlos con las manos, como si fueran ovejas testarudas, y por fin se movieron arrastrando los pies hasta la puerta y salieron a importunar a otros pobres residentes.

—Bien.

Ester dio la espalda a los últimos en salir y prestó atención a la verdadera tarea que tenía entre manos. La pobre madre llevaba más de un día de parto y estaba cada vez más débil, pero el bebé se empeñaba en no salir.

—¡Pensándolo bien, esperen! —Y entonces corrió hasta los rezagados y agarró a una mujer que llevaba a un niño de cada mano—. ¿Tiene comida?

—No.

La mujer trató de desasirse, pero Ester la tenía bien agarrada.

—Sí tiene. Ninguna madre viaja sin comida.

—La necesitamos.

—¿Tanto como ella?

Señaló a la mujer tumbada en la cama, la enorme panza en grotesco contraste con su esquelética figura. La mujer suspiró.

—No, no tanto.

Abrió la bolsa y sacó una pasta. Estaba algo aplastada, pero en buen estado.

—Gracias —dijo Ester—. Muchas gracias.

La mujer se rebulló.

—¿Necesita ayuda?

—¡¿Es usted comadrona?!

La mujer levantó las manos.

—Me temo que no, pero he traído más sobrinas y sobrinos a este mundo de los que puedo contar.

—¡Entonces, sí! —gritó Ester—. Sí, por favor.

—Vamos, pues. Por cierto, me llamo Martha.

—Ester. Encantadísima de conocerla.

Martha le estrechó la mano y gritó hacia la calle, donde estaba su marido:

—Noah, trae otra vez al bebé. Tenemos trabajo que hacer.

Por un momento, Noah pareció indeciso, pero no había duda de que estaba acostumbrado a obedecer a su esposa y volvió sumisamente. Era un hombre apuesto, de hombros anchos y con una negra pelambrera rizada. Sonrió al futuro padre y se lo llevó a la cocina junto con sus tres hijos.

—No te preocupes, muchacho. —Oyó Ester que le decía con una voz ronca—. Las mujeres saben manejar estos asuntos. ¿Tienes cerveza? ¿No? ¿Nada? ¿En todo este sitio no hay ni una?

Ester no sabía si reír o llorar ante la ingenuidad de aquel pobre hombre. La cerveza era la última de sus preocupaciones en el gueto. Corría el rumor de que las cartillas de racionamiento estaban en camino, algo ridículo, dado que no había suficiente comida para distribuir, ni tampoco ropa, mantas o combustible. Si Ester había conseguido suministros para el hospital, había sido solo gracias a Ana y a su familia, porque los nazis no tenían el más mínimo interés en traer medicinas para los judíos.

Habían establecido un sistema: Ana y su hijo Bronislaw, con ayuda de algunos médicos bondadosos, conseguían medicamentos básicos en los hospitales de la Litzmannstadt libre, y luego Zander lanzaba los paquetes desde los tranvías a los chicos apostados en los puentes. Si había algún soldado, Zander no podía hacer nada, y entonces algunos de los chicos aguardaban durante horas a que volviera en otro momento, cuando ya no hubiese —o hubiese menos— peligro. Ester era consciente del riesgo que asumían los miembros de la familia Kaminski para ayudar a la gente atrapada en el gueto y los bendecía por ello. Sin ellos y otros como ellos, el sufrimiento allí dentro sería incluso peor, sobre todo ahora que el invierno empezaba a sentirse en toda su crudeza.

Pero en ese momento tenía que centrarse en la tarea más urgente, así que, rezando para que Noah tuviera razón sobre las mujeres, empezó a darle la pasta de Martha a la inminente madre, bocado a bocado. El azúcar pareció surtir efecto casi de inmediato y la joven se incorporó en la cama y las miró con ojos espantados.

—¡Sáquenme a este granuja de dentro, señoras!

Su fortaleza de ánimo era grande, pero el cuerpo seguía débil. Empujó hasta que salió la cabeza, y Ester y Martha lanzaron un grito triunfal, pero el esfuerzo parecía haber sido demasiado para ella y se derrumbó de nuevo en la cama, aparentemente sin fuerzas.

—¡El cordón! —gritó Martha—. Está alrededor del cuello.

Ester recordó los consejos que Ana le había dado desde el otro lado de la valla y supo que tenía que actuar con rapidez. Dejando que Martha hablara a la madre para infundirle ánimos, se arrodilló e introdujo las manos hasta asir el cuerpo resbaladizo con el mayor cuidado posible. Por fortuna, el bebé era pequeño y con mucho cuidado fue capaz de desenredar el cordón, aunque aún tenían que hacer salir a la criatura.

—Empuja —gritó al ver la pulsación del vientre—. Una vez más y podrás sostener a tu bebé en brazos.

Con un alarido, la mujer empujó. Ester tiró tanto como se atrevió del frágil cuerpecito, rogando que no fuese demasiado tarde, pero entonces, junto con un chorro de fluido, la niña salió.

—¡Es una niña! ¡Tienes una niña preciosa!

La madre emitió un sollozo de felicidad, pero Ester miró horrorizada al bebé y vio que estaba flácido y azul y que no tenía en absoluto buen aspecto.

—¡Démela!

Martha se colocó a su lado de inmediato. Agarró al bebé, lo puso boca abajo y le dio tres fuertes palmadas en el trasero. Ester ahogó un grito de horror, creyendo que la mujer se había vuelto loca. Sin embargo, como por magia, la diminuta criatura inhaló aire y prorrumpió en un vagido largo y maravillosamente potente.

—Lo ha conseguido. —Ester se volvió hacia Martha, que ya acunaba al bebé entre sus brazos.

—¿No sabía que funcionaría?

Se encogió de hombros.

—Se lo vi hacer a una comadrona con el hijo mediano de nuestra Johanna, pero nunca lo había hecho yo misma. Tampoco veía que tuviéramos otra opción, así que había que intentarlo. Bien, ¿con qué envolvemos al bebé?

Con expresión de disculpa, Ester le pasó una camisa vieja. Martha frunció el ceño, pero envolvió al lloroso bebé con mano experta y se lo entregó a la madre. El bebé se agarró al pecho y, ante la sorpresa de Ester, pareció encontrar algo de leche. Suspiró aliviada: la resistencia del cuerpo femenino no dejaba de asombrarla.

—Muchas gracias —le dijo a su nueva ayudante mientras salía la placenta—. Ya tiene trabajo.

—Pero no casa —replicó Martha.

Ester suspiró.

—Será mejor que vengan conmigo.

Después de todo, aún tenían una sala de estar. ¿O es que serían tan mezquinos como para mantener un espacio donde sentarse ociosamente cuando había gente durmiendo en las calles?

En su habitual trayecto por la ciudad tenían que atravesar el mercado de Bałuty y, al llegar a la gran plaza, Ester vio que se había congregado una gran multitud. Delante de la fachada, habían colocado un estrado y, en la distancia, distinguió que Chaim Rumkowski subía y se preparaba para hablar. Unos pocos lo abuchearon, otros lo jalearon, pero la mayoría se limitó a esperar desapasionadamente las declaraciones que hubieran de venir. Ester observó al decano de los judíos, tratando de descifrar a aquel hombre. En la superficie, Rumkowski parecía un anciano entrañable, pero resultaba difícil obviar su traje impecable y sus mejillas más bien rollizas, un claro signo de que no estaba compartiendo las muchas privaciones de su pueblo.

Había impulsado la apertura de muchos talleres de trabajo, pues no dejaba de repetir que el trabajo significaba vida. No parecía faltarle razón, porque a los ociosos recién llegados los habían expulsado de unos guetos que resultaban menos útiles, en tanto que el de Litzmannstadt seguía manteniéndose. Ester lo agradecía, puesto que, a pesar de las duras condiciones, Filip estaba contento de poder manejar la aguja. Cierto que tenía que usarla para confeccionar uniformes de la Wehrmacht, cálidos y elegantemente cortados, mientras las prendas de ellos se iban quedando raídas, pero era bueno en lo suyo y tanto a él como a su buen amigo Tomaz los habían ascendido a «trabajadores especiales», lo que les reportaba el más vital de todos los privilegios: una ración extra de sopa a la hora de comer. Eso, además, significaba que Filip podía renunciar a su cena en favor de sus madres, que por no trabajar solo obtenían las raciones oficiales, apenas suficientes para alimentar a un ratón.

El padre de Filip trabajaba codo con codo con su hijo y declaraba valerosamente que el gran taller le recordaba sus días de aprendiz. Mordecai había conseguido un valioso trabajo pelando verduras en la cocina de una fábrica, lo que le permitía sustraer algunas y aportar una cantidad extra de comida para la casa. Con eso y con los regalos del inquietante Hans a Leah, la familia se las iba arreglando. Otros eran mucho menos afortunados, así que ver allí a su jefe, tan elegante y tan bien alimentado, no les tenía precisamente contentos. Ester avanzó para abrirse camino rodeando a la multitud, pero Martha la retuvo.

—¿Qué está diciendo?

—No lo sé, pero no serán buenas noticias. Nunca lo son.

La muchedumbre era demasiado grande y Ester se vio obligada

a quedarse allí, mientras Rumkowski se aclaraba pomposamente la garganta frente al micrófono.

—Damas y caballeros: buenas noticias.

—Veamos —dijo Martha, dándole un codazo a Ester.

—Yo, como jefe del Consejo Judío, soy consciente de vuestras dificultades para conseguir un espacio y por eso me alegra comunicaros que he hallado una solución. Bien pronto, la gente tendrá la oportunidad de salir de Litzmannstadt para ir a campos ubicados en las zonas rurales. Los alemanes me han hablado de uno llamado Auschwitz con más espacio, aire más limpio y trabajos al aire libre más saludables. —La multitud intercambió miradas de cierta desconfianza y empezó a murmurar. Rumkowski elevó la voz—. Y con más comida.

Eso sí captó su atención.

—¿Cuánta más? —preguntó alguien.

—De sobra. Trabajaréis en granjas, así que provendrá directamente del campo.

—¿No estará podrida ni pisoteada, como aquí?

Rumkowski esbozó una sonrisa nerviosa.

—No, no lo estará. Los primeros trenes saldrán dentro de dos días. Acudid a las oficinas centrales mañana para reservar plaza. Los primeros en llegar tendrán prioridad.

—¿Y por qué no ahora? —Se oyó preguntar a una voz a la que de inmediato se sumaron otras.

La multitud empezó a empujar hacia delante y Ester aprovechó para rodearla y escapar de la plaza.

—Suena bien, ¿no te parece? —dijo Martha a su marido.

Noah no estaba tan seguro.

—Ya he oído hablar de esos campos de trabajo —dijo pasándose la mano por los negros rizos— y parecen más bien lugares inquietantes y peligrosos. Se trata más de hacer carreteras y picar piedra que de cultivar bonitas verduras, y eso si tienes suerte. Yo digo que esperemos.

Ester estuvo de acuerdo. El gueto estaba atestado y mal provisto, pero era seguro… de momento.

—Ya hemos llegado —dijo con animación, guiando a Martha hacia su calle—. Hogar dulce hogar.

No era una descripción demasiado ajustada, con un grupo de desconocidos ya instalados en el cuarto de los padres de Filip y ahora otra familia más. Todo el mundo puso cara larga al verla aparecer con cinco nuevas personas a su cargo, pero enseguida se animaron en cuanto Noah abrió una maleta y sacó varios botes de judías y, algo asombroso, una barra de chocolate.

—¡Vaya banquete! —gritó Filip haciéndolos pasar, y Ester lo quiso aún más por darles tan cálida bienvenida.

—Martha me ayudó hoy con un parto delicado —le contó mientras todos se apretaban para hacer sitio a los recién llegados—. Creí que se nos moría, de verdad, pero entonces ella…

Se interrumpió de golpe al ver entrar corriendo a Leah, con el pelo todo desbaratado y los ojos enrojecidos. Ruth fue enseguida hacia ella.

—Leah, ¿qué es esto? ¿Qué ha pasado?

—Ha… Ha… Hans —tartamudeó Leah.

Su padre saltó de la silla y apretó los puños.

—¿Qué te ha hecho?

Leah respiraba en grandes bocanadas, como si no encontrara aire suficiente.

—Intentó besarme. Dijo que lo trasladaban a Berlín y que me echaría de menos. Me preguntó si yo también lo echaría de menos y yo, claro, contesté que sí por ser educada. Pero entonces me empujó contra los estantes del armario de suministros y trató de besarme. Yo lo empujé. No sé cómo, porque es mucho más grande que yo, pero debí cogerlo desprevenido. Creo que él pensaba que yo me sentiría hon… honrada de que me quisiera. Pero yo no me sentía así. Solo sentía miedo, así que lo empujé y él se fue hacia atrás y se cayó al suelo y se golpeó. Fuerte. Estaba furioso. Se levantó para ir tras de mí, pero yo lo esquivé y corrí por el pasillo hasta la oficina principal antes de que pudiera alcanzarme.

Todos la miraron, horrorizados.

—¿Es oficial de rango superior? —preguntó Benjamin.

—¿Qué importa eso? —saltó Mordecai—. Superior o no, voy a partirle la cara por esto.

—No lo harás —le dijo Ruth con sequedad—, porque si lo haces Dios sabe lo que podría pasarnos.

—Pero se va a Berlín, ¿no? —preguntó Ester, tratando de mantener la calma—. Es lo que has dicho, ¿no, Leah? ¿No has dicho que lo trasladaban a Berlín?

Leah asintió.

—Sí. Esta noche.

—Entonces ya está bien así.

—Por ahora.

—¿Qué quieres decir?

Todo el mundo se quedó mirando a Leah. La pobre Martha parecía más perdida que nunca y sus hijos observaban con los ojos tan abiertos como si los hubieran llevado a vivir en el zoo.

—¿Qué quieres decir? —repitió Ester.

Leah tragó saliva.

—Me atrapó de nuevo cuando salía del trabajo. Yo intentaba pegarme a las otras chicas, pero me dijo que «tenía que hablarme un segundo» y no tuve más remedio que ir.

—¿Y qué hizo? —preguntó furioso Mordecai.

—Nada —se apresuró a responder Leah—. No le dejé, papá. Yo no...

—No es culpa tuya, Leah —terció Ruth, acariciándole el pelo—. Nada de esto es culpa tuya.

Eso era cierto, pensó Ester sintiéndose culpable. Leah era demasiado joven para prever nada, pero Ester sí había adivinado cuáles eran las intenciones de Hans. Lo habían adivinado ella y su madre, y probablemente también su padre, pero todos habían estado demasiado ocupados atracándose de carne alemana como para advertir a Leah.

—¿Qué dijo Hans, Leah? —preguntó Filip con suavidad.

Leah lo miró. Le temblaba el labio.

—Dijo que yo era una... una «cochina mojigata» y una... una... —Se sonrojó.

—No importa —intervino Ester con prontitud—. Dijera lo que dijera, no es verdad.

Leah la miró agradecida.

—Pero luego… luego me dijo que debería esperar a que vuelva de Berlín el año que viene. Dijo que entonces sería oficial de rango superior y que me… me «germanizaría». ¿Qué significa eso, Ester? ¿Cómo lo haría?

Ester abrazó con fuerza a su hermana, instando con la mirada a los otros para que dijeran algo. Sarah se adelantó.

—Debía referirse a que te cambiaría el nombre, Leah, como han hecho con Łódź.

Leah se quedó mirándola durante un largo instante y acabó negando con la cabeza.

—No. He sentido su cuerpo abrazándome. He sentido su aliento. Es más que eso, ¿verdad? —Miró a Ester—. ¡¿Verdad?!

Ester la apretó aún con más fuerza.

—Sí, es más que eso —convino, dándose cuenta de lo horriblemente rápido que estaba creciendo su hermana de quince años. Ese día había tenido suerte de escaparse, pero, si el tal Hans había de regresar, solo se había aplazado lo inevitable—. Me parece que tendremos que sacarte de aquí.

—¿Con los traslados? —sugirió titubeando Martha.

Ester se volvió hacia ella. Deseaba creer a Rumkowski y todo aquello de tener más espacio, aire puro y buena comida, pero había algo que no acababa de convencerla.

—Ya habrá tiempo para eso —dijo—. Vamos a esperar. Le pediremos a Bronislaw que abra bien los oídos para informarse de esos campos y entonces decidiremos. ¿De acuerdo?

—De acuerdo —convinieron todos.

—No quiero dejarte —dijo Leah, aferrándose a Ester—. No quiero ir a un campo.

—Nadie va a irse a ningún campo —le aseguró Ester—. Y ahora, venga, a comer.

Martha cogió algo indecisa las judías, pero por primera vez desde que habían cerrado el gueto nadie tenía hambre.

NUEVE

ENERO DE 1942

ANA

Ana salió de la hermosa casa de la calle Piotrkowska (nunca la llamaba Adolf-Hitler-Strasse), agarrando el fajo de marcos que le habían dado de propina y tratando de centrarse en lo que había sido un nacimiento realmente hermoso: un par de gemelas sanas, alumbradas por una joven fuerte que ya era madre de otro niño de dos años. El pequeño había entrado corriendo en la habitación cuando todo había acabado, enternecedoramente embelesado con sus dos hermanitas idénticas, ante las que desde luego resultaba difícil no conmoverse. El hecho de que fueran alemanes y de que nada más llegar de Austria les hubieran concedido aquella casa, solo porque el orgulloso nuevo padre era un eminente profesor de Química, no debería importar.

Pero lo cierto era que sí importaba.

Ana levantó la vista hacia la cálida luz de las ventanas, cuyo resplandor iluminaba el nevado crepúsculo. No hacía tanto tiempo, esta casa había sido el querido hogar de unos judíos que habían trabajado duramente, unos judíos que ahora estaban encogidos de miedo en el gueto junto con diez personas más, incluso era posible que en la propia casa de Ana. Resultaba difícil no mirar a las numerosas familias alemanas jugando en los parques de reciente construcción, desparramándose a la salida de los teatros recientemente financiados, llenando las escuelas recién ampliadas, y no sentir ninguna acritud. En ocasiones, pese a sus cincuenta y seis años, Ana tenía ganas de arrojarse al suelo en mitad de aquella odiosa «Adolf-Hitler-Strasse», aporrear con las manos como una mocosa y gritar: «¡No es justo!».

La madre de aquella noche había sido encantadora. Había pocos indicios, aparte del obligatorio cuadro con la cara de comadreja del Führer, que revelaran una fuerte adhesión a la ideología nazi, y su marido se había mostrado como un caballero serio y tranquilo. Les había encantado que ella hablara alemán con soltura e incluso, entre una contracción y otra, le habían hecho infinidad de preguntas sobre la historia de su nueva ciudad. Eran tan solo una familia que había tenido suerte, pero Ana apostaba a que tampoco iban nunca al norte para ver el sufrimiento de la gente que, de la manera más atroz posible, les había proporcionado aquella vida. Había estado a punto de decirles algo, a punto de preguntarles si les parecía bien que unos sufrieran para que otros disfrutaran de una vida de lujo, aunque, la verdad, ¿no era esa una cuestión tan vieja como el tiempo?

Pero no, esta vez no era lo mismo.

Nunca antes la línea entre los que tenían y los que no tenían se había marcado con tal claridad. A los judíos les estaban robando sistemáticamente su riqueza para dársela al Reich, y ahora corrían rumores de que también les estaban robando la vida. Ana se estremeció y se ciñó más el abrigo al tiempo que empezaba a nevar. El suelo estaba ya cubierto por una gruesa capa de nieve, y llevaba así varias semanas. Los alemanes habían recibido el año 1942 comiendo rosquillas azucaradas y bebiendo el especiado *Glühwein* sobre la «bonita» blancura, antes de volver prestos a sus casas para disfrutar de un buen fuego de chimenea y una reconfortante comida. Entre tanto, en el gueto, los judíos quemaban sus camas para no quedarse congelados hasta el tuétano. La ignorancia no era excusa.

Al pensarlo, la invadió una oleada de odio tan abrumadora que casi la hizo caer al suelo. Una pareja venía hacia ella, la mujer envuelta en un gran abrigo de piel y el hombre con el uniforme de las SS. Al pasar a su lado, él dijo algo que hizo reír a carcajadas a la mujer, y Ana sintió de pronto el ansia apremiante de arrojarse sobre aquellas anchas espaldas, tirar del rubio cabello y gritarle al hombre que abriera sus ignorantes ojos azules y mirara cuánta maldad estaba imponiéndole al mundo.

Su respiración, ahora rápida y fuerte, formaba nubes de vaho en el aire helado, y hubo de echar mano del rosario que llevaba en la cintura y tocar nerviosamente las cuentas mientras murmuraba entre dientes una avemaría. Por una vez, aquella oración tan familiar para ella no la serenó. Que Dios la perdonara, pero por dentro bullía de odio.

Desorientada, miró con desesperación a su alrededor y, a pocos metros al frente, vio con alivio una luz de colores que se derramaba acogedoramente sobre la nieve. ¡La catedral de San Estanislao! Cerró los ojos, serenó la respiración y dio gracias a Dios, que había visto cuán desesperada estaba y había acudido en su ayuda. Agarró la bolsa del instrumental y subió a toda prisa las escaleras, imaginándose a Ester y Filip allí sentados durante el año anterior, cada uno tomando su comida. Los había visto alguna que otra vez al pasar para atender alguna obligación y se había fijado en los tímidos avances de su romance, perceptibles en el lento, más bien lentísimo, acercamiento entre ellos. Ambos jóvenes habían formado una maravillosa pareja y Ana esperaba que pudieran seguir llevándoles provisiones al gueto hasta que toda esta locura terminara.

La iglesia desprendía una atmósfera de serenidad y Ana, agradecida, hizo una genuflexión y se deslizó en un banco para rezar. Un monje estaba cantando el salmo 37, así que bajó la cabeza, dejó que la música la envolviera y se unió en el undécimo verso: «Pero los mansos heredarán la tierra y se recrearán con abundancia de paz».

—Oh, María, Madre de Dios, permite que así sea —murmuró—. Vierte tu bondad sobre aquellos que sirven, que ayudan al prójimo, que no tratan de imponer al mundo su retorcido y cruel y maligno punto de vista…

Se interrumpió para tratar de centrarse en los bienaventurados mansos, no en los crueles opresores, aunque le resultaba difícil. Abrió los ojos y miró al altar, con la esperanza de que la casa de Dios la imbuyera de calma. Aquí, al menos, no había soldados, porque los nazis solo creían en su maldito Führer. Su única religión eran ellos mismos; rendían culto a su propio y equivocado sentimiento de superioridad. Ellos…

—Los mansos… —dijo para sí en voz alta, y entonces enrojeció al ver que una persona instalada en el banco contiguo arrugaba el gesto. Dios mío, lo que debía parecer, una señora mayor hablando en susurros sola. Mejor que fuera con cuidado o se la llevarían a un manicomio y los nazis le aplicarían la «eutanasia», una palabra cuidadosamente elegida para enmascarar la peor de las crueldades bajo un barniz caritativo.

—¿Cómo se atreven?

Otra vez estaba murmurando. Debería irse a casa, solo que tampoco era ya su casa, claro. Inquieta, salió con decisión del banco y se dirigió lentamente al altar, con la vista en el doliente Cristo que había encima. ¿De verdad había muerto por los hombres para luego ver cómo se convertían en esto? Qué decepcionante debía ser. Con dolor de corazón, dio media vuelta y se alejó, furiosa consigo misma por no encontrar la paz que Dios le había ofrecido tan claramente al hacer brillar Su luz en la nieve, frente a la iglesia. Y entonces reparó en un pequeño grupo.

Estaban en la capilla de la Virgen, murmurando con voz airada, justo como ella había hecho un momento antes, y en la mano tenían un periódico. Ana entrecerró los ojos para tratar de distinguir el nombre a la luz de las velas: *Revista Quincenal Polaca*, una publicación clandestina. Caminó deprisa hacia ellos. El grupo levantó la vista con aire culpable, pero un joven, que Ana reconoció como uno de los amigos de Zander, se adelantó y le sonrió.

—Señora Kaminski, bienvenida.

Los otros susurraron saludos, pero el periódico había desaparecido, oculto sin duda a la espalda de uno de aquellos jóvenes. Ana se acercó más.

—¿Puedo verlo?

—¿Cómo dice?

—¿Puedo ver el periódico?

—¿Qué…?

—Enséñamelo, por favor. Quiero saber lo que está pasando en

el mundo, quiero decir lo que está pasando de verdad, no solo lo que los nazis nos cuentan.

Los jóvenes intercambiaron miradas y el amigo de Zander se encogió de hombros

—Es de fiar. Trabaja con el grupo del gueto.

Ana sintió un leve rubor de orgullo y se dijo a sí misma que no fuera tan boba. Ella aquí no importaba nada; lo que importaba era la gente a la que trataban de salvar.

—Pero no es agradable —le dijo una muchacha mirándola con expresión preocupada.

Ana cruzó los brazos.

—Jovencita, cada día de la semana saco bebés viscosos y sanguinolentos del cuerpo de las mujeres. No me vengas con que no es «agradable».

La chica parpadeó, dejó escapar una media carcajada y sacó el periódico prohibido. Ana lo cogió mientras uno de los jóvenes iba a vigilar la entrada de la capilla.

«Furgones de gaseamiento en Chelmno», proclamaba el titular, y a continuación se describía, con información de testigos oculares y granulosas fotografías, cómo los judíos trasladados desde Litzmannstad eran encerrados en furgones sellados y gaseados con el monóxido de carbono de los motores. Estas cámaras de la muerte se llevaban después a la espesura del bosque, donde los cuerpos se arrojaban a pozos y se quemaban hasta reducirlos a cenizas que luego se diseminaban en el río. Vidas humanas deshechas y arrojadas a la corriente en un proceso que, en total, duraba menos de una hora. Era tan espantoso que resultaba inconcebible.

—¿Puede esto ser verdad? —preguntó sin aliento paseando la mirada por el grupo.

Sus caras delataron que también a ellos les costaba creerlo, pero aquello era algo más que los chismes que alguien pudiera haberse inventado. Todo el pueblo de Chelmno se estaba utilizando como centro de operaciones para aquella salvajada y, aunque los nazis habían aterrorizado a muchos irrumpiendo armados en sus hogares, unos pocos habían osado huir y hablar. Todas sus historias coincidían: grupos de judíos que llegaban en tren, los graneros donde se los encerraba y por último los furgones: los furgones de la muerte.

—Están exterminándolos —susurró la joven—. Exterminándolos de manera eficiente y sistemática, y lo mismo ocurre en ese sitio que llaman Auschwitz. No hay campos de trabajo, señora Kaminski. Y, si los hay, no es allí donde están enviando a la gente de Łódź. Los están enviando a la muerte.

Ana se santiguó y volvió a mirar a Cristo, torturado en la cruz. Así que era eso por lo que Dios la había hecho entrar en su sagrada catedral, no para encontrar paz, sino una misión. Pensó en todos los judíos del gueto, levantando la mano para irse voluntariamente a trabajar para el Reich en granjas, y luego comprobando que los llevaban en manada al matadero. La palabra «injusto» no servía ni de lejos para calificar ese hecho, ni tampoco «cruel» ni «salvaje», ni siquiera «demoníaco». No había palabras para describir lo que estaba ocurriendo allí.

En la mente de Ana surgió el rostro de Ester. Su amiga había enflaquecido por la falta de comida y el exceso de preocupación, pero sus ojos seguían brillando, porque trabajaba ayudando a la gente. Ana había intentado convencer a la joven, en varias ocasiones, para que la Resistencia la ayudara a escapar, pero ella siempre se mostraba inflexible y aducía que tenía una labor que cumplir en el gueto. Ana estaba segura de que era así: aquella pobre gente necesitaba espíritus audaces y bondadosos como el de Ester para continuar adelante. Pero ¿qué precio estaba pagando Ester por ello?

Al menos, se estaban planteando sacar de allí a su hermana Leah. Ana recordaba que Ester había dicho algo de los traslados y de un amenazador oficial de las SS. En aquel momento, centrada como estaba en responder sus preguntas sobre partos, no había prestado suficiente atención, pero ahora sí se la prestaría. Debía decirle que bajo ningún concepto dejara a su hermana subir a esos trenes, y además tenía que pensar en cómo sacar a Leah del gueto, costara lo que costara.

—Gracias —dijo a los jóvenes miembros de la Resistencia, estrechando su mano uno a uno—. Gracias por vuestro trabajo. Es vital, vital. Estos nazis creen que han ganado con sus tanques y sus fusiles y ese odio insidioso que tienen por bandera, pero los iremos minando con paciencia, serena fortaleza y cautela. Que el Señor os bendiga a todos.

Y acto seguido salió de la catedral, no sin antes dedicar una reverencia de agradecimiento a Dios, y se encaminó a su casa con Bartek y los chicos para tratar de urdir algún plan que librara a los judíos de sus perseguidores.

DIEZ

FEBRERO DE 1942

ESTER

—Paquete para usted, enfermera.

—¿Para mí?, pero si yo no…

Ester se interrumpió al notar la insistente mirada del oficial de guardia y cogió el paquete. Aparentando que era algo rutinario, caminó enérgicamente por el pasillo y entró en el almacén, donde, tras asegurarse de que la puerta quedaba bien cerrada, abrió el paquete. Dentro había los medicamentos de costumbre, pero también una carta más larga. Ester la abrió, le dio la vuelta al extraño y rígido papel y hubo de ahogar un grito de horror.

«Certificado de defunción», se leía en la parte superior, y justo debajo, escrito con una letra de médico firme y casi ilegible, había un nombre: Leah Kaminski.

—¡Leah! —susurró casi sin aliento, haciendo denodados esfuerzos por entender.

Su hermana había estado en casa por la mañana, preparándose para ir a trabajar. Su nerviosismo había ido en aumento durante los últimos días por temor a que Hans regresara, pero de momento no había ni rastro de él. Ya eran millares los que se habían marchado con los traslados durante el invierno y, cada vez que un tren se iba, la familia había dudado si meter a Leah en él, pero siempre habían terminado por decidir que estaban mejor juntos. Habían rogado a Dios que mantuviera sana y salva a su querida niña y, por el momento, Él los había escuchado. Sin embargo, ya llevaban un buen trecho de 1942 y, si Hans había de volver, el tiempo se les estaba acabando. Ester leyó de nuevo las odiosas palabras con manos temblorosas. Sin duda, ni siquiera los nazis podrían asesinar a alguien y expedir su certificado de defunción en dos horas.

Esforzándose por tomar aire, sacó el resto de la carta. Estaba escrita en inexpresivas mayúsculas, pero las palabras rebosaban de significado:

ESTE CERTIFICADO ES EL BILLETE DE TU HERMANA PARA SALIR DEL GUETO. NO DEBE IRSE EN LOS TRASLADOS PORQUE NO SON LO QUE PARECEN. HABRÁ GENTE QUE OS AYUDARÁ. UNA CARRETA TIENE QUE IR DENTRO DE DOS DÍAS A LA FÁBRICA DE TU MARIDO PARA RECOGER UNA GRAN REMESA DE UNIFORMES DE LA WEHRMACHT. SI ESCONDES A TU HERMANA DEBAJO DE LOS UNIFORMES, NUESTRO CONDUCTOR LA SACARÁ POR LAS PUERTAS DEL GUETO. DEBES PRESENTAR ESTE CERTIFICADO A LAS AUTORIDADES Y GUARDAR DUELO POR TU HERMANA, PERO TRAS ESA FACHADA ESPERO QUE VUESTROS CORAZONES ENCUENTREN CONSUELO, PORQUE NOSOTROS NOS OCUPAREMOS PERSONALMENTE DE SU SEGURIDAD, CON UNA NUEVA IDENTIDAD Y UNA BUENA PERSONA QUE CUIDE DE ELLA HASTA EL MOMENTO EN QUE, SI DIOS QUIERE, PODÁIS REUNIROS TODOS EN PAZ Y SEGURIDAD.
QUE DIOS TE ACOMPAÑE.

Ester leyó una y otra vez. Si escondes a tu hermana debajo de los uniformes. Debes presentar este certificado. Guardar duelo por tu hermana. ¿Podrían hacerlo? Que vuestros corazones encuentren consuelo. Pues claro, claro que podrían.

Nada más podía hacer ahora sino cumplir con sus obligaciones, y eso hizo, hasta que encontró una excusa para salir del hospital y entonces corrió como un rayo a casa y entró medio a trompicones para buscar a su madre.

—Podemos sacar a Leah. Dentro de dos días. Tenemos que hablar con ella ya. Dile que se finja enferma y que vuelva a casa. Y hemos de decírselo también a Filip.

Su madre estaba confundida, asustada. Ester sabía cómo se

sentía, pero les habían ofrecido un salvavidas y tenían que agarrarse a él con todas sus fuerzas. Ayudó a Ruth a sentarse y le leyó la carta con tanta paciencia como pudo reunir. Luego la rompió en pedazos diminutos y la enterró en las cenizas de su único fuego semanal, en la chimenea, mientras que el certificado de defunción lo escondió en una de las vigas de la buhardilla, lo más arriba posible. ¡Dos días! Solo tenían dos días. El corazón le golpeaba con fuerza en el pecho y tenía miedo de que no se le calmara hasta ver cómo la carreta cruzaba las puertas del gueto, con su hermana a salvo en ella.

Esa noche lo planearon todo. Ruth había ido a la oficina de Leah para susurrarle la consigna de empezar a toser y, como Leah había oído a dos oficiales de las SS hablando del inminente regreso de su amigo Hans, la «enfermedad» había resultado ser como mínimo medio verdadera. Irritado por aquellas toses martirizantes, su jefe le había dado la casi insólita orden de que se fuera a casa, y allí estaba ahora Leah, arrebujada en una raída manta y con un aspecto tan demacrado que a Ester casi le pareció a las puertas de la muerte.

—Tienes que ser valiente, Leah. Tienes que ser valiente y estar tranquila. Muy, muy tranquila. ¿Podrás hacerlo?

Su hermana la miró, los ojos grises espantados de miedo, pero asintió.

—Puedo hacerlo, Ester. ¿Estaré sola?

—Solo durante un rato, cariño. Cuando estés fuera del gueto, Ana se ocupará de ti.

Leah asintió de nuevo.

—Fuera del gueto —repitió sobrecogida con un hilo de voz.

—Solo si hacemos las cosas bien —advirtió Mordecai retorciéndose las manos.

—Y las haremos —dijo Filip con calma—. Las haremos.

Pero no iba a ser fácil. Dos días después, con la carreta a punto de llegar, Ruth y Ester llevaron a Leah a la parte de atrás del taller, ambas enlazándola firmemente por los brazos.

—Tienes que tumbarte y quedarte muy quieta —le dijo Ester—. No debes casi ni respirar.

—Casi —Ruth repitió—. Pero respira, Leah. Por favor, sigue respirando, cada día de esta odiosa guerra.

Leah se aferró a su madre.

—Ven conmigo. Podemos irnos las dos. Podemos ser felices juntas.

Ruth negó con la cabeza.

—Una jovencita delgada puede pasar desapercibida debajo de esos grandes abrigos, pero dos personas sería demasiado arriesgado. Seré feliz aquí, Leah, sabiendo que tú estás a salvo. Y cuando todo esto haya acabado, cuando estos monstruos hayan sido derrotados, te encontraremos y seremos felices juntos.

Leah asintió con lágrimas en los ojos, y Ester les metió prisa. No convenía que nadie se fijara en ellas cuando se suponía que Leah debía estar muriéndose en casa.

—Por aquí. —La puerta del taller estaba apenas entreabierta, pues ya se había encargado Filip de dejarla así—. Es el momento. —Apretó con fuerza los brazos de Leah—. ¿Recuerdas lo que tienes que hacer, Leah?

—Colarme dentro y esconderme tras la tercera puerta a la izquierda hasta que alguien venga a por mí.

—Bien.

A su espalda se oyó un traqueteo en la bacheada calle y al girarse vieron una gran carreta que se acercaba al taller. Ahí estaba: ese era el billete de Leah para salir del gueto. Ester estrechó a su hermana tratando de transmitirle todo su amor en un solo abrazo, pero ya no había tiempo para más y la empujó casi con brusquedad hacia la puerta. Las lágrimas corrían por las mejillas de Leah.

—Te quiero —dijo la joven.

—Nosotras también te queremos. ¡Ahora vete!

Y se fue. Desapareció por la abertura de la puerta y la cerró tras de sí con la máxima levedad. Ester y Ruth se quedaron allí, sobre la nieve que se derretía bajo sus pies, con la mirada clavada en aquel desnudo rectángulo de metal. Habían hecho su trabajo y ahora todo dependía de Filip. Ruth cayó de rodillas, con las manos entrelazadas y los ojos hacia el cielo, pero no había tiempo ni siquiera para rezar, así que Ester hizo que se levantara y ambas se alejaron de allí.

—Déjame mirar —le suplicó Ruth—. Déjame ver cómo se va, Ester. Déjame verla salir sana y salva.

Ester miró a su madre. También ella deseaba verlo, pero no podían poner en peligro el plan. Había más vidas en juego aparte de las suyas.

—No debes llorar, madre. Tienes que ser fuerte, estar serena.

—Ya lo sé. —Ruth se recompuso, se enjugó las lágrimas de las mejillas y se ajustó el pañuelo de la cabeza—. Ya lo sé.

Con los cupones de racionamiento en la mano, se pusieron a la cola de una panadería cercana a las puertas principales del gueto, y por una vez se alegraron de la exasperante lentitud con la que avanzaban hacia el establecimiento. Toda su atención estaba puesta en la calle que venía del taller, hasta que por fin vieron salir la traqueteante carreta con los uniformes cuidadosamente empaquetados. Ruth aferró el brazo de Ester, pero aparte de eso no hizo ningún otro movimiento aparente, y Ester le apretó a su vez la mano, con el corazón latiéndole tan fuerte que hubiera jurado que los guardias lo oirían a veinte metros.

La carreta avanzó hasta las puertas y cuatro miembros de las SS le salieron al paso. El conductor les tendió unos papeles y uno de los guardias los examinó, mientras los otros tres se movían amenazadoramente alrededor del vehículo. Uno de ellos apartó los paquetes de la parte superior y levantó algunos con desgana. A Ester se le cortó la respiración. El guardia principal estaba ya devolviendo los papeles y haciendo señas a los hombres de las puertas. Estas empezaron a abrirse. ¡Iba a salir bien! Pero entonces, cuando el conductor ya levantaba las riendas, Ester vio que algo se movía en la carreta.

—No —susurró.

Uno de los guardias apuntó con su arma.

—¡*Halt!*

El conductor obedeció, aunque Ester distinguía sus hombros rígidos por la tensión. El segundo guardia se dio la vuelta, descolgó el arma del hombro y caló despaciosamente la bayoneta. Ester se imaginó a Leah en algún lugar en medio de toda aquella tela. ¿A qué profundidad estaría? ¿Hasta dónde llegaría la bayoneta? Habían estado tan cerca y ahora...

Un grito proveniente de la gente que hacía cola tras ella la sobresaltó.

—¡Tu pobre madre! ¡Ayúdala!

Ruth había caído al suelo y se agitaba en el barro presa de terribles convulsiones. Algunas personas de la cola señalaban con el dedo y gritaban y Ester se arrodilló junto a Ruth.

—Arma un buen alboroto —le susurró Ruth—. Arma todo el maldito alboroto que se te ocurra.

Era la primera vez que le oía a su madre una mala palabra y eso la hizo reaccionar en el acto.

—¡Socorro! —gritó poniéndose de pie y corriendo hacia los guardias—. ¡Tienen que ayudarnos! ¡A mi madre le ha dado un ataque!

—¿Un ataque? —El guardia de la bayoneta echó una mirada alrededor, con un rictus despreciativo en los labios—. Asquerosos judíos. Cuando no están tosiendo o dejando un reguero de diarrea, les da un maldito ataque. —Le pasó el arma a su compañero y se acercó a grandes zancadas hacia ellas, la cara encendida de cólera—. ¿Sabes qué es bueno para los ataques? —bramó.

Ester negó con expresión desvalida mientras los otros guardias, más interesados en el drama que en un rutinario envío de uniformes, hacían señas a la carreta para que saliera. Ester se quedó mirándola mientras cruzaba la puerta y seguía calle abajo, alejándose del taller y del gueto, con su hermana oculta en ella y, seguramente, sana y salva.

—Unas buenas coces, ya lo verás.

—¡No!

Ester se lanzó delante de su madre mientras la bota militar descargaba el golpe con brutalidad. La patada la alcanzó en el brazo y le provocó un dolor lacerante, pero su intervención solo hizo que el oficial se enfureciera todavía más. Agarrándola de ese mismo brazo, la arrojó a un lado y esta vez la bota cayó sobre la madre. Ruth se hizo un ovillo mientras la gente de la cola retrocedía, tapándose la boca con la mano, impotentes ante aquel tormento. Una y otra vez la bota se hundió en el frágil cuerpo de Ruth hasta que, por fin, con el impulso de la última patada el soldado se separó y, soltando una risotada, dio media vuelta y se alejó. Ruth quedó en el suelo, inmóvil.

—¿Lo ves? —dijo por encima del hombro—. Se acabó el ataque. Esto hace maravillas.

Sus compañeros lanzaron unos vítores que sonaron grotescos y se encaminaron de nuevo a las puertas, dejando a Ruth deshecha en el barro.

—¿Madre?

Los ojos de Ruth estaban velados de dolor, pero aún respiraba.

—¿Ha salido? —pudo susurrar apenas—. Leah, ¿ha salido?

—Sí —le dijo Ester apartándole con ternura el pelo de la cara.

—Entonces ha valido la pena —dijo Ruth con la más dulce de las sonrisas. Y entonces los ojos quedaron en blanco y su cuerpo se volvió flácido entre los brazos de Ester.

ANA

En el otro lado de la ciudad, Ana corrió hacia la carreta que acababa de detenerse en una oscura calleja lateral.

—Leah —susurró—. Leah, ¿estás ahí?

Ninguna respuesta.

—Leah, soy Ana. Estás a salvo. Puedes salir.

A su alrededor, Bartek y los chicos empezaron a quitar los paquetes de la parte de arriba. Había muchos y parecían pesar bastante. ¿Habrían aplastado a la joven? ¿Y si la habían ahogado? ¿Y si…?

—¿Ana?

—¡Leah!

Revolvieron para quitar algunos paquetes más y entonces Leah empezó a abrirse camino para salir, temblorosa pero de una pieza. Miró a su alrededor, como si estuviera en un mundo de fantasía.

—¿Estoy fuera, Ana? ¿De verdad estoy fuera?

—De verdad —le aseguró—. Vamos a sacarte enseguida de la ciudad. Ven. —Le entregó nuevos documentos de identidad, recién salidos de la ingeniosa imprenta de Bartek—. Ahora eres Lena Kaminski, mi sobrina segunda, y ayudas a tu tía Krystyna en su parcela del campo para que pueda producir la mayor cantidad posible de verduras para el honorable Reich.

Leah, o Lena, echó un vistazo a los documentos, parpadeando sin cesar mientras se esforzaba por memorizarlos.

—¿Cuándo nos vamos?

—Ahora.

Los chicos habían vuelto a cargar los paquetes y la carreta se alejaba ya para alcanzar el tren que luego llevaría los uniformes al frente. Los alemanes habían sorprendido a todos al invadir Rusia durante el último verano y ahora sus pobres soldados necesitaban ropa de abrigo para enfrentarse al hielo soviético. Por un momento, Ana estuvo tentada de quemar todo el cargamento y dejar que se helaran, como lo estaban haciendo los judíos del gueto, pero debía cumplir a rajatabla el plan de la Resistencia: paciencia, serena fortaleza y cautela. Dejó que los uniformes siguieran su camino y condujo a Leah a otra carreta mucho más pequeña.

—Has traído verduras a la estación para cumplir con la cuota que piden las autoridades locales y ahora vuelves a casa con tu primo, Alekzander. —Leah miró nerviosa a Zander, sentado muy recto en el pescante y vestido con bastas prendas de granjero. Ana se inclinó hacia la muchacha—. No es tan rudo como parece. Alekzander es mi hijo y es médico.

—¿Médico?

Ana sonrió.

—Ninguno parecemos exactamente lo que somos en estos tiempos.

Sacó unas pequeñas tijeras del bolsillo, cortó los hilos que sujetaban la odiosa estrella amarilla al abrigo de Leah y la arrancó. La joven se miró el pecho con expresión cercana al asombro y Ana la besó.

—Ahora vete, cariño. Sé libre, mantente a salvo, sé tan feliz como puedas. Y trata de no preocuparte por tu familia, porque ellos estarán agradeciendo a Dios cada día que hayas podido escapar.

Leah asintió con los ojos llenos de lágrimas y subió valerosamente a la carreta, junto a Zander. Él le pasó una manta para que se protegiese del frío y, aunque estaba muy vieja, Ana vio que Leah la acariciaba extasiada y, una vez más, se sintió llena de odio hacia los nazis por lo que estaban haciéndoles a estos pobres inocentes. «Los mansos heredarán la tierra», se recordó a sí misma, aunque ahora ella sabía que solo lo lograrían con ayuda. También con *su* ayuda. Hoy habían conseguido salvar a Leah y eso era motivo de celebración, pero quedaba mucha otra gente atrapada en el gueto, y con la amenaza de los furgones de la muerte no había tiempo para autocomplacencias. Tenían que hacer más, mucho más.

ONCE

1 DE SEPTIEMBRE DE 1942

ESTER

Ester retiró con cuidado el último de los puntos de la pierna del anciano señor Becker y miró orgullosa la fina cicatriz.

—Está curándose estupendamente, señor Becker.

—Gracias a sus puntos, enfermera.

—Y al hilo que nos hace llegar la Resistencia.

Él le guiñó un ojo.

—Ya deberían saber que no vale la pena molestarse en romper a un judío, ¿eh? Nadie nos supera con la aguja. Por mucho que se afanen en descoyuntarnos, no tardamos en estar otra vez recompuestos.

Ester sonrió y asintió, deseando que eso fuera verdad. Conseguían salvar quizá a uno de cada veinte judíos víctimas del frío, de la desnutrición o, como el pobre señor Becker, de alguna brutal paliza propinada por un aburrido oficial de las SS. Y además estaban los traslados…

Poco después de la dramática huida de Leah, Ana les había hecho saber que la joven estaba a salvo en la campiña con su prima Krystyna y que todos los días rezaba dando gracias por ello. Al menos uno de ellos podría llegar al término de la guerra con vida. Con todo, las hostilidades no mostraban indicios de atenuarse durante aquel verano de 1942 y, con los alemanes aparentemente a punto de tomar Stalingrado, daba la impresión de que podrían ganar la guerra. Si los nazis se adueñaban del mundo, sin duda sería el fin de la nación judía.

Cada día llegaban rumores sobre esa «granja» de Auschwitz mencionada por Rumkowski, con su aire puro y su comida de sobra.

Aunque tal vez enviaran a algunos de los judíos más fuertes allí a trabajar, seguramente el resto iría directamente a los furgones de gaseamiento. Ahora nadie se ofrecía voluntario para los traslados, pero se habían llevado ya a tanta gente que en el gueto empezaba a haber algo más de espacio. Martha, Noah y sus tres hijos seguían en la que antes había sido su sala de estar. Sin embargo, la otra familia se había mudado y ya no estaba en el cuarto de Benjamin y Sarah, de modo que Ester y Filip volvían a tener la buhardilla para ellos solos.

Esa noche se cumpliría el tercer aniversario de la petición de mano de Filip y la pareja tenía una sorpresa planeada. Durante dos semanas, habían ahorrado e intercambiado raciones para poder cocinar de nuevo *bigos* y comérselo juntos en su habitación. Incluso disponían de un panecillo fresco y de media botella de vino, regalo de otro agradecido padre primerizo con una bodega muy bien escondida. Ester apenas podía esperar.

—Listo, señor Becker —dijo limpiando los agujeros de la sutura con toquecitos de preciado antiséptico—. Como nuevo.

—Es usted un ángel. No mucha gente cuidaría de los que son como yo, carne de cañón para los furgones de gaseamiento.

—¡Señor Becker, no diga eso!

Él se encogió de hombros.

—Pero es verdad. Si no vuelvo al trabajo, estaré perdido en cuanto los soldados vuelvan a por gente.

—Bobadas —replicó Ester enérgicamente, aunque más para sí misma que para su paciente.

Su pobre madre se había recuperado de la paliza de enero, al menos externamente, pero Ester temía que existiera algún daño más insidioso, porque a Ruth le costaba respirar y apenas tenía apetito.

—Es una bendición no tener apetito —solía decir en tono animado mientras dejaba su pan en el plato de Filip, pero todos sabían que eso no era verdad.

La piel de Ruth había tomado un tono grisáceo y el pelo se le estaba cayendo. Si durante el verano se había librado del tifus era solo porque se había recluido en su habitación, pero ahora que empezaban a soplar las primeras ráfagas invernales por las calles del gueto, Ester temía que se infectara de tuberculosis. A Sarah le iba un poco mejor, aunque también ella parecía agotada y bastante más mayor de sus cincuenta años. Filip le había conseguido un trabajo en la «fábrica de colchones» que habían abierto en una vieja iglesia, pero las plumas y el serrín con que rellenaban los toscos lechos de los soldados se colaban en cada recoveco de los pulmones de los trabajadores y a Sarah le estaba resultando muy duro.

Habían desarrollado un sistema de protección que aplicaban cuando aparecía la policía judía en busca de «voluntarios» para el siguiente traslado: escondían a los mayores y los débiles unas calles más adelante de donde estaban los policías y los iban desplazando en círculo con la ayuda de chicos que vigilaban en las esquinas, hasta que podían devolverlos con seguridad a sus casas ya registradas. No era infalible y a muchos se los seguían llevando, pero hasta el momento tanto Ruth como Sarah habían evitado ser deportadas. En cualquier caso, ya nadie se iba a la cama ni dejaba la casa sin antes despedirse cariñosamente, por si acaso no tenían otra ocasión de hacerlo.

Ester levantó la vista hacia el reloj, pero ni siquiera era aún mediodía; aún faltaban muchas horas para poder cobijarse en la buhardilla junto con su esposo. Sus manos limpiaban el espacio de trabajo de forma automática, pero en su mente se estaba imaginando a Filip, sentado al otro lado de la mesa que habían improvisado con una caja de metal que «sobraba» en el taller de él y que ella había cubierto con los bordes de una raída sábana cosidos juntos. No tenía ningún regalo que ofrecerle salvo ella misma, pero sabía que, ahora que habían recuperado su intimidad, eso sería más que suficiente para ambos.

—¡Enfermera!

Era la señora Gelb quien llamaba desde la cama más alejada, sin duda porque de nuevo necesitaba aliviarse, la pobre mujer. Ester puso fin a su ensueño, sabedora de que sería una realidad al cabo de unas pocas horas, y volvió a sus tareas. Pero la señora Gelb no necesitaba ir al retrete. Estaba incorporada en la cama y señalaba alarmada hacia el otro lado de la ventana abierta. A Ester no le hizo falta ver lo que la estaba molestando, porque pudo oírlo antes: «¡*Raus, raus!*». Debajo de ellas, en la planta principal del hospital, se oyó el crac de las puertas que se abrían con violencia y el sonido inequívoco y escalofriante de las botas moviéndose con rapidez sobre las baldosas del suelo.

—¡Levántense ahora mismo! ¡Todo el mundo fuera! ¡Es hora de irse!

—¿Irse adónde? —preguntó la señora Gelb.

Nadie le dio ninguna respuesta, pero todos sabían cuál era. Hasta entonces los hospitales habían gozado de inmunidad en las selecciones para los traslados, pero al parecer eso se había acabado. Ester se quedó paralizada de miedo mientras las pisadas resonaban por las escaleras y cuatro oficiales de las SS irrumpían en la sala.

—¡*Raus, raus!*

El doctor Stern se adelantó mientras se pasaba por el pelo una mano nerviosa que le dejó torcida la kipá.

—¿Qué significa esto, oficial? ¿Para qué quiere a estas personas enfermas?

El oficial al mando se inclinó hacia el doctor Stern, tan cerca que al hablar le salpicó la cara de saliva:

—Queremos deshacernos de ellas.

—Pero si son enfermos…

—¡Exactamente! Este es un gueto de trabajo, solo para gente capaz de trabajar.

El doctor Stern irguió la postura en actitud valerosa.

—Volverán a trabajar cuando se encuentren mejor.

—¿Y cuánto tardarán en estar listos? Sus plazos son pésimos, doctor.

—Porque no tenemos suministros, no hay medicinas, no…

El oficial lo interrumpió con una fuerte bofetada y el doctor retrocedió tambaleándose.

—Así mejor. Y bien, ¿a qué esperan? Arriba. ¡Vamos!

Algunos de los pacientes comenzaron a arrastrarse temblorosos fuera de la cama. Los soldados de las SS iban de un lado a otro, empujándolos como a ganado y obligándolos a dirigirse a la escalera. Una pobre mujer tropezó y la forzaron brutalmente a levantarse; a otra que cojeaba por tener una pierna rota simplemente la empujaron, cayó rodando por las escaleras y, tras golpearse con la pared al aterrizar, quedó allí inmóvil, como un fardo cuya sola vista estremecía.

—Por favor —dijo Ester acudiendo presurosa—. Déjenos ayudarlos. Será más… —Buscó una palabra convincente—. Más eficiente.

Surtió efecto. El oficial superior asintió y Ester y el resto del personal corrieron a ayudar a los impedidos a bajar las escaleras. La sensación de estar acompañándolos a una muerte casi segura resultaba espantosa, pero al menos podían ir hacia ella con un poco de dignidad.

—Tú también —ordenó una voz alemana a la espalda de Ester—. ¡Rápido!

Ester volvió la cabeza y vio al señor Becker sentado en la cama, con los brazos cruzados y un gesto desafiante en la cara.

—No.

—¿No? —El soldado lo miró desconcertado—. No ¿qué?

—Que no voy con ustedes. No quiero morir arañando desesperado las paredes de un furgón de gaseamiento. Prefiero que me dispare aquí, en mi cama.

—¿Dispararte? —Se rio el alemán—. No desperdiciaría una bala contigo, judío. Levántate.

—No.

Ester estaba paralizada, observando con admiración la valentía del señor Becker, pero entonces el oficial se acercó a él y lo agarró para sacarlo a la fuerza de la cama.

—No quieres salir por las escaleras, ¿eh?

—No —repitió el señor Becker, aunque su voz sonaba afónica.

—Muy bien. Pues entonces puedes salir por la ventana.

Y de inmediato levantó al señor Becker, caminó a grandes zan-

107

cadas hasta la ventana y, sin ni siquiera detener el paso, lo arrojó fuera. Ester cerró los ojos para no ver tanto horror, pero eso no le evitó oír el ruido que hacían los viejos huesos del señor Becker al golpear el suelo, y solo pudo rezar para que hubiera muerto al instante.

—¿Qué haces ahí parada, enfermera? ¿Quieres seguir al viejo? Tras negar con la cabeza, Ester se dio media vuelta y bajó corriendo las escaleras. En la calle, el caos era absoluto. No se trataba solo de los pacientes del hospital, sino que habían congregado a toda la gente mayor y ahora se los llevaban cruzando la ciudad en dirección al apartadero del distrito de Marysin. El aire se había llenado de lamentos y gritos de «tengan compasión», pero eran un mero reflejo, porque todo el mundo sabía que los nazis no tenían compasión. Ester pensó de inmediato en su padre y corrió hacia una bocacalle para atajar hasta su casa. En la misma puerta la detuvo Delilah, una bondadosa mujer que había sido antaño tan redonda como una esponjosa rosquilla, pero cuya piel pendía ahora en extraños colgajos de su cuerpo demacrado.

—Las he escondido.

—¿Cómo?

—A vuestras madres, a Sarah y a Ruth. Las he escondido con la mía. Mi Ishmael es carpintero y tenemos un panel falso. Están escondidas tras él y esperamos que puedan seguir allí, pero es mejor no atraer la atención hacia la casa.

—Por supuesto. —Ester le apretó la mano—. Muchas gracias.

—Debemos unirnos, Ester. Es la única forma de que alguno de nosotros pueda salir vivo de esto.

Y acto seguido desapareció de nuevo en el interior de la casa donde ocultaba a los seres queridos de Ester. La joven rezó para que sus padres estuvieran a salvo en el trabajo junto con Filip, y pensó en Leah con una reconfortante sensación de alivio, pero entonces apareció Martha, que salía a toda prisa de la casa cargada con sus tres hijos. Ester corrió a ayudarla.

—¿Adónde vas?

—Va a haber un discurso. Rumkowski va a contarnos qué está pasando. Oh, Dios, Ester, ¿qué va a decir?

Ester se acordó de cuán ingenuamente había escuchado Martha al decano de los judíos el día en que, por primera vez, ambas habían atendido juntas un parto. Muchos otros nacimientos habían seguido a aquel primero, y Ester había dado gracias por poder contar con la ayuda de Martha, pero ahora la mujer parecía presa del pánico, y a Ester se le revolvió el estómago al adivinar la causa. «Este es un gueto de trabajo», había dicho el oficial de las SS en el hospital, «solo para gente capaz de trabajar». ¿Y quiénes no trabajaban? Los niños.

No puede ser, pensó Ester, pero de inmediato volvió a ver al oficial de las SS arrojando al señor Becker por la ventana con la misma tranquilidad con que arrojaría el agua de fregar. No había nada de lo que aquella gente no fuera capaz. Cogió al hijo más pequeño de Martha mientras continuaban andando hacia la plaza.

Casi todos los habitantes del gueto estaban allí apelotonados. Buscó a Filip, pero habría sido imposible encontrar a un hombre entre semejante multitud y, además, Rumkowski acababa de subir al estrado y ya se aclaraba la garganta frente al micrófono. Esta vez, incluso él parecía agotado, y Ester se encontró a sí misma acariciando sin cesar el pelo de la pequeña Zillah a la espera de que el hombre hablara.

Rumkowski levantó una mano y se hizo un tenso silencio.

—Hoy —dijo en tono grave— el gueto ha recibido un duro golpe. —Paseó la vista por la multitud, las manos aferradas al atril como si necesitara apoyarse para mantenerse en pie—. Nos piden nuestro bien más preciado: nos piden a los niños y a nuestros mayores.

—¡No! —gritó Martha junto a Ester, un lamento terrible que resonó en toda la extensión que ocupaba la gente.

Ester buscó palabras para tratar de confortar a su amiga, pero no las había. Seguro que no quería decir eso, seguro que no se trataba de los niños. Trató de concentrarse en lo que decía el decano de los judíos, pero nunca nadie, ni hombre ni mujer, debería haber tenido que escuchar sus palabras.

—Llegado ya a la vejez, me veo obligado a tender los brazos y suplicar: «¡Hermanos y hermanas, dádmelos a mí! ¡Padres y madres, dadme a vuestros hijos…!».

Martha cayó de rodillas, abrazando fuertemente a sus hijos y manoteando casi a tientas para coger también a Zillah. Ester se inclinó y le entregó a la niña, oyendo solo a medias cómo Rumkowski explicaba que había recibido orden de hacer salir a más de veinte mil judíos, y que él y el consejo habían tomado por ellos la decisión de a quién debían enviar.

—No nos guiamos por la idea de a cuántos perderíamos, sino por la de cuántos podrían salvarse —dijo, la voz elevándose por encima de los terribles lamentos—. No puedo hoy daros consuelo. He venido aquí como un ladrón para quitaros lo que más ama vuestro corazón. Debo llevar a cabo esta penosa y sangrienta operación, debo cercenar miembros para salvar el cuerpo. Debo llevarme a los niños, y si no lo hago, se llevarán también a otros.

Y siguió hablando, argumentando sus motivos, tratando de explicar cuánto se había esforzado por hacer cambiar de opinión a los nazis, pero ya nadie escuchaba. Lo único que la gente oía, repetido una y otra vez como una sirena infernal, era: «Dadme a vuestros hijos, dadme a vuestros hijos, dadme a vuestros hijos».

DOCE

ESTER

Un silencio escalofriante se apoderó del gueto. Era la sagrada festividad del Rosh Hashaná, pero nadie la estaba celebrando. Las mesas familiares ya no tenían familias sentadas alrededor y todo el mundo había perdido el apetito. Ningún niño corría por la calle, ni sostenía la comba para que saltaran sus amigos, ni tiraba tejos en una rayuela pintada con tiza. No había ancianas sentadas en los umbrales, observando a los pequeños mientras pelaban la exigua ración de verduras para la cena. No se oían bebés llorando, y las únicas lágrimas eran las de las madres de cuyos brazos los habían arrancado.

Durante toda la semana, la policía judía y sus amos de las SS habían aterrorizado al gueto, llevándose a cualquiera que no estuviera inscrito para trabajar. Habían vaciado casas, puesto marcas en sus listas de nombres, sacado a niños mayores de los desvanes, a niños más pequeños de los barriles, a bebés de cajones y pozos o de cualquier otro sitio que se le hubiera ocurrido a la gente para esconderlos. Habían hincado las bayonetas en cada colchón y sofá, abierto agujeros en las paredes a base de disparos y registrado sótanos y cobertizos con perros rabiosos. Las calles que conducían a Marysin se habían llenado de niños desorientados que se aferraban a la mano de sus tambaleantes abuelos, y, cada negro día, un tren tras otro se los había ido llevando implacablemente.

Ahora, los únicos sonidos perceptibles en el aire otoñal eran los repiqueteos de las máquinas de coser, de las estampadoras de cuero y de los telares, en un gueto que trabajaba para vivir una vida que nadie estaba seguro de querer ya. Porque ¿qué era una vida sin una generación que abriera camino y otra que la siguiera? ¿Para qué estaban trabajando, excepto para ganar unos pocos días más en aquella desdichada no existencia?

Algunos habían sobrevivido. Ruth y Sarah habían salido de su minúsculo escondite el día anterior y estaban de nuevo en casa, pero Martha se había ido, habiéndose negado a dejar a sus hijos solos en el tren, y ahora a Noah se le veía siempre sentado en un rincón, tirándose de los negros rizos y llorando. Había intentado seguir a su familia, pero lo habían arrojado violentamente de los atestados trenes de ganado, sus anchos hombros demasiado valiosos para que los nazis lo dejaran ir con sus seres queridos.

La familia Pasternak-Abrams se congregó a la hora de la cena alrededor de la mesa, pero nadie tuvo ánimos para comer.

—La próxima vez nos cogerán —dijo Ruth, la voz temblorosa pero convencida.

—La próxima vez —repitió Sarah mirando al suelo—. Deberías salir de aquí, Ester. Tú y Filip deberíais iros, como Leah. Moriría para que pudierais salir, lo digo en serio.

—Y yo —convino Ruth—. Mil veces lo haría.

Sus maridos las rodearon con el brazo, asintiendo con solemnidad.

—Hemos vivido —intervino Mordecai—. Hemos tenido nuestra juventud, hemos tenido hijos, hemos conocido las alegrías de los muchos años vividos, pero vosotros, vosotros sois jóvenes. Poneos en contacto con Ana y Bartek, Ester. Salid de aquí y vivid, por vosotros, por nosotros y por los niños que continuarán nuestro linaje. —Extendió las manos—. Por favor —dijo con voz quebrada—. Por nosotros, debéis intentarlo.

Ester miró a Filip. Ella llevaba mucho tiempo resistiéndose, convencida de que la gente del gueto la necesitaba. Pero ¿de qué servía una enfermera sin pacientes? ¿Una comadrona sin madres? Aun así, la sola idea de escapar la hacía sentir culpable. Filip la rodeó con el brazo, cálido y firme, y la besó en los labios.

—Es el momento —dijo—. ¿No crees, Ester?

Ella negó con la cabeza, los ojos ya inundados de lágrimas, pero en realidad ya no tenía ni idea de qué hacer y, además, todos parecían tan seguros…

—Es el momento —convino.

TRECE

FEBRERO DE 1943

ANA

Ana desdobló el delicado cartón y comprobó los detalles por la que debía ser la centésima vez. Allí estaba la cara de Ester, mirándola con expresión solemne sobre el nombre convincentemente polaco: Emilia Nowak. Emilia constaba como una buena chica católica de Łęczyca que trabajaba como enfermera en Varsovia. Ana tenía en el hospital de esa ciudad contactos de su época en la escuela de comadronas y le había conseguido a Ester-Emilia un puesto, de modo que ella y «Filip Nowak» tuvieran un sitio al que ir una vez llegaran a la capital. Habían debatido mucho sobre si Filip debía figurar como sastre, dado que la mayoría de los trabajadores textiles de Łódź eran judíos. Con todo, el joven necesitaba trabajar y en Varsovia había muchas empresas de trajes a medida, así que se había convertido en un nativo de Varsovia que viajaba a Łódź para conseguir suministros. Lo único que faltaba en sus documentos de identidad eran sus huellas digitales, que tendrían que estampar ellos mismos cuando salieran del gueto… si llegaban a salir del gueto.

Ana volvió a plegar el documento y, con un suspiro, lo metió en una cajita para guardar dinero. Era la cuarta vez que habían planeado una huida para la joven pareja y, de nuevo, había fallado. Un ingenioso carpintero de la Resistencia había construido un falso fondo en una de las carretas que entraba y salía del gueto cargada de género, y mucha gente había conseguido escapar por ese medio durante los últimos dos meses, pero no resultaba fácil. Las carretas solían entrar en el gueto cargadas de verduras y volvían a salir con género de los talleres, pero, debido al aumento de huidas durante esos dos primeros meses de 1943, ahora la policía judía y los oficiales de las SS las vigilaban con mucho celo, hasta el punto de que resultaba casi imposible encontrar un momento para meter a los fugitivos en el compartimento secreto.

Cuatro veces había esperado Ana ansiosamente a que la carreta se detuviera en la calle lateral y cuatro veces el conductor había llegado negando tristemente con la cabeza. Empezaba a pensar que nunca lo lograrían, y la situación se estaba volviendo desesperada. Fuentes de la Resistencia aseguraban que las matanzas de Chelmno habían parado en seco. En principio, parecía una buena noticia, hasta que empezó a hablarse de actividades sospechosas en los campos de concentración nazis, sobre todo en el que llamaban Auschwitz. Según los rumores, allí se estaban construyendo gigantescos crematorios, lo que solo podía significar una cosa: que los nazis habían renunciado a «contener» a los judíos y estaban empezando a eliminarlos a gran escala. Por toda Polonia, se estaban desmantelando ya los guetos más pequeños, y los de mayor tamaño no tardarían en seguirlos, por mucho que trabajaran sus habitantes. Tenían que sacar a Ester y a Filip, y de inmediato.

—Si vigilan tanto las carretas, tal vez lo que necesitamos es otro método —dijo Alekzander.

—¿Por ejemplo?

—Una chica tiene a un grupo excavando un túnel desde una vieja bodega. Tendrá que ser largo para salvar el perímetro, pero si consiguiéramos terminarlo podría ser una vía de escape segura para mucha gente. Estoy intentando averiguar más detalles.

A Ana le dio un vuelco el corazón. Su hijo mediano demostraba una determinación feroz y, aunque eso a ella la llenaba de orgullo, también temía por él.

—Tendrás cuidado, ¿verdad, Zander?

—Claro que sí, madre. No te preocupes por mí. Jakub está haciendo un gran trabajo con los documentos de identidad, así que mi obligación es liberar a la gente para que pueda usarlos.

Jakub sonrió de oreja a oreja. La verdad es que se había convertido en un experto falsificador de tarjetas de identificación. Imprimía los documentos con la imprenta y luego se ocupaba de imitar los detalles y las firmas. Él mismo había creado una réplica casi perfecta del sello oficial. El punto conflictivo era conseguir sacar a la gente.

—No te preocupes, madre —dijo, repitiendo las palabras de su hermano—. Pronto sacaremos a Ester y a Filip y haremos que lleguen a Varsovia para ver el final de esta maldita guerra. Los rusos están contratacando y haciendo retroceder a los nazis. Se están volviendo las tornas, estoy seguro. Dentro de un año, como máximo, estaremos visitando a Filip «Nowak» para que nos haga trajes elegantes con los que celebrar la victoria aliada.

Ana les sonrió a ambos.

—Sois buenos muchachos. Tenéis la bendición divina, lo sé, y vuestro padre y yo estamos muy orgullosos de vosotros. Ahora vamos a esconder otra vez estos papeles en lugar seguro para usarlos la próxima vez.

Alekzander se levantó y quitó una tabla suelta del suelo, pero cuando Ana se inclinaba para esconder allí la cajita cerrada, unos fuertes golpes hicieron temblar la puerta principal.

—¡Rápido! —apremió Jakub.

—¡Abran! —gritó una voz con un inquietante acento alemán—. ¡Abran ahora mismo!

Ana metió la caja en el hueco.

—Ya va —gritó, y se dirigió pateando ruidosamente hacia la puerta, donde se entretuvo en complicadas operaciones con el cerrojo para dar tiempo a los chicos a recolocar la tabla del suelo. La puerta volvió a temblar con más golpes hasta que, finalmente, Ana abrió.

—Lo siento, mis dedos no son tan ágiles como solían ser —dijo en un fluido alemán. Eso los dejó tan desconcertados que el que encabezaba el grupo incluso llegó a quitarse la gorra, pero había tres más detrás y Ana sintió que se le aceleraba la respiración. Cuatro soldados de las SS eran sin duda una visita de importancia—. ¿Puedo ayudarles?

Un oficial de más edad se adelantó.

—Eso creemos, Frau Kaminski. Creemos que está usted en contacto con miembros de la Resistencia. Creemos que su familia —y aquí sus ojos examinaron a Zander y Jakub, quienes se habían colocado ya a la espalda de Ana— es el núcleo de una operación de falsificación que no solo es ilegal ante la ley polaca, sino también un acto de sabotaje deliberado contra el Tercer Reich.

—¿Falsificación? —dijo Ana, luchando para evitar que le temblara la voz—. ¿Yo?

—Su familia —dijo el oficial, quien, tras apartarlos para entrar, dio una orden a sus hombres—: Registrad la casa.

Los otros tres entraron con estrépito y comenzaron a volcar muebles y arrancar cuadros de las paredes con despiadada indiferencia. Ana se estremeció. Aquel elegante apartamento no era su verdadero hogar, pero durante los últimos dos años lo habían hecho suyo y le resultaba odioso ver cómo aquellos animales de las SS lo destrozaban. Sintió reavivarse todo el odio que le inspiraban sus opresores y eso le dio fuerzas para hacerles frente.

—En esta casa nadie ha cometido traición. Solo somos honrados trabajadores que se ocupan de sus trabajos.

—¿Que son…? Documentación, por favor.

Miró a Ana y luego a Zander, pero su vista se detuvo más largamente en Jakub.

—¿Tú estás en la imprenta?

—Sí.

—¿Y qué imprimes allí?

—De todo, señor. Libros, periódicos…

—¿Documentos de identidad?

—A veces, sí, cuando nos lo ordena el Reich.

El oficial agarró a Jakub por las solapas y lo empotró contra la pared.

—O los ilegales.

—No —contestó Jakub ahogándose—, solo el Reich, señor.

Con el rabillo del ojo, Ana vio que uno de los soldados había llegado a la tabla bajo la cual estaba la tarjeta de identidad. Se obligó a no mirar para evitar que se fijara en ella. Si veían las fotografías de Ester y de Filip, los capturarían y los matarían sin dudarlo ni un momento. Sus esfuerzos por salvarlos se convertirían en el pasaporte a una muerte segura, y solo podía rogar por que Zander hubiera tenido tiempo de recolocar perfectamente la tabla.

El oficial soltó a Jakub tan repentinamente como lo había agarrado.

—¿Habéis encontrado algo? —preguntó a sus hombres.

Ellos negaron con la cabeza y Ana vio con alivio que el soldado se había alejado de la tabla en cuestión. Se abalanzaron entonces hacia los dormitorios y, aunque la sola idea de que revolvieran sus efectos personales la sublevaba, siempre era preferible a que encontraran las pruebas incriminatorias.

—Tampoco es que importe demasiado —dijo el oficial al mando, paseándose alrededor de los tres como un gran gato—. Tenemos información de que esta familia está involucrada y con eso basta.

—Información, ¿de dónde? —preguntó Zander.

—De una fuente. Una fuente muy útil.

—Una fuente molida a palos —replicó Zander.

Ana alargó el brazo y le apretó la mano para tratar de calmarlo, pero el oficial se limitó a esbozar una sonrisa sibilina.

—Es sorprendente lo que la gente llega a decirte con un poco de… persuasión. —Pegó su cara a la de Zander—. Como pronto averiguarás.

Ana captó la mirada de Jakub hacia la puerta y pensó que ojalá pudiera alcanzarla y huir. Tres de los soldados estaban en los dormitorios y el otro, casi con toda probabilidad, no dejaría que Zander y ella se quedaran solos para ir tras Jakub. Podría conseguirlo. Pero el oficial, como si percibiera sus pensamientos, la agarró súbitamente y le retorció el brazo por la espalda, causándole un dolor tan agudo que se le escapó un grito ahogado.

—Si intentáis algo, muchachos, vuestra madre está muerta.

Sacó la pistola de la funda que llevaba en la cintura y se la puso a Ana en la cabeza. Ella sintió su contacto como un beso gélido que la hizo estremecer de arriba abajo, pero ¿qué más daba? Aceptaría gustosa la muerte si servía para que sus hijos pudieran huir. Ahora, sin embargo, los otros soldados ya estaban volviendo y se había esfumado cualquier oportunidad. Solo pudo dar gracias de que Bartek y Bronislaw no estuvieran allí.

—¿Algo? —preguntó secamente a sus hombres.

—Solo esto, señor. Estas herramientas de aspecto bastante desagradable.

Uno de ellos mostró la bolsa de instrumental de Ana, sacó los fórceps y los hizo chasquear en el aire.

—Eso es para sacarles a las mujeres los bebés —le dijo Ana, y casi se rio cuando el soldado dejó caer los fórceps como si estuvieran al rojo vivo—. Y con eso —continuó, señalando con la cabeza el cuchillo— se corta el cordón umbilical para poder fajar al bebé y que la placenta salga sin problemas. —Los cuatro soldados parecían asqueados y Ana los odió todavía más—. A todos ustedes se lo hicieron —dijo— cuando eran unos inocentes y hermosos recién nacidos, cuando…

—¡Basta!

El oficial superior le levantó el brazo con tal ímpetu que pareció como si se lo hubiera descoyuntado.

—Dios te salve, María, llena eres de gracia… —comenzó Ana, tratando de encontrar fortaleza de ánimo, pero la oración solo le hizo ganarse una patada en la pantorrilla.

—Ya está bien de esa monserga religiosa. Esto es el Reich y aquí no hay lugar para supersticiones ridículas. ¡Fuera!

Los empujó hacia la puerta y Ana, pese a todo su odio, se sintió desfallecer de miedo.

—¿Adónde?

—A las celdas. Quizá una noche o dos bajo la hospitalidad de la Gestapo os convenza para ser más útiles.

—Pero ella no ha hecho nada malo —protestó Jakub—. Llévenos a nosotros, pero a ella déjela marchar. Solo es una mujer mayor, una comadrona. Es inocente.

—Entonces no tiene nada que temer —replicó el hombre en tono desagradable—. ¡Fuera!

Arrastró a Ana hacia las escaleras y una ráfaga de aire frío la hizo estremecer.

—Mi abrigo —dijo—. ¿Puedo coger el abrigo?

El oficial gruñó y uno de los soldados descolgó el abrigo de la percha y lo registró. Con expresión victoriosa, sacó una cajita metálica y se la entregó a su superior.

—¡A-já! ¿Qué es esto?

Para gran alivio de Ana, el oficial la soltó para intentar abrir la cajita de dentífrico en polvo.

—Son mis papeles profesionales —le dijo—. En la caja se mantienen secos.

—Una historia convincente —masculló, pero entonces abrió la tapa y encontró, como ella había dicho, los documentos que demostraban su cualificación como comadrona. Con rostro decepcionado, volvió a meter los papeles en el bolsillo y, sin decir palabra, le pasó el abrigo—. ¡Fuera! —gritó de nuevo, y esta vez ya no había modo de demorarse.

Ana se vio arrastrada escaleras abajo y empujada dentro de un oscuro furgón junto con sus dos hijos. Los vecinos espiaban con recelo desde sus puertas y rezó para que alguien avisara a Bartek y Bronislaw y que, de ese modo, las SS no los atraparan al volver inadvertidamente a casa. Cuando las puertas del furgón se cerraron, se preguntó si alguna vez volvería a ver a su querido esposo.

Lo único bueno de todo aquello era que no habían descubierto la cajita con los papeles de sus amigos. Aunque la hubieran atrapado a ella, a Zander y a Jakub, al menos la implicación de Ester y Filip no había salido a la luz. Tampoco, sin embargo, habían escapado del gueto y, con la amenaza de los campos de exterminio en el horizonte, ese fracaso le causaba a Ana un dolor tan intenso como el que, según temía, podría aguardarles en las terribles celdas de la Gestapo.

SEGUNDA PARTE
AUSCHWITZ – BIRKENAU

CATORCE

ABRIL DE 1943

ESTER

—Toma, mamá, bébete esto. Te dará fuerzas.

Ester llevó el caldo a los labios de su madre y la instó a tomar un poco. Ruth lo intentó, pero estaba tan débil que hasta el mismo esfuerzo de tragar se le hacía imposible. Ester rezó para que Dios le infundiera paciencia. Debía volver al hospital, pero aquella paciente era demasiado querida para dejarla.

—Así, muy bien, mamá. Un poquito cada vez, no necesitamos más. —Los ojos de Ruth parecían pedir disculpas desde el rostro terriblemente enflaquecido. Ester observó cómo se concentraba en el caldo y se obligaba a tomar un poco más, y le sonrió—. Bien. Eso ha estado muy bien.

Un poco más de líquido descendió por la garganta de Ruth y Ester se permitió albergar una chispa de esperanza. Aquel había sido un invierno largo y duro con la tuberculosis al acecho en todo el gueto, segando vidas con caprichoso desenfreno. Ya habían perdido a la pobre Sarah a principios de enero entre un tormento de toses que los había tenido a todos en vilo noche tras noche, hasta que casi había sido una bendición cuando Dios le había concedido el descanso eterno. Ester había llorado a aquella suegra a la que solo había podido conocer en circunstancias de penuria y sufrimiento, y había hecho todo lo posible por consolar a Filip, abrazándolo por las noches bajo las mantas mientras él lloraba su pena en la oscuridad. Ruth, sin embargo, había conseguido aferrarse a la vida y, con el inminente tiempo primaveral, Ester estaba segura de que se recuperaría… si empezaba a comer.

Más que nunca, el tiempo se había convertido en un lujo del que ya no podían disponer. Los traslados desde el gueto habían decrecido durante el último invierno —tal vez a los pobres soldados alemanes no les gustaba conducir a la gente al matadero en medio del hielo y la nieve—, pero la semana anterior se habían reanudado y cualquiera que no trabajara estaba en peligro. Había un trabajo envidiable esperando a Ruth en una panadería, un favor otorgado a Ester por la agradecida abuela de un niño nacido el primer día de Janucá, de modo que si conseguía salir de la cama todo iría bien.

—Cómete el resto, mamá, por favor.

Ruth puso los ojos en blanco, pero sorbió un poco más.

—No sé por qué te tomas tantas molestias conmigo, cariño.

—Porque te quiero, mamá.

Las lágrimas brillaban en los ojos de Ruth, que alargó uno de sus delgados brazos y le dio a Ester un abrazo sorprendentemente vigoroso.

—Eres una buena chica, Ester. Ojalá hubiéramos podido sacarte de aquí.

—Pues yo me alegro de no haberme ido, porque, si no, no estaría aquí para cuidarte.

Eso era cierto, pero Ester debía admitir que le dolía en el alma cuando pensaba lo cerca que Filip y ella habían estado de escapar de aquel infierno. Cuatro veces se habían escondido asustados en la parte trasera del taller de Filip, aguardando el momento de saltar a la carreta, pero, cada vez, aquellas ratas de la policía judía habían aparecido pavoneándose y no les habían dado ocasión de encaramarse al vehículo. Y luego había llegado aquel mensaje terrible: «Abortar».

Aún no estaba segura de lo que había ocurrido, pero desde entonces no había tenido noticias de Ana, y su hijo Zander ya no estaba en los tranvías. Cada noche, ella y Filip se arrodillaban en su buhardilla y rezaban pidiendo que la familia Kaminski estuviera a salvo, aunque se temían lo peor. Si la Gestapo había descubierto que ayudaban a los judíos, no tendrían piedad, y para Ester era un tormento pensar que gente tan buena pudiera haber muerto por ella.

—Debemos hacer todo lo posible por vivir —le había dicho Filip—, para honrar su memoria.

Y lo intentaban, realmente lo intentaban, pero era difícil, cuando la vida se había convertido tan solo en una larga y penosa lucha por la supervivencia.

El único lugar en el que hallaban algo de solaz era cuando estaban acurrucados juntos bajo las mantas, y Ester se ruborizó ahora, al recordar cómo Filip la había acariciado la noche anterior.

—Tú eres mi manjar, Ester —había murmurado pegado a su piel—. Mi concierto, mi fiesta, mi noche de diversión, mi día de recogimiento. Eres todo lo que necesito.

—Y tú para mí —había susurrado ella a su vez, arqueándose para encontrar su cuerpo.

—¡Ester!

Se sobresaltó, arrancada de sus placenteros recuerdos por el sonido de su nombre bisbiseado por las escaleras. Subiendo a la carrera vio a Delilah, su vecina, que la miraba con ojos espantados.

—Vienen hacia aquí. Viene la policía, y tiene una lista.

A Ester se le heló la sangre.

—¿Dónde están ahora?

—Más atrás de mi casa, pero van rápidos. No tenemos tiempo de esconder a Ruth tras el panel. ¿Puedes trasladarla tú? Vera, la de la calle Marynarska, tiene un sótano. Ella podría… ¡Ay!

Ester vio horrorizada que un policía agarraba a Delilah y la apartaba sin contemplaciones.

—¿Ester Pasternak? —preguntó. Ester asintió, incapaz de hablar—. Bien. Tengo aquí una lista de personas que son una sangría para el Reich.

—¿Que son qué?

El joven judío tuvo la deferencia de sonrojarse, pero enseguida le dedicó una intimidante mirada y prosiguió con su infame labor.

—Una sangría para el Reich. Alemania no puede permitirse mantener en el gueto a gente que no contribuye a la viabilidad económica de la comunidad.

—¿Cómo?

—Trabajadores. Ya lo saben. Por favor, no lo hagan más difícil de lo que ya es.

—Difícil, ¿para quién? —preguntó Ester—. ¿Para usted? ¿Le duele a usted, quiere decir, llevar a pobre gente indefensa a la muerte? ¿Es que le causa problemas de conciencia? O a lo mejor solo le molesta si le hace su jornada más larga y no le deja volver a su casa caliente y a su rica cazuela de guiso, cosas que consigue gracias a esos nazis ante los que se arrastra.

—¡Ester! —la advirtió Delilah desde detrás del hombre, pero Ester no parecía capaz de contenerse.

—¿Por qué? —preguntó, bajando las escaleras para encararse con el policía—. ¿Por qué hace esto? ¿Por qué vende a su propia gente al enemigo?

—Alemania no es el enemigo —contestó el policía con frialdad—. La madre patria es nuestra protectora.

—Eso le dicen, ¿eh? ¿Y meter en furgones a nuestra gente y gasearla es una manera de protegerlos?

El policía se movió nervioso ante ella.

—A veces hemos de sacrificar individuos por el bien común de todos.

—¿Sacrificar? ¿Es eso lo que nos enseña nuestra fe? ¿Es eso lo que nos enseña la Torá?

—Bueno, yo…

—Puedo decirle exactamente lo que predica la Torá: «Delante de las canas te levantarás, y honrarás el rostro del anciano…». Levítico, 19, verso 32. Así que dígame: ¿es respetar a los ancianos arrancarlos del lecho en su enfermedad y enviarlos en trenes para que sean aniquilados?

Ester veía cómo Delilah iba retrocediendo, temerosa de que la relacionaran con ella, pero ¿cómo iba a enviar a su madre a la muerte sin resistirse?

—Mire —dijo, esforzándose por moderar el tono—. Mi madre tiene trabajo en una panadería. Debe empezar la semana que viene y solo necesita unos días más para recuperar bien sus fuerzas. —Era una mentira y ambos lo sabían, pero el policía dudó y Ester se hincó de rodillas ante él—. Por favor, señor. Soy enfermera. Sé cómo cuidarla para que mejore. Denos una semana. Si para entonces no está en la panadería, puede volverla a poner en su lista.

El policía consultó su cuaderno, cogió el bolígrafo y, durante un glorioso momento, Ester pensó que iba a tachar el nombre de su madre, pero entonces un oficial de las SS dobló la esquina y el policía se cuadró y se embutió de nuevo el bolígrafo en el bolsillo.

—¿Todo bien por aquí, agente? —preguntó el alemán.

—Todo bien. Solo ordenando a esta joven que traiga a su madre para el traslado.

—Excelente. —El nazi desvió sus penetrantes ojos azules hacia Ester y se llevó una mano amenazadora a la pistola—. Deprisa, pues. No tenemos todo el día.

Ester le lanzó una mirada furibunda, pero justo entonces una voz frágil sonó a su espalda:

—Estoy aquí, oficial. Estoy lista.

Y cuando Ester se giró, vio a Ruth que bajaba con dificultad las escaleras, apoyándose lo mejor que podía en la barandilla.

—¡Mamá! —Ester corrió a ayudarla—. No podemos permitir que esto ocurra —susurró—. No podemos…

—Lo que no podemos es arriesgar tu vida —dijo Ruth con calma—. Dile a tu padre que lo quiero, cariño, y cuida de él por mí hasta que pueda verlo de nuevo al otro lado.

—No, mamá.

—Muévase, por favor —dijo el policía con aspereza mirando al comandante de las SS—. Es la hora.

Un anárquico desfile se acercaba por la calle custodiado por nazis con largas porras, y el policía empujó a Ruth para que se uniera a él. La mujer tropezó en una baldosa suelta, salió despedida hacia delante y cayó al suelo.

—¡Arriba! —gritó el oficial de las SS propinándole una patada.

La cólera cegó a Ester.

—Déjenla en paz —gritó apartándolo de un empujón para ayudar a su madre a levantarse—. ¿No basta con enviarla a la muerte? ¿Tampoco van a tener la decencia de dejarla caminar hacia ella con dignidad?

—Oooh… Puro fuego tenemos aquí —dijo el comandante—. Una auténtica gata salvaje judía.

—Yo la domaré, señor —dijo uno de los subordinados que blandían porras, mirando a Ester de forma inequívocamente lasciva. La joven, encogida de miedo, se abrazó fuertemente a su madre.

El comandante dijo con desprecio:

—No se ensucie con esa judía, soldado. Y tú —dijo empujando a Ester con la punta de su pistola—, si tantas ganas tienes de que tu madre camine hacia la muerte con dignidad, puedes ir con ella.

—¡No! —aulló Ruth—. Ester, no. Discúlpate. Vete de aquí. Vuelve dentro. No debes venir conmigo. Por favor, no debes venir.

—Demasiado tarde —bramó el comandante—. A la fila.

—Pero…

—¡A la fila! —Presionó de nuevo la pistola contra la espalda de Ester y acarició el gatillo. Ester se apresuró a incorporarse a la fila junto con el desgraciado grupo, arrastrando a Ruth tras de sí—. Buena gatita. Espero que te guste el viaje.

Le hizo con la mano un gesto burlón de despedida mientras se alejaban camino de Marysin.

—No te preocupes —le susurró Ester a Ruth—. En la estación podré escabullirme. Les diré que solo te llevaba al tren. Verán mi uniforme. Me dejarán ir.

Pero mientras los urgían a apresurarse vio cómo el policía sacaba de nuevo su cuaderno y, en lugar de tachar el nombre de su madre, escribía el suyo. Ahora figuraba en la lista y tendría que utilizar todo su ingenio para no subir también al tren.

En la estación reinaba el más absoluto caos, y Ester se quedó horrorizada al ver que entre los ancianos y enfermos había también algunos jóvenes. No reconoció a ninguno de ellos y supuso que serían judíos en tránsito desde otros guetos, pero su presencia significaba que ella no iba a distinguirse entre los otros como había esperado, y el miedo empezó a atenazarla, como un cepo que se cerrara alrededor del corazón. Muchas veces había visto cómo se llevaban a otros a los desnudos vagones de ganado, y ahora estaba entre ellos, sintiendo en carne propia todo el horror de aquellos traslados inhumanos.

—¡Filip! —gritó.

No podía dejarlo; no podía morir. Se imaginó su rostro cuando llegara a casa y viera que ella había desaparecido, y se odió por hacerle pasar por ello. La noche pasada, sin ir más lejos, se habían abrazado tan estrechamente bajo las mantas que no se sabía cuándo empezaba el cuerpo del uno y acababa el del otro, y ahora ella había desgarrado esa unión con su estupidez. ¿Por qué no se habría callado, como le había pedido Ruth? ¿Por qué había elegido aquel día para hacer oír su voz? Pero al mirar a su madre, caminando junto a ella débil y aterrorizada, supo exactamente por qué. No habría podido dejar que Ruth se fuera sola con aquellos monstruos.

—¿Adónde vamos? —preguntó a uno de los policías que los conducían a los vagones. Era joven y de ojos negros, y bebía de una petaca, como si quisiera amortiguar el dolor. No sentía lástima por él; tal vez incluso podría sacar partido de su debilidad—. ¿A Chelmno?

—No, a Chelmno no.

—Entonces, ¿adónde?

La miró con ojos velados.

—A un lugar llamado Auschwitz. Es un campo.

—¿Un campo? —Trató de sonsacarle más—. ¿Qué clase de campo?

El joven se encogió de hombros y dio media vuelta, pero Ruth lo agarró por el brazo.

—Mi hija no debería estar aquí. Es enfermera. Una enfermera importante.

Él soltó una risa lúgubre.

—Es una judía, mujer. Ningún judío es importante para esta gente.

—¿Podemos al menos ver…?

131

Pero el joven ya no estaba allí y ellas ya casi habían llegado a los trenes. Los vagones de ganado se elevaban un metro sobre el suelo y no tenían peldaños. Dos robustos soldados de las SS, uno a cada lado de la cavernosa entrada, se inclinaban desde arriba para arrastrar a la gente al interior, y Ester, por puro instinto, ayudó ella misma a subir a su madre para evitarle sus bruscas atenciones. Ruth se sentó en el borde durante un momento, las piernas colgando como si fuera una niña, y, al verla así, Ester se sintió inundada de amor hacia aquella cariñosa mujer que la había traído al mundo. Pero no dejaban de meter gente en el vagón y Ruth pronto se vio empujada hacia el interior.

—Vete —le gritó a Ester—. Retrocede. Huye. Vuelve con Filip.

Ester asintió, luchando contra la multitud. Una vez más, sintió que se le rompía el corazón por dejar allí a su madre, pero ya nada podía hacer por ella, excepto intentar asegurar su propia supervivencia. Plantando firmemente los pies en el barro, dejó que otros subieran antes que ella, rogando para que el tren se llenara y eso le diera tiempo para explicar su caso. El suyo era el último vagón y, de pronto, se oyó el resoplido de la locomotora y el maquinista hizo sonar un pitido que se elevó en el aire con cruel desenfado. Los guardias empezaron a gritar y a empujar, pero estaba claro que no iban a caber todos.

—¡Vete! —volvió a gritarle Ruth antes de quedar por completo engullida entre la multitud.

Ester asintió con las mejillas surcadas de lágrimas, pero en ese instante su atención se desvió hacia una figura que había aparecido en la puerta del vagón, arrastrada hasta allí por los empellones de los últimos en subir.

—¿Ana?

Debía haberse equivocado. La mujer parecía su vieja amiga, pero estaba tan flaca y con la cara tan llena de golpes y cicatrices que resultaba imposible asegurarlo. No podía ser ella, se dijo Ester. ¿Por qué iba a estar en ese tren con los pobres judíos?

—¿Ester?

Al cruzarse sus miradas, Ester vio con cuánto afecto la miraban aquellos ojos bajo los párpados magullados, y entonces ya no le cupo duda de que se trataba de la comadrona.

—¿Qué haces aquí?

Los guardias trataban de empujar a Ana hacia atrás para cerrar la enorme puerta y Ester, instintivamente, avanzó hacia ella mientras la comadrona gritaba de dolor. Cuando se quiso dar cuenta, alguien la estaba agarrando por la cintura y, de pronto, se encontró subida al vagón.

—¡No! —gritó pateando contra el hombre, pero la puerta ya se cerraba dejándola aprisionada entre los cuerpos, y todos quedaron recluidos en aquel espacio oscuro, fétido y aterrador.

La invadió el pánico y sintió que el corazón se le comprimía contra las costillas cuando trataba de respirar. Pensó en Filip y todo su cuerpo se desmadejó, hasta el punto de que habría caído redonda de no ser por el resto de pobres almas que se estrujaban a su alrededor y la mantenían dolorosamente en pie.

—Lo siento, amor mío —susurró—. Cuánto, cuánto lo siento.

Las lágrimas rodaron por sus mejillas hasta la boca, taponándole las ya casi cerradas vías respiratorias. Sintió entonces que la cabeza le daba vueltas y creyó que iba a vomitar, pero en ese momento un brazo la rodeó, esta vez no para empujarla, sino para sostenerla y mantenerla firme y segura.

—Te tengo, Ester —dijo la voz de Ana en la oscuridad—. Te tengo y, nos lleven donde nos lleven, ya no te dejaré.

QUINCE

ABRIL DE 1943

ANA

—Vamos, Ester.

Ana tendió los brazos hacia la joven mientras esta trataba de bajar del tren sin dejar de sujetar el cuerpo de su madre. Ruth Pasternak había muerto durante la noche. Al menos, había podido irse amparada en los brazos de su hija. Después de que el tren saliera de Łódź, la gente había empezado a moverse en aquel espacio atestado. Algunos habían arrancado un tablón suelto de la pared del vagón y eso había permitido que entrara aire fresco y un poco de luz, gracias a lo cual Ester y Ana habían podido encontrar a Ruth. Resultaba evidente que se estaba apagando y Ana se había quedado allí de pie, rezando en silencio, mientras Ester procuraba mitigar el tránsito de su madre hacia el descanso eterno. Justo antes del fin, sin embargo, Ruth había alargado el brazo y tocado a Ana, levemente pero con decisión.

—¿Cuidarás de ella? —le había suplicado—. ¿Cuidarás de mi niña?

—Por supuesto —le había asegurado Ana—. Será un placer hacerlo.

Ruth había asentido.

—Ahora es tu hija.

Y entonces, elevándose para besar la mejilla de Ester, había expirado su último aliento. Ester había llorado quedamente, en sollozos contenidos. Al menos, las largas horas de viaje, pese a toda su incomodidad, le habían dado ocasión de llorar su pérdida. Pero ahora, según parecía, eso había llegado a su fin.

—Deja eso en el suelo —le ordenó un oficial de las SS señalando despectivamente el cadáver de su madre.

—Tengo que enterrarla, señor.

—¡Enterrarla! —Soltó una risotada—. ¿Dónde vas a *enterrarla* en Birkenau? Déjala ahí y la podrán meter en la fosa, junto con el resto.

—¿El resto? —preguntó Ester, mirando a su alrededor a la gente que bajaba tambaleante del tren.

—No preguntes —la urgió Ana—. Lo siento, Ester, pero tienes que dejarla. Hemos de seguir el ritmo de los demás.

El tren parecía haberlos dejado en medio de ninguna parte, y ahora los deportados estaban siendo conducidos hacia un camino irregular, acosados por fieros perros que trataban de morderles los talones. Las dos mujeres ya estaban atrayendo demasiada atención sobre sí mismas, de modo que, con gesto suave, Ana separó el cuerpo de Ruth de los brazos de la joven y lo depositó en tierra. Ruth tenía los ojos cerrados, como si hubieran querido evitarle la vista de aquel desolado lugar al que habían llevado a su hija. Tras cubrir el rostro de la mujer con su propio pañuelo, Ana cogió a Ester del brazo y se apresuró a alejarla de allí. «Ahora es tu hija». En fin, aunque desde luego quería a sus muchachos con todo su corazón, siempre había deseado tener una hija y, por más que aquel no fuera el lugar ideal para ello, no dejaba de ser el lugar en el que había ocurrido. Los caminos de Dios eran inescrutables.

Al sentir que el recuerdo de sus hijos empezaba a abrumarla, Ana se agarró con fuerza a Ester, tanto para sostenerse ella misma como para hacer otro tanto con la joven. No tenía modo de saber qué le había ocurrido a Bartek y a Bronislaw y solo podía rezar para que hubieran podido escapar de Łódź. En ocasiones, durante la cena habían debatido en susurros sobre lo que harían si los atrapaban, y Bartek ya había contactado con células de la Resistencia en Varsovia que podrían darles amparo en caso de necesidad. Le gustaba imaginar que ambos estaban en la capital y en su mente los veía en su antigua escuela de comadronas. Una estupidez, ya lo sabía, pero era la parte de la ciudad que permanecía más vívida en su recuerdo y, en cierta manera, eso la ayudaba a mantenerlos vivos en su corazón.

No tenía ni idea de adónde habrían llevado a Zander y a Jakub. Los alemanes habían utilizado esa ignorancia para atormentarla una y otra vez en la sala de interrogatorios. «Díganos todo lo que sabe o sus muchachos lo pasarán mal». Sin embargo, en aquellas cenas susurradas, habían convenido que si alguna vez los atrapaban no dirían nada, y menos aún nombres. Cierto que entonces Ana no había estado segura de poder aguantar la brutalidad nazi, pero Dios había estado a su lado en aquella sala llena de odio y Su luz la había guiado en el trance. Finalmente, sus atormentadores se habían hartado y, enfurecidos, le habían dicho que era un estúpida, una vieja bruja ignorante, y que ya podía irse a un campo a «aprender los buenos modales alemanes». Así que allí estaba ahora.

El áspero camino se extendía ante ellas a través de un terreno pantanoso y continuaba, tras pasar bajo una arcada, más allá de un gran edificio de ladrillo del que partían a cada lado enormes alambradas dobles. El despiadado alambre de espino se sujetaba en grandes postes de hormigón y estaba custodiado en intervalos regulares por gigantescas torres vigía de madera. Grandes rótulos advertían del riesgo de electrocución si las luces estaban encendidas, de modo que, al lado de aquella barrera, la cerca del gueto de Łódź parecía una construcción infantil. Ana se estremeció ante la mera idea de verse atrapada allí dentro.

—¿Así que este es el campo? —dijo Ester, levantando por fin la cabeza—. ¿Birkenau? Creía que íbamos a Auschwitz.

—Auschwitz-Birkeanu —le dijo un guardia mirándola con lascivia—. Un bonito campo, nuevo, versátil y de eficiencia máxima.

Se rio desagradablemente y las obligó a ponerse en una hilera junto con otras tres mujeres. Ana se dio cuenta de que los organizaban en dos columnas, una de mujeres y otra de hombres, siempre en hileras de cinco personas que avanzaban inexorablemente hacia las alambradas. Sentía ganas de retroceder, de resistirse, pero los alemanes marcaban un ritmo implacable y golpeaban a cualquiera que tropezase. Y resultaba difícil no hacerlo, porque en el tren no habían tenido comida ni, lo que era peor, agua, de modo que ahora se sentía un poco mareada. Por un instante, casi envidió a Ruth por haberse librado de este infierno, pero enseguida se riñó a sí misma por semejante muestra de debilidad. Ella se encontraba allí por una razón, solo que Dios todavía no se la había revelado.

El camino por el que avanzaban estaba siendo excavado, parecía obvio que para construir más vías, y a los trabajadores los habían forzado a apartarse y a alinearse formando una curiosa guardia de honor, con las palas apoyadas en los escuálidos hombros. Ana observó a aquellos hombres, sus figuras esqueléticas y los ojos llenos de angustia, y deseó poder plantarse allí mismo y detener aquella marcha forzada hacia las negras puertas. ¿Por qué se dejaban todos arrear como ganado manso? ¿Por qué permitían que los nazis los metieran en guetos y campos propios de una mente enfermiza? Había muchos más prisioneros que guardias; si todos se resistían, podrían detener aquello.

Pero un solo vistazo a los fusiles bastó para convencerla de que no era así. Simplemente les dispararían y luego los arrojarían a la fosa junto con Ruth y «el resto», ¿y qué ganarían con eso? Mantenerse con vida era la única arma de la que disponían ahora. Cruzó la mirada con uno de los prisioneros mientras su lastimosa columna se detenía ante las puertas y el hombre se adelantó apenas hacia ella.

—Procurad tener buen aspecto —susurró. Ella lo miró, desconcertada—. Debéis manteneros siempre con buen aspecto —insistió—. Sobre todo tú.

Señaló la estrella amarilla del abrigo de Ester y entonces Ana vio un triángulo amarillo mal cosido al uniforme del hombre, junto con un número. Echó un vistazo a la fila de hombres y vio que todos estaban marcados de forma similar, aunque unos pocos llevaban triángulos rojos o verdes. Todos estaban espantosamente flacos y vestían extraños uniformes a rayas, demasiado finos para el frío que hacía.

—¿O qué? —preguntó.

Como respuesta, el hombre señaló con la cabeza más allá de las puertas abiertas, hacia la parte trasera del campo, donde cinco grandes chimeneas se elevaban por encima de los árboles. Ana respiró hondo, consciente de lo que había querido decir el guardia con «eficiencia máxima». Recordó que en la red clandestina se rumoreaba que estaban construyendo crematorios en el campo que llamaban Auschwitz y que los nazis habían adoptado una «solución final» al problema judío. Era una de las razones por las que había intensificado sus esfuerzos por sacar a Ester del gueto, y ahora, en un siniestro giro del destino, la joven iba a entrar al campo con ella.

Ahora es tu hija.

Ana se volvió a mirar atrás y sintió un ansia repentina de correr adonde estaba Ruth, sacudirla para que volviera a la vida y decirle que ella no podía hacerlo, que no podía mantener a Ester a salvo, pero por supuesto era una idea absurda. Las puertas se habían abierto con un burlesco sonido metálico y ya las estaban empujando al interior. Echó un vistazo a su alrededor, el miedo por un momento mitigado por la curiosidad. El campo era muy grande. Ante ellos, el camino por el que habían venido continuaba y dividía el espacio en dos zonas habilitadas para hacer vida, y también allí dentro se estaban colocando vías de tren. Parecía obvio que los alemanes se preparaban para recibir a mucha más gente.

A la izquierda, largas filas de barracones se extendían en paralelo al camino, por detrás de más alambradas. Parecían organizarse en seis filas: en las tres primeras, las construcciones eran de madera; en las de más atrás, de ladrillo; y cada una parecía capaz de albergar a unas cincuenta personas. Ana intentó calcular la población total de aquel infierno, pero al mirar hacia los árboles del horizonte no distinguía hasta dónde llegaban los toscos barracones y no tardó en perder la cuenta.

A la derecha, el campo era al menos cinco veces más grande. En ese lado, los barracones se extendían en perpendicular al camino, en secciones separadas por alambradas y que se perdían más allá de la vista. El terreno que había entre cada sección era un cúmulo de barro removido, aunque todo el lugar parecía inquietantemente vacío. Miró el reloj de cadena que llevaba prendido en la solapa y vio que eran las nueve de la mañana. ¿Estaría todo el mundo trabajando? Esa idea le infundió esperanza, pero entonces recordó las palabras del hombre, «procurad tener buen aspecto», y sus ojos siguieron la sucesión de barracones hasta el final del campo, donde los árboles verdes se elevaban con incongruente luminosidad por encima de la siniestra línea de las alambradas. Las cinco grandes chimeneas despedían una densa humareda gris, y su nariz percibió el penetrante olor a carne quemada que flotaba en el aire.

—Dios se apiade de nosotras —murmuró, y agarró con más fuerza el brazo de Ester—. Mantente erguida, Ester. Tienes que parecer fuerte y sana.

—¿Cómo? —La joven, todavía visiblemente aturdida por la pena, miró confusa a Ana.

—Tú hazlo —zanjó Ana.

Se acercaban ya al frente de la cola y Ana distinguió a un hombre con el uniforme de las SS adornado con cordones militares. Cuando empujaban a los prisioneros ante él, los examinaba cuidadosamente y apuntaba a la derecha o a la izquierda con un bastón. Bastaba una sola ojeada a los de la derecha para darse cuenta de que eran los no aptos para trabajar. Ana miró de nuevo la oscura humareda y eso le dio fuerzas para enderezar los hombros y ponerse recta. Aquí, como en el gueto, los nazis solo querían gente que les resultara útil.

—¡Tú!

Su corazón empezó a palpitar con violencia cuando la empujaron hacia delante. El hombre la observó con curiosidad, fijándose en la cara magullada.

—Parece bastante vieja, herr *Doktor* —dijo alguien tras él, y Ana supo, con estremecedora claridad, que aquel era un momento crítico.

—Vieja pero fuerte —dijo, complacida de no percibir temblor en su voz—. Soy enfermera, señor, y también comadrona.

—¡Una comadrona! —El subordinado soltó una risita, pero el doctor la miró con cierto interés.

—¿Puede demostrarlo?

Con el corazón desbocado, Ana sacó la cajita de dentífrico en polvo del bolsillo y se esforzó por abrirla. El doctor chasqueó los dedos y el subordinado le arrebató la cajita y la abrió. Aparecieron sus papeles y el doctor los desplegó e hizo un rápido gesto de asentimiento.

—Muy bien, a la izquierda. —Se volvió de nuevo hacia su asistente—. Bloque 17.

—Pero herr *Doktor*...

—¡Bloque 17! —rugió. El hombre se arrugó y bajó la cabeza.

—Sí, herr *Doktor*.

Ana hizo acopio de valor y se quedó mirando al doctor un poco más. Sus manos, notó, temblaban ligeramente, y los ojos mostraban esa pátina neblinosa de las personas dadas a la bebida. A aquella hora de la mañana, lo normal sería que encontrara su tarea desagradable, pensó, y entonces cruzó los dedos por la espalda para encomendarse a Dios y habló de nuevo.

—Esta joven es mi ayudante.

—¿Esa? —Hizo un rápido gesto con la mano y Ester fue empujada al frente—. Tiene poca carne.

—Y mucho talento.

—Muy bien. A la izquierda.

El subordinado se había puesto de color púrpura.

—Herr *Doktor*...

—¡Silencio! —bramó—. Hay nuevas directrices de las que no tienes ni idea, estúpido. Échate atrás y deja que haga mi trabajo.

El subordinado estaba lívido de rabia, pero a Ana eso apenas la preocupaba. Cogiendo a Ester del brazo, se apresuró hacia la fila de la izquierda, lamentando con toda su alma no poder salvar a aquellas pobres criaturas que luchaban por mantenerse en pie en la fila de la derecha, pero sin dejar de considerar su propia supervivencia como una pequeña victoria. Ahora la pregunta era qué ocurría en el Bloque 17.

—¡Vosotras, la pareja de comadronas, aquí! —Soltando una risotada, la oficial de las SS les dio a ambas un violento empujón en la espalda—. Una noble profesión, la de comadrona, ¿verdad, Klara?

Una mujer rechoncha, con antebrazos como gordos calabacines y una cara avinagrada y salpicada de manchitas, avanzó hasta la puerta y se encaró con ellas.

—Muy noble, *Aufseherin* Grese —convino con una mueca burlona—. La vida es sagrada y blablablá.

Ana intentó ver el interior del barracón de madera, pero la mujer ocupaba toda la entrada y resultaba imposible.

—Esta es *Schwester* Klara —les dijo Grese—. También es comadrona. O lo era.

—Me quitaron la licencia —les explicó Klara con orgullo—. Infanticidio.

Ana sintió que se le helaba la sangre.

—¿Infanticidio? —musitó.

—Abortos —dijo Klara con indiferencia—. Es un crimen, pero no para las mujeres a quienes se lo practiqué, debo decir. ¿Por qué sacrificar tu vida por un mocoso llorica?

—Exacto —convino Grese, sonriendo con malicia a Ana y Ester—. *Schwester* Klara ha perfeccionado su arte aquí en Auschwitz-Birkenau.

—Sí, lo he perfeccionado —dijo Klara con petulancia—. Ahora puedo deshacerme de cualquier crío.

Ana echó una mirada furtiva a Ester, pero ambas mantuvieron el rostro impasible. Empezaban a averiguar cómo funcionaba el campo. Su «procesamiento» había sido un cruel ejercicio de humillación. Tras empujarlas a un gran edificio de la parte trasera del campo, justo después de los dos que tenían las grandes chimeneas, les habían ordenado que se desnudaran. Los guardias, la mayoría hombres, no habían dudado en «animarlas» con látigos de cuero para que se dieran prisa, así que no habían tenido más remedio que quitarse la ropa y quedarse allí de pie, desnudas.

Las habían hecho avanzar con angustiosa lentitud, ante los lascivos comentarios de los nazis, para que unos prisioneros les raparan la cabeza con grandes maquinillas y luego otros, con navajas cruelmente romas, les afeitaran con gesto indiferente el resto de sus cuerpos desnudos. Ana, que ya había dado a luz a tres hijos, simplemente había cerrado los ojos y soportado la operación, pero, al percibir la vergüenza y la rabia en los jóvenes ojos de Ester, se había llenado de odio, hasta sentir que le hervía la sangre y estaba a punto de explotar. Por fortuna, esa última tarea había sido más rápida, y después las habían llevado ante un prisionero bajito que sostenía una aguja en la mano.

—Brazo.

—¿Cómo? —había preguntado, sin entender.

—Dame el brazo.

Se lo había cogido con sorprendente suavidad y, manteniéndolo luego firmemente sujeto, le había marcado un número en la piel: 41401. Esto mismo, había pensado ella, es lo que deben haber pasado las más de cuarenta mil mujeres que han cruzado estas funestas puertas. ¿Cuántas estarían vivas aún?

Al hacerse esa pregunta, había sentido ganas de arrancarle al hombre la terrible aguja y luchar, pero antes de que pudiera reunir fortaleza suficiente para ello, las habían hecho pasar a una habitación oscura para darles una «ducha». Según los rumores que Ana había oído en Łódź, las cámaras de gas funcionaban como un cuarto de duchas, por lo que Ester y ella se habían abrazado al cerrarse las puertas y oír los ruidos metálicos de las tuberías. Jamás había sentido más alivio en su vida que al sentir aquella agua, fría pero benditamente limpia, que caía sobre ellas.

Al terminar, de nuevo las habían colocado en una cola para entregarles camisas a rayas y faldas que no eran de su talla. La de Ester era demasiado grande para su delgada figura y, como no les habían dado ni cinturón ni ningún tipo de ceñidor, al final Ana le había hecho un tosco nudo en la parte de atrás de la falda para que dejara de caérsele todo el rato hasta los tobillos. Las prendas no incluían ni ropa interior ni calcetines, tan solo unos chapuceros zuecos de madera que ya les habían provocado rozaduras en los pies tras el corto trayecto desde el Bloque 17. Y, por si no habían tenido bastante, ahora se encontraban con esto: una comadrona asesina.

—Yo entré en este oficio para salvar vidas de bebés y madres —osó decir Ana.

Schwester Klara la miró con desprecio.

—Enternecedor. —Luego su rostro se endureció—. Pues toca reorientar el oficio, *blöde Kühe*.

Ana se crispó, pero en su día la habían llamado cosas peores que «vaca estúpida» y no iba a dejarse intimidar por aquella mujer amargada.

—Entonces será mejor que nos enseñes esto.

—No llevará mucho.

Por fin, Klara se hizo atrás y con un exagerado gesto de la mano las invitó a pasar al interior. Ana avanzó con paso cauteloso y al entrar dio un respingo de horror. El olor era terrible, a sangre mezclada con sudor y excrementos y una pestilencia de cuerpos sin lavar. Algo corrió entre sus pies y oyó a Ester gritar a su espalda.

—¡Una rata!

Klara le dio una patada al animal y Ana se fijó en sus pies, calzados con unas grandes y cómodas botas ablandadas por el uso.

—Les encanta este sitio, a estos bichos —dijo casi con cariño—. Mucha comida, ya os hacéis una idea.

Señaló una fila de literas y, cuando los ojos de Ana se acostumbraron a la oscuridad, se dio cuenta de que había un centenar de mujeres allí hacinadas, quizá cinco o seis en cada litera doble. La mayoría se hallaban en avanzado estado de gestación y sus barrigas sobresalían escandalosamente de sus descarnados cuerpos. Se acercó y vio que una de ellas se quejaba de fuertes contracciones.

—Esta mujer está de parto —dijo casi sin aliento por la sorpresa.

—Suele pasar —respondió Klara, mirándose la mugre de las uñas.

—Sácala de esa litera —dijo Ana en tono cortante.

—¿Por qué?

—Porque necesita moverse para aliviar los dolores, por eso. ¡Ester!

La joven llegó corriendo a su lado y juntas ayudaron a la pobre mujer a salir de la litera. Las otras levantaron la cabeza, apenas interesadas, y a Ana le pareció abominable aquella letargia incapacitante que veía en ellas.

—Venga —dijo a la parturienta—, camina conmigo. Te aliviará las contracciones.

La mujer la miró desconcertada, pero se apoyó agradecida en su brazo y comenzó a andar. El pasillo que discurría entre las atestadas literas era estrecho y la cabaña solo medía unos cuarenta pasos de largo, pero, después de llegar hasta el final y volver, la mujer ya caminaba mejor.

—¿Dónde dan a luz? —preguntó a Klara, que permanecía recostada contra la pared y la observaba con aparente regocijo.

—Donde se caigan.

Ana se mordió el labio y miró a su alrededor. No se veía nada adecuado, solo una silla tosca en la que había una mujer apoltronada. Curiosamente, el uniforme le quedaba ceñido y lucía un escote bajo que dejaba ver unos pechos grandes pero caídos. Sus cabellos contrastaban con las cabezas rapadas de las otras mujeres, en primer lugar, por seguir en su sitio, largos y exuberantes, y luego porque eran de un rojo flamígero. El triángulo negro la identificaba como un elemento «antisocial», una prostituta.

—¿Podrías levantarte, por favor? —le dijo Ana—. Necesitamos la silla.

—¿Para qué? —preguntó arrastrando las palabras.

—Esta pobre mujer se ha puesto de parto.

—Esta pobre mujer *judía* —corrigió, su bonito rostro contorsionado en una mueca de odio.

—No hay mucha diferencia.

—¿Tú crees? —Se balanceó en la silla, echándose el pelo rojo hacia atrás con gesto teatral—. ¿Has oído, Klara? «No hay mucha diferencia». ¿Quiénes son esta pareja de *Dummköpfe*?

Ana se mantuvo firme.

—La silla, por favor.

Klara dejó escapar un suspiro exagerado.

—Deja que la *Dummkopf* coja la silla, Pfani, y vamos a ver qué hace con ella.

Pfani se puso de pie con deliberada parsimonia, levantó la silla y la dejó caer con fuerza delante de Ana.

—Gracias —dijo Ana.

Dio media vuelta, ayudó a la pobre parturienta a sentarse y le mostró cómo inclinarse hacia delante para aliviar la presión de la espalda. Las contracciones se sucedían con rapidez y resultaba evidente que no quedaba mucho tiempo. Ana se acuclilló frente a ella.

—Respira cuando vengan —la urgió—. Así. —Le mostró cómo jadear para mitigar el dolor y, cuando la mujer siguió sus instrucciones, vio aparecer en sus ojos un atisbo de esperanza—. Bien. Eso ha estado muy bien. ¿Cómo te llamas?

—Elizabet —jadeó.

—Precioso. Ahora, Elizabet, cuando los dolores disminuyan, voy a comprobar en qué punto estás.

—Gracias —jadeó—. ¡Ahhh!

Ester se acercó a Ana por la espalda y esta le cedió agradecida su posición, tras lo cual ayudó a la mujer a desplazarse hacia delante en el asiento y le levantó la falda.

—El bebé está en camino —dijo con emoción al ver la coronilla.

Se abstrajo de todo lo que no fuera el parto: la sucia cabaña se desvaneció a su alrededor, dejó de sentir el áspero roce del mal ajustado uniforme y el dolor que el zueco de madera le causaba en el pie se volvió insignificante.

—Cuando yo te diga, Elizabet, empuja. Tres, dos, uno… ¡Empuja!

Elizabet se apoyó firmemente en Ester y, con un alarido, empujó. A su alrededor, las mujeres se habían incorporado en las literas y daban algunos ánimos con voz desmayada.

—Fantástico —la alentó Ana—. La cabeza está fuera. Falta muy poco, querida. Descansa un momento y vamos otra vez. Tres, dos uno… Empuja.

Elizabet se medio levantó, apoyada en Ester y empujando con todas sus fuerzas.

—Ya viene —dijo Ana—. El bebé está aquí. Una vez más, Elizabet, y podrás sostener a tu niño en brazos.

Tras ella, oyó la risa burlona de Pfani y Klara, pese a lo cual esta última le ordenó a Pfani que «trajera el cubo», así que, después de todo, quizá se estaban preparando para prestar algún tipo de ayuda. Se concentró en la madre.

—El último empujón.

Elizabet lanzó otro alarido y el bebé nació, pequeño pero perfecto.

—Es una niña —exclamó Ana. Miró a su alrededor en busca de una toalla y, al no encontrar ninguna, acabó limpiando al bebé con su falda—. Tienes una preciosa niña.

Elizabet se dejó caer hacia atrás en la silla y sonrió.

—Gracias —susurró—. Muchísimas gracias.

Alargó los brazos mientras Ana buscaba con la mirada unas tijeras. Pfani le ofreció un cuchillo. Estaba romo y algo oxidado, pero, a falta de otra cosa mejor, Ana se lo restregó en la falda para tratar de limpiar la suciedad y, apretando los dientes, cortó el cordón.

—Muy bien, enfermera —dijo Klara—. Muy… instructivo. Y ahora, deja que te enseñe yo.

Se agachó, le arrebató el bebé de las manos a Ana y lo hundió con brusquedad en un cubo.

—Con cuidado —le suplicó Ana—. Le harás daño, Klara. ¡Basta! —Se levantó de golpe y agarró uno de los rollizos antebrazos de Klara mientras Ester tiraba del otro, pero la mujer era fuerte y hundía firmemente aquella vida diminuta bajo el agua. Ana sintió como si fueran sus pulmones los que se encharcaban. Tras ella, oía los gritos de la madre y podía sentir las miradas horrorizadas de las que llenaban las literas; y, en el centro de todo, estaba Klara, empujando a la hermosa recién nacida más y más hondo en el sucio cubo de metal, hasta que las burbujas cesaron y la niña quedó inmóvil. Inmóvil para siempre.

Ana soltó el antebrazo y se apoyó en una de las literas, tratando de respirar.

—Te lo dije —dijo Klara alargando las sílabas—. Reorientación.

Y entonces sacó el pequeño cuerpo del agua, dio cinco grandes zancadas hasta la puerta y lo arrojó al barro. Lo oyeron caer con un ruido sordo, y Ana, sintiendo que todo le daba vueltas, buscó a tientas la mano de Ester. Había temido que Auschwitz se asemejara al infierno, lo que no sabía es que ese infierno pudiera ser tan abismal o tan atrozmente inhumano.

Elizabet estaba llorando y Ana observó, estupefacta, mientras unas manos la incorporaban y la obligaban a volver a la litera, donde se tumbó en los brazos de las otras, su pena todavía más desgarradora por la terrible resignación que mostraba. Ana no había hecho más que proporcionarle un doloroso instante de esperanza que se había esfumado en el acto, junto con la vida de su hija.

—¡No!

El grito le salió del alma y fue absolutamente incapaz de reprimirlo, como tampoco podría haberse reprimido de ayudar al nacimiento de aquella pobre criatura condenada.

—¿No? —preguntó Klara, la voz amenazante mientras se plantaba frente a Ana y cruzaba los carnosos brazos.

—No —repitió Ana—. No puedes hacer eso, enfermera. No puedes traicionar nuestra profesión de esa forma. Se nos ha otorgado autoridad para traer vidas al mundo, no para acabar con ellas.

—¿Cuándo vas a entenderlo, *Dummkopf*? Esto es Auschwitz-Birkenau y es un mundo aparte. Atente a sus reglas o muere.

—No.

—Ya veo. —Klara chasqueó los dedos y Pfani se le acercó corriendo—. Tenemos una rebelde en el bloque, Pfani. Las rebeldes perturban a la comunidad y eso no podemos permitirlo, ¿verdad?

—No, Klara —convino Pfani, frotándose las manos—. Debemos enseñarle a comportarse.

—¡No! —Esta vez fue Ester, que corrió para proteger con su cuerpo el de Ana, pero Klara la agarró por la muñeca con sus grandes dedos y apretó hasta que la joven cayó al suelo retorciéndose de dolor, tras lo cual la apartó a un lado.

Los dedos de Ana buscaron su rosario, pero ya no lo tenía. Las crueles guardianas se lo habían quitado junto con todo lo demás, así que ahora estaba por completo a merced de la despiadada *Kapo* del bloque.

—Dios te salve, María, llena eres de gracia —musitó.

Klara soltó una carcajada.

—Dios no va a ayudarte aquí. Y ahora…

Levantó el puño, pero en ese momento la puerta se abrió y se oyeron unas botas pisando el suelo de tierra.

—¿Qué está pasando aquí? —preguntó una voz profunda. Klara se dio de inmediato media vuelta e hizo una curiosa reverencia.

—Insolencia, *Doktor* Rohde.

Era el mismo hombre que las había enviado a ella y a Ester a la fila de la izquierda. Ana casi deseó que no las hubiera interrumpido: ya estaría a medio camino del cielo en una nube de humo negro, y se habría evitado los horrores del Bloque 17. Quizá fuera lo que iba a sucederle de todos modos, pero al menos se iría alzando la voz en favor de lo que era justo. Dio un paso adelante.

—Herr *Doktor* —dijo en un alemán claro y firme—. Acabo de ayudar a una madre a dar a luz, solo para que luego esta… *mujer*… —la palabra era una burla, pero trató de pronunciarla— ahogara a la niña a la vista de todas. Es una negligencia del deber que hemos prometido cumplir y contradice la misma esencia del juramento hipocrático que nosotras, como usted, hicimos.

El doctor pestañeó perplejo.

—¿El juramento hipocrático? —dijo como si le hubieran recordado algo de un pasado remoto.

—¿Por qué se está asesinando a los bebés? —preguntó Ana.

Las mujeres de las literas contuvieron la respiración al oír la palabra elegida por Ana, pero el doctor pareció reflexionar sobre ella.

—Esto es un campo de trabajo —dijo—. Por tanto, la gente está aquí para trabajar. Una madre con un bebé no puede hacerlo.

—Sí puede. En tiempos de cosecha, se ven muchas mujeres en los campos con un bebé sujeto a la espalda.

El comentario lo sorprendió.

—Cierto —convino renuente—. Yo mismo lo vi cuando era joven. —De nuevo las palabras parecían teñidas de nostalgia, como si él fuera un anciano, aunque no aparentaba más de cuarenta años, como mucho. Negó con la cabeza—. Pero aquí el trabajo no consiste solo en recolectar maíz. Hay que construir carreteras y vías de tren, criar peces y aves de corral. No hay lugar en Auschwitz para los bebés.

Ana no podía sino estar de acuerdo, pero despacharlos en un cubo de agua no era justo.

—Quizá un jardín de infancia…

La propuesta quedó ahogada por otra carcajada de Klara y Pfani. El *Doktor* Rhode las miró y arrugó el gesto.

—¡Basta! —atajó en tono imperativo.

Las mujeres enmudecieron al instante.

—Precisamente —dijo—, ha llegado una nueva directriz del propio herr Himmler. A partir de ahora, el programa de eutanasia solo debe aplicarse a los deficientes mentales. El Reich necesita mano de obra y ya no podemos desperdiciar a las embarazadas. De aquí en adelante, ni ellas ni sus bebés serán… apartados.

Klara parecía furiosa.

—¿Debe dejarse vivir a los bebés? —preguntó con lúgubre incredulidad.

—*No* debe matarse a los bebés —corrigió el *Doktor* Rohde.

Mientras el doctor recorría con la mirada la sucia cabaña, incluso Ana, que llevaba tan solo unas horas en aquel agujero infernal, comprendió que cualquier recién nacido apenas tendría oportunidad de sobrevivir allí. Pero notó que Ester le cogía la mano y se la apretaba y supo que, al menos, aquello era un comienzo.

—Gracias, herr *Doktor* —dijo.

Él asintió secamente con la cabeza.

—Puede hacer su trabajo, comadrona. Y tú —añadió mirando a Klara— cambiarás el tuyo.

Klara fulminó a Ana con la mirada, pero poco podía hacer.

—Sí, herr *Doktor*.

Ana sintió una súbita oleada de triunfo. Así que para eso estaba allí. Esa era la misión que Dios le había asignado y que ella debía asumir con toda su alma. Fuese cual fuese el precio, a partir de ese día debía luchar por salvar la vida de cada bebé que naciera en Auschwiz-Birkenau. Miró a Ester, que seguía pegada a ella, y se atrevió a insinuar una sonrisa. Aquella misión iban a cumplirla juntas.

Pero Klara todavía no había acabado con ellas.

—Eso no incluye a los judíos, ¿no, herr *Doktor*? —dijo taimadamente cuando su superior ya alcanzaba la puerta.

El doctor Rohde paseó la vista por la estancia.

—Oh, no —convino sin dudarlo ni un momento—. Los judíos morirán.

DIECISÉIS

ESTER

—¡Arriba! ¡Arriba! Vamos, *dumme Kühe*. ¡Arriba!

Ester trató de emerger a la consciencia mientras Klara hacía correr su adorada porra por las literas, haciendo que todo el mundo pasara bruscamente de una duermevela desasosegante a una vigilia que lo era todavía más. Eran las cuatro de la madrugada y, a pesar de hallarse en pleno verano, el sol aún no asomaba en el horizonte, de modo que el Bloque 17 estaba sumido en la oscuridad. Ester se llevó los puños a los ojos para contener las lágrimas, siempre prestas a derramarse; no podía desperdiciar un ápice de humedad.

—Dios te salve, María, llena eres de gracia. —Oyó que Ana murmuraba en la oscuridad, y la oración ya familiar la confortó. Al principio, esas palabras le habían parecido extrañas, pero ahora dejaba que la impregnaran y se embebía de su resonancia, como si fueran el canto de un rabino en la sinagoga. Su pobre mente, acosada por la fatiga, ya no era capaz de determinar si Dios estaba observando a los residentes de Birkenau, pero estaba segura de que, si lo hacía, debía de estar llorando. Se desplazó en la atestada litera, entre las mujeres con las que compartía el desnudo lecho de madera, y de nuevo sintió, como siempre, que su cuerpo clamaba por tener a Filip a su lado. ¿Volvería a verlo alguna vez?

—Vamos, vamos, furcias asquerosas. Arriba y fuera todas.

Ester apartó a su esposo de sus pensamientos y se obligó a salir de la litera. Klara detestaba levantarse y se cobraba las incomodidades que imponía el régimen del campo en quienes tenían la desgracia de estar bajo su mando. Era la prisionera 837, un número tan bajo en la serie que, por lo que Ester sabía, debía ser la reclusa femenina que más tiempo llevaba en el campo. Llegada al recién construido Birkenau en 1942, directamente desde una cárcel alemana, su grado de sadismo le había valido una posición de mando y, como *Kapo* de bloque, disponía de un cubículo propio justo al lado de la puerta, con un colchón y una manta para ella sola. Un verdadero lujo, aunque en nada mejoraba su carácter.

—Hoy es un día especial —dijo, golpeando al azar a las mujeres que trataban de bajar de las literas de tres niveles.

—¿Es tu cumpleaños, Klara? —preguntó una mujer mayor, lo que le valió un porrazo en la parte posterior de los muslos.

—Lástima que a ella no la ahogaran en un cubo. —Oyó susurrar Ester. El comentario la hizo sonreír.

—O que no la trataran con cariño —sugirió Ana, y Ester se sintió de inmediato avergonzada. Su amiga tenía razón, pero ya casi resultaba imposible imaginarse a nadie, salvo a la querida Ana, tratando a los demás con cariño.

Como imposible resultaba, también, concebir en qué podría consistir un «día especial», cuando en el campo todas las jornadas transcurrían en una rutina de borrosos contornos: pasar lista, el agua sucia que llamaban café, trabajar, una sopa infecta, de nuevo trabajar, otra vez pasar lista y una corteza de pan que debía servir como cena y desayuno. El final de cada tarde ofrecía placeres tales como hacer cola para las letrinas, despiojarse una misma y pelearse por medio hueco en las duras literas de madera. Al menos, Ester se había evitado las salidas del campo para trabajar en alguna de las numerosas granjas de la zona, porque las que salían regresaban aniquiladas por la noche. Con todo, su labor de enfermera, aunque no fuera dura en el plano físico, la dejaba molida emocionalmente. Ana y ella trabajaban en los cuatro barracones designados como hospitales y, con el tifus causando estragos entre las mujeres y sin apenas medicinas, desinfectantes o incluso agua, tratar de cuidarlas era una tarea anímicamente devastadora, que era justo lo que pretendían los nazis.

Todo lo que sus torturadores hacían, desde las cabezas rapadas hasta los idénticos uniformes o la utilización de números en lugar de nombres, estaba pensado para convertirlas en muescas en un palo de conteo en lugar de en seres humanos. Si las mujeres morían por la noche, sus compañeras debían cargar con ellas al alba durante el pase de lista, para que pudieran contabilizarlas antes de ser arrojadas a las pilas de cuerpos que luego se transportarían a los crematorios en carretas. Ester habría jurado que las SS las dejaban allí más de lo necesario para recordar a las aún vivas cuán cerca se hallaban de la nada, y había aprendido deprisa que debías combatir ese pensamiento con cada brizna de tu antiguo yo a la que pudieras aferrarte.

Tras salir atropelladamente para el pase de lista, envuelta en los primeros jirones de un neblinoso amanecer, hubo de luchar contra la náusea que parecía agitarse siempre en su estómago vacío, y se esforzó por recomponer los pedazos de su ser. Arrastrando los pies hacia su lugar en la fila, cerró los ojos para no ver a aquel grupo de mujeres famélicas, ni a los soldados de las SS que merodeaban con sus perros rabiosos, ni los cadáveres que eran llevados a su lugar para el recuento. Obligando a cada una de sus células a ayudarla en su empeño, se transportó a la escalera de la catedral de San Estanislao y, de pronto, sintió la calidez del sol en la cabeza y el peldaño irritantemente frío en los muslos. La gente circulaba presurosa por la calle Piotrkwska, compraba alimentos para sus familias, comía con amigos, miraba escaparates en busca de zapatos elegantes.

Pensó en la comida que estaría a punto de tomar. El queso *twarog* casero de su madre, junto con un sencillo pero supremamente delicioso *bajgiel*, aguardaban en el cuidadoso envoltorio de papel que Ruth le había preparado aquella mañana, y ella podía ahora abrirlo y tomar un bocado. Se demoró allí, ignorando los gritos y los lamentos y los ladridos que amenazaban con penetrar en su ensueño perfecto, y dejó que su otro yo saboreara el queso en la lengua hasta que, finalmente, se permitió la sensación más gratificante de todas: la de levantar la vista para verle a él, a Filip, brincando hacia ella, el pelo alborotado, la cartera rebotando contra las largas piernas, una amplia sonrisa en su rostro franco y bondadoso.

—Filip —susurró, y medio levantó la mano como si sus dedos pudieran enlazar los de él a través del enorme abismo de tiempo y espacio que sus opresores habían excavado entre ellos.

En lugar de eso, se llevó un fuerte codazo en las costillas.

—¡Ester!

Parpadeó y al abrir los ojos vio que Ana le lanzaba una mirada implorante.

—Número 41400.

—¡Presente! —respondió rápidamente.

La guardiana entrecerró los ojos y, cuando se acercó a ella, Ester vio con el corazón encogido que era la *Aufseherin* de las SS Irma Grese, una mujer cuya perfecta belleza aria estaba a la altura de su crueldad.

—¿Estás segura, 41400? —preguntó Grese, con un mohín en su arco de Cupido—. Porque diría que estabas en otra parte.

—No, estoy aquí, *Aufseherin* —dijo Ester, esforzándose al máximo por mantenerse recta.

Grese odiaba la debilidad. Pero si había algo que odiaba aún más, se rumoreaba en el campo, era la belleza, como si constituyera un desafío a las perfectas curvas de su cuerpo. Se sabía que, en un ataque de envidia, le había despellejado los pechos a una atractiva mujer, y por una vez Ester se alegró de que apenas quedara rastro de su propia feminidad, estragada por el hambre y el miedo sufridos durante los últimos tres meses. Por fortuna, esa mañana Grese estaba distraída y se contentó con propinarle una bofetada. La guardiana llevaba un pesado anillo de sello que le cortó a Ester la mejilla, pero la joven se forzó a no reaccionar y, con un leve gruñido, Grese se alejó.

—Estupendo, porque hoy tenéis que estar bien espabiladas. Os mudáis.

—¿Mudarnos?

La pregunta procedía de una mujer de la parte de atrás. Los ojos de Grese se entrecerraron aún más y, con un alarido casi animal, se lanzó sobre ella.

—¿Cómo te atreves a preguntarme?

Descargó la porra sobre la espalda de la mujer una y otra vez mientras el resto de las prisioneras se encogían de miedo y los soldados de las SS observaban con aburrida indiferencia. Ester buscó la mano de Ana, plenamente consciente de que podrían haber sido sus huesos los que estuvieran crujiendo bajo la furia irracional de aquella sádica. Deseó volver a transportarse a San Estanislao, donde Filip acababa de aparecer, pero no se atrevió. Necesitaba todas sus facultades bien despiertas.

Por fin, Grese se apartó y volvió con paso furioso al lado de sus compañeras, dejando a la pobre mujer hecha un ovillo en tierra. Ester deseaba agacharse y ayudarla, lo deseaba con cada fibra de su ser, pero no se atrevía a hacerlo; Birkenau les había arrancado incluso el impulso humanitario de ayudar a los demás. Como Ana siempre le decía, ahora su única arma era mantenerse con vida. La bondad se había convertido en una actividad clandestina.

La superior de Grese, la *Lagerführerin* Maria Mandel, se adelantó y todo el campo adoptó la posición de firmes lo mejor que pudo.

—Hoy —dijo en su rotundo alemán— es un día de reorganización.

Las mujeres se pusieron rígidas, aterrorizadas ante la posibilidad de que se tratara de un nuevo eufemismo para seleccionarlas. Periódicamente, las SS, ya fuera porque seguían órdenes, por cumplir los cupos establecidos o simplemente por divertirse, aprovechaban el momento de pasar lista para «seleccionar» prisioneros que luego enviaban a las temidas chimeneas. Si en sus gigantescos hornos ya no quedaba sitio, entonces los enviaban al Bloque 25, la «antesala del crematorio», donde se los dejaba sin comida ni agua hasta que había suficientes pobres desgraciados para constituir una «remesa entera».

Los más afortunados morían antes de tener que desplazarse al final del campo, donde lo cierto era que nadie sabía lo que ocurría. Cada cierto tiempo, obligaban a algunos hombres a incorporarse al *Sonderkommando* de los crematorios, pero a quienes trabajaban en esas unidades especiales se los mantenía aislados de los otros prisioneros, así que apenas se filtraba algún retazo de información.

Algunos decían que estaban trayendo gas venenoso en ambulancias de la Cruz Roja, robadas expresamente para ello, otros aseguraban que se limitaban a meter a la gente en los hornos y a quemarlos vivos. A los «afortunados» que eran enviados allí nada más llegar al campo se los tranquilizaba diciéndoles que iban a las duchas, pero los internos normales no disfrutaban de ese lujo. La muerte flotaba sobre el campo en nubes que ellos podían ver, nubes que corrompían el mismo aire que respiraban con un hedor salvaje que a Ester le dejaba el cuerpo aún más revuelto de lo habitual.

—Hoy —prosiguió Mandel, haciendo que Ester dejara de pensar en los gorgoteos de su estómago— los hombres se trasladarán al otro lado de las vías y eso dará el doble de espacio a las mujeres.

Se produjo una cierta agitación casi de entusiasmo al oír las palabras «el doble de espacio».

—Las buenas mujeres capaces de trabajar se trasladarán al sector B*I*b. —Señaló a la izquierda, hacia el final del campo, donde al girarse pudieron ver el trasiego de hombres saliendo en fila de los barracones y dirigiéndose por el camino hasta la parte más alejada del campo—. Aquellas que constituyen una sangría para el Reich y necesitan tiempo para volver a ser útiles, se quedarán aquí, en el sector B*I*a. Las *Kapos* os darán más detalles. Haced lo que os digan, y rápido. No habrá raciones hasta que la mudanza se haya completado. ¡Vamos!

Las mujeres se miraron unas a otras desconcertadas.

—Volved a vuestros bloques, *Schweinedreck*, y os asignarán nuevo destino.

Todas salieron en desbandada. El sol ya asomaba en el horizonte, tiñendo engañosamente las alambradas de Birkenau con un bonito matiz rosa. Al mirar al cielo, Ester no vio la radiante luz de la naturaleza, sino la sed que sin duda les provocaría un día de mudanza bajo el ardiente sol. Ya tenía los labios agrietados y la lengua dolorosamente pegada al paladar, y sin ni siquiera la taza de lo que llamaban café, que solían darles después de pasar lista, les aguardaba un verdadero infierno.

—Recoged vuestras cosas —ordenó Klara (una supuesta broma,

porque su única pertenencia era su parte en la mugrienta manta compartida)—. Nos vamos al Bloque 24.

—¿Al hospital? —preguntó Ana.

—A uno de ellos, sí. Voy a ser *Kapo* de todos y tú te ocuparás de una sección de maternidad.

—¿De verdad? —Ester vio que los ojos de Ana se iluminaban, algo que tampoco se le escapó a Klara.

—Ya lo creo. Será como en el hospital más moderno. Suelos limpios, bonitas cunas acolchadas, instrumental esterilizado…

Estalló en carcajadas y la luz se apagó en los ojos de Ana. A Ester, la escena le pareció odiosa. Exigirles que prestaran asistencia médica en semejantes condiciones era como pedirle a un hombre que excavara una carretera con las manos. Aunque tampoco le sorprendería que los nazis exigieran tal cosa. Todo estaba planeado para que fracasaran y tenían que luchar contra ello una y otra vez. Lo único que su amiga comadrona tenía para cuidar a sus pacientes eran unas mantas inmundas e infestadas de piojos, agua sucia y unas oxidadas tijeras de manicura. Cada bebé que nacía en el campo constituía una minúscula victoria, una burbuja de aire en un pozo negro, y si la cosa terminaba provocando sufrimiento, como ocurría cuando las pequeñas vidas les eran arrebatadas, al menos habían vivido un momento de alegría.

—Tus manos son todo el consuelo que necesita una madre de parto —le susurró a Ana—. Ven, vamos a buscar nuestra nueva sala.

El Bloque 24 bullía de mujeres. Algunas yacían postradas en la cama, con la fiebre disparada por el tifus; a las otras las habían seleccionado aparentemente para ayudar a «desocuparlas», según la explicación de Klara. Al final, resultó que había que desocupar treinta literas al final del bloque para destinarlas a la sección de maternidad, pero llevaría su tiempo mover a aquellas pobres mujeres que luchaban por sobrevivir. Alguien, sin duda Klara, había decidido asignar a Ana la zona que solían ocupar las enfermas más graves, y las pobres desgraciadas estaban demasiado débiles para hacer nada, salvo yacer en sus propios fluidos… y en los ajenos. Había allí lo que podrían llamarse colchones, pero con un relleno tan exiguo que resultaban inútiles, y la tela no hacía más que absorber suciedad como una esponja.

—Necesitamos agua —dijo Ester, ante lo cual Klara se rio y les envió a Pfani con un cubo de algo más parecido a la tierra que al agua. Y para colmo el cubo estaba agrietado, así que, aunque intentaron usar aquel fluido asqueroso, este se escapó y acabó desparramado en el suelo de tierra.

Ana cayó de rodillas, como si su espíritu también se le estuviera escapando con el líquido, mientras Ester le pasaba la mano por la espalda con gesto de impotencia.

—¿De qué sirve? —preguntó Ana, levantando sus ojos castaños hacia Ester—. ¿Por qué diablos hemos siquiera de intentarlo?

—Porque si no lo hacemos, ellos han ganado —contestó Ester, acuclillándose a su lado.

Ana pegó su frente a la de Ester.

—Ya han ganado —musitó.

—Todavía no —dijo Ester con fiereza. Mientras la imagen de Filip siguiera viva en su imaginación, tenía algo por lo que luchar, y no renunciaría a la posibilidad de volver a verlo por ínfima que esta fuera—. Vamos.

Ayudó a Ana a levantarse y, en ese mismo momento, una mujer se les acercó. Llevaba una blusa blanca que estaba casi limpia y, lo que era más raro, sonreía.

—¿Ana Kaminski? —Tendió la mano y habló en polaco—: Es un honor conocerla. He oído hablar mucho de sus habilidades en el oficio.

—¿De verdad? —tartamudeó Ana en su lengua materna.

—Por supuesto. Aquí es una rareza traer vida en lugar de muerte y la admiro por ello. Soy la doctora Węgierska… Janina. Era médico de familia en Varsovia, parece que haga una eternidad. Me trajeron aquí por el «delito» de tratar a los judíos… ¡y estoy decidida a seguir haciéndolo! Ahora trato de poner algo de orden en los barracones. ¿Puedo contar con su ayuda?

Ana miró a Ester, quien con gran alivio vio que su amiga volvía a erguir la postura y parecía rejuvenecer.

—Estaremos encantadas de ayudarla.

Trabajaron durante toda la mañana limpiando las literas con un agua que Janina había sacado no se sabía de dónde y trasladando a las pacientes. Poco a poco, fueron liberando espacio para que las pobres mujeres tuvieran algo de margen para moverse y un poco de aire alrededor de sus cuerpos febriles, y procuraron aliviarlas en lo posible del tormento de los piojos. Los guardias de las SS guardaban las distancias por miedo a infectarse y, por primera vez desde que habían llegado a Birkenau, Ester casi se sintió como si trabajaran por el bien común. En torno al mediodía, llegaron a las literas del centro, donde se hacinaba un grupo de mujeres en estado lastimoso.

—Estamos aquí para ayudarlas —les dijo Ester, tendiéndoles la mano.

Retrocedieron asustadas, como si Ester fuera a golpearlas, y la joven las miró con curiosidad. Tenían la piel tostada por el sol y los ojos como olivas negras, y farfullaban en una lengua que ella no había oído nunca.

—¿De dónde sois? —les preguntó en un alemán titubeante.

No hubo respuesta. Lo intentó de nuevo en polaco, también sin resultado.

—No es que sean maleducadas —dijo una voz tras ella en un polaco con un fuerte acento—. Simplemente, no entienden. Son griegas.

Ester se dio la vuelta y se encontró cara a cara con una joven de rostro en forma de corazón, deslumbrantes ojos verdes y unos rizos que empezaban a crecer con brío en la afeitada cabeza.

—Naomi —se presentó la joven, dejando en el suelo dos cubos de agua para tenderle la mano a Ester—. Número 39882. —Hizo un mohín indicando el número del brazo—. También soy griega, pero mi madre era polaca, así que tengo ventaja sobre mis pobres amigas. Ya había pasado algún tiempo con mis abuelos en Cracovia, así que este clima no me parece tan malo.

Ester miró afuera a través de la ventana, donde el sol caía a plomo, y Naomi se rio. Era un sonido tan insólito en el campo que a Ester la hizo reír también, y el cosquilleo que esa risa le produjo en la garganta le supo como el mejor champán.

—Hoy hace buen día —admitió Naomi—, pero cuando llegamos aquí fue un choque muy fuerte. Veníamos de Salónica y nunca habíamos visto llover tanto.

—Te envidio.

Naomi sonrió.

—Entonces tendrás que venir a visitarnos, cuando todo esto acabe.

Ester la miró con sorpresa, admirada por su sencillo optimismo.

—¿De verdad crees que acabará?

—Tendrá que hacerlo, de una forma u otra, ¿y de qué sirve pensar que lo hará de la peor manera?

Ester la tomó de las manos.

—Dios te bendiga, Naomi. Tienes razón.

—Ojalá pudiera decirle esto mismo a mi madre. —La sonrisa se desdibujó por un instante, al tiempo que Naomi volvía la cabeza hacia las chimeneas, pero enseguida volvió a aparecer resueltamente en su rostro—. Ella siempre decía que yo era un poco cabeza hueca, y tenía razón, aunque a veces es una bendición ser boba.

—¡Naomi! A mí no me parece que seas boba.

—Ah, créeme: me esfuerzo al máximo por serlo, porque si te permites un solo pensamiento racional sobre este lugar seguro que te vuelves loca.

—Es verdad —convino Ester—. A mí también me gusta huir de aquí.

—¿Huir? —Naomi abrió mucho los ojos—. ¿Cómo?

Ester se ruborizó.

—Bueno, no en la realidad. Solo en mi imaginación.

—¿Y adónde vas? —Su interés era tan genuino que Ester, sorprendida, no pudo sino contárselo.

—Voy a las escaleras de la catedral, en mi ciudad natal.

—¿Una catedral? —Naomi la miró entornando los ojos—. ¿No eres judía?

Ester señaló el triángulo amarillo en el más que holgado uniforme de Ester.

—Soy judía, desde luego, pero la catedral estaba cerca del hospital donde trabajaba, así que solía ir allí a comer y a mirar a la gente que pasaba por la calle Piotrkowska. Luego, un día, cierto joven apareció también por allí para tomar su comida.

—¡Y empezasteis a hablar y os enamorasteis!

Ester esbozó una sonrisa más amplia y las grietas de los labios se le atirantaron.

—Bueno, no fue tan rápido. Los dos éramos muy tímidos. Pero sí.

—Qué romántico. ¿Cómo se llama?

—Filip. —Al decirlo en voz alta sintió tanta ternura que casi se puso a llorar.

—¿Y está él… está aquí?

—No. Al menos, no lo sé con seguridad. Ahora ya no estoy segura de nada. No dejo de verlo en mi imaginación, y pienso que, mientras pueda hacerlo, todavía debe de estar vivo, pero es una tontería, ¿verdad?

—En absoluto. Si vuestras almas están conectadas, entonces se llamarán la una a la otra.

—¿De verdad lo crees?

—Estoy segura —dijo con firmeza—. Pero si quieres más detalles podría hablar con Mala.

—¿Mala?

—Mala Zimetbaum. Seguro que la conoces.

Ester negó con la cabeza.

—Ah, Mala es fabulosa. —Naomi echó una subrepticia ojeada a su alrededor, pero los soldados de las SS se mantenían alejados e incluso Klara estaba fuera, sentada al sol con Pfani, al parecer supervisando la limpieza de las mantas—. Es una judía polaca, pero ha vivido en Bélgica durante, bueno, toda la vida, y sabe hablar en muchos idiomas diferentes. Además, es muy culta y elegante, así que los alemanes la utilizan como intérprete y mensajera. —Bajó la voz todavía más—. Eso significa que todo el tiempo está yendo y viniendo de las oficinas

163

de correos y que, cuando está allí, puede… «desbloquear» algunas cartas.

—¿Cartas? —La palabra sonaba de lo más prometedora.

Naomi asintió con vehemencia.

—El otro día me trajo una en la que había una fotografía de mi familia. Bueno, de mi madre no… —De nuevo se ensombreció, pero se rehízo de inmediato—. Pero sí de mi padre y mis hermanas. Consiguieron huir cuando llegaron los nazis. Yo estaba trabajando en una fábrica y por eso a mí me cogieron, pero mi padre tuvo tiempo de llevarse a mis hermanas pequeñas a las colinas. Ahora están en Suiza. A salvo.

—Eso es estupendo. ¿Y te han escrito? ¿Aquí? ¿Y la carta pudo llegar?

—Oh, sí. Todas llegan. Los alemanes están encantados, porque la gente envía dinero y comida y ellos se los quedan. A los que no son judíos les dejan quedarse con lo que les envían —con algunas cosas, al menos—, pero a nosotras no. De todas formas, Mala puede encontrarlas. ¿Cómo te llamas?

—Ester Pasternak. Es mi apellido de casada. El de Filip.

—Si te ha escrito cartas, Ester, Mala las encontrará. Hablaré con ella mañana, te lo prometo.

—Eres muy amable.

—Cualquier cosa por una historia romántica. Deseo tanto enamorarme…

Ester recorrió con la mirada el barracón, lleno de mujeres enfermas.

—Me parece que tendrás que esperar un poco.

—Eso parece, sí. Los únicos hombres que se ven por aquí son nazis, aunque algunos no parecen tan malos.

Ester la miró escandalizada.

—¡Naomi…, son todos horribles!

—Algunos de los más jóvenes se portan bien.

—¿Qué jóvenes? ¿Dónde?

Naomi se encogió de hombros.

—Tengo un trabajo en Kanada y allí a veces pueden llegar a ser bastante amables, sobre todo si les interesa lo que has encontrado. Uno de ellos me dejó quedarme con un pintalabios el otro día. Mira.

Hizo un gracioso mohín y Ester se fijó en que, efectivamente, en la boca le quedaban algunos restos de brillo rosa oscuro. Ya había oído hablar de la gente que trabajaba en «Kanada», el grupo de grandes bloques cercanos a los crematorios, donde se clasificaban la ropa y las demás pertenencias de los recién llegados. Era una tarea envidiable, bajo techo y con infinitas posibilidades para sustraer suministros, si tenías valor suficiente para hacerlo. Naomi parecía tener valor de sobra, pero, al mirarla con más detenimiento, Ester se dio cuenta de que era muy joven.

—¿Cuántos años tienes, Naomi?

—Dieciséis —contestó levantando la barbilla, un gesto que hacía pensar en que podrían ser menos. Ester no insistió. Algo en la muchacha le recordaba a Leah y sintió un impulso protector.

—No hables con los de las SS, Naomi, por simpáticos que puedan parecer. Son los mismos que te mantienen aquí prisionera contra tu voluntad, los que apenas te dan nada de comer, los que matan a tus amigos y parientes.

El rostro de Naomi se nubló.

—Supongo que solo están obedeciendo órdenes —sugirió con un hilo de voz.

—No —replicó Ester, segura de lo que decía—. Aquí todo el mundo pertenece a las SS o a la Gestapo. Son miembros convencidos del partido nazi. Gracias a hombres como ellos, Hitler pudo llegar al poder. Gracias al apoyo que prestaron a sus ideas enfermizas sobre la pureza racial, a gente como tú y como yo se nos considera «inferiores» y nos envían a ser apaleados como animales. Gracias a…

—¡Lo he entendido!

Naomi le indicó con las manos que se detuviera y así lo hizo Ester.

—Lo siento. Con esto me enfado un poco.

—Como todos. —Naomi le echó los brazos al cuello y le dio un abrazo tan espontáneo y puro que a Ester se le llenaron los ojos de lágrimas—. Eh, no llores.

Ester se restregó la cara.

—Parece que no puedo evitarlo. Estoy así todo el tiempo. Cuando no tengo ganas de llorar, tengo náuseas.

—Es este sitio —dijo Naomi dándole otro abrazo, pero Ester percibió entonces que había alguien cerca. Se giró y, aliviada, vio que se trataba de Ana.

—Ana… Tienes que conocer a Naomi. Nos ha estado trayendo agua.

—Ya lo veo. Gracias, Naomi. —Ana le dedicó una media sonrisa a la joven, pero sus ojos solo miraban a Ester—. ¿Náuseas y ganas de llorar? —indagó.

Ester asintió.

—No es más que hambre, Ana, y cansancio. —Pero al ver la expresión de su amiga, preguntó—: ¿No crees?

—Por supuesto —convino de inmediato Ana—. Tiene que ser eso. Bien, ¿fregamos esta litera?

Señaló la cama recién despejada y Ester se acercó para ayudar, pero había percibido la duda en su amiga y se llevó disimuladamente la mano a la frente. ¿Tendría tifus? No la sorprendería, rodeada día y noche por la enfermedad, aunque hasta ahora se había librado. Echó un vistazo a las infortunadas que se retorcían de dolor en el barracón y rezó, a su Dios, al Dios de Ana y a cualquier dios que pudiera estar escuchándola por encima de los gritos: rezó pidiendo que la mantuvieran sana.

El optimismo de Naomi, tan luminoso como el brillo de su lápiz de labios, le había devuelto la esperanza y, mientras cogía un gastado cepillo para empezar a fregar, la imagen de Filip se le apareció con más nitidez que nunca en la imaginación. Todo su ser se llenó de amor y se esforzó denodadamente por apartar de sí las náuseas. Sí, se mantendría sana, se mantendría con vida y, de un modo u otro, saldría de allí.

DIECISIETE

JUNIO DE 1943

ANA

—¿Todavía vivo? Interesante.

El nuevo doctor escribió una pulcra nota en su cuadernillo de tapas de cuero y Ana reprimió las ganas de incrustarle la elegante estilográfica en su ojo de nazi. El sujeto «interesante» era un diminuto bebé que cuatro días antes había dado a luz la señora Haim, una mujer judía que había perdido a sus tres hijos mayores en las cámaras de gas nada más llegar al campo. Por ser de proporciones generosas, su embarazo había pasado desapercibido, hasta que cinco meses de duro trabajo dragando la granja de peces le habían arrebatado suficiente carne para hacer ostensible su barriga. Había corrido el terrorífico rumor de que se la llevarían al *Doktor* Nierzwicki, que realizaba abominables experimentos para que las mujeres abortasen o quedasen estériles, pero entonces este nuevo doctor se había fijado en ella y la habían seleccionado para otra vertiente, distinta pero igualmente cruel, de ciencia especulativa.

El *Doktor* Josef Mengele, médico jefe del campo gitano ubicado al otro lado de las vías, deseaba saber cuánto tiempo podía sobrevivir un bebé sin comida, por lo que se había entretenido comprobando el estado del hijo de Rebekah Haim desde que este había llegado a aquel negro rincón del mundo.

Por entonces, cualquier bebé nacido de madre no judía quedaba registrado como interno del campo y se le asignaba su propio número, tatuado en el muslo por Pfani, a quien la tarea le proporcionaba un curioso placer. Este no tenía nada que ver, por lo que Ana pudo deducir, con el dolor infligido a los niños, sino que más bien se derivaba de la parte artística. A veces, en algún rato ocioso, Pfani se grababa dibujos en su propia piel, o en la de quien fuera lo bastante estúpida como para dejarse tatuar por ella, y, aunque eran algo toscos, poseían cierto estilo. «Arte de Auschwitz», lo llamaba la prostituta; eso lo decía todo.

Tampoco es que los números de Pfani ayudaran demasiado a los bebés. Pocas madres eran capaces de mantenerlos con vida durante más de una o dos semanas, y, si se trataba de niños judíos, ese tiempo era incluso más de lo podían esperar. Klara y Pfani seguían teniendo permiso —órdenes, en realidad— para matar a todos los bebés judíos nada más nacer, y merodeaban por el Bloque 24 cuando sabían que alguna madre judía llegaba a término. Ocasionalmente, Ana se las había arreglado para esconder a algún bebé nacido a altas horas de la noche, cuando la despótica pareja roncaba en sus cubículos privados, pero solo había podido hacerlo durante un día o dos: aquellas mujeres eran capaces de oler a los bebés como las ratas huelen la carne putrefacta.

Solo el bebé de Rebekah había sido «perdonado» para destinarlo al malvado estudio de Mengele; y, para empeorar las cosas, en este caso el sujeto de estudio, a diferencia de muchas de las extenuadas madres, disponía de leche en abundancia. Al darse cuenta, Mengele le había vendado los pechos a Rebekah con tanta fuerza que era un milagro que su corazón siguiera latiendo, y, de hecho, habría sido una bendición si se hubiera detenido. Pese a todo, tras cuatro largos días de continuo deterioro, tanto la madre como el bebé seguían vivos.

Mengele ladeó la cabeza, se dio unos golpecitos con la estilográfica en sus dientes perfectos y, de repente, dijo:

—Ya es suficiente. Bloque 25.

Ana tragó saliva al oír el temible nombre de la «antecámara de los crematorios».

—¿Cómo dice, herr *Doktor*? —intentó.

Él le lanzó una mirada torva.

—Envíelos al Bloque 25, enfermera.

—Soy la comadrona, herr *Doktor*.

Ahora ladeó la cabeza hacia el otro lado.

—Ah, ¿de verdad? Qué curioso. —Echó un vistazo a su uniforme y se fijó en el triángulo verde que la distinguía como «delincuente»—. ¿No es usted judía?

—No, herr *Doktor*. Soy mujer cristiana, pero creo que todas las vidas humanas son sagradas.

—Ah, ¿sí? Qué estupidez. ¿Cree que una rata vale lo mismo que un caballo?

Ana parpadeó, captando la trampa al instante. Los caballos eran criaturas hermosas y nobles, mientras que las ratas eran carroñeras repugnantes. Cada día tenía que ahuyentar a las abotargadas bestezuelas del cuerpo de las pacientes, donde buscaban sabrosos bordes de carne que mordisquear, sin importarles si su desvalida presa estaba viva o muerta. Pero no era eso lo que aquí discutían.

—Supongo que otras ratas defenderían la «valía» de sus congéneres —dijo con cautela.

Mengele soltó una carcajada.

—Muy bueno, comadrona. ¿Su nombre?

—Ana Kaminski, señor —tartamudeó con sorpresa, poco habituada a decir algo que no fuera su número.

—Y está aquí por….

—Sospechosa de pertenecer a la Resistencia, señor.

—Ah, ya. Bien, supongo que revela un espíritu fuerte. —La miró de arriba abajo y sonrió con malicia—. Usted debe ser la mujer que logró que *Schwester* Klara dejara de ahogar bebés.

—Así es —confirmó, aunque solo era verdad en parte.

Cada vez que Ana confirmaba un embarazo judío, se le encogía el corazón. Nueve meses era mucho tiempo para llevar la semilla de una vida que sería arrebatada en el mismo momento de florecer. Y tenía otra razón para inquietarse. Ester llevaba un tiempo sin tener en absoluto buen aspecto, y Ana había visto demasiadas veces esos indicios como para negarlos, por mucho que deseara hacerlo. Tenía que hacer algo al respecto.

Tragándose su miedo, enlazó las manos frente ella y dijo:

—El juramento hipocrático no dice nada de quitar la vida, herr *Doktor*.

—Cierto, señora Kaminski. —De nuevo ladeó la cabeza, aunque esta vez muy brevemente—. Pero tampoco dice nada de salvar ratas. Tú, Bloque 25.

Se dio media vuelta para observar a Rebekah Haim mientras esta salía a duras penas de la litera sujetando firmemente al bebé contra su pecho vendado, y luego se dirigió a la puerta. Ana se acercó y tocó el brazo de la mujer.

—Dios te bendiga, Rebekah.

La pobre mujer la miró con una expresión llena de patetismo.

—Lo siento, Ana, pero creo que Dios nos abandonó hace tiempo.

—Pero…

—No pasa nada. Me llevaré a este a conocer a sus hermanos, lejos, muy lejos de estos demonios.

Y al terminar la frase, lanzó un escupitajo en la lustrosa bota de Mengele y, con la cabeza bien erguida, se alejó cojeando hacia el Bloque 25. Echando pestes, Mengele se dirigió a la salida con paso acelerado, y, en el mismo instante en que cruzó el umbral, Ana atravesó la sala para acercarse a la última ventana, desde la cual se veía el patio del fatídico bloque. Si en Birkenau había círculos del infierno, el Bloque 25 debía ser el que estaba más abajo. En ocasiones, se veía allí a mujeres que chupaban desesperadas las escasas briznas de hierba que sobresalían del barro, tratando de aplacar la sed que las acosaba durante los muchos días que debían esperar a que el grupo de condenados fuera lo suficientemente grande. Rebekah iba a ser de las «afortunadas», pues tanto el barracón como el patio estaban llenos de desgraciados y, seguramente, no tardarían en aparecer los camiones que habían de llevárselos.

Por lo general, Ana evitaba mirar por ese lado, pero ese día fue incapaz de despegar la vista de Rebekah mientras esta se sentaba al sol, se acomodaba el bebé en el regazo y, despacio pero con férrea determinación, se quitaba las crueles tiras de tela de los pechos. Una vez liberados, levantó al bebé y se lo llevó al pezón. Al principio la cabecita se bamboleaba, demasiado débil incluso para succionar. Entonces, Rebekah se extrajo unas gotas y le mojó con ternura los labios hasta que, como por milagro, el bebé pudo reunir fuerza suficiente para agarrarse. Tendrían, al menos, el consuelo de ese vínculo postrero. Aun así, a Ana le resultaba casi insoportable pensar en la pérdida de dos preciosas vidas humanas y, dejándose caer contra la pared, rompió a llorar.

—Por favor, Dios —rezó a través de las lágrimas—. Por favor, no permitas que Ester esté embarazada.

Por duro que fuera ver a Rebekah Haim encaminarse a la muerte, con Ester resultaría absolutamente intolerable. «Ahora es tu hija», le había dicho Ruth aquella noche infame en el tren que las llevaba al infierno, así que Ana debía protegerla con todas sus fuerzas.

Pero… ¿qué pasaría si todas sus fuerzas no eran suficientes?

Hundió la cabeza entre las manos y deseó que Bartek estuviera allí. Innumerables veces, durante su largo matrimonio, ella le había contado las tribulaciones de su trabajo al volver a casa, y él, tras escucharla con calma, le había acariciado el pelo y puesto las cosas en perspectiva. Ahora trataba de adivinar qué le habría dicho de hallarse allí o, mejor aún, de hallarse ella en algún otro lugar, el que fuera, con él. Se llevó los dedos a la cintura, buscando el sagrado consuelo de una vieja sarta de cuentas de rosario. Naomi, Dios la bendijera, había podido «preparárselas» —la jerga del campo para referirse a cualquier adquisición clandestina— en Kanada, y Ana se las guardaba bajo la falda, donde el tacto de las cuentas, suavizadas por los muchos años de oración de otra persona, la tranquilizaba. Empezó a desgranar en silencio un avemaría, mientras se recordaba a sí misma que su querido esposo todavía estaba vivo.

El mágico paquete había llegado unos pocos días antes. Una prisionera alta y de rostro pétreo, con el triángulo verde de delincuente en la ropa, había irrumpido en el bloque gritando: «Correo para Ana Kaminski». Todas habían pensado que se trataba de una broma cruel, pero no, Ana había dicho que era ella y la mujer le había entregado un paquete, o más bien los restos de un paquete, en el que figuraba su nombre con una letra tan familiar que casi se desmaya.

—Gracias —pudo decir apenas mientras trataba de cogerlo. Pero entonces la mujer lo había levantado fuera de su alcance.

—Tiene una tarifa.

Ana le había mostrado las palmas de las manos vacías.

—No tengo nada.

—Yo creo que sí. —La mujer procedió a abrir el paquete, ya rasgado y seguramente registrado y despojado de todo aquello que se les hubiera antojado a los alemanes de la oficina de correos, y empezó a hurgar en lo que quedaba—. Me llevaré esto.

Ana y el resto de las mujeres del Bloque 24 habían visto con envidia que la mujer extraía una barra de chocolate, pequeña pero de valor inconmensurable, y se la metía en el bolsillo. Entonces, por fin, le había dado el paquete a Ana y se había encaminado a la puerta con su botín.

—¿Por qué *ella* sí recibe paquetes? —alguien había gritado con acritud desde una litera, ante lo cual la «cartera» se había quedado mirándola con el mayor de los desprecios.

—Porque ella no es judía, ¿no lo ves, *Sauhund*?

Y entonces había salido y todas las miradas se habían vuelto hacia Ana. Por un momento, la comadrona se había sentido como un ratoncito amenazado por un halcón, y había dado gracias por que aquello fuera la sección del hospital y las mujeres estuvieran demasiado débiles para arrojarse sobre ella.

—Compartiré la comida —les había dicho, aunque bien sabía Dios que lo que quedase no daría para mucho. No era eso lo que le importaba. No eran los pedazos de tasajo lo que ella quería, sino sobre todo las noticias. La carta había sido en gran parte censurada, con tachones de negra tinta que no dejaban ver muchas —demasiadas— de las preciadas palabras de su marido, aunque sí había visto «Varsovia» y «Bron conmigo» y «a salvo», y eso había sido suficiente para ella. Más que suficiente. Bartek y Bron estaban vivos y a salvo y, sin duda, luchaban por la libertad, un pensamiento que desde ese instante la había llenado de júbilo.

Sin embargo, mientras observaba a Rebekah Haim esperando la muerte, Varsovia parecía estar infinitamente lejos. Incluso el pueblo de Oświęcim, casi visible desde el campo, parecía inalcanzable, como si las alambradas de espino, que por las noches zumbaban con una electricidad letal, marcaran los límites del mundo conocido. Al otro lado podría estar ocurriendo cualquier cosa y ellas nunca se enterarían. Sus vidas estaban acotadas por los trenes que entraban por un lado y el humo que salía por el otro; todo lo que había en medio era tan solo un limbo.

—En pie, todas.

Schwester Klara había vuelto de dondequiera que estuviera holgazaneando y, por su tono de voz, se percibía que estaba en plenas facultades. Eso no auguraba nada bueno, y Ana sintió un terror frío mientras se obligaba a levantarse y ocultaba el rosario bajo los pliegues de la falda.

—Ah, *Schwester* Ana. —Ana parpadeó: hasta ese momento, lo más favorable que Klara la había llamado era *alte Kuh*, vieja vaca—. Estos oficiales han venido a honrar a algunos de nuestros bebés.

—¿A honrarlos?

Ester se había acercado desde la sección principal para ver a los recién llegados, pero parecía tan perdida como Ana. Había allí dos oficiales, un hombre y una mujer, ambos con el uniforme de las SS tan lleno de cordones e insignias indicadores de un alto rango que por sí solos explicaban el tono untuoso de Klara.

—Van a seleccionar bebés para el programa Lebensborn.

—¿Lebensborn? —preguntó Ana. La palabra, por lo que ella sabía, se traducía como «fuente de vida», pero eso no aclaraba demasiado.

La mujer de las SS, alta y con botas de tacón, la miró desde su estatura.

—Es un programa instituido por el Tercer Reich para garantizar que todos los bebés de estirpe valiosa estén en lugar seguro y sean educados en un hogar sólido y devoto de nuestro Führer.

Ana seguía sin comprender del todo.

—¿Están aquí para llevarse a madres y bebés a Alemania?

Parecía demasiado bonito para ser verdad. Si llegaba a ver a una nueva madre saliendo del campo hacia la libertad, su fe se vería sin duda revitalizada.

—Estamos aquí —dijo la mujer en tono severo— para llevarnos bebés a Alemania.

En efecto, *era* demasiado bonito para ser verdad.

—Pero las madres…

—Se quedarán aquí y trabajarán, que era lo que se pretendía al deportarlas. No se preocupe, enfermera. Hay muchas familias virtuosas en el Reich que criarán a los bebés. Y muchísimo mejor de lo que podrían hacerlo estas mujeres.

Arrugó la nariz al pasear la mirada por la sección de maternidad. Ana, Ester y la doctora Węgierska habían hecho lo máximo para mejorar la nueva «sala». Las mujeres embarazadas estaban separadas de las enfermas propiamente dichas por una «cortina» confeccionada con sábanas viejas traídas de Kanada y, como disponían de treinta literas, por lo general cada doble litera solo debía ser compartida por dos o, a lo sumo, tres mujeres. Los colchones eran tan finos que la diferencia no habría sido mucha si aquellas pobres desgraciadas hubieran dormido sobre las tablas, pero al menos Ana había obtenido permiso para disponer de agua cuando la necesitara, de modo que normalmente podían mantener a las mujeres limpias y en lo posible despiojadas, además de darles suficiente líquido para beber.

Lo mejor de todo era la «sala de partos», un horno largo de ladrillo que se extendía de punta a punta del bloque, alimentado por fuegos a cada extremo. El fuego nunca se encendía durante el verano, pero la estructura brindaba una superficie larga, accesible desde ambos lados y elevada del suelo, una mejora sustancial con respecto a la silla que habían utilizado en el Bloque 17. Aun así, la vista que ofrecía a quien acabara de llegar debía de ser lastimosa, y eso hizo que Ana se sintiera de pronto esperanzada, porque, si aquellos oficiales querían a sus bebés, entonces quizá les prestarían alguna ayuda.

—Aquí, las condiciones para las madres son muy duras —dijo.

La mujer asintió con sequedad.

—Por eso precisamente los bebés valiosos deben ser trasladados lo antes posible. Vendremos aquí regularmente y *Schwester* Klara me ha garantizado que nos reservará a cualquier bebé prometedor.

—¿Prometedor? —preguntó Ana.

—Rubio —aclaró escuetamente la mujer.

Ana miró a Ester y vio que la joven, instintivamente, se había llevado la mano a su cabello excepcionalmente rubio, más notorio ahora que los mechones dorados volvían a crecer. ¿Significaba eso que Dios había escuchado sus oraciones?

—¿Quieren a todos los bebés rubios? ¿Incluso a los judíos?

—No seas ridícula, Ana —terció Klara con voz destemplada—. ¿Por qué iban a querer…?

Pero entonces el oficial levantó bruscamente la mano y Klara acabó balbuceando hasta interrumpirse.

—Si los bebés son rubios —zanjó en tono imperioso—, no pueden ser judíos.

Era una lógica retorcida, pero Ana decidió no replicar.

—¿Y las madres? —se atrevió a preguntar, ante lo cual el hombre negó asqueado con la cabeza.

—Ah, no, no, las madres no. Quizá pudo haber esperanza para ellas en algún momento, pero ahora ya se han impregnado demasiado de la sucia influencia judía para poder ser verdaderamente libres. Nosotros estamos aquí para romper ese ciclo. —Miró ufano a su alrededor—. Estoy seguro de que cualquier madre judía estará encantada de entregar a su bebé para que viva como un buen alemán en la libertad del Reich. —Las madres judías que permanecían de pie ante sus literas, y de hecho también las polacas, rusas y griegas, se encogieron de miedo, una reacción que contradecía las palabras del oficial, aunque este no pareció darse cuenta—. Echemos ahora un vistazo a esos bebés —dijo con aire satisfecho—. Vamos a elegir.

Las mujeres se miraron unas a otras con nerviosismo, pero Klara ya recorría con paso firme la fila, empujando de nuevo a las literas a las que aún albergaban en sus cuerpos a sus hijos y obligando a las que ya los tenían en brazos a levantarlos hacia los dos oficiales de las SS, quienes iban pasando revista detrás de Klara como si fueran inspectores de una cadena de producción. Ana notó cómo Ester se movía hasta pegarse a ella y juntas observaron paralizadas por el horror.

—¡Ese! —decretó el hombre, señalando a un niño polaco de cuatro días con un aterciopelado cabello de tono pajizo.

Klara arrancó al bebé de los brazos de su madre y, cargada con él, prosiguió su marcha tras el oficial, mientras la madre se desmoronaba en brazos de una compañera.

—Y este.

Una niña rusa. Esta vez la madre estaba prevenida y se resistió, pero resultaba evidente que Klara le rompería algún miembro al bebé antes que renunciar a él, de modo que la mujer hubo de ceder.

—Ah, y sin duda este.

El hombre cogió él mismo al bebé, otra niña, en este caso nacida esa misma madrugada y con un pelo tan rubio que era casi blanco. La madre era judía y, si la niña se había salvado hasta ese momento, había sido tan solo por la obsesión de Klara de quedarse sentada al sol. Ahora se la llevabarían no a morir ahogada en un cubo, sino a vivir con alguna familia nazi. Ana no sabía qué era peor. El oficial miró a la criatura casi con ternura y a continuación examinó con curiosidad a la madre, una joven de cabello oscuro que, aún debilitada por el largo parto, temblaba desvalida ante él.

—¿Cómo has podido producir esto? —preguntó con mordacidad.

—Mi... mi marido es noruego —tartamudeó la joven.

—¡Ah! Un *Mischling*. Bien, bien hecho. No te preocupes: irá a una buena casa. —Le dio a la madre unas palmaditas en la cabeza, como si solo la privara de una baratija, y continuó pasando revista—. No, no, desde luego que no. Mmm. —Había llegado casi al final de la fila y estaba claro que no había cubierto el cupo previsto. Palpó a un bebé con cabellos del color de la arena húmeda y arrugó el gesto—. ¿Qué opina, *Aufseherin* Wolf?

La oficial tiró del pelo al bebé, como para comprobar si era auténtico, y se encogió de hombros.

—Servirá, *Hauptsturmführer* Meyer. El pelo parecerá más claro cuando lo hayan limpiado de esos asquerosos piojos judíos, y Himmler está desesperado ahora que esos rojos bastardos están matando a todos nuestros muchachos, así que los oficiales del centro de mando no serán tan exigentes. Nos lo llevamos.

Agarró, pues, al bebé y se lo llevó sosteniéndolo lejos del cuerpo como si pudiera mancharla, algo que de hecho podía suceder, pues la sección de maternidad jamás tenía suministro de pañales. No ocurrió así y el bebé no hizo nada, pero la madre se abalanzó sobre Wolf, aferrándose con tal fiereza a sus piernas que casi la hace caer.

—Por favor —suplicó—. Por favor, no se lleve a mi bebé.

—¿Quiere que se quede aquí? —preguntó Wolf, frunciendo el labio mientras señalaba la fría y húmeda sala.

—Quiero que se quede conmigo —dijo la madre—. Es mío.

Wolf se encogió de hombros.

—Y tú, me temo, eres mía. Ahora suéltame antes de que tenga que ordenar que se te lleven.

Pero la pobre mujer se negaba a soltarla y, con Klara cargada con los dos primeros bebés, no había nadie que pudiera obligarla a hacerlo.

—¡*Mein Gott!* —exclamó Meyer, tras lo cual desenfundó la pistola que llevaba al cinto y le atravesó la cabeza de un disparo.

La mujer se desplomó a los pies de sus compañeras y la *Aufseherin* Wolf simplemente sorbió por la nariz, levantó las botas de tacón para sacarlas de entre los brazos desmadejados de la mujer y se alejó sin molestarse en mirar atrás.

—Volveremos —dijo deteniéndose en la puerta, una oscura silueta recortada contra el sol del exterior—. Guárdenos los buenos.

—Por supuesto —respondió Klara, incluso haciendo una reverencia—. Será para mí un honor.

—Desde luego que lo será —convino Wolf. Y, sin más, ambos se fueron.

Se hizo un silencio sepulcral alrededor del cuerpo de la pobre madre, cuyo único crimen había sido intentar quedarse con su propio hijo.

—¿Qué? —preguntó cortante Klara—. Deberíais alegraros, todas. Al menos vuestros hijos están a salvo.

—¿A salvo? —dijo entre sollozos la rusa—. ¿Llamas estar a salvo a ser criado por un nazi, por un monstruo? ¿Y si convierten a mi bebé en uno de ellos? ¿Y si la corrompen con sus malvadas ideas y la utilizan como arma contra su propio pueblo? ¿Cómo demonios puede ser eso «estar a salvo»?

Corrió a la puerta y todas se abalanzaron tras ella para detenerla, pero los SS ya no estaban allí. Se alejaban en su elegante automóvil con los cuatro infortunados niños, cruzándose en su camino con cuatro grandes camiones que acabaron deteniéndose frente al Bloque 25. Todas observaron cómo Rebekah Haim subía con serena dignidad al primero de ellos, con su bebé bien apretado contra el cuerpo.

—Al menos ella morirá en paz junto a su bebé —siguió sollozando la rusa mientras las otras madres despojadas se agrupaban a su alrededor.

Ester cogió a Ana del brazo.

—¿En qué clase de mundo vivimos para que esa sea la opción más envidiable? —preguntó.

Ana solo pudo negar con la cabeza. Cada vez que creía haber alcanzado los más profundos abismos de Birkenau, un nuevo pozo parecía abrirse ante ellas. Se apoyó temblorosa contra la pared de la cabaña, pero en ese momento Irma Grese avanzaba con aire decidido hacia las dolientes madres y Ester le tiró del brazo.

—Vamos dentro, Ana. Mejor que no me vea Grese. Creo que todos esos bocados que nos está trayendo Naomi de Kanada se me han ido directos a los pechos. Mira.

Se palpó con mano nerviosa los senos, que ciertamente habían aumentado, y Ana se apresuró a llevársela dentro con el corazón en un puño, sintiendo que el pozo se ahondaba de forma inexorable bajo sus pies.

DIECIOCHO

JULIO DE 1943

ESTER

Ester estaba tumbada en la litera, acariciando la delgada pero infinitamente preciosa hoja de papel que descansaba en su pecho. *Queridísima esposa mía, mi más preciado tesoro.*

Era un milagro. De un modo u otro, Filip había averiguado dónde estaba ella; había conseguido sacar una carta del gueto y, a saber por qué medios, esta había llegado a Birkenau y luego a ella. Bendeciría a Mala Zimetbaum cada día que le quedara de vida por traerle una alegría tan grande.

Había sido un día espantoso, con la lluvia de verano descargando implacablemente desde unos lúgubres nubarrones, y Ester había estado trabajando con Ana para tratar de eliminar de los barracones los piojos que, durante aquel mes húmedo y bochornoso, lo infestaban absolutamente todo. Ciertamente, cuando no eran las ratas las que mordisqueaban a las pacientes, eran los piojos los que se les incrustaban en la piel castigada y enfebrecida, y no había nadie, ni las mujeres más sanas, capaz de dormir sin tener que sufrir el picor incesante de aquellas minúsculas criaturas. Naomi les había «preparado» algo de desinfectante y habían intentado ir limpiando litera tras litera, pero era tarea inútil. El día anterior, Ester había acabado desesperada, con la frente apoyada en la pared y llorando por no poder siquiera derrotar a criaturas más pequeñas que sus uñas, y justo en ese momento había oído su nombre.

—¿Hay alguna Ester Pasternak aquí?

La voz sonaba suave y educada, y al girarse se había encontrado a una mujer en el umbral, alta y con ropa bien cortada, una visión de otro tiempo y otro lugar. Estaba delgada, pero no tan esquelética como el resto de ellas, y tenía pelo: abundante y oscuro, cortado en una oscilante media melena que a Ester le habría encantado acariciar. Y lo mejor de todo: llevaba un pequeño sobre en la mano.

—Soy yo —había dicho casi sin aliento—. Yo soy Ester.

La mujer había sonreído y atravesado el barracón.

—Hola, soy Mala. Naomi me dijo que tratabas de conseguir noticias de tu esposo.

—Sí. Dios, sí, sí.

Al responder, no había podido evitar un sollozo bastante embarazoso, pero Mala se había limitado a ponerle la carta en la mano con una sonrisa.

—Espero que esto te traiga consuelo.

—Gracias. Muchas gracias. Eres un ángel.

Mala había sonreído de nuevo y, con ademán consciente, se había echado hacia atrás la lustrosa melena.

—No soy ningún ángel, Ester, solo una mujer corriente que hace lo que puede para ayudarnos a sobrevivir a esta locura hasta que el mundo se enderece. Escóndela bien.

—Desde luego. Gracias. No sabes cuánto significa para mí.

—Sí, sí lo sé —había contestado—. Todas necesitamos saber que queda algo por lo que vivir.

Y después se había ido tan silenciosamente como había llegado. Entonces Ester se había arrastrado hasta el fondo de su litera, sin reparar en piojos ni ratas, y había rasgado el sobre y devorado las palabras de Filip, después de tres meses interminables sin saber de él.

Queridísima esposa mía, mi más preciado tesoro:

No tengo ni idea de si esta carta podrá llegarte, ni siquiera de si todavía estás viva, pero si las oraciones pueden proteger a alguien, y seguro que sí, entonces estoy ocupado día y noche manteniéndote a salvo. Le pido a Dios que cuide de ti mientras como, mientras trabajo, mientras camino de vuelta a casa, incluso mientras duermo. Eres lo más maravilloso que me ha pasado nunca, mi hermosísima Ester, y me niego a creer que el universo vaya a hacerte desaparecer. Puede que ahora estemos separados, pero eso no va a durar siempre. Lucharé para mantenerme vivo y tú, querida mía, debes hacer lo mismo. La vida debe ser nuestro objetivo en estos tiempos de oscuridad, porque si seguimos vivos podremos volver a encontrarnos y entonces la vida —la vida real, llena de amor y alegría y cariño— podrá sin duda volver a empezar.

No tengo demasiado espacio para escribir, porque el papel es difícil de encontrar y aún más la gente que puede proporcionarlo, pero quédate tranquila: yo estoy bien, nuestros padres están bien y Leah está maravillosamente bien. El otro día supe que la corteja un buen hombre, un joven granjero, así que ambos podemos consolarnos pensando que alguien que nos es tan querido está viviendo en paz. Como también lo haremos nosotros, Ester. Un amor tan fuerte como el nuestro está destinado a perdurar y, ahora solo lamento no haberme puesto de rodillas la primera mañana en que te vi para pedirte que te casaras conmigo, porque lo supe en ese mismo momento, Ester. Supe que eras la chica de mi vida y, cada día, maldigo mi estúpida timidez por haberme robado cada mínimo instante de felicidad entre tus brazos. Pero seguro que tendremos más. Resiste, Ester mía, resiste con todas tus fuerzas, porque te quiero con cada milímetro de mi ser y, cueste lo que cueste, estaré aquí para encontrarme contigo cuando esto haya acabado.

Tu siempre amante esposo,
Filip

Ah, cómo había llorado al leerla por primera vez, y las muchas veces que siguieron, pero con lágrimas de alegría y esperanza. Él estaba a salvo, todos lo estaban, y además creía que habría una vida después de este limbo infernal. La había hecho sentir a un tiempo feliz y avergonzada. Mientras que él había aprovechado cada momento para rezar por que ella estuviera a salvo, ella había desperdiciado los suyos entregándose a la autocompasión y la desesperanza. Pues bien: eso se había acabado.

Durante la semana en que Mala le había dado la preciada carta, ella se había entregado a sus oraciones con renovada energía, pronunciándolas en lo más profundo de su corazón, murmurándolas entre dientes e incluso, a veces, cantándolas en voz alta. Sentía un vigor nuevo. Las náuseas habían desaparecido por fin y ahora notaba el cuerpo más liviano y menos agotado. Incluso estaba segura de que le había salido un poco de barriguita, aunque eso podría ser también la engañosa hinchazón del hambre visible en tantos internos del campo. Llevaba allí solo tres meses, pero casi parecía que no hubiera conocido más vida que aquella. Las noticias de Filip le habían hecho recordar lo que había más allá de las alambradas, y ahora ya no solo se lo imaginaba en las escaleras de San Estanislao, sino también en la buhardilla, en el taller, comiendo con sus padres, sobreviviendo, como ella estaba decidida a hacer ahora.

—¡Arriba! ¡Arriba! ¡Arriba!

Esta vez, los horribles, restallantes gritos de Klara no la arrancaron del sueño con un sobresalto, porque las palabras de Filip la habían llevado a un estado de beatífico reposo, pero de todos modos tenía que salir de la litera y, muy a pesar suyo, hubo de hacerlo. Naomi les había conseguido una bala de heno, así que habían podido rellenar los raídos colchones de la sección de maternidad y hacer que resultaran casi cómodos. Por supuesto, eso también había dado a los piojos más espacio donde campar a sus anchas, pero valía la pena, porque así, al menos, las tablas de madera no se les clavaban en las huesudas caderas por la noche, de modo que todas le estaban infinitamente agradecidas a la joven griega. Ester tenía la clara impresión de que la muchacha se estaba volviendo más y más astuta a la hora de conseguir cosas, lo cual hacía que le recordara cada vez más a su propia hermana. Aunque, claro, tampoco olvidaba que la ingenua amabilidad de Leah con Hans había acabado mal, así que esperaba que Naomi tuviera más cuidado.

—Todo el mundo fuera —aulló una voz al otro lado de las delgadas paredes del barracón—. Los doctores nos han preparado hoy una sorpresa.

Ester sintió un hormigueo en la piel cuya causa no eran solo los piojos; deslizó la carta de Filip por una abertura en la tela del colchón y salió para unirse a las otras mujeres que ya se alineaban para el pase de lista. El mes de julio llegaba a su fin y los primeros rayos de sol apenas habían asomado en el rasgado horizonte. Aun así, la luz era más que suficiente para distinguir los grandes barreños que habían colocado delante de cada barracón. En el aire neblinoso flotaba un fuerte olor a desinfectante y los guardias de las SS pasaban ante ellas, con sus perros tirando furiosamente de las correas.

El *Doktor* Rohde también estaba allí.

—¡Desnudaos! —ordenó, y sorprendentemente añadió—: Por favor.

Ester lo miró, agradecida por aquella pequeña gentileza, y entonces recordó que, cuando Naomi le había dicho que algunos SS eran amables, ella la había reprendido por su ingenuidad al confundir el «regalo» de un pintalabios robado a una mujer asesinada con la generosidad. En el campo, el listón de los buenos modales estaba tan bajo que un simple «por favor», añadido a una orden humillante, la hacía sentir agradecida, así que se obligó a hacer de tripas corazón mientras empezaba a desvestirse. Odiaba que la vieran así, que la obligaran a quitárselo todo.

Pero no, todo no, se recordó a sí misma, porque no le podrían quitar el amor que albergaba su corazón, y entonces rezó en su interior por Filip mientras la ropa caía amontonada a sus pies. La semana anterior, les habían rapado de nuevo la cabeza en un vano intento por atajar los piojos; por suerte, Naomi les había conseguido dos navajas y, gracias a ellas, todos los barracones habían podido ocuparse de sus zonas más íntimas. La cara de los guardias al ver sus cuerpos sin un solo pelo había resultado casi cómica, y Ester se había preguntado si en algún lugar de Berlín llegaría a publicarse un estudio erudito, pero del todo improcedente, sobre el crecimiento del pelo en las personas malnutridas, firmado por uno de los «doctores» que utilizaban el campo como laboratorio para sus enfermizas ideas.

—En fila —ordenó el *Doktor* Rohde—. Cuando oigáis vuestro nombre, os metéis en el baño por este lado, os sumergís por completo durante treinta segundos y salís por el otro lado.

Era la típica eficiencia germánica, no por eficiente menos agresiva. Janina Węgierska fue la primera. Ester vio cómo el amable doctor se estremecía cuando el potente desinfectante tocaba la piel en carne viva, acribillada por los piojos. Al salir tenía los ojos llenos de lágrimas, pero sabía de sobra que no debía ponerse a gritar. ¿Por qué añadir moratones a las llagas?

—¿Funcionará? —le susurró a Ana.

—Puede que ahora nos quite los piojos —contestó—, pero los colchones y la ropa están tan infestados que no tardarán en aparecer de nuevo.

Ester pensó en la carta de Filip, rodeada de piojos, y rezó para que aquellos bichos no les gustara el papel. Pero ya llegaba su turno y, al meterse en el barreño, hubo de morderse el labio para evitar dar rienda suelta al dolor. Parecía tener cada centímetro de la piel en llamas y se vio incapaz de sumergir la cara en aquella repulsiva espuma de piojos moribundos. Entonces sintió una mano recia en la cabeza y se encontró sumergida antes de poder siquiera tomar aire. Ahora ya no era el fuego en la piel lo que importaba, sino el fuego en los pulmones.

Resiste, Ester mía.

Las palabras de Filip surgieron en su mente y se obligó a no debatirse mientras la mantenían sumergida, porque no había nada que gustara más a los SS que imponer su dominio. Cuando la cabeza se hundió, supo que al cabo de un momento tendría que abrir la boca y dejar que aquel sucio fluido alcalino le entrara en los pulmones, y si eso ocurría podía estar segura de que ya no habría nada que hacer.

Resiste, Ester mía.

La mano la soltó y emergió a la superficie, aspirando aire con ansia.

—¡Fuera!

Se encaramó al borde, pero estaba tan mareada que no encontraba asidero y, si Ana no se hubiera atrevido a sostenerla, se habría desplomado en el suelo como un pez muerto. Ambas se ganaron por ello un fuerte golpe con la porra, pero de inmediato Ana se metió en el barreño y se sumergió por completo, mientras Ester, por su parte, se incorporaba a la fila de mujeres empapadas y temblorosas, con lo cual los guardias parecieron perder interés.

Las inmersiones fueron sucediéndose una tras otra; el centenar de mujeres hacinadas en el Bloque 24 fueron obligadas a pasar por el mismo líquido hediondo y luego alineadas a la intemperie a aquella temprana hora de la mañana. El sol ya se abría camino en el cielo, pero los árboles del fondo del campo amortiguaban su fuerza e impedían que se secara la despellejada piel de las mujeres. Las enfermas de tifus apenas podían tenerse en pie, pero si alguna se derrumbaba los guardias la arrastraban de inmediato al temido Bloque 25, de modo que luchaban con todas sus fuerzas por mantener una postura mínimamente erguida.

Ester cerró los ojos y rezó por Filip. Se lo imaginó subiendo a la buhardilla, comiendo una corteza de pan en la minúscula cocina, caminando por el gueto en dirección al taller. Pese a todo el odio que había sentido por aquella parte confinada de Łódź, al compararla ahora con el infierno de Birkenau le parecía un paraíso. Al menos en Łódź podía estar con su familia, con su marido. Al menos en Łódź eran otros judíos los que les daban órdenes. Ay, si hubiera sabido cómo era la verdadera opresión, nunca habría pronunciado una queja contra Rumkowski.

Si seguimos vivos podremos volver a encontrarnos y entonces la vida —la vida real, llena de amor y alegría y cariño— podrá sin duda volver a empezar.

¿Tenía él razón? ¿Era eso posible? Sus manos ansiaban de nuevo sostener la carta de Filip, seguir con el dedo la misma tinta que había salido de su pluma.

Un fuerte golpe la sacó de su ensueño. Abrió bruscamente los ojos y, ante su más absoluto horror, vio a unos prisioneros masculinos que salían del bloque de las mujeres, ayudándose unos a otros para cargar los colchones. Los arrojaron al suelo en una larga fila y, acto seguido, cogieron regaderas, las sumergieron en los inmundos barreños y comenzaron a mojar con desinfectante toda la superficie de los colchones.

—¡No! —gritó Ester, y hubiera salido corriendo para arrojarse frente a aquellos lavanderos si Ana no llega a agarrarla de los brazos. Miró a su amiga con ojos extraviados—. No pueden hacer eso, Ana. Los están dejando empapados.

—Ya se secarán, Ester. El sol está saliendo y…

—Mi carta —susurró, y en los envejecidos ojos de Ana vio que había comprendido.

—¿La has escondido en…?

Ester asintió con vehemencia y miró la fila de colchones. Eran todos idénticos, así que resultaba imposible saber cuál albergaba su tesoro, aunque tampoco es que eso importara demasiado, porque estaban todos tan completamente empapados que las preciosas palabras de Filip ya no serían más que una pasta de papel.

—No importa —le estaba susurrando Ana al oído, todavía sin soltarle los brazos—. Ya te sabes todas las palabras, Ester; las tienes en tu corazón.

Ester apenas oía lo que su querida amiga estaba diciendo. El mundo se empañó ante sus ojos, igual que cuando la habían sumergido en aquel fluido que ahora corroía la única brizna de esperanza que había tenido allí, en aquel lugar implacable, y sintió entonces que iba a derrumbarse.

—Ester —musitó Ana, en tono más apremiante—. Ester, mírame. Por favor, mírame. Tienes que mantenerte en pie o te llevarán al Bloque 25. Es solo una carta. Filip está bien y a salvo. Quiere que sigas viva, que sigas viva por él.

—Sí. —Fue capaz de decir, pero sintió que las palabras de Filip también se redujeron en su cerebro a una pasta informe, como ya habría ocurrido en los lastimosos colchones que tenían ante ellas. No podía ver con claridad, ni tampoco sabía cómo conseguir que sus piernas la sostuvieran.

—¡Ester! —La voz de Ana parecía llegarle de un lugar remoto—. Ester, ¿es posible que estés embarazada?

Ester parpadeó. Fue como si, en su cabeza, un mundo antes fragmentado volviera a recomponerse, y la joven se aferró a Ana.

—¿Embarazada?

Ana miró frenéticamente a un lado y al otro, pero la visión de

Ester se iba normalizando y la joven pudo comprobar por sí misma que los guardias, demasiado ocupados golpeando a los hombres que ahora recogían la ropa de ellas, no les prestaban atención. Se llevó la mano al vientre, a la prominencia que había achacado a la malnutrición, y luego a los pechos. Apenas si quedaba rastro de la plenitud y turgencia que habían tenido antes, pero allí estaban de todos modos: listos para, tal vez, alimentar a un niño.

—¿Es posible? —repitió Ana—. Llevamos aquí tres meses, Ester. ¿Crees que puede ser? ¿Estuviste con Filip antes de que se te llevaran?

Ester volvió a ver la diminuta buhardilla, el suave lecho y las noches oscuras, el consuelo infinito y hermoso de los brazos de su marido. Recordó que habían estado juntos la noche anterior al día en que la policía había apresado a su madre, el día en que también ella había acabado subida al vagón de ganado con destino a Birkenau. Oyó la voz de Filip, tenue y dulce: «Tú eres mi manjar, Ester. Mi concierto, mi fiesta, mi noche de diversión, mi día de recogimiento».

—Es posible —admitió, aunque parecía algo demencial que la dulzura de aquel lecho pudiera tener la más mínima conexión con los horrores de Birkenau. Demencial y glorioso.

Los hombres se iban ya y se llevaban con ellos la ropa de las mujeres. Ahora que el sol se había elevado sobre la copa de los árboles, de los colchones empezaba a emanar vapor, y también en la piel de las mujeres se estaban evaporando las gotitas de desinfectante, pero Ester ya no podía pensar en nada que no fuera la nueva vida que albergaba en su interior. Sí, había perdido la carta de Filip, pero ahora tenía a su hijo. El hijo de los dos. Miró con incredulidad a Ana.

—¿Voy a tener un bebé?

—Creo que sí.

Era un momento de alegría perfecta, pero justo entonces una mujer se derrumbó junto a Ester y, al instante, apareció un perro que cerró las babeantes fauces en torno a su tobillo y la arrastró al Bloque 25. Y con eso quedó patente en toda su crudeza el horror que aguardaba a Ester. Porque ella era una mujer judía en un campo en el que una criminal enloquecida, junto con su ayudante prostituta, ahogaban a los bebés judíos en un cubo de agua sucia apenas la criatura aspiraba su primer aliento. Por mucho que contara con la más extraordinaria de las comadronas para asistirla, el resto de aquella tenebrosa parodia de mundo estaba en su contra. El bebé de Filip no era solo una alegría, sino también el mayor peligro que podría cernerse sobre la vida de Ester.

DIECINUEVE

SEPTIEMBRE DE 1943

ANA

La música se desplegaba agradablemente a su alrededor, como una nana, y Ana cerró los ojos y por un instante se olvidó de que estaba en Birkenau, rodeada de enfermos y moribundos; se imaginó a sí misma en su sala de estar, en la época en que no existía nada semejante a un orden nazi ni nada similar a un gueto, cuando todos simplemente vivían sus vidas lo mejor que podían. Ese día era la fiesta judía de Rosh Hashaná, el Año Nuevo, y Alma Rosé, la directora de la orquesta de Birkenau, había sugerido que, aunque las internas no tuvieran los pasteles tradicionales ni las manzanas bañadas en miel de sus hogares, al menos deberían disfrutar de la dulzura de los instrumentos musicales. Ana no sabía nada de aquellas celebraciones, pero desde luego le gustaba la música.

Mientras las exquisitas notas de un violín se elevaban en el Bloque 24, recordó a Bartek tocando su viejo instrumento, también un violín. No tenía tanto talento como Alma Rosé, una música austriaca que ahora, como el resto de ellos, era también una prisionera (su sangre judía, por lo visto, importaba más que su talento), pero en cualquier caso su esposo tocaba con alma. Aún podía ver la sonrisa en su rostro mientras pasaba el arco por las cuerdas más y más rápido al interpretar su giga favorita, en tanto los muchachos trataban de seguir el ritmo que él marcaba.

Todos tenían talento, pensó, *tienen talento*, se corrigió al instante. Ocho meses terribles habían transcurrido ya desde que viera a sus guapos muchachos, pero se negaba a creer que ya no estuvieran, y pensó de nuevo en ellos con añoranza. Los largos dedos de Bron habían demostrado tanta pericia con las teclas del piano como con el bisturí; a Zander le encantaba su flauta, y el pequeño Jakub había aprendido él solo a tocar la guitarra con el viejo instrumento que había pertenecido al padre de Bartek. Se regañó a sí misma. Jakub ya no era «pequeño», y gracias a Dios que no lo era, porque iba a necesitar toda la fuerza de un hombre adulto para sobrevivir a esta guerra.

Se había filtrado la noticia, traída por una remesa de prisioneros rusos, de que los alemanes se estaban llevando una buena paliza en el este. En el último paquete de Bartek, su carta había sido más censurada que nunca y apenas un puñado de conectores sin sentido habían sobrevivido a los implacables tachones. Sin embargo, se les había pasado por alto un mensaje escondido en una pasta. Cuando a Ana le había llegado el paquete, la pasta ya estaba llena de moho, pero así al menos había evitado las codiciosas manos de la encargada del correo, y, además, dentro había encontrado la dulce sorpresa, una nota con palabras de amor y esperanza: «Mantente firme, estamos ganando, amor mío».

Ana nunca sabía si dar crédito a los rumores que circulaban sin cesar por el campo, pero de las palabras de Bartek no podía dudar. Ellas mismas estaban empezando a tener algunas pruebas. Los soviéticos que estaban llegando a los campos en ese otoño de 1943 venían de ciudades y pueblos tomados en retirada, no durante una ofensiva, y miles de soldados de la Wehrmacht morían cada día. Ana se había sentido exultante al saberlo, aunque enseguida se había reprendido a sí misma; ningún buen cristiano debería felicitarse por la muerte de un hombre, con independencia de su nacionalidad. Aun así, resultaba difícil no alegrarse al enterarse de las derrotas nazis, porque era la única forma de que pudieran salir algún día de Birkenau.

El violín volvió a sonar, las notas elevándose con seguridad y brillantez sobre el acompañamiento de los otros instrumentos. La orquesta se había formado poco después de que las mujeres llegaran al campo, pero solo hacía un mes que Alma Rosé se había hecho cargo de ella, y ahora el grupo iba creciendo tanto en integrantes como en talento. Las SS querían tener su concierto cada tarde de domingo, algo que no gustaba en absoluto a algunos de los otros prisioneros. Una de las violas de la orquesta, una yugoslava que había dado a luz la semana anterior, le había confiado a Ana que había tenido que soportar puñetazos, escupitajos y patadas de sus compañeras por consentir tocar para los alemanes, cuando, en realidad, ese había sido el único modo de salvar su vida y, por tanto, también la de su futuro bebé. Había vuelto al barracón de la orquesta con el bebé escondido en el maletín de la viola, y Ana rezaba para que los privilegios de que gozaban las instrumentistas le permitieran mantener con vida a la criatura. Aunque lo dudaba.

—Dios te salve, María, llena eres de gracia, por favor, mantén a mis hijos a salvo, allí donde estén.

Buscó con los dedos las cuentas de su rosario, pero solo encontró los pliegues de la sucia falda. Había perdido el rosario durante el despiojamiento, y, aunque Naomi le había asegurado que encontraría otro, aún no le había sido posible conseguirlo.

Ana echó una ojeada a la joven, encajada en la litera entre ella misma y Ester. Era el final de la tarde, así que al terminar su jornada en Kanada se había colado en el Bloque 24, como a menudo solía hacer. A las judías griegas les habían asignado los Bloques 20 y 21, junto con las rusas, pero casi todas las infortunadas compatriotas de Naomi habían muerto de tifus o hambre o, simplemente, devastadas por la desesperación, de modo que la muchacha odiaba ir allí. Mala estaba trabajando para intentar que la reasignaran, pero esos asuntos llevaban su tiempo y, mientras tanto, Naomi se quedaba con ellas siempre que podía. También Mala se sumaba a veces, con su animada charla en alemán o polaco o incluso atreviéndose con el griego nativo de Naomi. Sentía una fascinación natural por los idiomas y por la gente, aunque se rumoreaba que la fascinaba aún más un joven llamado Edek Galiński, un experto mecánico que trabajaba en las oficinas.

—¿Es verdad, Mala? —le preguntaba en susurros Naomi una y otra vez—. ¿Te está cortejando?

Y Mala la regañaba diciendo:

—¡Como si eso fuera posible en Birkenau!

Pero las demás sabían, por su sonrisa y el rubor de sus bonitas mejillas, que tal cosa sí era posible, algo que las hacía sentir un poco mejor a todas.

En los últimos días, sin embargo, Naomi había mostrado menos interés por el «romance» de Mala, y por eso Ana la miraba ahora con preocupación. La joven parecía algo lánguida y había perdido parte de su maravilloso entusiasmo, así que Ana se alegró de verla absorta en la música. Le tendió la mano y Naomi la agarró con tanta fuerza que Ana temió que le rompiera sus viejos nudillos.

—¿Estás bien, Naomi? —susurró.

La muchacha soltó la mano.

—Mi madre tocaba el violín.

—Y mi marido. Bueno, más bien música popular.

—¿Lo echas de menos?

—Cada día.

—Debe de ser bonito. —Ana arrugó el entrecejo y Naomi se encogió de hombros—. Quiero decir tener a un marido al que echar de menos.

Ana no pudo evitar sonreír; la joven griega siempre veía las cosas desde un ángulo diferente.

—Supongo. Algún día tú también tendrás a alguien, Naomi.

—Seguro que sí —convino, aunque sus ojos miraron al suelo.

Ana quería insistir más, pero la orquesta se preparaba para la apoteosis final de la obertura y parecía irrespetuoso seguir hablando. Se recostó y dejó de nuevo que la música la invadiera, aprovechando cada una de las notas como si con ellas viajara brevemente fuera de aquel lugar, y cuando la obertura terminó, se unió a las demás en un aplauso espontáneo, casi sorprendida de que sus manos todavía supieran cómo manifestar aprobación. Miró a la mujer de la viola, quien captó su mirada y respondió con un breve gesto de asentimiento. Así que el bebé seguía vivo: era una buena noticia.

—¡Todo el mundo frente a las literas!

Todas dieron un brinco y miraron nerviosas hacia la puerta. Por lo general, al llegar la noche, los soldados de las SS se quedaban en sus cómodas y bien caldeadas dependencias bebiendo licores robados, e incluso Klara había estado disfrutando de la música. Ana salió de la litera para recibir a los recién llegados y su corazón se encogió al reconocer a Wolf y Meyer, los dos oficiales de las SS que ya habían ido en otra ocasión a reclamar bebés para aquel programa suyo de nombre tan absurdo, el programa «Lebensborn». No los había vuelto a ver desde entonces, incluso se había permitido tener la esperanza de que el asunto ya no les interesara, pero allí los tenían ahora, de nuevo a la caza.

Vio que la yugoslava de la viola se escabullía por la puerta y distinguió a una astuta nueva madre arrastrándose al fondo de la litera para ocultar al bebé en la oscuridad. Las que estaban más cerca de la puerta, en cambio, no tenían escapatoria posible, y Klara y Pfani las obligaron a colocarse firmes y a presentar a los bebés frente a ellas, como trofeos humanos esperando a ser reclamados.

—Parecen un poco enclenques —dijo Meyer con una mueca de disgusto en los labios.

—¿Le sorprende? —dijo alguien en tono cortante. Ana se giró y vio que Ester se había adelantado y estaba allí parada, con los brazos en jarras.

Había en sus ojos una luz extraña, muy pálida, y las líneas de su cuerpo anguloso parecían encresparse de furia. Su embarazo ya resultaba ostensible, y ahora, por las noches, solía mecer su abultado vientre mientras susurraba en la oscuridad promesas que desgarraban el corazón: «No voy a permitir que te pase nada, pequeñín»; «Voy a llevarte de vuelta con tu papá»; «Voy a darte el mundo entero. No este mundo, sino otro mejor, decente». Ana nunca le había preguntado cómo iba cumplir todo aquello. Se limitaba a abrazarla y a acariciar su frente y pedirle a Dios un milagro. Pero ahora no estaban en la oscuridad y lo adecuado en ese momento era callarse.

—¡Ester! —dijo bisbiseando, pero ahora los dos SS la separaban de la joven y no podía llegar a ella sin llamar demasiado la atención sobre ambas. Aunque lo cierto era que Ester tampoco parecía querer la ayuda de nadie.

—No tienen ropa ni pañales ni leche a menos que sus madres sean capaces de producirla, y pocas lo son, porque han tenido que cambiar sus raciones por sábanas y jabón para no morirse en la misma mesa de parto.

El *Hauptsturmführer* Meyer apenas la miró.

—Entonces es una buena labor, la que hacemos viniendo aquí para llevárnoslos. Estoy seguro de que pronto engordarán cuando tengan a una buena madre alemana para cuidarlos. —Paseó la vista por la hilera de mujeres—. Nos los llevamos a todos menos a ese.

Señaló a un bebé ruso de piel oscura y la madre casi se desmaya de puro alivio. Antes de que el resto pudiera reaccionar, Klara, Pfani y Wolf ya les habían quitado a los bebés y salían con ellos hacia el automóvil, y, de pronto, todo había acabado. Una de las pobres mujeres, aún recuperándose de un parto complicado, se quedó allí de pie, mirándose desconcertada las manos vacías. Otra se recostó en la litera y comenzó, lenta y metódicamente, a arrancarse el cabello, y una tercera cayó de rodillas suplicando por su bebé en un tosco alemán.

—*Bitte. Meine kleine Infant. Meine Baby.*

—*Meine Baby* —repitió con siniestro regodeo Meyer, ante lo cual Ester cruzó como una flecha el barracón y se le agarró a la espalda, gruñendo y escupiendo y aullando palabras en su oído. Ana vio con horror cómo el oficial se volvía a mirar, aparentemente divertido al principio, pero luego irritado.

—Quitadme a esta *blöde Hündin* de encima. *Mein Gott*, esto parece un zoo. Cuanto antes exterminemos a estas criaturas, mejor. ¡Quitádmela! ¡De! ¡Encima!

Fue Klara quien cumplió su deseo: volvió atrás y con sus gordos brazos arrancó a Ester de la espalda de Meyer.

—Me encargaré de que la castiguen, herr *hauptsturmfürer* —dijo con deleite.

—Asegúrese de que es así. Estas mujeres no tienen ni idea de lo que les conviene.

—Bueno, seguro que no es llevarse a sus bebés —chilló Ester, todavía debatiéndose entre los brazos de Klara.

Pfani se adelantó y la abofeteó con fuerza en la cara. Ana vio que manaba sangre de la boca de Ester, pero entonces la joven la escupió y las gotitas escarlata quedaron prendidas en el cabello rojizo de Pfani, como perlas. Meyer las observaba con gesto de repugnancia, los dedos crispados ya en busca de la pistola. En ese momento, se oyó el llanto de uno de los bebés en el automóvil y el oficial parpadeó, chasqueó los dedos hacia Wolf y ambos salieron rápidamente del barracón.

—Por favor —dijo Ana interponiéndose entre Ester y Pfani—, tranquilicémonos todas.

Oyó el ronco sonido del automóvil de las SS mientras se alejaba, pero, a juzgar por el brillo en los entrecerrados ojos de Klara, Ester todavía corría peligro. *Schwester* Klara las odiaba a ambas desde que habían puesto fin a los ahogamientos de bebés y ahora se le presentaba la oportunidad de vengarse.

—No, si yo estoy tranquila —dijo Klara, la voz rezumando malicia—. Estoy muy tranquila y tengo una orden que cumplir. La número 41400 debe ser castigada. Pfani, necesitaré el látigo. El grande.

Ana pudo ver en los ojos de Ester que la joven había recobrado la lucidez. Forcejeaba entre los brazos de la alemana, pero esta, bien nutrida con las raciones de las *Kapos*, demostraba su fuerza y estaba claro que Ester no tendría ninguna oportunidad. Pfani le trajo el látigo, un largo artilugio de cuero con cinco perversas tiras rematadas con cuentas. Ana no había visto a ninguna mujer que sobreviviera a aquel instrumento.

—Klara, por favor. Deberíamos mantenernos unidas.

—Oh, nosotras estamos muy unidas —replicó asintiendo con la cabeza en dirección a Pfani—. Desnúdala y átala a la litera.

Pfani desgarró la camisa de Ester y todos los botones salieron disparados hacia las mujeres que observaban aterrorizadas desde sus literas. Ana vio que Klara entornaba los ojos en dirección al abombado vientre de Ester y se le heló la sangre.

—Klara —imploró, pero Klara ni siquiera se molestó en girar la cabeza.

—Átala, Pfani. No, así no. —Agarró a Ester y de un tirón le dio la vuelta para que quedara de frente—. Así. Juraría que hay un asqueroso pequeñín judío en esta asquerosa judía grande y que por eso se ha vuelto tan irrespetuosa con sus superiores. Es hora de sacarlo de ahí.

—¡No! —aulló Ester tratando de cubrirse el vientre con las manos, pero Pfani, que la tenía bien sujeta en sus huesudas manos, ya la estaba atando a una de las literas con una fina cuerda. Ester se resistió hasta provocarse verdugones en la piel, pero solo logró que Pfani apretara más las ligaduras.

—No eres tan fiera ahora, ¿eh, judía?

—Por favor, Pfani. Imagínate si a ti te quitaran tu bebé.

Una nube cruzó fugazmente por los ojos de la prostituta, pero la ahuyentó con un gesto de la mano y, de propina, le dio a Ester un fuerte golpe.

—Cállate. Nos pones a todas en peligro con tus estúpidas payasadas y necesitas una lección.

Se echó atrás y Klara levantó el látigo y acarició las cinco perversas tiras, como si fueran serpientes que tuviera por mascotas.

—Esto va a doler —canturreó.

—¡No! —Ana se abalanzó delante de Ester—. Detente, Klara, esto es una locura.

—La locura, comadrona, es que haya tenido que escucharte durante tanto tiempo. Apártate o los latigazos serán también para ti.

Tiró el brazo atrás con ademán experto y el cuero golpeó en el brazo de Ana, le rasgó el uniforme y le mordió la carne con tal violencia que la hizo gritar de dolor y caer al suelo. Klara rio y levantó de nuevo el látigo.

—Basta.

Esta vez era Naomi, que avanzó valientemente hasta quedar junto Ana y frente a Ester.

—¿Quién eres tú? —escupió Klara.

—Quién soy importa poco, *Kapo*; importa más lo que tengo.

—¿Cómo?

Naomi se levantó el uniforme rayado y mostró una suave camisa de seda que llevaba debajo. Lentamente, se sacó los faldones, sujetó la orilla frente a ella y fue pasando una uña por las puntadas. Klara observó con avidez mientras Naomi abría un agujero y algo pequeño y duro salía por la costura hasta la palma de su mano. Manteniéndose a buena distancia de la *Kapo*, abrió el puño y reveló un diamante, reluciente bajo los últimos rayos de sol que se colaban por las sucias ventanas. Klara se pasó la lengua por los labios.

—Es auténtico —dijo Naomi—. Lo he sacado de Kanada. He estado guardándolo para una ocasión especial, pero Ester es desde luego especial, así que es tuyo, Klara, si la dejas ir.

Klara miró alternativamente a Ester, a Pfani y al diamante. Ana adivinó que estaba realizando cálculos en su malvado cerebro y se obligó a levantarse para ponerse junto a Naomi. Algunas otras mujeres salieron laboriosamente de sus literas y se les unieron, formando una especie de guardia alrededor de la preciosa joya. Klara soltó un bufido e hizo un ademán desdeñoso con la mano.

—Muy bien. De todas formas, estoy ya agotada. Dame.

Naomi negó con la cabeza.

—No hasta que sueltes a Ester.

Klara gruñó, pero asintió a Pfani, y esta, tras lanzar un fuerte suspiro, empezó a aflojar los nudos de la cuerda. Estaban muy apretados y hubieron de esperar durante un largo y penoso intervalo hasta que, por fin, Ester quedó libre. Pfani la empujó hacia Naomi, quien la acogió en sus brazos y luego arrojó el diamante a los pies de Klara.

—Esa estúpida piedra no vale ni la décima parte de esta maravillosa mujer —dijo, y, mientras Klara se lanzaba nerviosamente a por su recompensa, todas se retiraron al fondo de la sección de maternidad y se apretaron juntas en una litera. A Ana le dolía el brazo, pero Ester se había salvado y eso era lo único que importaba.

—Eres increíble, Naomi —le dijo abrazando con fuerza a la joven.

Naomi se liberó de sus brazos.

—El soborno no tiene nada de increíble.

—Para mí sí lo tiene —le dijo Ester—. Me has salvado, Naomi. Has salvado a mi bebé.

Naomi siguió esquivando su contacto.

—No hay que ponerse tan dramática, Ester. Quizá algún día tu hagas lo mismo por mí.

—¿Salvarte?

—O a mi bebé, si acabo teniendo uno.

—¿Tu…? Oh, Naomi.

Las dos miraron a la joven griega, quien se mordía el labio tan atrevidamente pintado con el pintalabios, mostrándose más que nunca como la niña que realmente era.

—¿Qué ha ocurrido? —preguntó Ana, pero Ester se le adelantó.

—El alemán, ese que decías que era simpático. —Naomi asintió levemente—. ¿Te forzó?

—Él… dijo que me valdría la pena. Y así ha sido, ¿no? Mira cuántas cosas hemos conseguido: el desinfectante, la paja, el diamante.

Ana miró a Ester y vio que sus ojos reflejaban el mismo horror que ella sentía.

—¿Lo hiciste por nosotras?

Naomi se encogió de hombros.

—Ya te lo he dicho: no hay que hacer un drama. Tampoco es que tuviera mucha elección, así que mejor sacar todo el partido posible, ¿no? Y no es tan terrible. Se supone que él no está allí para dedicarse a estas cosas, ¿verdad?, así que tiene que hacerlo muy rápido.

Lo dijo con tanto temple que a Ana el corazón le dio un vuelco en su maltratado cuerpo. Solo un año antes, Naomi había estado viviendo con su familia en Salónica, sin duda yendo al colegio cada mañana bajo el benigno sol griego, con el mar centelleante saludándola con alegría. La batalla debía parecer entonces muy lejana, pero esta guerra estaba llegando a todos los hogares del mundo y arrancando a la gente de su centro vital.

—Deberías haberlo dicho, Naomi.

Otra vez se encogió de hombros.

—¿Por qué? ¿Qué podríais haber hecho, excepto preocuparos por mí?

Ana se inclinó para abrazarla de nuevo.

—Preocuparnos contigo.

Naomi emitió un ruido ahogado, medio suspiro, medio sollozo, y Ana sintió cómo se acurrucaba contra ella.

—Qué embrollo —dijo—. Qué embrollo tan feo y desagradable.

La descripción se quedaba tan ridículamente corta que Ana no pudo reprimir la risa, y entonces Ester también rio y luego Naomi, y las tres se abrazaron en la creciente oscuridad y siguieron riendo hasta que se les saltaron las lágrimas.

Más tarde, Ester y Naomi cayeron dormidas y Ana se quedó despierta entre ambas, con los brazos alrededor de los delgados hombros de las jóvenes. Naomi debería haber vuelto a su barracón, pero, francamente, ¿a quién le importaba? Allí las vidas iban y venían con tanta facilidad que un cuerpo fuera de su correspondiente lugar en las literas no tenía demasiada relevancia.

Las abrazó fuerte y en su mente apareció el diamante, brillando en el polvoriento suelo del barracón mientras Klara se abalanzaba codiciosamente sobre él. «Esa estúpida piedra no vale ni la décima parte de esta maravillosa mujer», había dicho Naomi, y tenía razón, toda la razón del mundo. Naomi era joven, como también lo era Ester, pero ambas estaban demostrando un coraje increíble en el más aterrador de los lugares, y Ana sintió que su viejo cuerpo se inundaba de orgullo. Echaba de menos a Bartek y a sus chicos cada día, pero estas dos muchachas, junto con todas las demás mujeres a su cargo, eran ahora su familia, y mientras yacía allí tumbada, con sus dos hijas adoptivas acurrucadas junto a ella, juró al Dios del cielo que haría todo lo que pudiera, como comadrona, madre y amiga, para mantenerlas a salvo.

VEINTE

SEPTIEMBRE DE 1943

ESTER

Ester estaba recostada, apoyada al borde de la cama, abrazándose el vientre mientras observaba con curiosidad a Pfani, que se iba pasando la aguja de tatuar a lo largo de su pálido muslo. El dibujo se iba empezando a formar y a Ester le fascinó ver que era un árbol de la vida, como si fuera algo sacado de la mitología nórdica. Había ardillas y erizos alrededor del tronco, y pájaros en las ramas, y, por extraño que le pareciera grabarse tinta en la propia piel, tenía que reconocer que era más bien hermoso.

—Se te da bien.

Pfani la miró, sorprendida.

—Gracias —gruñó—. Mejor que no hacer nada, ¿no?

Ester miró a su alrededor. Era domingo —su día libre, en teoría— y, con el sol de otoño que relucía afuera, las que tenían ocasión de abandonar sus camas lo aprovechaban al máximo. El otro día sintieron el mordisco en los pies de una helada inesperada mientras se preparaban a trompicones para pasar lista, y algunas de las reclusas más veteranas empezaron a murmurar acerca de los horrores del invierno en Birkenau. Así pues, todas estaban ávidas de embriagarse de calor mientras aún podían. El único motivo por el que Ester volvió al barracón era un ligero mareo, y quería estar un rato a salvo del resplandor, pero se vio curiosamente hipnotizada por la aguja de Pfani.

—¿Hacías arte a menudo, ya sabes, antes…?

—Un poco. De pequeña dibujaba pero entonces murió mi mamá y en el hogar de acogida donde me abandonaron no estaban para que «dibujara tonterías».

—Ay, Pfani…

Ester guardaba buenos recuerdos del modo en que ella y Leah se criaron, estricto pero lleno de amor, y quiso acercarse a la chica pelirroja que tenía ante ella, pero Pfani le levantó la mano para zafarse de sus afectos.

—Así era, sin más. Por suerte, Madame Lulu era más amable conmigo.

—¿Madame Lulu?

—Llevaba el burdel. Me fui con ella a los catorce. Era una chica precoz.

Decía todo aquello en un tono apagado y flemático, y a Ester le costó esfuerzo ocultar que le chocaba. Ya sabía que Pfani estaba ahí por ser prostituta, pero nunca se había preguntado realmente por qué.

—Y, ahí… ehm… ¿Hacías arte?

—Las paredes. A Madame Lulu le gustaba el color, así que pintaba grandes paisajes en ellas. Puestas de sol y árboles otoñales, y rollos tropicales. A ella le encantaban los rojos y naranjas. Son… ya sabes, muy carnosos.

—Claro.

Ester se quedó sentada, observando a Pfani dibujarse en la piel una hoja cayendo. Algunas gotas de sangre se arremolinaban donde se clavaba la aguja, pero ni siquiera parecía enterarse. De repente, levantó la mirada.

—Sabes… Llevo en campos de todo tipo desde los ocho años, pero este es el peor. Me entregaría a las perversiones sexuales de cualquier idiota con tal de largarme de aquí.

—Hay un burdel en Auschwitz I —dijo una voz tras la puerta, y Ester alzó la vista y vio que Naomi estaba ahí.

—¿Un burdel? —dijo Ester, pasmada.

Cada cierto tiempo oían historias acerca de Auschwitz I, el campo de concentración originario, un antiguo alojamiento para temporeros polacos, rehabilitado con el estallido de la guerra. El comandante de aquel campo también gobernaba Birkenau, y en ocasiones había traslados de uno al otro. La cárcel política estaba en Auschwitz I, como también había una especie de parodia de juzgado, oportunamente situado junto a un paredón de ejecución, pero eso era todo lo que Ester conocía.

Naomi asintió con la cabeza.

—Mala me estuvo hablando sobre eso el otro día. Lo llaman el *Puff*, y ahí lo tienen para los pobres SS, faltos de sexo, atrapados en este lugar donde no hay más que sucias judías a las que violar.

Ester se acercó a Naomi y le colocó el brazo encima del hombro.

—¿Tu guarda todavía…?

—Sí. Pero me consigue comida.

—Prostitución —dijo Pfani astutamente.

—¡De eso nada! —protestó Ester, pero Pfani no le hacía caso. Se estaba dibujando una segunda ardilla en el muslo y, cuando Ester pudo ver cómo tomaba forma, de golpe se dio cuenta de que la nueva ardilla se estaba apareando con la otra.

—¡Pfani! Lo vas a llevar contigo de por vida.

—¿Y? A los clientes les gustará.

—No tienes por qué volver, ya sabes. Habrá otras oportunidades cuando se acabe la guerra…

—¿Cuando se acabe? —Pfani se rió y añadió los detalles finales a su ardilla macho—: No estoy pensando en cuando se acabe —volvió a mirar a Naomi—. El *Puff*, dices, en Auschwitz I. Fascinante.

Se incorporó, súbitamente, y salió del barracón, abandonando el estuche de tatuaje sobre la silla. Ester fue a investigarlo, pero no encontró aquellas absurdas ardillas de Pfani, sino el desfile de números que había ido labrando en los minúsculos muslos de tantos bebés. Los bebés judíos, destinados tan solo al más allá, no recibían un número, como tampoco lo hacían aquellas criaturas que había que «germanizar». No podían tener mácula, ni debían poderse rastrear.

En la cabeza de Ester se conjuró una idea. Acercándose al utensilio, lo asió y probó de apretar la aguja en el reverso de su mano. Hacía falta presionar con más fuerza de lo que había creído, pero finalmente la tinta mordió y un puntito azul apareció en su piel.

—¡Ester, basta!

Naomi se precipitó sobre ella y le quitó la aguja. Ester se volvió hacia ella y le sonrió.

—Espero que Pfani consiga formar parte de su maravilloso *Puff*, Naomi, porque tengo un plan. Puede que a nosotras nos quiten nuestros bebés, pero un día, cuando todo esto termine y nuestras vidas ya no tengan la alambrada por frontera, los podremos volver a encontrar.

—¿Cómo?

Ester volvió a agarrar la aguja y la depositó sobre la silla. Por primera vez en mucho tiempo sintió algo parecido a la esperanza.

—Marcas secretas, Naomi, querida. ¡Marcas secretas!

—¿Qué?

La acercó hacia ella de un tirón.

—Cogeremos cualquier niña que figure en la lista del programa Lebensborn y le tatuaremos el número de su madre; pequeño y pulcro y en algún lugar donde pase desapercibido a los oficiales. Así, cuando todo esto termine, tendremos un modo de identificarlos, encontrarlos, devolverlos a nuestros brazos.

Naomi observaba a Ester con admiración.

—Qué inteligente —dijo, pero Ester agitó la cabeza con pesar.

—Inteligente no, Naomi. Es, sencillamente, por desesperación.

VEINTIUNO

ESTER

—¿Estás haciendo qué? —chilló Klara.

—Mudarme —dijo Pfani, serena, enrollando su áspero colchón en el suelo del cuarto particular de la *Kapo*.

—¿Mudarte adónde?

El robusto cuerpo de Klara se estremeció y trató de alcanzar a Pfani, pero la pelirroja la esquivó, dirigiéndose al barracón.

Ester dio un toque de atención a Naomi y a Ana, y se volvieron. Estaban ocupadas atendiendo en el parto a Zofia, una joven polaca, terriblemente delgada, y apoyada contra el horno de ladrillo. Todo el verano habían estado llegando mujeres al campo, muchas de ellas embarazadas. A las que se les notaba durante la selección inicial se las mandaba sin piedad a hacer cola para morir, pero algunas eludían la detección y terminaban en la maternidad de Ana, junto a las pobres muchachas acosadas por los guardas.

Venían de todas partes, muchas de Rusia y Bielorrusia, rehenes de la amarga retirada alemana. Aquellas mujeres al menos tenían algo de fuerzas, pero dar a luz en Auschwitz era precario, incluso para las más sanas. La pobre Zofia, llegada del gueto desmantelado de Rejowiec unos meses atrás, tuvo que sufrir incluso en las fases iniciales. Ester la cubría mientras Klara avanzaba furiosa detrás de Pfani.

—¿Mudarte adónde, Pfani? No vas a encontrar a ninguna *Kapo* que te trate mejor que yo, lo sabes.

—Lo sé —Pfani sonrió con una mueca y se atusó el cabello—. Me largo al *Puff*; camas mullidas, ropa bonita y todos los baños que quiera.

El resto de mujeres suspiraron de envidia.

—¿Qué es el *Puff*? —preguntó Janina, volviendo del hospital.

—Es el burdel —Naomi le informó con brusquedad—. Para los nazis.

—¡No! —Janina miró a Pfani con horror—: Vas a tener a esos monstruos encima. ¡Dentro!

—¿Y qué? ¿No me oís? Camas mullidas, ropa bonita y todos los baños que quiera. Eso bien vale un poco de salchicha alemana, me parece.

—No, Pfani. ¿Qué hay de tu dignidad? ¿De tu orgullo?

Pfani miró a la doctora con sorna.

—La dignidad y el orgullo de poco sirven para seguir viviendo. Lo aprendí hace mucho tiempo y resulta más cierto aún ahora. Me voy.

—¿Me abandonas? —Klara se veía tan enajenada que Ester casi sintió lástima. Luego la recordó como *Kapo*, blandiendo el látigo y sus tiras sobre su vientre de embarazada, y se le endureció el alma.

—Claro que te abandono. —Rio Pfani—. ¿Qué me has ofrecido, Klara, un sitio en el suelo y la ocasión de hacer el trabajo sucio por ti? Muy bien, gracias, pero búscate a otra criada. Me largo a hacer mi propio trabajo sucio.

Saludando con la mano al Bloque 24, se marchó sin mirar atrás, con su pelo rojo ardiendo bajo el sol poniente, enmarcado en el portal. Todas oyeron el rugido del enorme motor de un coche nazi, y luego se hizo el silencio.

—¡Ayyyy! —gimió Zofia, devolviéndolas de golpe a la realidad.

—Lo estás haciendo muy bien —Ana le aseguró con voz tranquilizadora.

A Ester no le pareció que fuera verdad. La diminuta Zofia llegó llorando a un marido al que habían matado a tiros delante de ella y a una hermana a quien mandaron de cabeza al gas. Nunca se había recuperado, y el parto podía ser la gota que colmara el vaso. De todos modos, Ana no había perdido hasta entonces ni a una sola madre mientras daba a luz, de modo que Ester debía confiar en las capacidades de su amiga, especialmente ahora que tenía otras cuestiones pendientes. Acarició a la muchacha para serenarla, y luego se obligó a enfrentarse a Klara, decidida a aprovechar aquel instante en que la cruel *Kapo* se encontraba en su momento más frágil.

—Ay, Dios —dijo en voz baja —: ¿Y quién va a tatuar a los bebés ahora?

—¿Tatuarlos? —Klara la miró confundida —: No voy a ser yo. No soporto las agujas.

Ester se clavó las uñas en la palma de las manos, deseando que le saliera bien.

—Yo tampoco. Pobres bebés. Esa cosa me estremece cada vez que la utilizan.

Klara entornó los ojos.

—¿En serio? Qué debilidad por tu parte, Número 41400.

—Sí, pero…

Klara cogió el estuche de tatuaje del lugar en que seguía, la silla vacía de Pfani, y se la endosó a Ester.

—Te acaba de salir empleo, judía. Empiezas esta misma noche.

—Klara, yo…

—Esta noche. Y no quiero quejas. Jamás.

Ester cogió el estuche y respiró hondamente, satisfecha.

—No, Klara.

Pero la *Kapo* ya se había ido, marcando sus pasos en el barracón con fuerza, y cerrando tras de sí su cuarto de un portazo. La endeble madera logró bien poco enmascarar su gimoteo, y Ester sonrió. Su plan había funcionado.

El bebé de Zofia llegaba minúsculo al mundo, pero berreaba tan fuerte como un niño el doble de grande. Ana la bendijo, como siempre hacía, y Zofia le pidió que llamara Oliwia a su hija, como su hermana. Las mujeres se juntaron para la ceremonia improvisada y Zofia besó el fino cabello de su hija una y otra vez… Su fino y rubio cabello. Klara salió al instante de su cuarto al escuchar su llanto, aun teniendo los ojos enrojecidos y soñolientos, y tambaleándose por el efecto del *schnapps* que transpiraba por cada uno de sus poros.

—Este es para el Lebensborn, ya veo. ¡Excelente!

Zofia sostuvo a Oliwia pegada a ella.

—Por favor, Klara —balbució en polaco—. No me la quites.

—¡En alemán, campesina! Deberías dar gracias a Dios que el pelo rubio de tu hija va a salvarla de una asquerosa vida de judía. Y que va a tener más suerte que tú.

—*Soy* madre —tartamudeó Zofia en su tosco alemán—. *Yo* daré mejor vida.

—Un día o dos, a lo sumo. —Klara se regodeó—. La tengo en mi lista. Y a ti... —Apuntó temblorosa a Ester— ni se te ocurra tatuarlo. Debe ir al Reich sin mancha.

—Por supuesto, Klara.

Klara entornó los ojos y Ester se maldijo, pero por suerte el cerebro de la *Kapo* estaba demasiado confuso para entender qué estaba pasando y, entre gruñidos, volvió a tientas a su cuarto.

Ester tragó saliva y miró a Zofia.

—Debemos hacerlo —le susurró en polaco—. Tenemos que tatuarla.

Zofia asintió y, con lágrimas en los ojos, entregó su precioso fardo a los brazos de Ester.

—Marca a mi Oliwia y la encontraré. Un día, la encontraré.

—Exacto.

Sonaba así de sencillo, pero cuando Ester tuvo que colocar a Oliwia sobre el horno de ladrillo junto a su madre y asió la aguja de tatuar, le tembló el pulso. No funcionaría. Habían acordado que el mejor lugar donde esconder la marca tenía que ser en la axila pero tendría que ser pequeña para lograr pasar desapercibida, pero también suficientemente clara para que sirviera de algo en algún momento imposiblemente lejano del futuro en que serían lo bastante libres para indagar.

Toda la noche, mientras Ana guiaba a Zofia en el parto, Ester había estado practicando con el brazo de una mujer muerta, postrada en el exterior del barracón. Había sido truculento, pero estaba segura de que ese alma desgraciada no les habría escatimado su piel sin vida de haber sabido la importancia de su misión, de modo que se puso en marcha. Ahora, sin embargo, con una niña viva ante ella, se veía muy distinto.

—No puedo hacerlo —susurró.

Ana se acercó a ella al instante.

—Sí puedes hacerlo, Ester. Eres valiente, buena y fuerte. Tan solo le dolerá a Oliwia un instante, y tendrá la posibilidad de ver a su madre de nuevo, así que merece la pena. Lo sabes.

Ester asintió, tragó saliva profundamente y acercó la aguja. Los ojos azules del bebé se posaban fijamente en ella, y ella los miraba fijamente, imaginando que era su propia hija. Ana tenía razón: merecía la pena esto y mucho más.

—Siento mucho lo que voy a hacerte —susurró al bebé—, pero rezo por que un día veas que fue por tu bien.

Con cuidado, Ana levantó el brazo de Oliwia, sujetando su pequeño cuerpo mientras Ester sacaba la aguja y revisaba el número de Zofia: 58031.

«Dios mío —pensó—, por qué no podía haberme tocado algo más fácil», pero recordó la serie de números que la mujer muerta del exterior tenía en el brazo (alejada ahora para evitar sospechas) y, tomando una honda bocanada de aire, se inclinó hacia la niña. Con el primer contacto de la aguja Oliwia rompió en un llanto de terror y Zofia ahogó un chillido, pero Ester escuchaba las palabras de consuelo y ánimo que dedicaba a su hija y dejó que se colaran también en su interior. Mientras tanto, apretando la lengua entre los dientes, grababa despacio los números, pequeños y nítidos, en aquel rincón de la axila del bebé.

—Ya está.

Se apartó, aliviada. Ana comprobó el número y asintió con aprobación.

—Es hermoso.

—¿Con que esa es la belleza en Birkenau? —preguntó Ester, sintiendo opresión en su corazón al pensarlo.

—No directamente —reconoció Ana—, pero *eso* sí es bello.

Ester miró hacia donde apuntaba: a Zofia llevándose a su hija a su pecho, besándola en la frente mientras la niña buscaba a tientas el pezón. De la aguja ya ni se acordaba, y supo que tenía razón. Sonrío al pensar en la pequeña marca, que solo ellas conocerían, y que formaría un hilo de araña hacia un futuro en que debían seguir soñando.

VEINTIDÓS

NOCHEBUENA DE 1943

ANA

—¿Estás bien? ¿El bebé está a salvo aquí dentro?

Ana recorrió la maternidad a toda prisa, intentando sentir sus pies y manos heladas, mientras atendía a las futuras madres. ¿Cómo podría traer un niño al mundo con los dedos congelados? Observaba con ansia el largo horno que ocupaba un lado del barracón: sólido, eficiente y sin nada con que ponerlo en marcha. La temperatura llevaba varias semanas bajo cero, y hacía tiempo que el escaso carbón y madera que los nazis acopiaron para el invierno se habían agotado. A veces, la resistencia polaca del lugar arrojaba troncos al otro lado de la valla, pero una debía apresurarse si quería hacerse con ellos para su barracón y, como el Bloque 24 estaba lleno de mujeres enfermas y embarazadas, estaban en desventaja. Naomi, que por suerte todavía no tenía hijos, a veces lograba hacerse con algunos, o los intercambiaba por los vitales relojes que expropiaba de Kanada, pero Ester ya estaba enorme y los huesos cansados de Ana resultaban demasiado frágiles en el frío para competir frente a mujeres enardecidas por el campo. Gruñó y se frotó las manos con furia, esperando insuflar vida en ellas. Ninguna estaba de parto en aquel momento, aunque un mínimo de tres mujeres estaban a punto, y siempre era una bendición traer al mundo a un bebé el mismo día que lo hizo el niño Jesús, así que Ana tenía que estar lista para asistirlas. Observó a través de la ventana, negando con la cabeza al ver la nieve que caía del cielo estrellado, reluciendo tras las altas farolas que inundaban de luz el campo todas las noches. El pase de lista nocturno era inminente, y tendrían que abandonar la precaria seguridad del barracón de madera para formar afuera con sus escasas vestimentas bajo la nieve, amontonándose cruelmente en torno a sus pies desnudos bajo los zuecos, estremeciéndose de un frío tan intenso que una juraría que se oía como a algunas mujeres les temblaban los huesos. A los nazis los traía sin cuidado. A cualquiera que se desplomara, muerto o simplemente inconsciente, se le arrojaba a una pila de cadáveres congelados que recogería la carretilla de la muerte.

Ana y Ester tenían suerte, ya que Naomi les había procurado jerséis que llevar bajo los uniformes, pero con la escasa carne que les quedaba en el cuerpo habrían necesitado cinco cada una para calentarse de verdad. La estafa, por supuesto, era que en Kanada se acumulaban montañas de prendas, robadas a los desgraciados reclusos al llegar, y que se destinaban a los ciudadanos alemanes del Reich. Los trabajadores, que se ocupaban de los campos helados vistiendo delgados uniformes sin abrigo, sombrero, y ni siquiera la protección de un par de calcetines, tenían que ver cada día como, ante sus ojos, pasaban los furgones cargados de pieles, jerséis de lana, bufandas mullidas y guantes; todos ellos destinados a personas que ya iban bien servidas. Aquello constituía una crueldad más intensa y dura que cualquier paliza, y Ana no tenía idea de cuánta gente llegaría a la primavera.

—¿Estás bien? ¿El bebé está a salvo aquí dentro?

Eran preguntas ingenuas, pensaba ella con enojo cada vez que las volvía a pronunciar, ya que no había nada que estuviera bien en Birkenau. Además, en ocasiones, durante aquellos últimos días, había estado observando casi con envidia el humo oscuro que brotaba de los crematorios; al menos ahí se estaría caliente. Se deshizo con furia de aquellos pensamientos. La vida era un regalo de Dios, y si Él tenía a bien mantenerla en vida, algún motivo tendría, con lo que ella debía aceptarlo.

Hacía unos días que le había llegado otro paquete de Bartek, y, mientras existiera aquel tenue vínculo entre ellos, debía dar lucha. Contenía salchichas, que tal vez llevaban pasadas una eternidad desde que las mandó, pero aún así eran un manjar intenso y exquisito, a diferencia de la sopa de nabos cada vez más aguada y putrefacta en que parecía consistir todo lo que las autoridades del campo pretendían proporcionarles contra los días de hielo. Incluso más calor le ofreció el pequeño mensaje que encajó él con cuidado en su interior: «Te quiero». Había también otra carta, fuertemente censurada y con las mismas palabras tachadas sin más motivo que por maldad, pero Bartek se las había hecho llegar a pesar de todo: dos diminutas palabras con el poder de dos mil. Un poder que sádicos como los nazis jamás comprenderían.

Contemplando otra vez la nieve, Ana comprendió que de haber sido cualquier otro año, estaría ahora señalando los copos de nieve de Nochebuena con felicidad, comentando lo bellos que se veían junto a la decoración de las calles y el enorme árbol del mercado de Łódź. Se reiría de los muñecos de nieve que hacían los niños en los parques, e iría hasta la colina de Widzewska para ver a los muchachos tirarse rampa abajo por toboganes que ellos construían. Luego volverían todos a casa a tomar vasos humeantes de *grzaniec galicyjski*[1] y montones de *kolaczki* dulces. Se le hacía a Ana la boca agua solo con pensar en paladear el vino perfumado y las galletas, y por un momento se vio ahí. Por Dios. Nunca supo que aquellos momentos eran felices hasta que llegó a Birkenau. No tenía idea de cuán infeliz se podía llegar a ser.

Infeliz no, se recordaba a sí misma con firmeza, tan solo permanentemente, imposiblemente a disgusto. Frío hasta el tuétano, un hambre tan demoledora que imposibilitaba pensar en algo que no fuera el próximo mendrugo, y un dolor incesante en las costillas, allá donde temía no haberse recuperado del todo de la paliza que recibió casi un año atrás en la sala de interrogatorios. Echaba de menos a su familia como un hoyo en el alma, pero tenía a Ester y a Naomi y a las mujeres que iban y venían por su departamento de maternidad. Había momentos de alegría, pero todos ellos so-

---

1. Se trata de una bebida caliente típica de invierno, parecida al *Glühwein* germánico, con vino y especias. Se preparaba tradicionalmente con vino de la región de Galitzia, en las actuales Polonia, Eslovaquia y Ucrania. (*N. del T.*)

cavados por el dolor de la pérdida. Hasta aquel momento, había traído más de mil bebés al campo y, a excepción de aquellos que habían sido arrebatados para su «germanización», tan solo uno había seguido con vida.

El acto de la gestación conservaba su belleza pero cada nacimiento tenía un sabor agridulce. Algunas de las rusas, las más fuertes, lograban seguir dando de comer a sus bebés durante semanas, pero tan buen punto se las forzaba de nuevo a trabajar, los niños languidecían. Algunos días se les oía llorar sin cesar de los barracones donde los habían tenido que dejar, mientras sus madres absurdamente construían carreteras o acarreaban ladrillos, y al final hasta los más fuertes desistían.

Muchas de aquellas madres, tras sobrevivir al parto bajo la supervisión de Ana, no soportaban el dolor de perder a su hijo. Oliwia, de Zofia, fue arrebatada a los dos días de nacer, y Zofia ya no hacía más que yacer postrada en su cama y se negaba a ponerse en pie. Ester la abrazaba mientras su pobre y torturada alma abandonaba su cuerpo, y Ana estaba en vilo por el parto de la propia Ester. Se preocupaba por todas sus pacientes, que alumbraban en tales funestas circunstancias, pero Ester era especial.

«Ahora es tu hija».

«Dios —rezaba—, dame fuerzas para asistirla en sus dolores».

Pero ella ya sabía que, por duro que fuera el parto, la auténtica batalla se libraría cuando el bebé naciera y cada noche suplicaba a Dios un milagro de Navidad para el bebé de Ester. Había esperanza en forma de aquel único superviviente del que tenía noticia. El hijo de la violista había sido introducido al «campo de las familias», una nueva zona construida para albergar el flujo de llegados del gueto de Theresienstadt hacía dos meses. Se permitía a las madres y a los hijos estar juntos, a veces también a los padres. Su trabajo era más sencillo y las raciones más generosas, y los niños jugaban a la comba y al aro. Nadie sabía por qué aquellos judíos en particular tenían tantos privilegios hasta que la cuadrilla de publicistas de Goebbels llegaron con sus cámaras a aquella idílica sección de Birkenau, y el resto de prisioneros, pegados a las verjas, entendieron que esos presos estaban ahí para presentar al mundo un rostro aceptable de los campos.

—Por lo menos parece que el mundo exhibe algún interés —dijo Mala, siempre optimista—. Solo tienen que observar con más atención para darse cuenta de que no todos vivimos así.

Pero el mundo luchaba una guerra y lo más probable era que tendrían otras cosas que hacer antes de ponerse a examinar aquella mentira nazi de película. Sin duda nadie había venido a fisgar, y a los demás reclusos tan solo les quedaba envidiar el «campo de las familias», cuyos relativos privilegios ridiculizaban las penurias del resto. Pero ¿si el hijo de la violista vivía ahí, al alcance de su madre, tal vez el de Ester también podría? Era una brizna de esperanza, tenue, pero aún así Ana se aferraba a ella con todas sus fuerzas.

Se oyeron los gritos de formar, y un gimoteo se extendió por la maternidad. Las internas de Janina se libraron de levantarse ante los SS, pero las embarazadas eran consideradas capaces de hacerlo. Todas empezaron a levantarse de las literas donde estaban apiñadas, con sus bultos sobresaliendo en forma de cordillera humana al apretujarse para mantener el calor entre ellas.

—*Raus, raus*. Vamos, afuera, señoras —gritó Irma Grese, introduciendo sus facciones glacialmente bellas en el Bloque 24—: ¡Es Navidad! Tenemos un regalo para vosotras.

Nadie picó. No había regalos en Birkenau y, con un miedo tan frío como sus dedos enjutos, Ana se arrastró tras la puerta, siguiendo a las mujeres que tenía a su cargo. Ester enlazó un brazo con el de ella y le esbozó una sonrisa, pero rápidamente se convirtió en mueca cuando la nieve le fustigó la cara.

—¿Qué crees que estará haciendo Bartek? —Ester le susurró.

Era su truco por aquel entonces. Si hablaban sobre sus hogares, de las personas que amaban y de lo que comerían, y su cotidianeidad, escapaban de ahí y mantenían la cordura en una pequeña parte de sus mentes.

—Debe estar horneando *kolaczki* —le dijo Ana, sin dudarlo.

Se imaginó las galletas aún calientes del horno, centelleantes con mermeladas de colores.

—¿Sabe cocinar?

—No muchas cosas, pero *kolaczki* sí sabe hacer. Solía decir que era su contribución a la Navidad, cogía mi delantal y se ponía manos a la obra. Ay, Ester, era un desastre. Tardaba una eternidad y la cocina acababa cubierta de harina y de huevo. Todo por el suelo, y sobre la mesa y en su pelo.

Casi se puso a reír pero el viento glacial hizo de la risa casi un sollozo y agarró con más fuerza el brazo de su joven amiga.

—¿Volveremos algún día, Ester?

—Claro que sí —dijo—. Tu San Nicolás vendrá en su trineo y se nos llevará de aquí.

Naomi se deslizó junto a ellas.

—Genial —dijo—. Iré poniendo el vino en el fogón.

Le dirigió a Ana una sonrisa pícara. Iba cuidadosamente maquillada, y Ana miró hacia el cielo y le agradeció a Dios por haberle mandado a esas dos fantásticas jóvenes, porque sin ellas sin duda habría permitido que Birkenau le arrebatara el alma. Iba a cumplir cincuenta y ocho años en marzo, si llegaba hasta entonces, y algunos días era apenas su propia fuerza de voluntad la que mantenía a su pobre y endeble cuerpo en marcha.

«Nuestra única arma es mantenernos con vida», se recordó, y pisoteó el hielo con fuerza.

—Para ti —dijo Naomi, posando algo en sus manos—. Feliz Janucá.

Ana pestañeó, recordando que coincidía con el festival de las luces para los judíos… Una horrible ironía en la oscuridad de Birkenau, pero Naomi ya era bastante luz. Ana notó el tacto ondulante de la seda entre sus dedos y jadeó:

—Es una media —susurró Naomi—. Muy bonita. Costaría una fortuna en el pueblo de su dueña, pero no la necesitará más. El encaje no sirve de gran cosa, pero se supone que la seda va muy bien para entrar en calor.

—Que Dios te bendiga, Naomi —dijo Ana, sintiendo una chispa de alegría por la bondad de la chica. Eso era a lo que tenían que aferrarse. Así podrían sobrevivir. Así….

—¡Mirad! —Irma Grese interrumpió sus pensamientos—: Un regalo de Navidad.

Hizo un gesto y, para asombro de las mujeres en fila en la nieve, vieron que alguien había arrastrado un abeto hasta el medio del campo, y que los guardas de las SS encendían velas solemnemente entre sus ramas, como si se hubieran juntado en la plaza del pueblo para cantar villancicos. Las mujeres intercambiaron miradas, sin saber qué pensar de todo aquello. Era un engaño de regalo, por supuesto, mucho menos útil que darles un poquito más de sopa, pero al resplandecer las velas, que desafiaban a la noche nevada, algunas de ellas suspiraron levemente, saboreando el recuerdo de tiempos más felices.

Ana volvió en su mente a aquella fatídica Nochebuena, tres años atrás, en que ella, Bartek y los chicos decidieron trasladar su festín de la mesa de un punta de la ciudad a otra para llevarlo a los pobres judíos del gueto. Tomaron una decisión aquel día; la decisión de no encerrarse en la seguridad de sus vidas, sino de dar un paso adelante y de ayudar a sus semejantes. Sabían que era lo correcto, pero sin duda no tenían idea de lo que les iba a suponer. De haberlo sabido, ¿habrían actuado de forma distinta? Ana quería pensar que no, pero de haber pasado aunque fuera una sola noche en este lugar, le habría costado toda su fe y coraje dar el primer paso en el camino que la llevó hasta aquí.

—¡Feliz Navidad! —exclamó alegre Irma Grese, taconeando frente a ellas, metida en su gigantesco abrigo y sus grandes y acolchadas botas—: En especial a nuestros encantadores judíos. ¿Os ha pillado por sorpresa, verdad? No entendisteis las señales. Bueno, no os preocupéis. Los cristianos también se equivocaron. Todo el mundo lo entendió mal. ¿Todavía creéis que hay un Dios? —Se paró y golpeó en el aire con su porra—. Dios no existe. Estamos solos en esta tierra, y quien gana es el más fuerte. *Nosotros* ganamos.

Se repeinó el cabello dorado y rio como un ángel caído. Dio varias zancadas hacia el árbol y tiró de una tela que cubría su parte inferior. Algunas observaban con anhelo aquella tela, pero pronto caló en ellas el verdadero horror de lo que ocultaba, de aquello de lo que no podían apartar la mirada. Los nazis habían colocado una montaña de cadáveres bajo el abeto; los de más arriba, decorados con perversos lazos rojos.

—Un regalo para vosotras —gritó Irma—, ¡de nuestra parte!

Se unió al resto de los SS, riéndose de su broma siniestra mientras miraban al grupo de reclusos congelados, temblando ante sus amigos muertos. Ana sintió una furia pura y prístina en su interior. Se acordó de Ester arrojándose a los oficiales del *Lebensborn*, enseñando las garras, y quiso hacer lo mismo con aquella depravada mujer a quien si habían asignado como superior no era por virtudes personales, sino porque disponía de armas y tanques y una dinastía de maldad a sus espaldas. Bueno, tal vez la victoria no tendría el aspecto que habían imaginado.

Abriendo la boca, Ana entonó el primer verso de *Stille Nacht*. Tal y como sus chicos solían decirle sin reparos, no destacaba precisamente como cantante, pero… ¿y qué? El resto de reclusas la miraron, al principio con temor en la mirada, pero luego las iba llenando algo más cálido, más profundo, y mientras Ana seguía con el segundo verso otras voces se unieron a la suya, con palabras que se trababan, pero cediendo sus voces a la música, que se expandía por todo el campo, cantando hacia las velas en el árbol y no a los cuerpos que había debajo.

Los SS se volvieron y Grese entornó los ojos, pero el cántico parecía mantenerlos unidos y nadie osó blandir ni un arma. La música se elevaba sobre las demacradas mujeres como un aura de hálito cálido y envolvente, derramando su humanidad, su unidad, su negativa a abatirse y morir en el fango del régimen nazi. Ana sintió su corazón hincharse y bombear, al fin, sangre hasta sus dedos congelados. Sintió la seda del regalo de Naomi y el calor del brazo de Ester aferrado al de ella. Sintió a Bartek sonreírle desde algún lugar de Varsovia donde, incluso en esos momentos, estaría planeando con otros más poner fin a esta desdicha.

«Nuestra única arma es mantenernos con vida».

El villancico serpenteaba a su final y Ana se aferró a las últimas notas, deseosa de que no se desvanecieran, que pudieran habitar todas en su paz, pero entonces Irma Grese dio un paso al frente y sacudió el abeto, haciendo que las velas cayeran sobre sus agujas, y todo el árbol empezó a arder. Hubo una oleada de convulsión entre los presos y, junto a Ana, Ester emitió un penetrante grito.

—No hay para tanto —le dijo Naomi—. Por lo menos... ¡Oh, no!

Agarró a Ana, apuntando al suelo. Por las piernas de Ester bajaba a borbotones un líquido, que reemergía de la nieve en forma de nube de vapor. Ana ahogó un grito.

—¡Shhh! —advirtió a Naomi, aferrando el brazo de Ester con incluso más fuerza.

Mientras permitían volver a los presos a sus barracones, se la llevaron tan deprisa como pudieron al Bloque 24. Una vez que se fueron los SS al calor de sus banquetes navideños, los presos más valientes se acercaron corriendo al árbol en llamas y arrancaron ramas para sus estufas. Naomi lideraba el grupo e incluso algunas mujeres en gestación avanzada la siguieron, ávidas de hallar calor para la mujer que había ayudado a tantas a dar a luz, y a quien le había llegado ahora el turno. Alimentaron el fuego con la madera de abeto ardiente en la maternidad del barracón y, lentamente, mientras iban en aumento los calambres de Ester, el ladrillo empezó a coger calor. No era mucho, apenas un fulgor en el hielo, pero colocaron una manta sobre el horno y entre los momentos en que sofocaba su dolor, Ester pudo tratar de descansar. El resto se acercó y alguien prosiguió el cántico de villancicos para que Ester diera a luz entre melodías de paz y amor.

La pobre Ester, sin embargo, aunque era joven estaba demasiado flaca y escasa de fuerzas, y el parto la iba moliendo a la vez que ardía la última madera en el horno y el resto de las mujeres caían somnolientas. Ana y Naomi permanecieron despiertas, hablando con Ester, frotándole la espalda, dándole apoyo. Ana sacó de su escondrijo el resto de la salchicha que le había mandado Bartek y Ester la mordisqueó agradecida mientras las contracciones aumentaban su ferocidad. Llegó la orden matinal a pasar lista, y se vieron forzadas a salir, pero era Navidad, al menos para los SS, y la

219

oficial subalterna se tomaba sus deberes de forma expeditiva, así que, gracias a Dios, en menos de media hora estaban de vuelta al interior. Ana había sido obligada a permanecer de pie mientras las mujeres parían una junta a otra, luchando por no llorar de dolor, por miedo a las porras de los SS y lo que les pudieran provocar. Una mujer había llegado a parir y su bebé había caído al fango. A ella la apalizaron por atreverse a coger al pequeño en sus brazos. Fue terrible, pero en el caso de Ester, estaba siendo infernal.

—No falta mucho —le prometió Ana, apoyándola agradecida contra el horno—. Ya estás casi dilatada del todo. El bebé llegará pronto.

—No lo quiero.

—¿Cómo?

—No quiero que salga. Quiero que se quede dentro. Quiero que se quede conmigo.

Ester se veía desquiciada. Su cuerpo se encorvaba ante el esfuerzo de resistirse a las contracciones, pero se aferraba a Ana con una fuerza inesperada.

—Haz que se quede en mi interior, Ana. Haz que esté a salvo en mi interior.

—Eso es algo que yo no puedo hacer, pequeña… —le dijo Ana—: El bebé te quiere ver y tenemos que traerlo o traerla a tus brazos.

—Mis brazos no tienen bastante fuerza.

—Sí la tienen —la calmó Ana.

No eran los brazos de su amiga lo que le provocaba temor, sino su corazón. Pero había llegado la hora y, como un millón de mujeres antes que ella y un millón de mujeres por venir, no tenía otra elección que cooperar con el dolor y traer al mundo a su bebé.

—Empuja, Ester. Empuja fuerte.

Ester cerró los ojos, prácticamente llorando de miedo.

—Mamá —gimió—, Leah.

Ana deseaba poder llorar en lugar de la pobre chica, tan lejos de todos quienes podían prestarle apoyo en aquel momento tan vital, pero Naomi, libre ya de sus funciones en Kanada durante dos días de «período festivo», dio un paso hacia ella.

—Estamos aquí, Ester —dijo—. Ana y yo estamos aquí contigo. Agarrando las manos de Ester, las situó sobre sus hombros y presionó su frente contra la de su amiga.

—Vamos, chica, lo conseguiremos juntas. ¡Empuja!

Ester abrió los ojos y mirando profundamente en los de Naomi, asintió. Entonces, inhalando una bocanada larga y temblorosa, presionó.

—Está llegando, Ester —la apresuró Ana—. Otra vez, Ester, está llegando.

Rezó para que esta parte no se alargara demasiado, porque Ester estaba ya bastante débil, pero por suerte el bebé tenía ganas de nacer y tan solo requirió dos empujones más para que emergiera su cabeza.

—Aquí está el bebé, Ester —gritó—. Un último empujón.

Con un aullido, Ester tiró de Naomi mientras el resto de mujeres, despertándose de nuevo, daban gritos de apoyo. Al poco, en las manos de Ana, ahí estaba. Una niña diminuta, absolutamente perfecta. Y ningún frío podía penetrar ya en sus cansados huesos.

—Lo has logrado, Ester. Tienes una hija, una hija preciosa.

Ester se desplomó contra el horno, mientras Naomi se colocaba bajo ella para servir de almohada a su fatigada cabeza, y Ana cortó el cordón umbilical con tijeras para las uñas, su única herramienta, y depositó al bebé en sus brazos.

—Una hija —exhaló Ester.

—Nacida en… —Ana empezó, pero luego no siguió con su comentario, ya que el día de Navidad no significaba nada para la joven madre judía. De todos modos, Ana rezó una plegaria a Dios por haber decidido que el bebé de Ester viniera al mundo en el aniversario de Cristo, y cincuenta más pidiéndole a Él para que la niña siguiera con ellas.

—¿Qué nombre le vas a poner, Ester? —preguntó con delicadeza.

—Filipa —dijo Ester sin dudarlo ni un momento—. Filipa Ruth.

—Perfecto —dijo ella, se agachó, supuestamente para ocuparse de la placenta, pero en realidad enterrando sus repentinas lágrimas entre las fáldas de Ester.

Filipa Ruth. Era un nombre que interpelaba a la madre perdida de Ester y a su marido Filip, a quien suponían, con suerte, en algún lugar no muy lejos de ahí. Ana rezaba para que, de algún modo, ambos pudieran escucharlo. Ester acariciaba el suave pelo del bebé y le murmuraba algo en voz baja, perdiendo todo miedo con el milagro de la maternidad; todo frío ahuyentado por la calidez de su amor. Y era a la vez maravilloso y aterrador verlo. Los dos días de «vacaciones» por lo menos mantendrían a los SS fuera del Bloque 24, pero volverían. Muy pronto estarían de vuelta y con ellos, el hielo y el dolor volverían con más fuerza.

VEINTITRÉS

ESTER

—Ven, ven, mi amor. Mamá está contigo. Con mamá estás seguro.

Ester dio un beso a la cabecita de Filipa y contempló como sus ojos se resistían al sueño para encontrarse con los de ella. Los miró a fondo, tratando de nutrir a su bebé con todo su amor, intentando entregárselo entero antes de que llegara el momento en que…

Se negaba incluso a pensar en ello. Había tenido dos días de dicha con su hija. Llegó algo de leche y cuando se hicieron eco de la noticia del nacimiento del bebé, muchas mujeres fueron al Bloque 24 con pizcas de su propia comida: pequeñeces, pero una enorme proporción de cuanto podían dar. Eran madres a las que había asistido en sus partos, y aunque Ester había intentado rechazarlos, le pasaban a la fuerza las rebanadas de pan, las cucharadas de margarina y los trocitos de remolacha.

—Dale de comer, Ester. Aliméntala y ámala mientras puedas.

Aquellas últimas palabras fueron hiel entre tantas ofrendas de afecto: la sombría certeza de que todo aquello no iba a durar, no podía durar. Cada una de aquellas mujeres, ahora sin hijos, le había dicho a Ester que sus fugaces días con su bebé habían traído consigo la creencia de que existe una esperanza intrínseca y bondad en el mundo, y que aquello las había fortalecido, a pesar de su inmenso dolor, ante el miedo y el odio del campo. Con Filipa en sus brazos, Ester lo comprendió. El resto de su amarga existencia se había desvanecido entre las sombras frente a la luz deslumbrante de su bebé, y se había entregado a ella, pero las sombras se deslizaban hacia ella de nuevo.

—Estamos tú y yo, Pippa —susurró, llamándola con el diminutivo que honraba tanto a su padre como a su preciada identidad—. No importa lo que nos hagan, adonde nos fuercen a ir, estamos unidas como si el cordón entre nosotras estuviera intacto y *volveremos* a estar juntas.

Los ojos de Pippa se iban cerrando pero sus deditos agarraban con fuerza los de Ester, como si comprendiera cuánto esfuerzo tendrían que hacer para permanecer unidas en ese mundo de maldad. Ester se quedó, absorbiendo su imagen para sí. Su rostro, juraría, tenía los rasgos de su padre y ya tenía un hoyuelo a la izquierda de sus labios apretados. Ester rogó que aquello significara que estaría dispuesta a encontrar la felicidad en su vida, porque lo iba a necesitar.

—Te quiero, mi amor —murmuró nerviosa, mirando hacia la puerta donde Klara estaba espiando, esperando a que Wolf y Meyer volvieran con los regalos que le habían traído por ayudar a traer al mundo los hijos de otras.

La *Kapo* había emergido del fondo de su botella navideña de vodka y miró de soslayo a Pippa como la bruja malvada de un cuento.

—Qué cosita tan hermosa, Número 41400. Igualita a su padre, sin duda.

Aquello se clavó en el corazón de Ester, como era la intención, aunque se negó a ponerse en pie. Sin embargo, Klara se inclinó tan cerca a ella que le exhaló el vodka de la lengua directo a la cara de Ester, agudo y rancio.

—Y con un rubio tan bonito. —Soltó una risita por lo bajo—. Voy a añadirla a mi lista.

—Klara, no. *Por favor*.

Ana le había contado que al hijo de la violista le iba bien en el campo de las familias. Ahí había madres con los brazos fuertes y pechos colmados de leche que podrían mantener viva a Pippa con vida hasta que la guerra llegara a su fin. Ester sentía que su corazón se desgarraba al pensar que otra madre atendería a su bebé, pero era mejor que se muriera. Mala trataba de encontrar un modo de trasladarla en secreto, pero no funcionaría si Wolf y Meyer llegaban antes.

—¿No? —La *Kapo* simuló sorpresa—. ¿Entonces prefieres que la remoje en la cubeta?

—¡No!

Ester agarró a Pippa con firmeza y Klara se rio.

—Ya me parecía. Los SS estarán tan satisfechos. Están por llegar cualquier día, sabes, y esta preciosidad será el perfecto regalo de Año Nuevo para una joven parejita, ¿no te parece? Les alegrará de verdad el inicio de 1944.

Era imposible no reaccionar, y lo único que impedía que Ester se arrojara contra aquella odiosa mujer era tener a Pippa entre sus brazos.

—¿No tienes compasión, Klara? —suplicó, pero Klara se encogió de hombros.

—Pues no. Puede que un día la tuviera, pero de eso hace tiempo… Y gracias a Dios por ello. En este lugar la compasión no tiene valor alguno.

—En eso te equivocas —la abucheó Ester, mientras Ana y Naomi cerraban filas junto a ella—. Puede que el odio ilumine cuando quema, pero el amor sigue ardiendo por más tiempo.

—Entonces, también supongo que dolerá más tiempo cuando ella ya no esté —le soltó Klara, antes de salir a apuntar el nombre de la pobre Pippa en su lista, y condenarla a que la arrebataran de los brazos de Ester.

—Tenemos que hacerlo, amor mío —le dijo a su hija, que ahora dormía—. Mamá te tiene que hacer una marca. Lo tiene que hacer para que te pueda volver a encontrar y cogerte de nuevo en sus brazos un día, por grande que seas.

La idea de los inhóspitos meses, tal vez años, que le aguardaban sin su hija le arrancó un sollozo, pero tatuar su número en la axila de Pippa era el único y pequeño modo de atarle un hilo de aquel horrible futuro hacia otro más esperanzador. Llegó la hora.

—Ana —dijo, con voz ronca.

Ana volvió del lugar en que atendía a otra madre, a quien sin duda ya debería tocarle, y que estaba cada día más grande.

—¿Ester?

—¿Agarrarás a Pippa por mí?

Ana la contempló largo rato y luego asintió. Tras una palmada para tranquilizar a la otra madre, se acercó y cogió Pippa para que Ester pudiera levantarse de la cama. Incluso aquellos momentos sin tener al bebé en sus brazos se sentían como una agonía y no podía ni imaginarse el agujero negro cuando ya no estuviera en el Bloque 24.

Tomó la aguja de tatuar, con las piernas flaqueando de manera horrible. Debería estar ya en pie y de vuelta a cuidar de las mujeres. A algunas madres desgraciadas las habían forzado a volver a las granjas el mismo día en que parieron, goteando todavía sangre piernas abajo, pero Ana y Janina estaban a cargo de los turnos de Ester y le habían ahorrado el trabajo. Todavía había una tarea, sin embargo, que no se podía ahorrar.

Señaló a Ana con la cabeza, quien con cuidado le alzó el bracito a Pippa, dejando al descubierto la curva de su axila, blanda y secreta. Ester dio un vistazo a su número, toscamente tatuado en su antebrazo, y se quitó las lágrimas de sus ojos. Tenía que hacerlo tan bien como pudiera. Mordisqueándose el labio, introdujo tinta en la aguja y la apretó contra la piel de Pippa. La aguja la atravesó; los ojos de Pippa se abrieron de par en par por el *shock*, y soltó un balido de lamento.

—Vamos, vamos. —Ester la calmó—. No voy a tardar. Merecerá la pena. Hará que seas mía de verdad.

Todo aquello era un sinsentido, por supuesto; un sinsentido balbuceado con locura, pero le siguieron saliendo a chorros las palabras mientras se esforzaba en marcar bien los números: 41400. El doble cero era como los ojos confusos de Pippa, que la miraban con reproche, pero al menos sus números eran fáciles de formar y prosiguió hasta el final. Quitándole las gotitas de sangre con el pedazo más limpio del vestido, recogió a Pippa en sus brazos, aplastándola contra el corazón.

—Lo siento, bebé. Lo siento tanto.

Pippa ya se había calmado, ya la perdonaba, y le rompió el corazón a Ester que los problemas de su pequeñísima hija justo estaban empezando.

Llegaron dos días más tarde, aproximándose al Bloque 24 con la monotonía altiva de un rugiente motor y el taconeo seco de sus botas a lo largo de caminos laboriosamente despejados. Hacían que el hielo traspasara la puerta y envolviera el henchido corazón de Ester. Había una pobre madre rezagada y que estaba en pleno parto, pero se arrastró hasta el fondo de su litera, mordiendo la madera para no romper el silencio y así sortear a las sanguijuelas nazis. Ester no iba a tener suerte. Su nombre estaba escrito bien grande en la lista de Klara, con otras tres mujeres más, y la forzaron a levantarse junto a las otras, mientras las severas oficiales miraban a los bebés como si fueran frutas de un mercado.

Ester deseaba que dijeran que no, y así darle la ocasión, por pequeña que fuera, de sacar a escondidas a su hija de Birkenau a la relativa seguridad del campo de las familias, pero Wolf le dedicó una sonrisa desconcertante.

—No está mal.

Miró atentamente, y cuando en su mirada aparecieron indicios de reconocerla, una sonrisa maliciosa se le extendió en los labios.

—¿Habéis visto? ¡Pero si es la gata salvaje! Será todo un placer amansar a tu gatita. Dámela.

Puso las manos en torno a Pippa, y a Ester le parecieron enormes. La piel de Wolf supuraba salud, sus venas estaban henchidas de sangre, las uñas le brillaban, pero seguían pareciendo las garras más malévolas del mundo.

—No le hagas daño —gimoteó.

—¿Por qué iba a hacerlo? —dijo Wolf con desdén—: Es una buena hija del Reich.

—Es *mi* hija. —Lloró Ester—. Por favor, deja que se quede conmigo. Déjame venir contigo. Seré su niñera. No diré jamás una sola palabra, lo prometo. Dejaré que…

—¡¿Tú?! —saltó la mujer, interrumpiéndola—: ¿Por qué deberíamos permitir que entres en un buen hogar alemán, judía? Tienes suerte de que se dé a tu hija esta oportunidad, pero si no te gusta… Si eres una desagradecida… Podemos deshacernos de ella. Hay otras a quienes llevarnos.

El cuerpo entero de Ester se estremeció y solo gracias a Ana, que le posó con dulzura las manos en su hombros, tuvo las fuerzas para soltar al bebé. Se inclinó para dar un beso a la preciosa cabecita de Pippa, pero ya se la habían arrancado de las manos y Ester se tambaleó.

—Estará mejor sin ti —dijo la mujer, y se fue. Y de la misma manera, Pippa también.

Ester cayó de rodillas al fango glacial del barracón, enredándose las manos en su pelo, y lloró. Tenía la certeza de que el bebé no estaría mejor sin ella y que ella, sin su bebé, se vendría abajo. Entonces unos brazos cálidos la envolvieron. Alguien la mecía, acariciando sus terribles briznas de pelo rubio, y susurrando palabras de amor.

—Mamá —murmuró, y sintió que caía un beso sobre su cabeza.

—Estoy contigo, Ester. Estoy contigo y seguiré contigo. Recuerda: nuestra única arma es mantenernos con vida, y para seguir con vida debemos amar, y debemos ceder y… mucho me temo, debemos sufrir.

Ester asintió y dejó que la acunaran y la mecieran hasta que el dolor se distribuyó a lo largo de su destrozado cuerpo por igual, para que no cavara un agujero interminable en su corazón. En todas y cada una de las fibras de su cuerpo sentía dolor por su bebé robado, pero de algún modo debía seguir luchando y debía rezar para encontrar a Filip algún día, y que juntos encontraran a Pippa y fueran una familia. Era una ilusión desesperada, pero la única que tenía, y se aferraría a ella cada oscuro día por venir.

VEINTICUATRO

24 DE JUNIO DE 1944

ANA

Ana levantó la cubeta oxidada, y entre protestas de su espalda, volvió a acarrear agua para el Bloque 24. Habitualmente lo hacían Ester y Janina en su lugar, pero ahora que el tifus volvía a encarnizarse con todo el campo, tenían demasiado trabajo ocupándose de los moribundos. Observó el trayecto que llevaba al largo camino central, en el calor asfixiante, y su cuerpo entero protestó. Era increíble, de todos modos, cuánto podía soportar una persona. Durante aquel año y medio en Birkenau lo había descubierto. Debería haber sido algo inspirador, realmente, la resiliencia que era posible ante el sufrimiento extremo, pero en verdad Ana estaba empezando a sentir que era vagamente absurdo.

Puede que tal vez no estuviera cuerda del todo. El clima había sido tan cálido durante tanto tiempo y su piel era tan fina que juraría que sus órganos reales ardían cada vez que estaba en el exterior, el rato que fuera. Debería dar las gracias de que no tenía que trabajar afuera, pero la gratitud, como la inspiración, costaba de encontrar. Cada día ayudaba a madres que parían bebés a los que tendrían la suerte de ver fuera en la primera semana en el campo. Cada día pisaba cadáveres en el simple transcurso de su trabajo. Cada día, llegaban trenes a Birkenau —donde el nuevo andén era testigo de la eficiencia de la maquinaria de muerte alemana— y hacía temblar las paredes del Bloque 24, como si emitiera una advertencia: tu refugio es endeble, tu protección precaria; puedes ser el próximo.

¿Importaba eso?

Ana no recibía paquetes de Bartek desde Pascua. Podía deberse

229

a varias razones, pero Mala había estado vigilando afuera, y sabía por ella que no se impedía la entrada de paquetes en Birkenau. Eso significaba que, o bien los retenían en otra parte, o que Bartek ya no le mandaba nada. Y si no lo hacía...

Ana soltó la cubeta, luchando para que le entrara aire en los pulmones. Siempre se había enorgullecido de su fuerza, de su capacidad de trabajar duro, de dormir poco, de conservar la salud, pero Birkenau se lo había quitado todo. Seguía trabajando duro, durmiendo poco y, en comparación con tantas reclusas del campo, se mantenía sana, pero su cuerpo ajado lentamente iba cediendo. Necesitaba que esto se acabara.

Enderezando la espalda, Ana miró al cielo, rezando por que pasaran aviones. Les había llegado un rumor de que los Aliados habían invadido Europa. Alguien en el campo de los hombres instaló una radio clandestina con la que llegaba a sintonizar la BBC. Naomi lo había oído en Kanada, pero nadie más sabía si era cierto. Nadie incluso sabía si era la BBC de verdad, pero el comportamiento cada vez más nervioso de los guardas parecía sugerir que los informes podían tener alguna validez.

Era una esperanza encantadora y casi insoportable, y todas las presas ojeaban al cielo, esperando que entre el humo de mil almas despachadas en un día pasaría un avión de los Aliados. Con la esperanza de que todos verían estallar los crematorios, primero uno y luego el siguiente, pasto de sus propias llamas. Con la esperanza de que los paracaidistas lograran deslizarse desde el cielo y dispararan a los SS en sus torres de vigilancia. Puede ser que hubieran visto demasiadas películas de acción en las salas de cine, cuando los cines habían sido más parte de sus vidas que los piojos y las ratas y las colas interminables para sopa putrefacta.

—Si llegan el mes que viene —había dicho Ester—, Pippa solo tendrá seis meses de edad. Tal vez me reconocerá todavía. ¿Crees que sí, Ana? ¿Crees que me recordaría?

—Claro que sí —le respondió—. Un bebé siempre sabe quién es su madre.

No tenía ni idea de si era cierto. Lo dudaba, pero era consciente de que Ester tenía sus dudas y tampoco servía de nada reconocerlo. Era una chica lista; lo bastante para saber qué verdades convenía evitar si se quería conservar la mente medio intacta. Los primeros dos meses de aquel año agotador de 1944 se había ido desviando continuamente hacia la verja junto a la carretera, no para ver a los nuevos llegados, sino más allá, al campo de las familias, donde solamente por unos días habían esperado todas que iría a parar Pippa.

Sin embargo, en marzo, en una de aquellas crueles ocurrencias que tanto gustaban a los nazis, el campo al completo fue vaciado y se les hizo marchar camino a los crematorios. Oyeron como la violista lloraba desde su parte del campo, y supieron lo peor. Su hijo había sobrevivido a Birkenau nueve meses enteros ——un récord, por lo que se conocía——, pero ahora ya no estaba. Ester no se acercó más a la verja y aquellos días sencillamente daba vueltas por el campo, aturdida, como si junto con su hija se hubiera ido gran parte de su ser.

Lo único que en ella insuflaba algo de auténtica vida era el vientre creciente de la pobre Naomi. El embarazo de la joven se había empezado a evidenciar a la vez que los brotes que se formaban en los árboles alrededor de Birkenau estallaban, desafiantes, en flor. Naomi no había sufrido en apariencia ninguna enfermedad, y solo había notado una cierta caída de su formidable energía y, para vergüenza de Ana, no se había dado cuenta de la situación de la chica hasta que se empezó a quejar de los movimientos que revoloteaban en su estómago, hacía dos semanas. Al examinarla, confirmó que ya se encontraba en su quinto mes de embarazo y, el día siguiente, su oficial alemán la dejaba, horrorizado por la noticia. Ana pensaba que era un alivio, pero a Naomi le afectó seriamente.

—No es que me gustara —le dijo a ella y a Ester en la oscuridad de la noche, ya que a menudo dormía en su barracón en esos días—. Simplemente estaba bien tener a alguien a mi lado.

—*Nosotras* estamos a tu lado —le dijo Ana duramente, pero la muchacha estaba más frágil de lo que daba a entender y siempre trataba de vigilarla.

Sabía que Naomi transfería al niño de su vientre todo aquel necesitado afecto que sentía por el alemán, pero como el padre era el clásico rubio ario, Klara ya había avisado a los oficiales del Lebensborn del niño que iba a nacer, «objeto de germanización». Wolf y Meyer venían cada vez más a menudo, a veces incluso cada semana, y Klara los adulaba como una experta. Ana vio que le pasaban botellas a sus ávidas manos y sabía que, en aquel retorcido mundo de Birkenau, pequeñas vidas se vendían a cambio de tragos de vodka. Su única esperanza de salvar al bebé de Naomi de aquel mismo destino era que liberaran el campo antes de que naciera.

En abril, dos eslovacos se habían escapado después de pasar meses reuniendo pruebas sobre los asesinatos en Birkenau. Algunos valientes del campo los ayudaron. El *Sonderkommando*, en los crematorios, se atrevieron a hacer copias de los registros de las cámaras de gas y a robar etiquetas de los siniestros bidones de gas que repartían ambulancias incautadas a la Cruz Roja, y alguien había llegado a conseguir hacer fotografías que hizo llegar a los eslovacos.

En el momento asignado, Rudolf Vrba y Alfréd Wetzler se escondieron en una pila de troncos en el perímetro exterior durante tres días enteros —el tiempo que habitualmente dedicaban los guardias a buscar a los fugados. El campo entero contuvo la respiración esperando la noticia de que se habían ido, y cuando llegó, o mejor dicho, cuando no habían vuelto a cruzar las puertas hacia su ejecución en público, como todos los que lo habían intentado ante ellos, se extendió un callado júbilo. Estaba claro —susurraban algunos entre las tandas de trabajo, y entre las colas de comida y las letrinas— que una vez ambos hubieran entregado sus pruebas, los Aliados correrían hacia ahí. Durante mucho tiempo no pasó nada, pero de repente, el mes siguiente, fueron avistados aviones que rodeaban el campo. Aviones estadounidenses. Alguien aseguró que había visto una lente de cámara y se esparcieron de nuevo rumores nerviosos por todo Birkenau. Pero seguía sin pasar nada.

Dos hombres más se fugaron, y la semana pasada Mala había acudido al Bloque 24, valiéndose de una madre parturienta especialmente estridente, y les confió su audaz plan. Iba a escapar llevando una palangana de loza en la cabeza, disfrazada de un obrero que iba a instalarlo supervisado por un oficial de las SS, o, mejor dicho, Edek, quien había conseguido un uniforme de oficial de las SS, y estaba dispuesto a arriesgarlo todo por salir de ahí con Mala.

—¡Así que sí estáis juntos! —exclamó Naomi triunfal, y Mala sacudió la cabeza con vergüenza, diciendo:

—Supongo que sí.

El barracón entero hizo «Oh», devolviéndolas a épocas más felices por un instante, cuando el amor surgía sin más entre la gente, y Klara salió de su cuarto a trompicones para ver qué sucedía.

—Estábamos admirando el nuevo peinado de Mala —le dijo Naomi, y Klara rechistó.

—Los judíos no deberían tener pelo —les espetó—. Y tú no deberías estar aquí de todos modos, Mala.

—Ya me iba, Klara —le dijo Mala con dulzura y se pavoneó de camino a la puerta, guiñando a todas las que habían visto sus esperanzas crecer.

Si había alguien que se las podía arreglar para salir de Birkenau, esa era Mala y, de hecho, con ello motivaría a los que vivían del otro lado de la verja a hacer algo por su sufrimiento. Ana recordó los informes de la Resistencia sobre las furgonetas de la muerte que había leído en la catedral, a principios de 1942. Pensó en los rumores que había oído sobre Auschwitz, tiempo antes de que la mandaran ahí. De eso hacía dos años y medio. ¿Por qué nadie había aparecido? ¿Acaso no les importaba? ¿No se lo creían? Ana no los quería acusar, ya que la inhumanidad de Birkenau ocupaba un nivel más allá de la imaginación de cualquier humano decente, pero tan solo habrían tenido que hacer cálculo unos días de cuantos trenes llegaban a aquel sitio para concluir que no todo el mundo que llegaba se quedaría en un barracón. La imaginación podía cuestionarse, las matemáticas, no. Lo que significaba que les traía sin cuidado.

Suspirando, Ana recogió de nuevo su cubeta y se forzó a caminar de vuelta al Bloque 24. Ahí había una madre en un parto muy avanzado que iba a necesitarla. Ana había anotado unos 2.000 partos en Birkenau, y todavía no había perdido a ninguna madre ni a ningún bebé en el momento de nacer. Cerrando los ojos un instante, Ana pensó en el día en que se graduó en la facultad de obstetricia. Había ido a la catedral de San Florián en Varsovia, aturdida por la ceremonia, y buscó en ella la capilla de Nuestra Señora, donde había hecho juramento a María, Madre de Dios, que si algún día perdiera a un bebé dejaría el oficio. Bartek la regañó cuando se lo contó más tarde; insistió que era un objetivo inalcanzable y que resignar tan solo tendría como resultado más pérdidas, pero el juramento ya estaba hecho, y podía estar orgullosa de no tener hasta entonces motivo para resignar —ni siquiera aquí.

Un paso tras otro, era todo cuanto tenía que hacer —llevar el agua, sacar al bebé, asegurar la comodidad de la madre mientras a su hijo o hija se le arrebataba la preciada vida que ella había luchado por dar. En el caso de los judíos, entre las asesinas manos de Klara, y en el de los no judíos, de manera más amable pero más dolorosamente prolongada, muertos por inanición. Si aquello era lo que Dios le pedía, así debía hacerlo.

¿Pero por qué no tenía noticias de Bartek?

¿Dónde estaría? ¿Dónde estarían sus chicos? ¿Podría volver a ellos cuando los Aliados finalmente hicieran sus cuentas y fueran a liberarlos? Un tren traqueteó en dirección al campo, deteniéndose a menos de cincuenta metros de Ana. Las puertas se abrieron, chirriantes, y se empujó a la gente hacia la rampa en un revoltijo de miedo y confusión. Ana miró bien y vio al *Doktor* Mengele avanzando para colocarse en posición ante ellos. Pobres desgraciados. Mengele era el único médico que hacía las selecciones en estado de sobriedad, y parecía disfrutar con ellas del mismo modo que un científico disfrutaría observando bichos en un microscopio. Había oído terribles rumores acerca de los laboratorios que instaló en el campo de los gitanos, sobre los experimentos que realizaba con mujeres y niños, sobre su fascinación por los gemelos. El otro día, incluso había visto a una desconsolada madre judía, que había dado a luz a dos minúsculos bebés, ahogar a uno de ellos por si acaso llegaba Mengele para husmear. El segundo bebé murió al cabo de poco tiempo pero, al fin y al cabo, no lo haría bajo un bisturí.

Ana se resarció. No podía obcecarse con aquellas tragedias cotidianas; de lo contrario perdería lo que quedaba de su voluntad de seguir adelante. Se apresuró hasta el Bloque 24, pero entonces algo captó su atención y se detuvo de nuevo, con respiración entrecortada, esta vez menos por el esfuerzo que por miedo. ¿O era emoción?

Una figura se zarandeaba por el camino que llevaba a la puerta, con una gran palangana sobre la cabeza, y un guarda alto de las SS la acompañaba. Estaba dando prisa al recluso, asiéndolo rudamente por el codo, pero algo en aquella manera de sujetarlo llamó la atención de Ana, y observó con más detenimiento. Era Mala, tenía que serlo. Se disimulaba bajo ropa holgada, que se le resbalaba por el peso de la palangana, pero si se miraba atentamente, se notaba cierta curva en su cintura, y el oficial tanto parecía apoyarla como empujarla hacia adelante. ¿Sería aquel, entonces, Edek?

Ana se paralizó, observando a la pareja con respiración ansiosa mientras se aproximaban al portal del perímetro. Edek, al igual que Mala, hablaba fluidamente el alemán, ¿pero pasaría su acento inadvertido? ¿Exigiría el guarda del portal que el recluso mostrara su rostro? Tan solo podía imaginar cómo debían latir sus corazones bajo aquellas ropas prestadas y se acercó, deseándoles que saliera bien mientras el guarda aparecía.

Los hombres se saludaron. En el caso de Edek, esperando poder ser escueto, hasta que cruzaron palabras. Edek agarró de nuevo a Mala del codo y saludó con la cabeza al otro hombre, claramente intercambiando chanzas de nazis acerca del pobre prisionero que tenían entre ellos. Ana se dio cuenta de que ella no respiraba y tuvo que inhalar, pero el guarda les hacía un gesto, y Edek de nuevo saludaba y empujaba a Mala hacia adelante. Parecía que los dos salían del campo. Mala, según sabía Ana, llevaba un vestido elegante bajo aquel uniforme que Naomi le había preparado en Kanada. Una vez estuvieran lo bastante lejos, el plan era que ella se transformaría de recluso que acarreaba una palangana a la elegante novia de un SS. Tomaría a Edek del brazo y pasearían juntos como cualquier otra pareja feliz, siguiendo adelante hasta que, como si nada, ya estarían lejos.

—Venga, Mala —susurró Ana—. Venga, vete. Busca ayuda.

Tal vez Dios le había hecho caso, ya que Mala siguió tambaleándose en la distancia hasta que incluso la palangana blanca que llevaba en la cabeza desapareció del horizonte de Ana. Ana agarró su cubeta, y de repente se movía a buen ritmo, ignorando el sol, ignorando el temblor de sus piernas y el dolor de sus hombros, ignorando incluso a la parturienta que esperaba su retorno. Irrumpió en el Bloque 24 y, dirigiendo una mirada a Klara —metida en su cama, como solía estar por aquel entonces a menudo—, fue a por la primera mujer que encontró.

—Mala se ha ido —susurró.

A la mujer se le pusieron ojos como platos y fue a su vecina, que a su vez hizo lo mismo, hasta que, como el murmullo de una brisa veraniega en medio de la náusea sofocante del campo, las noticias se esparcieron y, sin duda, también lo hicieron en el siguiente barracón. Mala se había escapado y la esperanza refulgía en silencio en todos ellos. Tal vez, pensó Ana, mientras finalmente llegaba con el agua para su paciente, no importaba que Bartek no le mandara paquetes, porque tal vez en unas pocas semanas estaría de camino a Varsovia para encontrarse con él.

—Vamos, querida —le dijo a la madre—. Saquemos de ahí a este bebé y esperemos que sea el inicio de algo maravilloso para todas.

Tres días más tarde, los SS trajeron de vuelta a Birkenau a Mala y Edek, encadenados. Ana vio como les obligaban a marchar tras el Bloque 24, ensangrentados y apaleados, y sintió que le inundaba el dolor por todo el cuerpo con tanta crudeza como si llevara las magulladuras violáceas de la brutalidad de los SS. Creía que Mala estaba prófuga, libre. Creyó que caminaría hasta abandonar

Polonia y que encontraría a alguien que la escucharía. Creyó que entraría en oficinas donde relataría a hombres importantes las atrocidades de Auschwitz-Birkenau y que vendrían corriendo para salvarlos a todos. Qué ingenua había sido, cuán ridículamente, tontamente, insufriblemente ingenua.

Era demasiado insoportable de repente. Ana quería desgarrarse ella misma antes de que los despiadados nazis lo hicieran, y, corriendo al interior del barracón, se abalanzó contra el muro de madera al fondo de aquella parodia de «maternidad», sucia, angosta y bárbara. Oyó voces que le hablaban, manos que la buscaban pero se lanzó una y otra vez contra la pared hasta que se desplomó en el suelo. La oscuridad, cuando finalmente llegó, fue un alivio, y el único sonido, mientras se entregaba a ella, era la dulce voz de Ester.

—Vamos, vamos, Ana. Estoy contigo. Estás a salvo conmigo.

Esas eran las palabras que había escuchado decirle a Ester una y otra vez a Pippa durante los cinco breves días que la tuvo con ella, y eran mentiras. Mentiras piadosas, tal vez, mentiras bienintencionadas, pero mentiras aun así. Nadie estaba a salvo en Birkenau ni, por lo que parecía, más allá.

VEINTICINCO

5 DE AGOSTO DE 1944

ESTER

«Pippa tendría hoy siete meses y once días», pensó Ester, frotando las ventanas con un pequeño trapo. El tejido descosido había servido para envolver a un bebé, hasta que murió una hora antes. Estaba todavía húmedo de las lágrimas de su madre, pero al menos surtían cierto efecto sobre la mugre. Antes de salir para Kanada aquella mañana, Naomi pidió a Ester que hiciera «entrar algo de luz en ese maldito bloque», y aunque ni Ester ni Ana veían que hubiera problema en aquella cordial penumbra, estaba haciendo lo que le asignaron. Era lo mejor.

Pensar por sí misma se había convertido en una tarea realmente ardua. Su cerebro parecía ser poco más que una neblina de hambre, soledad y dolor. Se figuraba a su familia tan lejos y bregaba por recordar los amados rostros de su madre o de su padre, o incluso de su hermana y sus ojos vivaces. La única imagen que seguía claramente presente en aquel amasijo de desorden era la de los ojos de la pequeña mirándola fijamente, tan abiertos como los ceros en su axila, pero aquella era una imagen ya obsoleta. «Pippa tendría siete meses y once días», pensó de nuevo, y se vería tan diferente que Ester tal vez no la habría reconocido. ¿Acaso era posible? ¿No habría algo en su interior que la haría reconocer a su hija por instinto? Sin embargo, una vez también había creído su alma tan en sintonía con la de Filip que habría sabido si él estaba muerto, pero ya no supo nada en absoluto.

Incluso el amor por su marido, tan luminoso y puro ayer, parecía tan mugriento como las ventanas. Cuando cerró los ojos e intentó imaginarlo en la escalera de la catedral de San Estanislao, jamás podía obviar las brutales hileras de barracones y literas que se entrecruzaban en su visión. Tenía miedo de que incluso si saliera de ahí y lo encontrara de nuevo, su amor sería tan difícil de pulir como lo era limpiar aquellas malditas ventanas.

Fregó con más fuerza, pero solo consiguió trasladar la mugre de una parte del vidrio a otra. Se sentía una minúscula mejora en el barracón desde que un comando de limpieza fue asignado a alicatar ladrillos en el techo. Las losetas eran pobres y estaban desconchadas, pero impedían el paso al polvo y, cuando cambiara el tiempo, servirían para alejar el incesante barro. Ester tembló ante la idea de un segundo invierno en Birkenau y se le cayó el trapo. ¿Para qué estaba haciendo todo aquello? Le hacía falta agua y jabón, pero ambos eran difíciles de obtener y el sol seguía pegando fuerte, como lo hacía el tifus. El otro día, mientras ella y Janina sacaban otro cadáver del bloque, Ester se vio a sí misma deseando de verdad pillar la enfermedad —una fiebre al menos removería la sangre de sus venas como antes— pero había cuidado de tantas mujeres que se habían contagiado durante aquel año y medio que seguramente debía de ser inmune.

—Dios no me quiere en la pila de cadáveres —le dijo a Ana y a Naomi la noche anterior.

—Bien —le había dicho Naomi enfáticamente.

Ana no dijo nada. Apenas si decía algo aquellos días, a excepción de cuando asistía en un parto. Algo que seguía haciendo con su calma y bondad habituales, pero instaladas en ella como un barniz, pulido pero superficial. Todavía le importaba; Ester sabía que así era. Cada bebé seguía siendo una bendición, pero jamás era duradera, y poco a poco todas fueron aprendiendo el peligro de que algo les importara. Había límites en lo que una mujer era capaz de soportar y algo pareció romperse en el interior de Ana el día en que trajeron de vuelta al campo a la pobre Mala Zimetbaum. Mala había desaparecido, según parece en la cárcel de Auschwitz I. Alguien les dijo que tanto a ella como a Edek se los oía cantar para el otro en sus respectivas celdas, pero a todas luces aquello no debía ser verdad. ¿Quién cantaba aquí?

Un tren traqueteó a su entrada en Birkenau, y Ester lo contempló pasivamente a través de los fragmentos de ventana que había limpiado de mugre. No limpiaría las ventanas que daban al lado del Bloque 25; prefería enmascarar la visión de las pobres mujeres en la antesala de los crematorios, aunque ahora, con la llegada de tres o cuatro trenes cada día, la antesala apenas se llenaba. Parecía haber siempre una procesión trazando el camino a las chimeneas, nadie esperaba hasta que se formara un «lote entero» para los hornos.

Los recién llegados principalmente venían de Hungría. Nadie sabía con certeza por qué ese país había decidido arrojar a sus judíos en el pozo nazi, pero tal vez tuviera que ver con que los Aliados habían invadido Francia. Las noticias de aquel milagro se susurraron por el campo como una bella brisa, y cada vez más radios se iban introduciendo en el campo. Alguien le contó a Ester el otro día que París sería liberado en cualquier momento, pero temía que todas las mentes del lugar estuvieran tan dañadas como la suya y que la verdad se hubiera perdido hacía mucho.

Todo lo que sabía con seguridad era que Polonia todavía estaba en las garras de unos nazis cada vez más despiadados y que los húngaros llegaban en masa, exhaustos tras días y noches en los vagones de ganado y más que deseosos de desnudarse y meterse en una ducha. Había oído decir que los SS les pedían que colgaran su ropa en perchas numeradas y que incluso les daban toallas y jabón para que entraran en la cámara sin causar revuelo. Era irónico, en verdad, que aquellos a quienes conducían a sus muertes recibieran mejor trato que los que pugnaban por mantenerse en vida. Una toalla y un poco de jabón habrían ido bien para aquellas ventanas.

Ester pegó su frente al cristal, despreciándose por su insensibilidad, su indiferencia, su maldito letargo, pero cuando una contemplaba la muerte a los ojos, día tras otro y día tras otro, era difícil conmoverse. Se estaba volviendo tan mala como ellos.

«Haz que entre algo de luz en ese maldito bloque».

241

La voz de Naomi volvió a resonar en su cabeza, clara y decidida. El vientre de la chica estaba en aquellos momentos muy hinchado a causa de su bebé, y Klara ya lo tenía en su asquerosa lista, encantada de embolsar un crío con sangre alemana de verdad para sus patrones del Lebensborn. Naomi contó a Ester el otro día que el padre del bebé había sido ascendido. Aquello, parece ser, le había animado a ser más cordial con ella y aunque no había vuelto a dedicarle atenciones de nuevo —él estaba, de hecho, ocupado produciendo bebés para la Patria con otras pobres muchachas—, se aseguraba de que a Naomi no le faltaran ropa cálida o comida extra. La compartía cada noche, pero era la única de las tres que la comía con fruición.

—Permanecer con vida es nuestra única arma —decía Ana en ocasiones, mascando torvamente un trozo de salchicha húngara, pero Ester se empezaba a preguntar contra quién iba dirigida el arma. ¿Para qué, de hecho, tenían que permanecer vivas?

El cargamento del tren estaba siendo desparramado, y Ester lo observó con languidez, curiosa al ver que aquellos desgraciados estaban casi tan desnutridos como los reclusos del campo. No eran húngaros, entonces. Frotó con más fuerza el cristal y vio un altercado en el último vagón: gritos y palizas, no por parte de los guardas sino de los presos. Sacudida de su letargo, soltó el trapo y corrió hacia la puerta del Bloque 24. Había otras de camino, atraídas por el barullo, y se acercaron a la verja tanto como se atrevían, aunque los SS no les prestaban atención y fijaban la mirada en el singular espectáculo que tenían ante ellos.

Un hombre mayor había sido arrojado del tren y se agazapaba en el suelo, mientras los que descendían detrás de él se turnaban para patear su encorvada figura. Una mujer aullaba junto a él y varias personas también la estaban atacando.

—Mírate… lucrándote a costa de nuestra desgracia.

—He logrado que sigáis vivos hasta ahora —gritó el hombre, desafiante, aunque su voz estaba quebrada por el dolor.

—¿Para qué? ¿Para morir en una cámara de gas y no abrazando a nuestras familias?

—Para sobrevivir a la guerra.

—Más bien fue para conseguirte ropas caras, buen vino y caballos de lujo. No te vimos quemar tu mobiliario Luis XVI para calentarte. No te vimos rascarte los piojos del cuerpo ni peleándote por unos nabos putrefactos.

Ester empezaba a formarse una imagen reconocible y avanzó con cuidado hasta la valla.

—¡Para nada! —siguió gritando el que dirigía la paliza—. Nos has estado explotando, Rumkowski. Puede que hayas hecho que sigamos vivos pero puedes estar jodidamente seguro de que algunos se han mantenido más vivos que otros.

Y, tras aquello, volvieron a patearlo. Aunque los hombres y mujeres se veían terriblemente débiles, la furia les daba fuerzas, y a la figura maltrecha de Rumkowski, el decano de los judíos de Łódź, la iban golpeando de camino a la rampa de Birkenau. Uno de los oficiales de los SS los aplaudía, y Ester se hundió de rodillas. Así que habían llegado a ese punto: nazis aplaudiendo la brutalidad de los judíos. En realidad, Hitler había ganado, a pesar de lo que dijeran las noticias que ahí se infiltraban.

Lentamente, sin embargo, mientras observaba a Rumkowski —un hombre a quien había visto la última vez como pasajero de un carruaje blanco en el mercado de Bałuty— hebras de algo parecido al sentido se juntaron en su adormecido cerebro. Si Rumkowski estaba ahí, significaba que aquella gente era de Łódź, y si eran de Łódź...

—¡Filip! —Se levantó de un salto y corrió hacia la valla—. ¡Filip!

Los presos se giraron para mirarla, los guardas se giraron para mirarla, pero a Ester no le importaba. El amor por su marido no se había ensuciado ni embotado, seguía resplandeciente e intenso como siempre y la sacudía por dentro, alentándola.

—Filip, ¿estás aquí? ¡¡Filip!!

—¿Ester?

Ella se detuvo en seco, tropezando con sus propios pies mientras se daba la vuelta en busca de la voz. No sonaba como su marido pero quién sabía lo que el último año y medio habían hecho con él. Escudriñaba la multitud, cuando un hombre apareció. Su corazón dio un vuelco.

—¿Tomaz?

El amigo de Filip estaba ante ella, con su complexión fuerte ahora tristemente enflaquecida y cojeando de la pierna izquierda. Buscaba enérgica a su alrededor pero nadie más lo acompañaba:

—Tomaz, ¿dónde está Filip?

—No está aquí, Ester.

Tras ellos, los SS se habían cansado de observar cómo moría Rumkowski e iban empujando a los recién llegados en sus filas de costumbre. No tenían mucho tiempo.

—¿Dónde está, Tomaz? ¿Está...?

—¡No! —Su corazón se sobresaltó—: O mejor dicho, no lo sé. Se lo llevaron en abril. A Chelmno.

—¿Chelmno?

El calor blanco de su restaurado amor parecía tornarse fuego negro en su interior. Chelmno era donde los furgones de gas cumplían su macabro cometido. Sus rodillas cedieron y se desplomó contra la valla. El alambre de espino se clavó en su mano pero ni se inmutó.

—Entonces está muerto —ululó.

—¡No! No necesariamente, Ester. Lo llevaron con una brigada de trabajo. Para construir barracones, le dijeron, y para... cavar.

—¿Para...?

—¡Vosotros! ¡En fila!

Tomaz se dio la vuelta, confundido. Un hombre de las SS anduvo a trancos hacia él, con una pistola en la mano, y Ester se incorporó a la fuerza.

—No cojees, Tomaz.

—Imposible. —Levantó el bajo raído de sus pantalones para mostrarle el pie; no quedaban más que vestigios ennegrecidos de sus dedos—. Por congelación. El invierno pasado.

—Vosotros, en fila. Último aviso.

Tomaz miró alrededor, tempestuosamente, pero sus ojos volvieron directos a Ester.

244

—Filip me pidió —dijo él con urgencia— que si te encontraba te dijera que te quiere, decirte que conocerte fue como encontrar la más refinada joya que el mundo había podido producir. Me dijo que en sus últimos meses casado contigo fueron los más felices de su vida, incluso en el gueto. Me dijo que no debías sufrir por él, porque lo único que necesita para sobrevivir es tu amor.

—Todavía lo siento.

—Entonces sobrevivirá. Y tú también debes hacerlo. Ya vienen, Ester, los Aliados están llegando. Lo he oído demasiadas veces como para dudarlo.

—Tú, cerdo insolente. Muévete.

El guarda se acercó, con el arma en la mano.

—Me van a matar, ¿verdad?

Ester echó un vistazo a su pie y asintió. Por primera vez en mucho tiempo notó lágrimas en los ojos.

—Entonces acepto la muerte aquí, junto a ti. Vive, Ester. Vive y ama y…

La bala interrumpió sus últimas palabras, atravesándole limpiamente el cráneo y rebotando tras el poste de la valla junto a Ester. Ella dio un brinco y se apartó, con las manos en alto, mientras el oficial de las SS la miraba fijamente. Tan solo unos minutos antes habría permanecido inmóvil y habría dejado que la disparase, pero ahora todo era distinto. Sentía como le fluía la energía por su cuerpo como si la electricidad de la valla estuviera en marcha y la hubiera sacudido por dentro, devolviéndola a la vida.

No sabía qué más había estado a punto de decirle Tomaz, pero había sido suficiente. Si el gigantesco gueto de Łódź había sido dispersado, los alemanes debían de estar inquietos. Tenían que estar de retirada. Los Aliados tenían que estar de camino. De repente, la capacidad para mantenerse viva le pareció de nuevo un arma, y, dando la espalda al cuerpo del pobre Tomaz, dio las gracias a Dios por otorgarle una muerte breve, y corrió lejos de la chimenea, lejos de la maquinaria nazi de la muerte, y de vuelta al Bloque 24, donde su ocupación era la de traer vida al mundo.

«Vive y ama». Parecía, una vez más, una tarea a la que aferrarse.

VEINTISÉIS

ANA

—Tendrá lugar mañana, cuando al atardecer los llamen a pasar lista—retumbó la voz de Irma Grese por todo el Bloque 24—. Asegúrate de que estén todos.

Ana se detuvo ante la puerta que daba al cuarto de Klara, justo a tiempo de escuchar la respuesta de la *Kapo*:

—Sí, *Aufseherin* Grese, por supuesto. Será un placer. Esa mujer debe servir de ejemplo para todas y…

Ana disimuló el perverso placer que había sentido ante el tono descendente de Klara cuando Irma Grese abandonó la habitación sin aguardar su respuesta zalamera. Desde que Pfani se fue, Klara se había esforzado en seguir a la bella oficial como si fuera un cachorro. Le habría parecido gracioso de no ser que se había vuelto cada vez más violenta en su vano intento de congraciarse con su sádica superior. Aparte, nada era gracioso en Birkenau.

Ana sentía que su corazón se marchitaba. Desde que Mala Zimetbaum había sido arrastrada a Auschwitz de nuevo tenía dificultades para convencer a su pobre órgano de que siguiera palpitando y habría jurado que se iba contrayendo cada día que pasaba. Incluso su amor por Ester, que le había permitido seguir adelante tanto tiempo, parecía más esfuerzo que felicidad. Una responsabilidad para la que ya no se sentía con fuerzas, y todavía no le había llegado de Bartek ningún paquete.

—Debe ser porque los alemanes habrán bloqueado toda mensajería —le había dicho Ester tantas veces—. Se están retirando, Ana. Tomaz me lo dijo.

—Tomaz estaba en un gueto, Ester —señalaba, fatigada, cada

vez—. Era tan prisionero del embargo nazi de noticias como nosotras aquí.

—Si es así, ¿cómo le llegaron voces sobre sus derrotas? —le preguntaba Ester triunfante.

Había cambiado desde el traslado de Łódź en que habían descargado a Rumkowski sobre la rampa para que su propio pueblo lo apalizara hasta la muerte. Ver al amigo de Filip había azuzado el recuerdo de su marido, y su letargo, que era idéntico al de Ana, había sido sustituido por expectativas de libertad casi febriles, que Ana temía que fuera incluso más nocivas. La esperanza hacía daño.

—¿Qué hacéis aquí escondidas? —les espetó Klara, irrumpiendo de su cuarto y asustando a Ana.

La *Kapo* levantó su mano a medias y Ana retrocedió mecánicamente, pero aunque Klara pateaba a muchas de las pobres pacientes del Bloque 24, jamás había golpeado a Ana. Era tal vez porque, gracias a su excelente alemán, era la única que se atrevía a resistirse a los nazis. El otro día, el *Doktor* Mengele había entrado en el barracón para anunciar a bombo y platillo la «disolución» del campo de los gitanos y su propio ascenso a Médico Jefe de las mujeres de Birkenau. Ana no se dejó impresionar.

—¿Por «disolución» querrá decir asesinato en masa? —le impugnó, con su cuerpo entero temblando de rabia ante la cobarde palabra escogida.

Los ojos de Mengele se angostaron pero redobló con calma.

—¿Cree usted que la semántica es útil, comadrona?

—Sí, herr *Doktor*. Mi formación médica me enseñó a ser precisa, como supongo le enseñó a usted la suya, así que creo que debemos llamar a las cosas por su nombre.

Lo pensó detenidamente.

—Estoy de acuerdo. Podríamos coger a todas las mujeres de este hospital y categorizarlas simplemente como «moribundas», ¿pero eso de qué serviría? ¿Qué síntomas y pronósticos nos indicaría?

Ana se vio obligada a darle la razón y él prosiguió.

—Lo mismo ocurre con el campo de los gitanos. Los gitanos son una lacra para la sociedad. Viven según sus propias leyes y de las tierras de otros. No tienen el mismo valor que un humano de verdad, de modo que no pueden, según la ley, ser «asesinados» —Sonrió—. Semántica, comadrona. Muy útil.

Aquella lógica despiadada podría haberle parecido escalofriante, si no fuera porque la sangre de Ana llevaba un tiempo ya helada por la persecución de los nazis. Aun así, el término distendido «humano de verdad» le producía más escozor que los omnipresentes piojos.

—De modo que, herr *Doktor*, ¿no me considera usted humana de verdad?

Se estaba preparando para irse y chasqueó la lengua, impaciente por aquella dilación.

—No sea tediosa, comadrona. Usted es una polaca católica, me parece que está aquí sospechosa de pertenecer a la resistencia. Tiene potencial. No lo desperdicie.

—Y esta mujer de aquí, esta enfermera… —Ana empujó a una aterrada Ester hacia él, pero Mengele ya no estaba, dándoles a ambas su espalda de astuto SS.

—¡Ana! —la abucheó Ester, apartándola del médico que se iba—: ¿Qué estás haciendo? Mengele manda a la gente a la cámara de gas con un solo gesto de meñique. Podrías haber conseguido que nos mataran.

—¿Acaso importa?

—Me importa a mí. Creía que eras una luchadora, Ana. Pensaba que creías en la bondad innata de la gente… de la mayoría de la gente. Pensaba que querías seguir viva para fastidiar a los hombres y mujeres que nos tienen presas por sus perversos ideales.

Ana cerró los ojos, impregnada del horror de lo que hubiera podido pasar.

—Eso creía.

Ester soltó un suspiro pero luego rodeó a Ana con sus brazos y la sostuvo con tanta fuerza que Ana llegó a preguntarse quién era la madre y quién la hija. Se sintió tan vieja, viejísima.

—*Eres* buena, Ester —murmuró apretada al huesudo hombro de Ester.

—Pues lucha por mí, Ana. Y yo lucharé por ti.

Lo aceptó, por supuesto, pero era tan difícil. Cuando llegó aquí por primera vez, había sentido orgullo de luchar por el derecho a ayudar a mujeres a tener bebés, pero aquellos días empezaba a sospechar que aquello por lo que había luchado tanto no había sido más que una broma perversa de los nazis. Había entrado en la medicina para salvar vidas, no para arrojarlas al viento amargo de Birkenau, pero aquel viento soplaba aún. Y ahora alguna desgraciada les «serviría como ejemplo».

—¿Qué sucede mañana, Klara? —preguntó.

Klara le sonrio con asco.

—¿Mañana, Ana? Mañana tu preciada y fracasada prófuga será ejecutada.

—¡¿Mala?! —jadeó Ana, golpeada por aquel puñetazo adicional a su corazón apaleado.

—La misma. Y adivina qué: todas tendréis la ocasión de verlo.

Se juntaron en forma de larga aglomeración, con los perros de los SS mordiendo a sus espaldas y una horca desoladora bajo el cielo gris. Caía la lluvia, leve pero constante, empapando sus ropas como un insolente recordatorio del invierno que estaba por llegar. Llegó el rumor de que Edek había sido ahorcado en el campo de los hombres aquella misma mañana y que ahora le tocaba su turno a la pobre y generosa Mala. Parecía algo imposible de aguantar, pero Ana sintió el brazo de Ester tomar su brazo derecho y el de Naomi su izquierdo y se rindió a su juventud. No quería ver aquello, pero Ester dijo que le debían a Mala estar con ella en su hora final, de modo que ahí estaba. No es que fuera su decisión. Ya no había decisiones.

—¡Presos, atención!

Los SS hacían aquello a veces. Les divertía disparar a todo aquel que no formara firme como un clavo en sus ropajes maltrechos y sus zuecos llenos de astillas. Hoy, sin embargo, se obedeció la orden con presteza inusual, ya que las mujeres estaban en pie no para sus perseguidores sino en honor de la mujer que estaba siendo descargada de un furgón ante ellas. Mala vestía unas delgadas enaguas blancas e iba descalza, pero su pelo negro y abundante se le apilaba en la cabeza en forma de moño encantador, haciendo que pareciera más una estrella de cine que una prisionera. Ana observaba, atónita, como se levantaba del suelo, y los miraba a todos de pie. Maria Mandel, que presidía la horrenda diligencia, hizo señas a un guarda para que la arrastrara hasta la horca, pero se resistió.

—Mátame —le dijo a modo de provocación a la inflexible *Lagerführerin*—. Vamos, ¿qué tengo que perder?

Echó una mirada burlona a la horca, que la esperaba para convertirla en «ejemplo», y el guarda se contentó con patearle las pantorrillas. Se tambaleó pero no cayó al suelo y mientras sus ojos recorrían los presos, Ana de golpe se alegró de haber sido obligada a presenciarlo. No quería que aquella mujer afectuosa y valiente muriera, pero si debía morir no lo haría sola.

—Te queremos, Mala —gritó en polaco.

Los guardas avanzaron, pero no había modo de discernir quién había hablado. Mientras tanto, Mala caminaba hacia la horca, sonriendo, así que volvieron a prestarle atención.

—Gracias —dijo Mala. Su voz sonaba clara en medio de aquella noche de llovizna—. También os quiero a todas. Es un sentimiento maravilloso, ¿verdad, el amor? Mucho más sustancioso que el odio.

Un guarda la empujó escalones arriba hacia la horca, pero ella misma los subió sin rechistar, con los ojos centelleando.

—Intenté escapar —gritó a pleno pulmón—. Intenté escapar y fracasé. —Los guardas lanzaron unas risotadas y ella subió hasta lo más alto—. Pero otros han logrado traspasar la reja e incluso ahora están hablando con los Aliados. Vendrá ayuda, gente. *Está llegando* ayuda. Hoy han liberado París y más ciudades vendrán luego, hasta que le llegue el turno a Berlín. Alemania perderá esta guerra.

Mandel aulló furiosa y los guardas agarraron a Mala, tratando de ponerle la soga, pero ella forcejeó con fiereza.

—¡Perderán porque son inhumanos, unos infames bastardos, y Dios hará que paguen!

Se sacudió al guarda de su derecha y se colocó una mano en el pelo. Durante un momento extraño Ana creyó que iba a soltarse el cabello y dejárselo caer, como si fuera una actriz, pero en lugar de aquello sacó algo de su interior y, a la velocidad del rayo, se recorrió las muñecas de sus manos desnudas. La sangre salió a chorros, de un escarlata estremecedor, floreciendo como amapolas sobre sus enaguas blancas y salpicando a los guardas en la cara.

—¡Mala! —gritó Ester, tenue y con dulzura, y no fue la única. Uno por uno los presos se elevaron, cantando su nombre.

Sobre el patíbulo, Mala se bamboleaba, pero consiguió agarrar la horca con una mano para mantenerse en pie y sonreírles mientras la sangre vital se le escurría.

—¡Resistid! —bramó—. ¡Cuando llegue la hora, resistid! Se están levantando en Varsovia. Lo oí desde mi celda, lo escuché decir a unos nazis. ¡A unos nazis aterrorizados!

Ana la miraba fijamente, esforzándose por juntar las palabras en su cerebro enmarañado: Levantarse. Varsovia. Parpadeó. Bartek estaba en Varsovia. Bronislaw también. Estarían luchando. Estarían ahí, en el frente, luchando con todo lo que tenían. Contempló a Mala mientras los guardas batallaban por acercarla a la horca.

—Están luchando en las calles —les aseguró, como si estuviera hablando directamente a Ana—. Los soviéticos marchan hacia el oeste mientras que los británicos marchan hacia el este, y los varsovianos se preparan. Esto va a terminar, camaradas. Vuestro sufrimiento llegará a su fin.

Su nombre todavía se propagaba como un hechizo entre los presos, pero Mandel ya había tenido bastante y saltó sobre la plataforma, disparando dos tiros en el aire. Se hizo el silencio. Miró alrededor y clavó sus ojos en Ana.

—¡Tú! ¡Comadrona! Cose las heridas de esta mujer. ¡Ya!

Ana se impulsó hacia ella, agradecida al ver a Ester con ella.

—Necesito vendas, *Lagerführerin*.

—Aquí las tienes.

De un solo gesto, Mandel desgarró las enaguas de Mala y la rasgó en dos trozos.

—Deprisa.

Ana subió a trompicones los peldaños y se inclinó sobre Mala, que había caído sobre las planchas de madera bajo la horca. No se atrevía a mirar la soga, ondeando su oscura silueta sobre ellas, y le temblaban las manos mientras ataba el delgado algodón al brazo de la condenada.

—No aprietes demasiado —dijo Mala, con un susurro por voz.

Ana la observó fijamente. Sabía lo que le pedía su amiga, pero no cómo hacerlo; toda vida era valiosa a ojos de Dios.

—Mala… Yo…

—Por favor. Déjame morir a mi manera, no como ellos quieren.

Ana la miró con incertidumbre, pero Ester estaba tomando la iniciativa, cogiendo ella las vendas y diciendo bien alto:

—Permíteme, comadrona. Estoy más capacitada para coser heridas.

Tragando con fuerza, Ana asintió, se apartó y observó, paralizada, como Ester con eficiencia y con total ineficacia envolvía la tela alrededor de los brazos de Mala. Se mancharon de rojo al instante y Mala sonrió.

—Necesitamos presionar aquí —dijo Ester lo bastante alto para que Mandel lo oyera y pensara que estaban tratando de detener el flujo, pero mientras seguía hablando, se apretó contra la postrada presa, estrujando con fuerza las venas para impulsar su sangre al exterior.

—Los cortes son demasiado grandes —gritó Ana, mientras Mala se retorcía ante ella.

Agarró a la valiente en sus brazos.

—Estoy contigo. Estás segura conmigo.

Los párpados de Mala vacilaron y una sonrisa le tembló en el extremo de sus labios.

—Por el amor de Dios.

Mandel empujó a Ana y a Ester a un lado y agarró a Mala de la muñeca, buscándole el pulso. Miró a las filas de mujeres que se

253

revolvían ante ella, murmurando cada vez con más fuerza. Los guardas de las SS parecían nerviosos y Ana se dio cuenta con repentina conmoción que temían que hubiera un motín. ¿Se amotinarían? ¿Podrían hacerlo? Miró a su alrededor. Debía haber unos mil presos y menos de cien guardas. ¿Cuántas balas contendría cada arma? ¿Cuántas deberían morir para que el resto estallara?

Claramente, las mismas preguntas recorrían la mente de Mandel, puesto que con fría precisión sacó su pistola, disparó a bocajarro entre los dos audaces ojos de Mala y se largó orgullosa. El cuerpo de la joven cayó inerte y la bala se enterró en la madera, a pocos centímetros de donde el brazo de Ana la mecía. Quedó helada viendo aquello. Podría haber sido ella, podría tocarle a ella todavía. Y de repente supo, con la fría claridad de un día de invierno en Birkenau, que no quería morir.

Arqueándose, estampó un beso en la frente de Mala, justo donde había penetrado la bala y luego la soltó y retrocedió. Sus piernas estaban rígidas y le costaba estar de pie, pero Ester la tomó del brazo y juntas bajaron con esfuerzo los peldaños, de vuelta a la seguridad del grupo. Las presas estaban inmóviles, el momento de revolución extinto, y los SS se apresuraban a devolverlas a sus barracones, donde ya no pudieran ver a Mala, desnuda y roja de su propia sangre, despatarrada bajo la horca que debía haberle quitado su vida con eficacia nazi.

Maria Mandel ardía de furia. Mala hoy había usurpado el orgullo a los alemanes, y, con ello había regalado algo a las prisioneras de Birkenau que todavía se obstinaban en vivir. Ana miró al cielo y rezó porque Dios llevara a aquel ángel hasta su regazo, puesto que le había dado esperanza a ella misma, y aunque perder a Mala le dolía como el filo de una cuchilla, no la ahogaba como una soga nazi.

—Venid —dijo, liderando el paso hasta el Bloque 24—. Tenemos bebés que traer al mundo. Bebés que vivirán para escapar de Birkenau.

Ser comadrona era la única cosa que sabía hacer de verdad y la única cosa que haría hasta que todos, finalmente, fueran liberados.

VEINTISIETE

7 DE OCTUBRE DE 1944

ESTER
—Empuja, Naomi. Así se hace, chica, ¡empuja!

Ester le susurraba la orden, con el desesperado intento de eludir la atención de Klara. El parto de Naomi había avanzado con tanta velocidad que había tomado por sorpresa incluso a Ana, que había ido en busca de agua, cuando empezó a resultar evidente que aquello estaba a punto de salir, literalmente. Ester había tenido que volver corriendo del ala dirigida por Janina para ponerse al mando del parto, y nunca se había sentido tan aliviada como al ver que la comadrona reaparecía tras la puerta del Bloque 24.

—¡Por Dios! —dijo Ana, esbozando algo parecido a una sonrisa—: Avanzas rápido, Naomi. Venga, saquemos al bebé, ¿de acuerdo?

—¡Shhh! —le exhortó Ester, señalando a la puerta.

Klara se encontraba fuera, entablando una charla con Irma Grese, a la que habían ascendido recientemente al cargo de *SS-Rapportführerin*. Tampoco ella imaginaba que Naomi daría a luz tan pronto y, tal vez, podrían intentar ocultar el nacimiento del bebé. Ester buscó con desesperación por todo el barracón, desprovisto de todo, excepto de literas de madera, colchones delgados como papel y mantas hechas jirones. No había cajones, ni mesillas, ni cestas para la ropa sucia ¿Y por qué debería haber todo aquello, cuando las residentes llevaban todo cuanto tenían sobre sus espaldas? Pero aun así…

Había sombras al fondo de las literas inferiores, pero convenía ir con la suficiente cautela. Y había mujeres a raudales preparadas para ayudarlas. Cada día se colaban rumores sobre nuevas victorias de los Aliados y, entre los alemanes empezaba a respirarse el pánico. Los trenes todavía llegaban a diario, pero los guardas mandaban a casi todo el mundo directamente al gas. Parecían, además, hacerlo furtivamente, como si se supieran a punto de ser cazados, culpables del que sería sin duda el mayor crimen contra la humanidad de todos los tiempos.

En Birkenau todo el mundo vigilaba el cielo y las vallas esperando ser rescatados por las tropas que avanzaban. Las sirenas que alertaban de ataques aéreos habían vuelto a sonar, y habían sido avistados aviones que pasaban sobre ellos. No habían amenazado todavía con lanzar las bombas que contenían sobre el campo, pero en cualquier momento podía suceder, y las operaciones en los crematorios se detuvieron, con siniestra ironía, con la intención de que las cámaras clandestinas estuvieran libres y que los SS pudieran ocultarse en ellas cuando sonaran las sirenas. Aquellos días, cuando avanzaban furgones hacia el portal, todos los miraban expectantes, por si eran los *tommies* o los GIs quienes irrumpían en el campo, blandiendo sus ametralladoras y con latas de carne en los bolsillos. Todavía no había sucedido, pero podía suceder.

—Empuja, Naomi. Ya casi estás.

El bebé de Naomi realmente tenía prisa y mientras la joven se retorcía sobre el horno y soltaba un silbido reprimido de esfuerzo, Ana dio un grito triunfal, seguido por un gimoteo de entusiasmo. Naomi, sonriente, se incorporó para coger en sus brazos al bebé.

—Calma. —Rio Ana—, aún tengo que cortar el cordón umbilical.

Naomi se reía también, pero Ester no oía más que el llanto decidido del recién nacido, que la atravesaba como un puñal. En aquel momento se vio a sí misma, contra el horno, empujando para que Pippa saliera de su vientre. De repente, estrechaba a su hija entre sus brazos de nuevo, pequeña y rojiza, protestando a gritos contra el mundo en que se hallaba… ¿Y quién la habría podido culpar?

Ester buscó a tientas el borde del horno mientras se le nublaba la vista. Tomó asiento con gratitud, pero en los brazos, mecánicamente, acunaba el vacío en que su hija había estado y no cesaba de llorar.

—¿Ester? —le preguntó Naomi, mirándola preocupada con el niño lloroso en brazos.

Ester parpadeó con furia.

—Lágrimas de felicidad, Naomi.

Naomi no se dejaba engañar. Se inclinó, solícita, hacia ella.

—Toma, sujétalo.

Ester apartó sus manos.

—No, es tuyo. Tienes que aprovecharlo al máximo. Tienes que aprovechar al máximo cada pequeño y huidizo minuto mientras él siga aquí.

Miró con temor tras la puerta, pero no había señales de Klara. Podía ver a Grese junto a la valla, atormentando a un pobre grupo de hombres que reparaban algo, y la figura que se estaba alejando de ella se parecía mucho a la *Kapo*. Sentía que contemplar al hijo de Naomi en los brazos de su querida amiga le desgarraba nuevamente el corazón, y no podía soportar la idea de que también a él lo destinaran a unos padres anónimos. Birkenau era el infierno, pero era *su* infierno. En sus manos debía de haber algo que pudiera hacer.

—¿Qué nombre le vas a poner, Naomi? —le preguntó Ana.

—Isaac —dijo Naomi al instante—, como mi padre. Le gustará, cuando se conozcan.

Cuando. A pesar de casi dos años en Birkenau, Naomi parecía conservar un optimismo deslumbrante como su lápiz de labios. A Ester le parecía admirable, pero sabía también que ser optimista requería de la asistencia de otros. Ella misma no había podido conservar a su bebé en la oscuridad del invierno pasado, pero las cosas habían cambiado. Los Aliados estaban de camino y los alemanes tenían miedo. Temer por su propia supervivencia provocaba que descuidaran sus labores, de manera que la disciplina antaño inflexible de Birkenau tenía sus defectos. Como fuera, por el bien de Isaac, debían encontrar algún modo de aprovecharlos.

Afuera, Grese ya se había cansado de jugar con los presos y se dirigía a otra parte. Klara volvería al Bloque 24 y en el instante en que viera a Isaac, lo añadiría a su lista. Su cabello era, en el mejor de los casos, castaño claro, pero eso no tendría importancia. Si las informaciones eran ciertas, en los frentes oriental y occidental la *Wehrmacht* estaba siendo reducida a la nada, y los oficiales del Lebensborn estaban ávidos de cualquier carne joven que pudieran conseguir para el futuro imaginario del Reich.

Ester se puso en pie y corrió hacia la puerta. Klara, a quien Grese había abandonado, volvía sobre sus pasos hacia el barracón. Arrancarle a Naomi su bebé sería el tipo de mezquina venganza que estaba deseando.

—Tenemos que ocultarlo —dijo, corriendo hacia sus amigas, pero la enorme figura de Klara se avecinaba tras la puerta y Naomi se encontraba ahí, sobre el horno, en el centro exacto del barracón. Ester impidió que pasara, pero en aquel instante se escuchó un enorme estruendo por todo el campo. Temblaron los muros de su endeble bloque de madera, y Klara se volvió y huyó, ansiosa por salvar la piel si el bloque se venía abajo.

—¿Qué demonios está pasando? —preguntó Ana.

Janina llegó corriendo desde el hospital, e incluso las pacientes más débiles abandonaron sus camastros de un salto, siguiéndola. Todas se dirigieron al exterior, con miradas expectantes hacia el cielo, pero no había ningún avión a la vista.

—¡Ahí! —exclamó Janina, apuntando a la parte trasera del campo.

Ester se dio la vuelta para ver cómo se elevaban las llamas del Crematorio IV. No las llamas de siempre, que brotaban de la chimenea, borrachas de combustible humano, sino llamas salvajes, devoradoras.

—¿Ha sido una bomba? —preguntó, pero las mujeres que venían de afuera negaron con sus cabezas.

—Una bomba no, salvo que fuera detonada desde dentro.

Ester miró frenéticamente a su alrededor. Se multiplicaban los gritos en un feroz y furioso alemán, y los SS llegaban corriendo desde todos los recovecos del campo. Cerca de donde se encontraba el crematorio en llamas, un grupo había perforado la valla, y se dirigía hacia los bosques más allá. Algunos guardas los empezaron a perseguir, soltando a los perros, que saltaban sobre sus presas con mandíbulas chorreantes de excitación.

—Es el *Sonderkommando* de los crematorios —dijo alguien—. Llevan planeando una rebelión durante meses y parece que por fin está sucediendo.

Ester observó a uno de los primeros fugados que alcanzaba la hilera de árboles, seguidos por los perros, y esperó que hubieran suficientes obstáculos que utilizar mínimamente en su favor. «Venga —le gritó al hombre—. Corre, trepa, escóndete». Pero ellas tenían otro problema del que ocuparse: otros guardas se dirigían hacia ellas, gritando para que volvieran a los barracones, y ahora nada impediría que Klara encontrase al bebé. Ester se vio invadida por una furia tan ardiente como las llamas del Crematorio IV. No había sido capaz de proteger a Pippa de aquellos depravados nazis, pero haría todo cuanto estuviera en sus manos para proteger a Isaac.

Su mirada fue a parar la omnipresente pila de cadáveres que aguardaban fuera del bloque a ser recolectados. En la parte superior, como una guinda grotesca coronando una tarta, se encontraba un diminuto bebé que había muerto en la madrugada de aquel día. ¿Se arriesgaría? ¿Qué tenía que perder? Vigilando a su alrededor, alcanzó la puerta del barracón y, en el último segundo, deslizó aquel cuerpo minúsculo en sus brazos. Estaba inerte y frío, y le estremeció al tocarlo, inanimado, pero Auschwitz te desposeía de cualquier escrúpulo normal, y ahora lo esencial era salvar al bebé que sí vivía.

Tras ella, venían los guardas, persiguiendo a todo el mundo para que volvieran a sus barracones, y Janina se afanaba en proteger a los pacientes de los látigos que chasqueaban bajo el cielo otoñal. No había lugar a dudas de que se verían confinadas por ahora. Sin embargo, Grese le había entregado ayer a Klara una botella de *schnapps* —a cambio de servicios que Ester no quería ni imaginar— y, con suerte, le quedaría suficiente licor para que no saliera de su cuarto. Tal vez con ello bastaría. Es decir, suponiendo que lograran convencer a la *Kapo* de que el pobre bebé muerto era de Naomi.

—Ven.

Corrió hacia Naomi, quitándole a Isaac y colocando el pequeño cadáver en sus brazos. Naomi dio un respingo de horror, pero era una joven lista, y en el instante en que Klara hizo su entrada, gritando a todo el mundo que volviera a las literas, hizo una rápida señal a Ester. Ana, no muy lejos de ella, averiguó qué estaban planeando y rodeó a Naomi entre sus brazos. Ella, con la sutileza de una actriz bien preparada, rompió en un sonoro llanto.

—¿Qué está pasando? —reclamó Klara, yendo de cabeza hacia Naomi y su penuria.

Ester, agarrando a Isaac con fuerza contra su pecho, se arrastró por la litera inferior y se dirigió a su fondo. Estaba abarrotado de mujeres, y mugriento a causa de los fluidos acumulados de tantísimas enfermas, pero por una vez, Ester pensó que aquellas horrendas condiciones eran una bendición, ya que de ningún modo Klara escarbaría en su busca entre aquella inmundicia.

—Déjame verlo. —Oyó que Klara le espetaba. Mirando entre el resto de mujeres que se habían subido a sus literas para estorbar su visión, vio como la *Kapo* separaba a la fuerza los brazos de Naomi y le arrancaba al niño. Contuvo la respiración. ¿Reconocería Klara al cadáver que había arrojado antes a la pila? Parecía ser que no.

—Menuda cosa tan fea, ¿no? Aunque supongo que no es de extrañar.

—¿Teniendo un padre alemán, querrás decir? —le respondió Naomi, con la voz repleta de supuestas lágrimas.

—Diría, simplemente, que demuestra como la mala sangre de los judíos no combina bien con la buena sangre alemana, ¿no te parece?

—No. Diría que a mi niño las condiciones de este sitio le arrebataron su vida.

—¿La vida de este *niño*? —Klara inquirió, mirando al bebé—: Es una *niña*.

Ester se quedó sin aliento. No habían tenido tiempo para decírselo a Naomi. No lo había podido comprobar.

—Pobre Naomi —dijo Ana con delicadeza—. Está aturdida por el duelo. Estaba tan segura de que tendría un chico. Se lo había prometido a su padre, ¿sabes?

Klara soltó una carcajada.

—Bueno, ahora tendrás una doble decepción que darle, Naomi: es una niña y está muerta.

Ester respiró de nuevo e Isaac se movió entre sus brazos y buscó a tientas su pecho. Le dolía el pecho, como si contuviera la leche que se le había agotado tras perder a Pippa, pero sabía que era un dolor fantasmático, y le ofreció el meñique al bebé. Chupó de él, y ella continuó reptando hasta más allá de las mujeres apiladas bajo el camastro, deseando que se mantuviera en silencio. Había otros bebés en la maternidad, aferrándose a la vida a pesar de todo, pero aun así, no podía permitirse que Klara sumara más sospechas a las que ya tenía.

A Klara, sin embargo, se le ocurrió algo más. Bamboleando al pobre muerto ante ella como un conejo despellejado, se dirigió a Ana.

—Vaya: número 41401. Parece que esto significa que te has cargado el historial del que te vanaglorias. Finalmente has perdido un bebé… Y vaya uno has escogido para hacerlo: la chiquilla de tu querida amiga griega. La pobre Naomi. Depositó en ti su confianza, y tú la traicionaste. Toda tu experiencia, todo tu esmero, toda tu *fe*… ¡En vano!

—Un bebé, Klara —le gritó Ana como respuesta—. He perdido a un solo bebé entre más de dos mil y en este… —Señaló el barracón áspero y sucio—: Me parece a mí que aun así es algo de lo que estar orgullosa.

—Totalmente —asintieron las otras mujeres, inclinándose desde sus camas.

261

Ester no sabía cuántas de ellas habrían advertido su engaño, pero tenía la certeza de que ninguna de ellas lo iba a revelar.

—¿Y no tuviste que hacer una especie de juramento? —se burló Klara—: ¿... a tu amadísima Madre de Dios? Se diría que te ha dejado tirada, Ana. O que tú lo has hecho. En cualquier caso: es un fracaso.

Ester sufrió por Ana, pero la acusación no era cierta, y sintió una punzada de orgullo al ver como la envejecida comadrona se mantenía firme y se enfrentaba a ella.

—Prefiero mi «fracaso» a tus «éxitos», Klara.

—No creo que tengas otra opción.

Zarandeó al bebé ante el rostro de Ana, pero Naomi dio un brinco y se lo arrebató.

—Deja a mi bebé. Tengo que cuidarlo.

A través de la pequeña hendidura, Ester vio como Naomi acunaba al pequeño cadáver, meciéndolo y cantándole al oído. Klara la observó un instante y luego, sacudiendo la cabeza, desapareció.

—Estáis locas. Todas. Locas del todo, de remate. Debería darte una paliza por esto, Número 39882. Le has quitado un niño a la Patria, por culpa de tu vientre deficiente y por tu mala sangre.

Naomi siguió cantando. Una dulce y cadenciosa canción de cuna. Y tras sacudir de nuevo la cabeza, Klara se fue. Su cuarto se cerró con un portazo y la paz se impuso en todo el barracón. Lentamente, Naomi concluyó su canto, y dejó con suavidad a la bebé muerta sobre el horno.

—Gracias, pequeña —susurró, y cubrió al diminuto cadáver con un trozo de manta antes de echarse junto a él y llamar con un hilo de voz:

—¿Ester?

—Ya voy.

Las mujeres que tenía delante se apartaron, y dándoles las gracias, Ester se arrastró afuera con Isaac lamiéndole aún el dedo, como si hubiera sabido cómo salvarse. Naomi extendió las manos y Ester colocó a su hijo con cuidado en ellas. Por un instante fue como hacer entrega de Pippa a los SS de vuelta, pero Naomi no era una nazi y este bebé podía tener la posibilidad de sobrevivir. Era una posibilidad remota, pero una posibilidad, y Ester juró que cuando aquella guerra acabara, salvaría al bebé Isaac por el bien de su amiga. Y por el de su propia cordura.

VEINTIOCHO

30 DE NOVIEMBRE DE 1944

ANA

Ana caminaba en torno al Bloque 24, tratando como fuera de volver a sentir los pies. Había conseguido un par de botas, delicadamente extraídas a una mujer muerta por parte de una madre —o, mejor dicho, exmadre— que le estaba agradecida. «¿Por qué —se había preguntado Ana muchas veces durante el último año— no existía una palabra para denominar a la madre que ha perdido a su hijo? Si perdías a tu marido, te quedabas viuda. Pero ¿un padre o madre que han perdido a un hijo…?». Ester las llamaba «madres perdidas», y Ana entendía por qué, pero Ester, por lo menos, tal vez encontrara de nuevo a su hija… si tan solo pudieran salir de aquel infierno.

Cada día rezaban para que las liberasen. Creían de verdad que sus plegarias serían escuchadas al fin. Los SS tenían un aspecto cada vez más apático y, milagrosamente, los crematorios estaban vacíos. Habían cesado de gasear a la gente, repentinamente, hacía un par de semanas, y desde entonces los cielos habían estado dichosamente libres de humo humano. Ya no aullaban trenes al llegar a la estación y el único silbido procedía del amargo viento, que traía oleadas de nieve desde el este, aunque por el momento a ningún soldado ruso.

Los guardas se refugiaron en las torres de vigilancia, por la mañana llamaban a pasar lista más tarde, y más temprano por la noche, y apenas si conseguían reunir energía suficiente para suministrar porrazos. El peligro inmediato de morir, por lo que parecía, había desaparecido, pero sus sigilosos hermanos —el hambre y la hipotermia— acechaban el campo.

Y aun así, seguían naciendo bebés.

De algún modo, con los masivos traslados que durante el verano habían servido a los nazis como desesperado y último intento de limpiar Europa de pueblos «racialmente inferiores», todavía llegaban mujeres con nuevas vidas por nacer en su interior y, lograban burlar el ojo clínico de Mengele a la hora de la selección. Tal vez los bebés, desde sus vientres, las dotaban de una energía, un esplendor, que las hacía parecer aptas para trabajar, pero a medida que el invierno avanzaba, cada vez más mujeres iban acudiendo al Bloque 24 para que Ana las examinara. Al principio, debían seguir trabajando para esquivar a Mengele y al resto de doctores que merodeaban por los barracones en busca de personas a quienes liquidar, como si aquel pequeño acto de crueldad les proporcionara alivio ante sus propios miedos. Pero ahora los crematorios estaban volando por los aires, en un débil intento de ocultar los horribles crímenes cometidos en Auschwitz-Birkenau. Por eso, las mujeres podían presentarse a la maternidad de Ana con seguridad, y esta estaba más llena que nunca.

Había cierta deliciosa ironía en saber que, por primera vez en su historia, en Birkenau se traía a más gente al mundo de la que se eliminaba. Mantener a los nuevos reclusos con vida, en cambio, seguía siendo un enorme problema. La comida escaseaba más que nunca, y el clima se había vuelto más severo. Se sacaban más prendas de Kanada que nunca durante aquellos días en que, sin duda, la existencia del campo agonizaba, y la mayoría de presos ahora poseían al menos un jersey y un abrigo como refuerzo de sus delgados uniformes. Sin embargo, sin combustible con que encender los hornos, y poco más que restos en las cocinas, empezaba a parecer una batalla perdida.

Ana gritaba de confusión por la situación. Los aparatos de radio clandestinos del campo informaban de que los Aliados estaban a menos de cien millas de Auschwitz, así que el fin debía estar cerca, lo que hacía más doloroso sentir que la supervivencia se les escapaba entre los dedos, cada día más huesudos.

—¡Ana! —Aquel grito áspero y patético no consiguió hacer que se diera la vuelta.

Klara había enfermado la semana anterior y gritaba su nombre sin cesar. O, cuando no era el de ella, el de Ester.

—Ayúdame. Atiéndeme. Sálvame.

—¿Por qué? —le preguntó Ester el otro día.

—Por mera humanidad. —Klara graznó, y Ester rompió en carcajadas.

—La humanidad brilla aquí por su ausencia, Klara, y jamás he visto que emanase de ti.

—Pero ¿por qué querrías rebajarte a mi nivel? —Se asfixiaba Klara, apartando su pelo empapado de sudor de la tez febril de sus mejillas.

Aquello era absurdo, pero a la vez contenía algo de oscuro sentido, y Ester trajo a Klara agua para que su fiebre arreciara, pero no se quedó para lavarle su frente arrugada. La *Kapo* tenía tuberculosis, y la enfermedad había progresado demasiado para albergar esperanzas de sobrevivir, si es que podía haber alguien que desease que lo hiciera. Le llevaba más tiempo consumirse que a la mayoría, gracias a su corpachón bien relleno de «regalos» de las SS, pero aun así se iba consumiendo.

—Ana, te lo ruego —gimoteó Klara—, creía que eras cristiana.

—*Soy* cristiana.

—Entonces sé una buena samaritana y tráeme vodka. Para aliviar el dolor nada más.

—No tenemos vodka, Klara.

—No, pero yo sí.

—No te va ayudar.

—Sí lo hará.

—Déjame que te lo diga de otra manera: *yo* no te voy a ayudar. Así no.

—Creo que deberías.

El tono de amenaza en los vestigios de la voz de Klara le produjo a Ana una punzada de mal agüero, y se acercó a la puerta de la *Kapo*. Klara la miró con desprecio desde la cama.

—*Lo sé* —graznó—. Sé lo del bebé. El bebé secreto.

Ana sintió que el corazón le daba un brinco. Llevaban un mes ocultando a Isaac: las mujeres del barracón se turnaban para jugar con él y calmarlo, y tenerlo en brazos mientras se dormía. Había corrido disimuladamente la voz por el campo y muchas de ellas, cuyos bebés habían muerto en el Bloque 24, venían y ayudaban como si el bebé Isaac hubiera devenido un símbolo de esperanza para todas las madres perdidas. Una o dos presas políticas seguían esforzándose en cuidar de sus recién nacidos, pero ninguna de las madres judías había podido salvar a sus bebés. Si juntas conseguían sacar a un solo niño de Birkenau sería una minúscula victoria de la maternidad sobre el abandono, pero en caso de que Klara se enterara, desbarataría el plan. Ana intentaba mantener la calma en el rostro.

—¿Qué bebé secreto, Klara?

—Ese de ahí... —Las palabras de Klara se perdieron en un ataque de tos, pero cuando al fin se le pasó, consiguió emitir cuatro palabras—: El bebé de Naomi.

Ana apretó los dientes.

—El bebé de Naomi murió —dijo con ferocidad—. Ya lo sabes.

Klara se incorporó sobre las almohadas y tomó una honda bocanada de aire.

—No soy estúpida, Ana, aunque creas que sí. Estuve atando cabos. Se lo iba a contar a Irma, pero ella ya no aparece por aquí. *¡Schweinehunde!* Y luego caí enferma. Pero todavía puedo tenerlos informados sobre ti, incluso estando aquí.

—Los nazis no se acercan a los hospitales, Klara, ya lo sabes.

—Ahora mismo no. Pero sí lo harán cuando... cuando...

La tos de nuevo. Ana se quedó observándola, detestando la impasibilidad que sabía demostrar ante el rostro de una moribunda. Pero aquella no era una mujer cualquiera. Era una mujer que ahogaba a los bebés en un barril sin pestañear. Una mujer que se reía de las madres que no tenían leche con que alimentar a sus recién nacidos, y que habría desollado a la hija de Ester en su vientre de no haber sido por el diamante que Naomi había robado.

—Cuándo nos trasladen —soltó Klara por fin.

—¿Nos van a trasladar?

—En cualquier momento. Incluso puede que hoy mismo. Están clausurando esta parte del campo, trasladando a las mujeres al otro lado de las vías para que los miserables judíos y degenerados que quedan estén en un mismo lugar. Vendrán y, a menos que me ayudes, se lo voy a contar todo.

—Son delirios —dijo, chascando levemente en señal de desaprobación—. Tristes pero bastante comunes entre quienes sufren tuberculosis, como Ester me ha dicho. Tú, desgraciada, has estado tanto tiempo rodeada de bebés que sollozaban que los escuchas aún en tu mente enferma.

—No es verdad. —Klara protestó con violencia, haciendo que tosiera otra vez.

Una gotita de sangre le salpicó la manta.

—Hay un bebé. Sé que hay un bebé. Les contaré que hay un bebé.

—Y cuando no encuentren a un bebé, sabrán que deliras.

—Pero ellos *van a encontrarlo*.

—Ahora no, ya no —dijo Ana, dedicándole un guiño—. Gracias por la advertencia, Klara.

Con todo aquello, salió del cuarto y volvió a los barracones en que Naomi y Ester se acurrucaban, ocupando el fondo de una cama inferior, cantando para Isaac.

—Nos van a trasladar —les susurró a ellas—. Necesitamos un plan, deprisa.

Ester frunció el ceño y dijo:

—El pintalabios.

Ana y Naomi la miraron fijamente.

—¿Pintalabios? —le preguntó Naomi—. ¿Ese es tu plan? ¿Que me acicale con brillo escarlata y vaya seduciendo a los SS que encuentre a mi paso?

—¡No! No te iba a pedir tal cosa, ni aunque fuera posible, pero... *¿Tienes* pintalabios?

—Ya sabes que sí.

Naomi sacó el fragmento de rosa oscuro de un agujero que habían perforado bajo las nuevas losetas del suelo del barracón y lo sostuvo en alto.

—Pero no sé de qué va a servir.

—Dámelo y quítate la camisa.

—¿Cómo?

—Iré muy rápido.

Naomi miraba a Ana, pero Ana veía la determinación en los ojos de Ester y señaló a la joven en aprobación. Naomi le dio Isaac a Ana y, temblando, se quitó el jersey, la camisa de rayas de su uniforme y la camisola de seda que llevaba debajo. Ana sabía que Naomi había seguido «preparando» otras joyas desde el día en que se vieron obligadas a sobornar a Klara, y a hacerse con la preciosa prenda, esperando que la chica llegara a poderla usar. Un diamante facilitaría a una «viuda» y a su hijo la mejor forma de empezar su vida. Pero antes, tenían que salir de ahí.

Mordiéndose la lengua con los dientes para concentrarse, Ester levantó el pintalabios y empezó a dibujar rojas úlceras de tifus sobre los hombros de Naomi, bajo sus brazos y sobre el cuello, pintando apenas unos puntos en la mandíbula inferior. Luego frotó algo de rosado en los pómulos superiores y en la zona de los ojos para simular la fiebre, antes de apartarse, finalmente satisfecha.

—Das asco —proclamó feliz.

—¡Gracias!

—Esto, junto con una buena respiración detenida, tos, y tal vez un poco de cojera, y ningún oficial de las SS se te va acercar. Vuelve a vestirte, con cuidado, pero no lleves el jersey.

—¿Qué? ¿Por qué?

—Porque te hará falta uno más grande. ¿Ana?

Dirigió a Ana una mueca de disculpa, pero Ana asintió contenta. El jersey que le habían preparado era de hombre y le colgaba como si fuera un vestido. Pasándole Isaac a Ester, se lo quitó y agarró el de Naomi, mucho más pequeño. Le quedaba muy apretado en su flácido pecho, ¿pero a quién le importaba? Todo el mundo tenía un aspecto peculiar en Birkenau, y ya habría tiempo para modas cuando acabara la guerra.

«Cuando acabara la guerra».

Era una frase que estaba en boca de todos, y no solo entre los presos. El otro día, mientras iba a por agua, dos SS hablaban en voz baja, comentando las rutas que los sacarían de Europa. Los polacos del otro lado de la valla, según había dicho uno, ya estaban espabilando para negociar con falsos documentos de identidad y así ayudar a los nazis a escapar de quienes los llevarían ante de la justicia. Ana sintió que se le revolvía el estómago al oírlo. Su querido Bartek estuvo, a pesar del enorme riesgo, para ofrecer lo mismo a judíos inocentes, para que escaparan a una persecución mucho más temible de la que jamás habrían podido imaginar, y su familia entera lo estaba pagando. Ahora, en cambio, lugareños sin escrúpulos iban a hacer lo mismo para ayudar a los mismísimos hombres que habían traído el horror a Polonia, y todo por dinero. Suspiró mientras le devolvía a Naomi sus camisas, notando las duras joyas ocultas en la costura. Diamantes de sangre. ¿Sería que ellas eran tan malas como el enemigo? ¿Había corroído la guerra cualquier moral?

Se quitó de encima aquella idea. Pensarlo no le hacía ningún bien a nadie en aquel momento. Lo que debía hacer era, como siempre, ocuparse de la seguridad de las madres y las futuras madres en Birkenau, y lo seguiría haciendo hasta que esos portales se abrieran, y el mundo real volviera a alcanzarlas. Tiempo de sobra, en fin, para reflexionar.

Naomi ya llevaba el jersey, y con los brazos y el cuello cubiertos de «sarpullidos», además del pecho jadeante y una respiración estudiadamente tenue, era imposible distinguirla de una enferma de tifus. Tan solo quedaba un detalle por resolver:

—¿Isaac? —preguntó a Ester.

—Isaac irá debajo, en un cabestrillo.

—¿Un cabestrillo?

—Ya veremos cómo.

Se escuchaba griterío afuera: una improvisada llamada a pasar fila. Había llegado el momento.

—Apresúrate —le exhortó Ester.

Agarró algunas de las tiras de tela de su precioso almacén. Desde que Klara yacía inmóvil en cama, ya no había nadie que supervisara la recogida de los cadáveres, muy frecuentes por desgracia, y normalmente todas lograban extraerles por lo menos alguna de las prendas que llevaban antes de dejarlos afuera para que los retiraran. Aquellas tiras se podían desgarrar y formar con ellas un envoltorio o, precisamente, como un cabestrillo improvisado. Naomi levantó el enorme abrigo y se llevó a Isaac al pecho mientras que, tanteando, Ana y Ester ataban las tiras tan fuerte como podían alrededor del bebé.

—¡Bloque 24, informe! —gritó una voz desde el exterior.

Ana fue hacia la puerta.

—¿Informe, señor?

—Pasaremos lista. Están siendo trasladadas, presa. ¡Ahora mismo!

—Sí, señor. Claro, señor. Iré sacando a las demás de sus literas, pero los embarazos de algunas están muy avanzados.

—No por mucho tiempo más si no se dan prisa.

—Por supuesto, por supuesto. Otras están muy enfermas. Ha vuelto el tifus.

—¿Qué? —El oficial se apartó al instante—: ¿Con este tiempo?

—En contadas ocasiones hemos encendido el horno. Ha hecho buen tiempo y calor, pero parece que a los piojos les gusta tanto como a nosotras.

—¡Mujer estúpida!

Levantó su mano para golpearla pero no se atrevió a acercarse demasiado para esgrimirle un golpe. El tifus siempre había asustado a los SS. Incluso contando con su elegante hospital ahí en Auschwitz I, aquellos desafortunados que se infectaban de la horrible enfermedad sufrían mucho. Los sarpullidos eran una especial afrenta a su orgullosa piel de arios.

—Tal vez deberíamos mandar a los infectados al… —Cortó la frase y miró alrededor, más bien con desamparo, a la extensión de cielo que ocuparon una vez las chimeneas derribadas.

—No se preocupen —dijo Ana, con sus mejores modales de enfermera, aunque sentía asco en todo el cuerpo por tener que ser amable con aquel monstruo—, los mantendremos muy lejos de ustedes.

—Sí, bueno, asegúrense. ¡Y ahora, fuera!

Detrás de Ana, Ester ya estaba formando a las mujeres hacia fuera del Bloque 24. Las de la maternidad se veían grandes, aunque podían caminar perfectamente, pero en cambio algunas de las pobres pacientes de la unidad hospitalaria de Janina estaban muy debilitadas, y las futuras madres tenían que ayudarlas a caminar. Naomi estaba logrando perfectamente hacerse pasar por una de ellas, cojeando, con la cabeza gacha, la respiración dificultosa y acelerada en el aire frío, y su cuerpo envuelto no solo en el jersey de Ana, sino en un largo abrigo que alguien debió dejar atrás, encorvado para ocultar al bebé, amarrado a su pecho marcado con pintalabios.

Ana veía su salida, rodeada de sus compañeras y el asco con que los SS la miraban. Ordenaban a las mujeres a desnudar sus antebrazos para contabilizar su nombre en la preciosa lista de los alemanes, y Ana rezó porque la marca de pintalabios hecha por Ester no se borrara. En caso de que lo descubrieran, morirían todas. Tal vez los nazis ya no disponían de sus cámaras de gas, pero tenían otros métodos para acabar con los presos: balas, inyecciones, los apaleamientos de toda la vida. Durante los últimos dos años Ana había visto morir a reclusos de más maneras de las que habría querido imaginar, y no se hacía ilusiones acerca de estar segura. Lo más perverso de las personas a menudo salía a relucir cuando se encontraban entre la espada y la pared.

La respiración se le hizo un nudo, pero el oficial encargado apenas se acercó lo suficiente a Naomi para ver su número y ordenarle que siguiera en marcha. Klara estaba en lo cierto, y las trasladaban al otro lado de las vías del tren. Aquella parte del campo tan solo había existido, hasta entonces, tras el horizonte de su pequeño mundo y Ana tuvo que agarrarse al marco de la puerta del Bloque 24, mareada y pensando en que se estaban yendo tan lejos de ahí.

Desaprobaba su propia reacción, pero aun así volvió la mirada al barracón con algo parecido a la ternura.

Qué absurdo. Ese lugar era un infierno de penuria y sufrimiento donde llegaban mujeres y niños para morir. Pero, a pesar de todo... Ana había traído al mundo a casi tres mil bebés ahí, y todos y cada uno de ellos de manera segura para la madre y el bebé. Su único mortinato había sido una farsa: una farsa maravillosa e importante. Pero a la hora de la verdad, de aquellos tres mil, solo seis habían seguido con vida en el campo: cinco habían nacido durante el último mes, de mujeres no judías, y el otro era el que ocultaba el jersey de Naomi. Además, más de sesenta habían sido usurpados para «germanizarlos», y Ester había logrado tatuar a la mayoría de ellos. No había duda de que aquellos números seguirían impresos en la inocente piel de los bebés y de que alguien se preguntaría por su significado, y habría grupos, como la Cruz Roja, que los criarían una vez se acabara la guerra, ¿no? Sin duda, servirían de identificación y se podrían cotejar con las de los madres supervivientes, como un binomio perfecto.

También, por lo menos, muchas madres habían sobrevivido. En sí mismo, eso ya era una pequeña victoria.

Se obligó a mirar a las mujeres a su cargo, mientras formaban las rígidas filas en las que seguían insistiendo sus captores, y en aquel momento reparó en Klara, que yacía en la cama de su cuarto, inadvertida por dos jóvenes guardas que habían rastreado apresurados el barracón.

—Ana —le graznó Klara, tendiéndole una mano mustia.

Tenía un aspecto patético, una mujer marchita hasta la nada, como si su propio odio le hubiera chupado la vida del cuerpo. Si Ana seguía adelante, mostraba su número a los guardas y cruzaba al otro lado de la valla, Klara se quedaría ahí y moriría sola: sin comida, sin agua, sin cuidados. Eso era —Ana lo sabía— exactamente lo que se merecía, pero... ¿acaso no exhortaba Cristo al perdón? ¿No le enseñó acaso a sus hijos a ofrecer la otra mejilla y tratar a los demás como quisieran ser tratados? Era una norma consagrada en el propio Padre Nuestro y Ana se estaría traicionando si la ignorase.

—Vamos, Klara.

Yendo hasta su cama, tomó en sus brazos a la *Kapo* y la ayudó a levantarse. Klara apoyó todo su peso en Ana; le chirriaba el pecho desde sus cavernosos pulmones.

—Gracias —logró decir.

—Mera humanidad —dijo Ana secamente, llevándola afuera, tras los SS, para unirse al resto de la fila.

Las conducían a un ritmo afortunadamente lento por la carretera y más allá de las vías hasta las puertas de su nuevo sector, junto al de los hombres que quedaban. Sería la primera vez que Ana o Ester dejarían los confines de su pequeña sección de Birkenau desde que aquí las trajeron, las afeitaron y les arrebataron todo cuanto llevaban, dos primaveras antes. El mero hecho de pisar el camino central ya se sentía como algo muy parecido a la libertad y Ana casi se alegró de que Klara estuviera ahí mientras pasaban a través de la enorme valla de alambre.

Ahí se encontraban los últimos supervivientes. Para cuando Ana llegó, más de cien mil personas ya habían sido encarceladas en el campo. Ahora se reducían a lo que parecía ser, como mucho, una veintena parte de aquella cifra. Seguía siendo mucha gente, pero parecía un simple corrillo en comparación a las grandes multitudes que se habían movido durante tanto tiempo en aquel lugar, haciendo cola para la comida y para usar las letrinas... y para las cámaras de gas.

Observó los enormes edificios, desmoronados bajo su peso, con los prisioneros que trabajan para ocultar los restos de la barbarie que encarnaban.

—Máquinas de matar —masculló entre dientes.

A su lado, Klara también las miraba.

—Vi una vez a una niñita a la que mandaban ahí —dijo, con voz ronca y seca—. Iba en uno de los trenes de este verano. Estaba ahí de pie... —Señaló a un punto en el camino—: Se le torcía todavía el brazo hacia un lado, en el que había cargado su maleta hasta que se la quitaron. Llevaba trenzas castañas, atadas con cintas, y una falda plisada bajo una trenca impecablemente abrochada. Se parecía a mí cuando era joven… Fui joven una vez. ¿Sabes, Ana? Una vez.

—Te creo.

—La miré y pensé: ¿y si me hubieran mandado a mí, y a otros como yo, al gas, cuando tenía su edad, estaría todo esto aquí? ¿Habría sucedido?

Ana parpadeó mirando a la *Kapo,* desconcertada.

—¿Te arrepientes de esto, Klara?

Una carcajada se convirtió en tos amarga.

—¿De este lugar? No. Ya hace tiempo que es demasiado tarde para arrepentirme. Me volví mala a los veintipocos, recién salida de la facultad de obstetricia. Quedé embarazada, me abandonaron, me llevaron a escondidas a una mujer en un callejón para deshacerme de él.

—Lo siento.

—No lo sientas. No es un culebrón, Ana. Mis padres le pagaron mucho dinero y comprendí que dar muerte a bebés era más lucrativo que ayudar a parir. No me excuso. Pero, sí, si me hubieran mandado al gas como aquella niña, no habría pasado nada de esto.

Klara la miró y durante el más breve de los instantes sus ojos parecieron despejarse, pero luego renegó de aquel instante, y la oscuridad volvió a su mirada.

—No seas sentimental, mujer. Ah… parece que estamos ante mi lecho de muerte. Maravilloso.

Saludó con ironía al barracón que tenían ante ellas, idéntico al que acababan de abandonar. Adentrándose en él, sin embargo, Ana se sorprendió de ver una habitación abierta, con muros pintados de blanco y dibujos pegados en ellos: dibujos de niños con cera de color claro, que mostraban arcoíris y columpios y chiquillos jugando con perros, como si fuera una visión de un mundo ya olvidado.

—¿Dónde estamos? —jadeó.

—En el antiguo campo de los gitanos —gruñó el guarda—. Esta

era su guardería. Mengele decía que sería un lugar adecuado para este cargamento de puercas preñadas, de modo que aquí lo tenéis. Dormiréis sobre el suelo.

—¿Guardería? —Ana respiró hondo. Ni en sueños había imaginado que tal cosa pudiera existir en Birkenau, pero la prueba se encontraba ante sus ojos.

—A los gitanos les iba bien —gruñó el guarda—. Podían quedarse con sus bebés y demás —Ana sintió una punzada de celos, pero luego el guarda se acercó con una mueca burlona—, igual que en el campo de las familias. ¿Te acuerdas?

Ana se acordaba. Una vez, que parecía tan lejos en el tiempo, esperaban poder introducir a Pippa en el campo de las familias. El guarda rió de modo sombrío.

—Pero tan bien no les fue, ¿verdad? Al final los mandaron a todos al gas y… ¡Adiós y buen viaje, mierda de ladrones!

Ana sintió que bullían en su interior mil respuestas que podía espetarle al nazi, cuya propia gente se lo había robado todo a tantos: su tierra, su libertad, sus bienes, sus propias vidas. Y, a pesar de todo, no serviría de nada. Su única arma era permanecer con vida.

—Gracias —le dijo, en cambio, y entró, tras dejar a Klara en suelo e ir en pos de Naomi.

Janina y las pacientes que estaban peor habían sido metidas en el siguiente bloque, pero el doctor tuvo la amabilidad de hacer entrar a Ester en la maternidad, y Ana bendijo su suerte. Se encontraba junto a Naomi. El resto de mujeres se apretaban protectoras en torno a las dos mientras los guardas cerraban de un portazo tras ellos. Dieron un grito de alegría y fueron cada una por su lado. Ana observó, atónita, como Naomi se deshacía del enorme abrigo, y luego lentamente deshacía las cintas del cabestrillo casero, revelando finalmente a Isaac, dormido en el pecho de su madre sin nada más que una mancha de pintalabios en la mejilla como prueba de su aventura.

—Lo hemos conseguido —dijo Naomi, con los ojos relucientes—. Alabado sea Dios, lo hemos conseguido.

Y mientras Ana contemplaba como las mujeres lo celebraban en silencio, temiendo que sus captores detectaran su momento de felicidad, supo que pasara lo que pasara a partir de entonces, aquel instante había que atesorarlo. El amor, de algún modo, siempre triunfaría sobre el odio. Tan solo debían esperar y rezar, y, sin duda, serían las puertas del campo las que se abrirían y podrían salir hacia el arcoíris.

VEINTINUEVE

ESTER

—¡Duele! ¿Por qué duele tanto? Antes no era así.

Ester miró a Ana a la tenue luz de un trozo de candela y se alivió al ver que la comadrona parecía serena. La madre que estaba de parto ante ellas ya había tenido dos hijos: dos niños que habían sido enviados al gas cuando llegaron al campo. El bebé que tenía dentro era lo único que la hacía seguir adelante y superar el dolor, pero ahora que había llegado el momento de verlo por vez primera, se estaba apagando. Ana se situó ante ella y le colocó una mano en cada hombro, hablándole a la húngara en un lento alemán, su único idioma común.

—Duele, Margarite, porque creo que el bebé está del revés. Eso es lo que hará que sea más duro porque estáis columna contra columna, pero no quiere decir que vaya a ser un problema para que nazca. ¿Lo entiendes?

—¿Va a salir el bebé?

—Claro que sí. Me aseguraré de que lo haga.

—¿Vivo?

—Nunca he perdido ninguno, ni siquiera en Birkenau.

—¿Ninguno?

—Ni uno solo, y no pienso empezar ahora.

Ester vio que Margarite asentía ante la calmada seguridad de Ana y se empezó a preparar para los apretujones que azotaban su maltrecho cuerpo. Sin duda Ester no le envidiaba aquella parte, pero sabía que una vez el bebé hubiera nacido volvería a sentir dolor por Pippa. Su hija habría cumplido ya su primer año de edad. ¿Sabrían acaso sus nuevos «padres» su fecha de nacimiento o la habrían elegido según alguna efeméride alemana a conjunto con su adecuado nombre alemán y su adecuada identidad alemana?

Le hervía la sangre pensar cómo dejarían su huella en su precioso bebé, pero luego se recordó a sí misma que no era necesariamente culpa de ellos. Dudaba que el Reich explicara a la pareja a quienes hubieran mandado a Pippa que esta había nacido en un campo de exterminio, de una madre judía. Se inventarían algún cuento más lustroso: un padre perdido en el frente ruso, una madre muerta al nacer, todo espantosamente trágico y diseñado para que los nuevos padres se sintieran bien acerca de su hija adoptiva. Sin duda eso es lo que esperaba, ya que la alternativa era demasiado insoportable: que Pippa hubiera llegado a algún hogar donde fuera apenas la sirvienta a quien escupir y despreciar, como la Cenicienta de los Hermanos Grimm. No podía verle el sentido, pero el Reich, como había ido descubriendo una y otra vez, operaba según una lógica perversa y se partía el alma al pensar en su hija atrapada en su espiral.

¿Tendría Pippa una cuna mullida, en un cálido cuarto? ¿La abrazaría su seudomadre y le leería y le cantaría nanas? Ester casi podía admitir que las canciones de cuna fueran en alemán si por lo menos estaban cantadas con amor. Pero de repente, normalmente en la parte más fría y oscura de la noche, se preguntaba qué le habría parecido a esa mujer el número que a buen seguro habría encontrado bajo la axila del bebé… y cómo aquello afectaría al modo en que trataba a la pobre e inocente Pippa. ¿Qué pasaría si el número que Ester había tatuado a su bebé fuera la única cosa que la condenara al maltrato, o a algo peor?

«No, Ester», se decía con severidad, e intentaba concentrarse en la pobre Margarite a quien los calambres la hacían subirse por las paredes del barracón. No tenía sentido obsesionarse con qué estaría sucediendo al otro lado de la valla. Habían pasado casi dos meses desde que las trasladaron a la antigua sección de los gitanos; 1944 había cedido al 1945 y todavía nadie había venido a liberarlos. Los nazis habían empezado a enviar presos a lo más profundo del Reich desde finales del año pasado. Sin embargo, las líneas férreas empezaron a ser entonces bombardeadas e incluso aquello tuvo que acabar. Los que quedaban en Birkenau, tanto presos como guardas, estaban atrapados en aquella llanura de ciénagas y viento, a la espera de ser liberados. Y además, una vez que eso hubiera ocurrido, quién sabe qué aspecto tendría el mundo devastado por la guerra ahí fuera.

Las sirenas antiaéreas sonaban cada vez con más frecuencia aquellos días y los aviones rugían sobre sus cabezas, abalanzándose hacia objetivos desconocidos con sus tripas cargadas de bombas. Los guardas ya apenas se molestaban en buscar radios, y los hombres del campo de al lado tenían la BBC en antena durante todas las transmisiones clave, además de las emisoras ilícitas de Polonia que ofrecían información más próxima. Hacían llegar las noticias a las mujeres en boletines susurrados y fue gracias a uno de aquellos que Ester oyó por primera vez la palabra «Chelmno». Agarró al hombre a través del alambre de espino.

—¿Qué ha sucedido en Chelmno?

—Dicen que lo han desmantelado del todo.

—¿Del todo? ¿Qué ha pasado con sus trabajadores?

—Ya no están

—¿Ya no están?

Trazó una línea a través de su pescuezo y el mundo de ella se vino abajo, pero luego el hombre añadió:

—Bueno, salvo un grupo de desgraciados a quienes dejaron a cargo de todo. Cincuenta, más o menos, creen. Unos tipos de Łódź.

—¿Cincuenta?

Ester quiso retenerlo. ¡Cincuenta hombres! ¡Y de Łódź! Era algo que le daba suficiente esperanza. Entre todas las noticias sobre avances aliados en Alemania y soviéticos en Polonia, se aferró a aquella en particular. Ardía con más luz para ella que pensar en la liberación de París o Bruselas. Se imaginó a Filip, en los bosques de Chelmno, trabajando con un grupo de amigos. Había oído lo que los miembros del *Sonderkommando* tuvieron que hacer en Birkenau, y odiaba la idea de su pobre y atento marido obligado a incinerar una infinidad de cuerpos quebrados. Pero, si estaba vivo, ella sanaría el daño que le habían provocado, del mismo modo que él le sanaría a ella el daño que Birkenau le había causado. Juntos volverían a alimentar el alma y el cuerpo del otro. Sería lento, pero lo conseguirían.

La semana anterior, los hombres se habían dirigido a toda prisa a la valla para contarles que los rusos habían tomado Varsovia. Ana lloró al escucharlo y Ester la abrazó fuerte. La última noticia que tenían era que el marido de su amiga y su hijo mayor habían estado en Varsovia, pero no tenían ni idea de si habían sobrevivido al levantamiento. Dijeron que algunos lograron escapar a través de túneles bajo tierra y por rutas secretas, y aquello, también, daba suficiente esperanza.

Ahora el Ejército Rojo marchaba sobre Cracovia, y de ahí a Oświęcim, apenas a tres kilómetros de ellos por carretera. Los alemanes que se habían instalado en la localidad habían sido evacuados y, al parecer, el lugar ya era un pueblo fantasma. Era posible que los rusos lo estuvieran alcanzando en aquel mismo instante y Ester rezó para que no se detuvieran ahí, para que no reposaran en aquellas casas hermosas y vacías, repletas de comodidades alemanas, sino que continuaran su marcha, hasta el infierno. Habían oído que un campo cerca de Majdanek ya había sido liberado, y que los alemanes, a su huida, prendían fuego a todos los edificios del lugar, incluyendo los que contenían prisioneros, y se mantenían todos alerta. De momento, sin embargo, había preocupaciones más inmediatas.

—Este bebé me está rompiendo en mil pedazos —gritó Margarite—. Os juro que me está partiendo por la mitad.

Clavó las uñas en la pared, arrancando el dibujito de un árbol, y Ester se acercó y lo recogió.

—No, no lo está haciendo —le aseguró Ana—. Simplemente es la sensación que produce. Si te sirve de consuelo, el bebé probablemente no sienta nada.

—Así son los niños —dijo Margarite entre sus dientes apretados, y Ester le frotó el brazo con la mano después de que cesara un calambre y, por un momento, pudo descansar.

—Puede ser —aportó Naomi, incorporándose en el suelo, con Isaac bajo el brazo— que el bebé no quiera salir hasta que el mundo sea libre.

—Entonces dile a los malditos soviéticos que se den prisa, hazme el favor —jadeó Margarite, mientras su cuerpo se convulsionaba de nuevo.

—¡Bloque de maternidad, informe! —ordenó una voz áspera.

Ester miró a Ana, confundida.

No habían tenido que formar para pasar lista durante días. Muchos de los SS se habían ido, aprovechando la ocasión de acompañar a los reclusos hacia el oeste. Mandel se había largado antes de Navidad, Grese acababa de hacerlo la semana pasada, y los guardas que quedaban no tenían el compromiso con el sadismo activo de aquellas mujeres. Los únicos edificios patrullados todavía eran los de Kanada, donde Naomi y sus compañeras seguían trabajando, organizando las montañas de efectos personales abandonados tras los últimos gaseamientos de noviembre, y las cocinas. Ahora, no obstante, escuchaban afuera el ruido ominoso de botas altas sobre la tierra dura y encostrada de nieve, y aquellas a quienes no había despertado el combate de la pobre Margarite abrieron los ojos y se incorporaron.

—¡Informe! Hora de irse, señoras. Es hora de abandonar el campo.

¡Abandonar el campo!

De repente, resplandecían linternas en el interior del barracón, despidiendo haces bruscos sobre las fotos de niños que ya no estaban ahí e iluminando el blanco de cincuenta pares de ojos. Ester vio que Naomi se afanaba por cubrir a Isaac, pero los guardas tenían prisa y no se detenían ante nadie.

—Vámonos.

—¿Adónde? —preguntó Ester.

—Hacia el oeste —le respondieron secamente.

—Pero no funcionan los trenes.

Él se burló.

—Entonces me alegro de que sí te funcionen los pies, judía.

Marcharemos hacia las estaciones de Gleiwitz y Wodzisław Śląski.

—Pero están a muchos kilómetros —protestó alguien.

—Por eso tenéis que empezar a salir, ¡ya! —Estaba perdiendo la paciencia, sacándose la pistola del pantalón, pero el cielo tras la puerta era negro como azabache y el suelo de un blanco letal, y las mujeres seguían titubeando.

—¿Con que no os gusta el frío? —las increpó él—: Bueno, ¿sabéis qué? ¿Qué os parece si nos calentamos dentro? *Aufseherin*: cerillas, por favor.

Aquello hizo que todo el mundo se pusiera en marcha de repente. Por inquietante que fuera la noche, nadie quería arder como los pobres diablos de Majdanek, y las mujeres cogieron mantas con que envolverse mientras las empujaban afuera. Ester miró a Ana, quien miró a Margarite, y dio un paso al frente.

—Esta mujer no puede caminar. Está de parto.

El guarda la observó de pies a cabeza.

—Muy bien. Se queda. Y todas las que estén demasiado débiles para ponerse en pie. Las demás…

—No pueden quedarse solas —insistió Ana—, yo me ocuparé de ellas.

—¿Tú? —El guarda la miró de pies a cabeza.—: ¿Te quieres quedar aquí? ¿Con ellas?

—Son mis pacientes.

—Son mujeres muertas. Estamos apagando la electricidad, el agua también. No hay combustible ni comida, y nadie que vaya a protegerte cuando lleguen los Rojos. ¿Has oído lo que les hacen a las mujeres? Si crees que vienen a salvarte, piénsalo dos veces. Estarás muchísimo mejor con nosotros.

Ana miró en dirección a Ester y le leyó el pensamiento al instante. ¿Qué demonios podía haber peor que aquello? Pero pensándolo mejor, ¿quién podría haber concebido *aquello* antes de haber estado ahí, así que quién era ella para juzgar? Un escalofrío le recorrió la espalda al pensar que sus «libertadores» podrían hacerles pasar por otra clase de infierno, pero luego recordó que era un nazi quien lo pronunciaba. Eran todos unos mentirosos, hechos del mismo molde que Goebbels, y si aquel idiota realmente podía engañarse creyendo que las «protegía», no merecía la pena escucharle. De todos modos, no podía dejar ahí sola a Ana.

—Yo también voy a quedarme. Tengo pacientes a mi cargo que no pueden salir de la cama.

—¿Tú? Estás loca. No creo…

En aquel momento, sin embargo, se oía un altercado en el exterior y alguien bramó:

—¿Por qué estáis tardando tanto? ¿Qué son estos guardas, una panda de incompetentes?

El hombre miró a su alrededor, en pánico.

—Bien —respondió—. Quédate con las muertas si te parece. Las demás… ¡fuera!

Tiró a Naomi del brazo y Ester tuvo que dar un paso adelante para recolocarle la manta a Isaac, que por suerte aún dormía.

—¡Ella también es enfermera! —dijo, pero el guarda ya había tenido suficiente.

—Ni hablar. Se va. ¡Fuera!

Naomi miró frenéticamente hacia Ester pero el guarda ya estaba hincándole el arma en su espalda y no tuvo más remedio que seguir a las demás hasta la salida. Afuera, Ester escuchaba gritos y llanto, el chasquido de los látigos y el aullido de los perros. Ante la puerta, Naomi miró atrás, con los ojos enloquecidos, a la manta. Los ojos de Ester se encontraron con los de ella e intentó prometerle con la mirada que cuidaría de Isaac. Todo aquello, sin embargo, estaba sucediendo a una excesiva velocidad. ¿Por qué no lo habían pensado? ¿Por qué no habían hecho planes para reencontrarse si las separaban? Todo lo que Ester sabía de verdad era que ella venía de algún lugar de Grecia llamado «Salónica». No era suficiente.

—¡Łódź! —gritó tras ella—. ¡La catedral de San Estanislao!

Era lo único que se le ocurrió pero no podía saber si Naomi la había oído, porque el ruido de la masa de presos reunidos era tan fuerte que enmascaraba incluso el llanto inesperado de Isaac, al despertarse solo en el suelo. Ester corrió a buscarlo, lo cogió entre los brazos y lo meció para tratar de susurrarle que durmiera, pero el bebé se había contagiado claramente del miedo que crepitaba en la noche, y era inconsolable.

—Llévatelo ahí —dijo Ana, apuntando al que fue otrora el cuarto de la *Kapo*, al fondo. Klara murió dos días después de llegar al antiguo campo de los gitanos, expirando en silencio con una lágrima que le recorría el pómulo. Hubo poco más que alivio a su muerte y nadie decidió liderar el grupo ni quedarse con la solitaria habitación.

—Y no salgas hasta que todo esto se tranquilice.

Ester hizo lo que le ordenaron, encerrándose en aquel cuchitril con el bebé, que ahora se daba impulso hacia atrás en señal de enfado.

—Por favor, Isaac, calla… Estoy contigo.

Pero ella no era su madre. Por mucho que lo amara, por mucho que significara para ella, no era su madre. Ella no olía a Naomi, no tenía el tacto de Naomi, y no tenía la leche de Naomi… e Isaac lo sabía. ¿Qué habían hecho?

Ya escuchaba como se llevaban del campo a las personas, y aupándose sobre los dedos de los pies, observó a través de la ventana resquebrajada. Era una de las peores imágenes, si aquello era posible, que había presenciado en Birkenau. Todavía estaba oscuro, y así iba a permanecer largo rato, pero los reflectores arrojaban su implacable luz sobre la multitud de la carretera. Expulsaban a la gente en andrajos, con lo que quedaba de sus zapatos, tan gastados que muchos tenían los dedos descalzos. El viento soplaba, tensando la escasa protección de la que disponían, y arrojando nieve a sus rostros apabullados.

Los guardas de la SS, que portaban sus abrigos, gorros y guantes más tupidos, los alejaban de las puertas a golpes, y los llevaban hacia la yerma campiña de ahí afuera. Debían estar a diez grados bajo cero e incluso los temibles perros se encogían, pero los guardas no mostraban piedad. Disparaban sobre cualquiera que cayera al suelo y los pobres evacuados se iban pegando cada vez contra los demás, con su aliento unido, elevándose en la negra noche como un grito primitivo de socorro.

Ester se puso en pie, tan chocada que incluso el bebé Isaac lo sintió y gimoteó bajito, pegado a su pecho. ¿Cuán lejos llegarían? Jamás lo lograrían. No lo conseguirían personas sanas, bien alimentadas y con buenas ropas, ¿así qué cómo lo iban a lograr aquella triste panda de presos demacrados? Naomi era una de ellos.

En la otra sala podía escuchar a Margarite llegando al punto crítico del parto, pero no podía hacer otra cosa que quedarse meciendo a Isaac y rezando por Naomi, mientras el campo se vaciaba a su alrededor. Durante tanto tiempo había deseado ver abiertas las puertas de Birkenau, pero no así, no con una forzada marcha hacia el abismo. Cuando los últimos rezagados del pelotón agonizante se arrastraron, fila tras fila, tras el arco de entrada y hacia la noche oscura, oyó como las puertas crujían de nuevo a su posición de cierre y que las cerraban con cadenas. Entonces llegó un fuerte estallido, mientras la electricidad se apagaba de golpe, y Ester tuvo la más terrible certidumbre de que habían sido abandonadas a morir.

Volvió a la sala principal para ver, en la muy tenue luz de un alba indecisa, como Ana extraía de entre las piernas de Margarite a un bebé que pataleaba.

—Es una niña —dijo ella—. Una niña preciosa y sana.

Margarite cogió a su hija entre los brazos y la besó con ternura infinita.

—Hola, bebé —dijo—. Hola, cariño. Bienvenida. Has llegado justo a tiempo para morir con mamá.

—¡Margarite, no! —protestó Ester.

A modo de respuesta, la agotada madre señaló con el dedo de una punta a otra del barracón.

—¿Dónde encontraremos algo que comer?

Ester envolvió con más fuerza a Isaac en su manta y se dirigió a la puerta. El campo, vacío, era espeluznante. Filas y filas de barracones cubiertos de nieve se extendían ante ella, vaciados y abandonados. Podía adivinar las figuras de unos pocos guardas en el perímetro y un pequeño batallón de trabajo que todavía desmantelaba los crematorios tras los árboles en la lejanía, pero excepto por ellos, Birkenau estaba vacío.

Los edificios de las cocinas y letrinas estaban a oscuras y el único sonido era el penoso gimoteo de los moribundos. Estaba claro que los alemanes habían abandonado a todos aquellos que se encontraban a un paso de la tumba, además de Margarite, Ana, Ester y, por supuesto, a Isaac. Ester miró al niño. No iba a permitir que muriese. Puede que hubieran obligado a Naomi a partir hacia la noche cruel, pero ellas estaban ahí, en un lugar que conocían y donde tenían alguna oportunidad.

—Kanada —dijo firmemente—. Nos colaremos en Kanada.

—Buena idea. —Ana asintió, acompañándola—. Tan buen punto haya luz instalaremos aquí nuestro campamento y rezaremos por que los rusos estén cerca. Si los alemanes se han ido, así debe ser, ¿verdad?

Ester pensó acerca de lo que el guarda le había dicho sobre los rusos pero se deshizo de aquella idea; ya se las apañarían cuando tuvieran que hacerlo. Si tenían que hacerlo.

—¿Cómo podemos colarnos en Kanada? —preguntó—. Nunca he estado ahí.

—Naomi nos vendría bien —dijo Ana.

Ester miró a la lejanía, tras el desierto nevado que era el campo, meciendo a Isaac arriba y abajo para intentar que dejara de llorar.

—A este también —asintió, con tristeza.

—Entonces no os importará que siga aquí —dijo una voz tan, tan familiar.

Se quedaron heladas.

—¿Naomi?

—Ayúdame a salir de aquí, hazme el favor.

Junto a ellas, la omnipresente montaña de cadáveres se movió y Ester dio un respingo, asustada. Pero entonces, de entre restos óseos salió gateando Naomi, sana y salva, y sonriente hasta reventar, y de repente pareció que el sol hubiera amanecido sobre Birkenau.

—¡Naomi! —Ester corrió hacia ella, abrazándose a ella y entre ellas dos, intuyendo a su madre, Isaac gorgoteó ilusionado—. ¿Cómo has…?

Naomi se encogió de hombros.

—Fácil. Estábamos a oscuras y reinaba el caos. Nadie parecía estar contando, así que… ya sabes, me lancé en picado a un lado y me arrastré hasta debajo… debajo… —Titubeó un segundo al contemplar su macabro escondite, pero pronto se recuperó—: Debajo de estas amables señoras. He estado segura con ellas.

—¿Segura?

Ester miró a su alrededor, en aquel campo oscuro y desértico.

—Segura —confirmó Naomi— porque estoy contigo, y con Ana, y con Isaac. ¿Qué más iba a necesitar?

A Ester se le ocurrían varias cosas que no le habrían venido mal, pero ahora que Naomi había vuelto literalmente de entre los muertos, tenía esperanzas de nuevo. Y con aquello, sin duda, podían sobrevivir.

TREINTA

20 DE ENERO DE 1945

ANA

—¡No! —Ana se agarró fuerte de Ester cuando, al otro lado de la valla, estalló un incendio, y los tesoros de Kanada empezaron a arder—: ¡No pueden hacer eso!

Golpeó con furia los portalones, pero los guardas estaban demasiado ocupados alimentando el fuego en dirección al primero de treinta barracones repletos de preciados objetos personales. Los nazis, en su retirada, no se habían podido resistir a toda aquella abundancia de los judíos, así que dejaron a unos cuantos guardas atrás y unos enormes candados para poder seguir rebuscando en ella. Incluso habían mandado furgones para cargar con los mejores bienes tras los pasos de los presos que marchaban hacia Alemania. Las joyas y las pieles se trataban con muchísimo mayor respeto que las personas, pero así era el Tercer Reich.

Durante dos días Ana y Ester habían estado tratando de entrar. Probaron de engatusar a los guardias, cavar bajo la valla, e incluso impulsar sus cuerpos esqueléticos entre las brechas en la alambrada, pero en vano. Ahora los nazis lo estaban convirtiendo en pasto de las llamas: hacían arder ropas y mantas mientras los prisioneros que quedaban temblaban de frío en las desabastecidas barracas, dejando que las salchichas y las galletas secas ardieran felizmente mientras pasaban hambre. También así era el Tercer Reich.

Ana hundió la frente contra el frío cemento de un poste de la valla y luchó por recobrar su cordura. El hambre era terrible. Tenían agua, de la nieve que cubría la tierra, con que mitigar su sed, pero sus estómagos roían, e Isaac había dejado seca a la pobre Naomi el primer día. Se metieron en el barracón de al lado, esperando encontrar a Janina, pero debieron obligarla también a marcharse con aquellos pacientes que se tenían en pie, y su «hospital» tan solo albergaba cadáveres. Para los vivos que todavía aguantaran, parecía no haber nada más que hacer salvo apiñarse, y esperar, pero hoy, el espantoso ruido de las llamas las había obligado a salir.

El último de los treinta barracones estaba cubierto en llamas y el calor era inmenso. Por primera vez desde que octubre arrastrara el invierno al campo, Ana sintió algo de calor atravesándole la piel, ¿pero a qué precio? Los guardas se apartaban, cogiendo velocidad a medida que las llamas iban creciendo. Se extendían hasta la puerta y se arremolinaban, riendo alocadamente. Ana y Ester retrocedieron. Si se iban, tal vez podrían arriesgarse a correr hasta el último barracón, rapiñar unas cuantas cosas y salvarlas del fuego, pero los guardas las miraron con desdén y cerraron raudos el enorme candado.

—Mirad, os hemos encendido una bonita hoguera —les espetó uno de ellos, y luego ambos desaparecieron, cargando con los últimos saldos hacia la entrada principal.

—Se están yendo —dijo Ester—. Se van todos.

Y parecía que así era realmente. Los furgones arrancaban al otro lado del arco frontal de Birkenau y los últimos guardas se metían en ellos de un salto, dejándolo todo atrás, como si nada de aquello hubiera tenido lugar. Como si no estuviera teniendo lugar todavía.

—Hijos de puta —jadeó Ana, y luego se cubrió la boca. No era habitual que dijera palabrotas, pero pensándolo bien, tampoco lo era que la abandonaron a morir tras una valla inmisericorde.

Desde su bloque les llegó un tenue llanto, y Ester se volvió para buscarlo, con el rostro atormentado. Ana sabía que la joven odiaba oír como lloraba Isaac, que sentía cada vibración de su desamparo como si fuera un eco del de su hija perdida.

—No van a derrotarnos —gritó, su voz reverberando entre los barracones a su alrededor—. Ahora no, no cuando hemos logrado resistir hasta aquí. ¡Vamos! —gritó a los furgones en la lejanía.

—¡Largaos, sacad vuestras cochinas almas de aquí! No podréis escapar. Los rusos están llegando. Los rusos están llegando y nos encontrarán vivas. Nos…

Se convulsionó de furia con un ataque de tos que azotó su cuerpo enflaquecido, y Ana la envolvió con un brazo pero entonces, a través del aire frío, oyeron lo que sonaba como un grito de respuesta. Un pequeño grito de respuesta de alguien muy joven.

Ester reprimió su tos y miró a Ana.

—¿Qué ha sido eso?

Ana escuchó atentamente.

—Suena a…

—¿Niños?

El griterío volvió, diluido y seguramente infantil. Ester se lanzó a correr, yendo de barracón en barracón para encontrar las voces, y Ana hizo lo que pudo para seguirla. Le dolían las rodillas, le dolían los tobillos, le dolía la espalda, pero Ester tenía razón: los nazis ya no las iban a derrotar.

—¡Aquí!

Ester había alcanzado uno de los bloques más lejanos, idéntico al resto, excepto que en él resonaban gritos. Empujó la puerta pero no se movió.

—¡Está cerrado! ¡Mierda, está cerrado!

Ester tampoco solía decir palabrotas. Birkenau los había convertido a todos en bárbaros, si bien no la clase de bárbaros que encerraría a unos niños con llave.

—¡Ayúdame!

Ana ayudó a Ester con la puerta mientras advertía a quien estuviera al otro lado que se hiciera a un lado.

—¡Ahora!

Patearon. Patearon la puerta de madera con toda su furia y su frustración y su miedo oscuro y profundo. Las bisagras emitieron un quejido y del interior surgió un grito de aliento de lo que parecía ser un centenar de vocecillas.

—¡Otra vez!

De nuevo la patearon y esta vez la madera se astilló en torno al gozne inferior. Los pulmones de Ana le suplicaban piedad tras el desacostumbrado esfuerzo y necesitó pausar para devolverles el aire, pero Ester siguió pateando hasta que, con un chillido de protesta, la madera cedió y se desplomó hacia dentro. Ana entró detrás de ella y observó con incredulidad a las hordas de jóvenes atrapados ahí dentro. Birkenau seguía teniendo el poder de impactarla. Los que estaban más cerca de la puerta, palpando a Ester con desesperación, claramente eran los más fuertes, pero había muchos atrás, echados por el suelo sin fuerzas. ¿Habían estado dos días ahí sin comida ni agua?

Empujó la puerta rota para abrirla más.

—Salid —rogó a los que seguían en pie—. Coged nieve para beber y traédsela a los demás. Ahora debemos trabajar todos juntos.

La miraron de manera inexpresiva y ella lo volvió a intentar en alemán, pero casi todos ellos menearon la cabeza.

—Lo hemos entendido —dijo un muchacho, el más alto de todos y claramente el autoproclamado líder—. Solo que… Solo que… —Tragó saliva—: ¿Es seguro ahí fuera?

Ana se conmovió. Por qué brutalidades debían haber pasado aquellos críos.

—Es seguro, te lo prometo.

Se encaminó a trompicones y la abrazó tan fuerte que casi la derribó al suelo. Luego se fue, llevándose voraz a la boca una palada de nieve.

—Solo que acabe de caer —advirtió Ana, corriendo tras ellos—. Coged solo la que esté recién caída, en la superficie.

Bajo el inocente blanco había fango y ratas, e incontables cadáveres. La nieve podía matarlos con tanta facilidad como los podía salvar, pero Ester se dirigió afuera para supervisar cómo lo hacían. Llenándose las manos de nieve, Ana entró despacio en el barracón. No había tantos niños como había parecido inicialmente por el sonido. Sin duda la desesperación habría incrementado sus gritos, ya que eran tal vez cincuenta y por lo menos la mitad de ellos no estaban en condiciones de gritar.

Se arrodilló ante una niña de aspecto frágil y le ofreció la nieve que llevaba en las manos. Levantó la cabeza y la lamió delicadamente, como un gatito.

—Gracias —murmuró en polaco.

—Está bien. Toma más. Ahora más lento. Así.

La niña sorbió el resto a lengüetazos, y una sonrisa se empezó a dibujar en sus labios cuarteados.

—¿Cómo te llamas?

—Tasha.

—Es un nombre precioso. ¿Cuántos años tienes, Tasha?

—Dieciséis.

La respuesta sobresaltó a Ana, porque parecía tener poco más de doce, pero supuso que era lo que les había hecho la vida en el campo a esos pobres chiquillos, y se esforzó por no demostrar sorpresa.

—¿Y de dónde eres?

—De Varsovia.

El corazón de Ana dio un vuelco.

—¿Varsovia?

—Nos expulsaron a todos cuando nuestros padres hicieron cosas malas.

—¿Malas?

—Así lo decían los alemanes. Mamá decía que hicieron algo «valeroso, fuerte y necesario», pero los alemanes no lo veían así.

Miró con sed a las manos de Ana y ésta se incorporó, dolida, en busca de más nieve. Había tantos niños a quienes dar, pero primero quería saber más. Tasha tomó de un sorbo el segundo montón y apoyó la espalda contra la pared.

—Mataron a mi padre.

—Lo siento muchísimo.

—Y nos pusieron en un tren con mamá. A todos. A la ciudad entera.

—¿Nadie escapó?

—No lo sé. Lo intentamos. Papá tenía algunos amigos que se fueron a los montes y quería llevarnos a nosotros también, pero los alemanes lo tirotearon. Nos encontraron ocultos en una cabaña y le dispararon justo delante de nosotros. —Le brillaron los ojos, pero no quedaba apenas hidratación en su cuerpo para poder llorar—. Entonces, nos metieron en el tren.

Ana le apretó la mano.

—Lo siento mucho —dijo de nuevo, sintiéndose mal por insistir, pero debía preguntarlo—. ¿Conociste a un hombre llamado Bartek, Tasha?

Ella se encogió de hombros.

—A varios.

—Claro, disculpa. Bartek Kaminski y su hijo Bronislaw. ¿Los conociste? —Tasha frunció el ceño y Ana le apretó de nuevo la mano—: ¿Los viste? ¿Sabes qué fue de ellos?

Tasha abrió la boca y se inclinó con interés hacia ella, pero se le cerraron entonces los ojos y tan solo meneó la cabeza.

—No lo sé. No sé qué fue de nadie. Y ahora mi madre tampoco está…

Ana la atrajo hacia sí. No quería ni siquiera pensar lo que aquel titubeo querría decir, y ya no tenía importancia. La chica era todo cuanto importaba.

—¿Dónde está ahora tu madre?

—No lo sé. Se la llevaron de aquí, a la nieve. Le ordenaron que se marchara. Quería llevarnos con ella, pero ellos dijeron que nada de niños. Les dije que yo tenía dieciséis años, y que no era una niña en absoluto, pero no me creyeron. Se limitaron a meterme aquí con el resto, y luego cerraron con llave. Intentamos salir, juro que lo intentamos. Georg decía que lo teníamos que hacer, por los pequeños. —Señaló con la cabeza al primer chico con el que había hablado Ana, que traía nieve para los niños más pequeños—. Lo intentamos, pero era demasiado difícil.

—Debió de serlo. —Ana la alivió, detestando que Tasha se sintiera culpable por ello—. Hiciste todo lo que pudiste. Fuiste muy valiente.

—Aunque no muy fuerte —dijo con tristeza.

—Eso no es verdad. Hay que ser fuerte para seguir con vida. Hay que ser fuerte para seguir aquí.

Tasha la miró con los ojos muy abiertos, y alarmantemente confiada.

—¿Saldremos de aquí? —preguntó.

Ana dio un profundo suspiro.

—Claro —dijo con resolución—. Claro que saldremos.

Ahora, la única pregunta era cómo.

TREINTA Y UNO

27 DE ENERO DE 1945

ANA

Siete interminables días más tarde, Ana estaba sentada en un barracón muy atestado, removiendo una olla de sopa que intentaba cocinar desesperadamente en el fogón del horno de ladrillo. Encontrar a los niños había sido el incentivo que a ella, Ester y Naomi les había hecho falta para renovar su rastreo de provisiones y, con la ayuda de Tasha, Georg y los otros chicos mayores, intentaron de nuevo entrar en Kanada. Georg apuntaba aptitudes con la ganzúa en las que Ana no había querido indagar demasiado, e irrumpieron en el recinto, anhelosos por encontrar productos.

La mayoría de las bodegas eran pilas de ascuas latentes, pero las seis que estaban en la parte trasera seguían en gran medida intactas allá donde las llamas debieron apagarse antes de engullirlas.

Habían conseguido montones de prendas, para que todo el campo entrara en calor. Mejor, incluso: habían logrado extraer planchas de madera de las paredes y, cargando palas con las ascuas ardientes, consiguieron alimentar de nuevo las estufas a ambos lados del barracón, y así producir una cierta apariencia de calidez.

Recibido por ello con mucha alegría, y por el alivio de haber encontrado compañía, Georg organizó su equipo para que mantuvieran la estufa funcionando, y también ayudó a Ester y a Naomi a trasladar a algunos de los enfermos de otras partes del campo al único edificio con calor en Birkenau. Tenían brasas para varios días si iban con cuidado, pero todavía les hacía falta comida.

Su inspección de Kanada no había aportado gran cosa y Ana se había desesperado, pero luego Naomi y Tasha volvieron al barracón con grandes cajas en sus brazos. Los que pudieron se dieron prisa para verlas, y revelaron con orgullo que habían encontrado un vagón de tren cargado en las vías. Debían querer enviarlo al Reich antes de que las vías fueran dañadas, y debieron olvidarlo aquí. Cuando Georg logró abrir la cerradura, encontraron un par de latas con salchichas y paquetes de galletas pasadas pero perfectamente comestibles. Un festín, ni más ni menos.

Estaban muy entusiasmados y la lucha por conseguir una pizca de la valiosa carne fue encarnizada. Ana tuvo que intervenir con su más severa voz de comadrona para detener a los niños que se peleaban entre ellos por un bocado, ya que aunque había sido un hallazgo fabuloso, había mucha gente en el barracón y no daría para todos. Tras distribuir las galletas, fue a ocuparse de las cajas, sentándose con Ester sobre ellas con firmeza para impedir las peleas, y mandó a la pandilla que asaltara las cocinas. Esto último les reportó una reserva de cebollas, patatas y nabos… Todo ello caducado pero suficiente usando cubos de nieve, para hacer una sopa que aportaría mucho más que meros trozos de salchicha, y que caería mejor en sus estómagos huecos.

Llevaban viviendo de aquello desde aquel día y las reservas de nuevo escaseaban peligrosamente. Había pasado una semana desde que los últimos guardas abandonaran Birkenau, pero todo lo que soplaba desde el este eran vientos congelados. ¿Por qué demonios no aparecía nadie?

Ana removió la sopa, una y otra y otra vez, mirando como los trocitos de salchicha daban vueltas en líquido. A su izquierda, una pobre madre se encontraba en la fase inicial del parto y pronto debería atenderla, pero de momento estaba ensimismada en las sencillas espirales de aquella comida inconsistente. Aquellos últimos días habían sido los primeros en que había cocinado de verdad en dos años y era tan satisfactorio como sorprendentemente agotador. Incluso si alguien viniera a rescatarlos de aquel páramo, ¿serían capaces algún día de adaptarse de nuevo a la vida normal?

Pensó en la vacilación de Tasha cuando le preguntó acerca de

Bartek y Bron, y removió la sopa con más fuerza. ¿Habrían sido demasiado aquellos recuerdos para la chica o sabría acaso algo que no quería compartir? ¿Y tendría aquello alguna importancia si no pudieran escapar de ahí? Una y otra vez, Ester y Naomi discutían sobre si deberían escapar a través de la entrada principal para encontrar ayuda, pero seguía nevando y no tenían ni idea de qué había afuera. Podría llevarles días y había muchos enfermos. Ester estaba ocupada toda la jornada tratando de aliviar el sufrimiento de los tuberculosos, e incluso con la escasa calidez de la estufa estaban perdiendo a muchos. No tenían más posibilidad que colocar los cuerpos en la nieve detrás de la barraca, y era imposible no mirar aquella creciente pila e imaginar cuánto tiempo tardarían todos ellos en ocupar un lugar en ella.

Un grito de la madre arrancó a Ana de su melancolía y forzó sus huesos chirriantes a ir en pos de ella. El parto avanzaba más deprisa de lo que había esperado y se agachó para acariciarle la espalda a la mujer.

—Lo estás haciendo muy bien, Justyna. Ven, apóyate en el horno.

Ahuyentó a varios niños para tener algo de sitio. Todos se quedaron contemplando con curiosidad como Justyna jadeaba tras los dolores, cuya intensidad iba claramente en aumento, pero Ana los ignoró y se centró en la cosa que mejor sabía hacer: traer bebés al mundo. Este sería por lo menos el niño número tres mil al que había asistido a nacer en Birkenau, e incluso ahora que no estaban los alemanes, no tenía idea de cuántas posibilidades tenía. ¿Qué clase de partería del infierno era esa? Y aun así, el milagro del nacimiento la asombraba cada vez. Todavía aportaba luz en la oscuridad y esperanza en la desolación. Mientras nacieran bebés, habría futuro. Así que se puso en marcha para ayudar a la madre a traer otra vida a su concurrido barracón en medio de ninguna parte.

—Lo haces bien, Justyna. Pronto empezaremos a empujar, te lo prometo.

Descubrió a Naomi ocupándose de la sopa, con Isaac sujeto a su pecho, y se conmovió.

Isaac pronto cumpliría cuatro meses. Había vivido, e incluso prosperado, entre tantas «madres perdidas» que se ocupaban en ayudarlo, y este nuevo bebé viviría también.

—Ya falta poco, Justyna —le aseguró—. Vamos a sacar al bebé y después vendrán a rescatarnos y…

Un enorme grito sonó afuera y todos cuantos estaban en el barracón dieron un respingo. Georg entró corriendo en la habitación con Tasha a la zaga, desparramando maderas en plena excitación.

—Están aquí. Hay soldados.

Justyna miró a Ana.

—Han llegado pronto —dijo con una sonrisa fatigada pero luego le llegó otra contracción, y Ana se tuvo que centrar en ayudarla, mientras aquellos que podían caminar siguieron a Georg al otro lado de la puerta.

Naomi le pisaba los talones, pero Ester se detuvo junto a Ana.

—¿Te parece que lo es, Ana? ¿Es la liberación?

Ana ladeó la cabeza mientras escuchaba.

—Sin duda suena como si lo fuera.

—Tengo miedo —reconoció la joven—. ¿Y si sus intenciones son las de… de…?

Ana apretó fuerte su mano.

—Si sus intenciones hacia nosotras —con una mano hizo una señal alrededor, a las demacradas, exhaustas mujeres— son lascivas, entonces el mundo se ha ido al garete y estaremos mejor fuera de él. Ven, vayamos juntas.

Se reincorporó. Justyna estaría bien de momento y tenía que verlo. Agarrada del brazo de Ester, se dirigió con ella a la puerta, dio unos cuantos pasos y miró atentamente.

Las gigantescas puertas de la entrada habían sido reventadas y los soldados se iban introduciendo en ellas, vestidos con los uniformes de cuello escarlata. Era el temido Ejército Rojo, pero los hombres y las mujeres que se dirigían por la gran carretera central hacia ellos parecían más aterrados que temibles. Tenían los ojos abiertos como los niños y observaban continuamente a su alrededor, asimilando la inmensidad de Birkenau, las incesantes filas de inacabables barracones, las divisiones hechas con severas alambradas, los cadáveres esqueléticos y los igualmente esqueléticos hombres y mujeres que gritaban pidiendo socorro.

—¿Recordáis el primer día en que llegamos? —murmuró Ester, casi para sí misma, y añadió—: Yo tampoco podía creer que un lugar así pudiera existir.

Ana sí se acordaba, con todo lujo de detalle. Recordó cómo la metieron en aquel tren de ganado, contusionada y con el cuerpo adolorido tras el cruel interrogatorio. Recordó a más y más personas a quienes apelotonaban en el vagón después de ella, y recordó el horror cuando el dulce rostro de Ester apareció entre la multitud apaleada. Recordó a la pobre Ruth muriendo en brazos de su hija y el largo viaje sin comida ni agua, tras el que fueron a parar aquí. Al infierno.

—¿Es la liberación? —repitió la pregunta anterior de Ester, aún incrédula.

Los soldados estaban cerca de su sección del campo, atraídos por el griterío de Naomi, Georg y Tasha, y Ana veía el horror en sus caras, veía sus sonrisas cuando se agachaban con los jóvenes, sacaban la comida que tuvieran en los bolsillos para entregársela y miraban a las mujeres con la ternura de padres y hermanos. El mundo, al parecer, todavía no se había ido al garete y existía todavía la bondad.

—Esta *es* la liberación —confirmó Ester, y ambas observaron de nuevo las puertas de Birkenau, abiertas del todo por primera vez en seis años.

—Lo hemos conseguido —dijo Ana, agarrando fuertemente a Ester—. Hemos conseguido llegar al final.

—Lo hemos hecho —asintió Ester, y entonces atrajo Ana hacia sus brazos y se abrazaron con tal fuerza que por un instante Ana creyó que sus flacas costillas se agrietarían… y no pareció importarle.

A través de la nieve y el viento y el griterío de los niños exultantes, oyó la voz de Ruth: «Ahora es tu hija». Cayó sobre sus rodillas.

—Lo he logrado, Ruth —suspiró—. La he mantenido a salvo. He mantenido a Ester a salvo por ti.

—¿Ana? —Ester le tiró del brazo—: ¡Mira, Ana!

Ana volvió los ojos de la madre imaginaria de Ester a ella, la chica. Apuntaba al lugar al que se dirigían los furgones a este lado de la puerta. Detrás de ellos llegó una ambulancia: una ambulancia real de la Cruz Roja, que no traía gas letal, sino verdadera ayuda para los enfermos. Ester rompió a llorar y Ana se acercó hacia ella, tambaleante, y la apretó contra su pecho de nuevo, pero entonces un sollozo del interior del barracón hizo volver a ambas corriendo.

—¡Justyna! —gritó Ana y bajaron de golpe para ver a la nueva madre, con el rostro enrojecido y chillando.

—Creo que tengo que empujar —les gritó a ambas, con los dientes apretados.

—Creo que tal vez sí —convino Ana, dándose prisa mientras una carcajada burbujeaba dentro de ella y explotaba en el barracón, ondulante de felicidad—, porque la liberación ha llegado y tu bebé la quiere ver.

TREINTA Y DOS

28 DE FEBRERO DE 1945

ESTER

Ester echó un vistazo alrededor de la sala, incapaz de creer que estaba al servicio de un hospital de verdad otra vez. Los habían trasladado al campo principal de Auschwitz I la semana anterior y les impresionaba ver cómo los elegantes edificios de ladrillo, ocupados ahora por la Cruz Roja polaca, se iban llenando con rapidez de lujos como mantas, colchones y medicamentos. Seguía siendo muy tosco, pero palaciego en comparación con la vida en el campo de Birkenau, y Ester se acercó para acariciar las recién llegadas partidas de antibióticos, sintiendo que había cruzado de un siglo a otro.

Durante dos años había vivido la más rudimentaria de las vidas, en nada mejor que la de un animal enjaulado, salvo por la camaradería y apoyo que encontró en las mujeres de su entorno. Volver a la civilización era como hundir un par de manos congeladas en agua caliente: placer y dolor a la vez. Poco a poco consiguió darse cuenta de todo aquello que le habían arrebatado en los últimos dos años y, con la comezón que le producía aquella sensación, entró en cólera.

Apretando los puños para dejar de martillear en los muros por la frustración, miró a través de la ventana hacia el frenesí de lo que había sido el campo. Los rusos habían marchado hacia el oeste, ocupados en asegurar la rendición total alemana, y las organizaciones polacas los habían sustituido. Cada vez con más frecuencia, llegaban más y más enfermeros y asistentes voluntarios y, por primera vez desde hacía demasiado tiempo, Ester se vio hablando su lengua materna de manera habitual.

Los ladridos de las órdenes alemanas fueron reemplazados por las suaves ondulaciones de la ayuda polaca, y a pesar de que lo agradecía inmensamente, le hacía sentir nostalgia por su hogar.

¡El hogar! ¿Dónde quedaría algo de él?

Los operarios le dijeron que Łódź había sido liberada y que se habían derribado los muros del gueto. La gente trataba de volver a sus casas de preguerra, o a nuevas casas incautadas a los alemanes huidos, y la ciudad vivía grandes cambios. ¿Estarían ahí sus padres y los de Filip? ¿Y si era así, dónde debían vivir? ¿Habría vuelto Leah del campo? ¿Se habría casado con aquel granjero que la cortejaba? Recordó la única carta de Filip con noticias de su hermana y sintió de vuelta el dolor cuando el desinfectante nazi hizo papilla sus preciosas palabras. Pero la guerra había acabado; podía ir ella misma en busca de Filip. ¿Viviría aun? ¿Habría vuelto a su pueblo natal? ¿Estaría, todavía, buscándola a ella? ¿Cómo sabría dónde encontrarlo?

Por un instante, sonrió. Lo sabría: los escalones de la iglesia de San Estanislao, donde comían uno enfrente del otro, seis años atrás. Aquella primera vez, Ester había mirado al otro lado y vio a Filip ahí sentado, con sus largos dedos jugueteando con la pasta quebradiza de su *pasztecik* y su atractivo rostro fruncido, concentrado en el periódico que llevaba en su regazo. Su mundo había cambiado en modos que parecían importantes… y que en efecto se habían vuelto muy importantes. El problema era que otras y mayores fuerzas también habían movido el mundo, y lo hicieron de modo prácticamente tectónico.

Algo que Ester, sin embargo, sabía: que su amor, y la hija nacida de aquel amor, era todo lo que tenía y su motivo para luchar. Si tan solo pudiera volver. Cada vez que llegaba un retazo de información de parte de los obreros, tomaba consciencia de cuán aislada había estado en el campo y su sed de noticias sobre sus seres queridos la roía con más fuerza que cualquier instancia de estómago vacío.

También estaba Pippa.

El nombre de su hija se detuvo, obstinado, en su corazón, como siempre, y ella se acercó al cristal, contemplando el mundo más allá de las puertas. No había ido a ningún sitio excepto a los tres kilómetros que separaban Birkenau de Auschwitz I, y aunque le había parecido magia salir por el oscuro portal del campo de mujeres, en realidad había avanzado bien poco. En algún lugar estaba su hija. Cada vez que Ester pensaba cómo podría encontrarla, su cuerpo le dolía físicamente de añoranza.

—Enfermera, ¿me puede ayudar?

Se dio la vuelta, apartando sus inquietudes a un lado para ir a atender a la mujer consumida de la cama de al lado. Había tantísima gente en un estado peor que el de ella y por un momento debía convertir a dichas personas en su mayor prioridad. Pero, ay, el anhelo de salir de aquel lugar se acrecentaba con cada una que veía encaminarse al odiado portal. El otro día vio a Pfani, vestida con pieles y florituras, en el asiento trasero del coche de un oficial polaco. El precio de su pasaje estaba claro, pero aun así, Ester había tenido envidia. Pfani se fijó en ella, boquiabierta, y la saludó de manera entusiasta, como si fueran amigas de toda la vida. Como una tonta, Ester también la saludó. De todos modos, ¿quién era ella para envidiarle a alguien haber salido de aquel sitio? Cada noche, ella y Ana se sentaban a intercambiar recuerdos de Łódź, y se comprometían a volver tan pronto como fuera posible, pero con el mundo entero en tránsito, obtener asiento en un tren, un bus o incluso en una carreta era imposible.

—¡Ester!

Naomi llegó corriendo, con Isaac en las caderas, riendo mientras se balanceaba arriba y abajo en cada peldaño. Ester se reunió con ellos, cogió al niño y lo levantó muy alto en el aire para que riera incluso más.

—Hey, Isaac, corazón. ¿Cómo estás?

Su respuesta fue otra carcajada y un tirón del pelo. Isaac ya casi tenía cinco meses y empezaba a poner a prueba sus extremidades. Su ropa siempre estaba sucia a causa del áspero suelo del hospital, pero ahora ya tenían mudas de repuesto y agua con la que lavarlas, así que aquello no preocupaba a Naomi.

—Deja que ande solo —dijo—, deja que haga tantas pataletas como le venga en gana. Ya ha sufrido demasiadas restricciones.

Ahora se contorsionaba para bajar, y entre risas, Ester lo colocó en el suelo y se agachó para ver como se meneaba.

—Pronto empezará a gatear —dijo ella.

—Sí.

Su amiga la estaba contemplando con una expresión peculiar en el rostro.

—¿Naomi? ¿Todo bien?

—Todo está más que bien, Ester, pero…

Arrastró los pies, y atraído por el ruido, Isaac se giró y empezó a llorar y a agitar su cuerpo hacia ella. Ester se puso de nuevo en pie.

—¿Qué sucede, Naomi? ¿Qué ha pasado?

Naomi tragó saliva y se concentró en su hijo, que tiraba de los cordones de sus botas nuevas.

—Hemos conseguido un tren.

Lo dijo tan bajito que al principio Ester no creyó haberlo oído bien.

—¿Un tren?

Naomi de repente la tomó de las manos.

—Un tren, Ester, lejos de aquí. Si bien no hasta Salónica, sí hasta Budapest. Los húngaros se están esforzando mucho para conseguir hogares a su gente, y hay sitio para mí y para Isaac. Desde ahí podemos dirigirnos al sur, a Grecia… a casa.

—Esto es maravilloso, Naomi —logró decir Ester, pero las palabras se le atascaron en la garganta.

Miró de nuevo a Isaac, que intentaba comerse los cordones de su madre, y rompió a llorar. Naomi se iba y se llevaba a Isaac con ella. Desde que él nació, Ester había invertido sus fuerzas en asegurarse de que estaría a salvo. Y lo había conseguido. Él se iba a casa. Entonces, ¿por qué se sentía tan desolada?

—No te quiero abandonar, Ester —dijo Naomi.

Ester la miró entre lágrimas y vio que la joven también estaba llorando.

—No seas tonta, Naomi. Tienes que aprovechar esta ocasión. Tienes que ir a casa.

—Tengo miedo.

—Todas tenemos miedo. Nos han tenido al margen demasiado tiempo de todo lo que es vital y real, de modo que es normal que nos asuste, pero no podemos permitir que nos hagan eso. ¿Te acuerdas de que solíamos decir que nuestra única arma era mantenernos con vida? —Naomi asintió—: Bueno, ahora es más que eso: ahora tenemos que encontrar nuestra vida, nuestra vida de verdad.

Naomi se abrazó a ella de un salto, olvidando a Isaac y derribándolo. La cara de sorpresa mientras se tambaleaba de lado les hizo reír y volver a llorar. Ester se agachó y lo aupó, abrazando y apretando aquella suave piel de bebé contra el rostro gastado de ella.

—Te echará de menos —dijo Naomi, abrazando a los dos.

—Y yo a él. Ana también, lo sé. Pero nos podemos escribir, Naomi. Podemos —*debemos*— seguir en contacto y cuando hayamos encontrado nuestras familias, cuando haya encontrado…

Sus palabras se trababan demasiado como para salir y Naomi le cubrió la cara de besos.

—Cuando hayas encontrado a Pippa —dijo con seguridad—, nos volveremos a ver.

—Ay, Naomi —dijo Ester, agarrándola hacia ella—, ¿cómo logras ser tan optimista?

La muchacha griega se encogió de hombros y Ester se emocionó por aquel gesto familiar, tratando de sellar a Naomi en su recuerdo antes de que se fuera. Birkenau era un sitio espantoso, pero le había traído amistades maravillosas, y ya sentía un hueco en el estómago ante aquella pérdida inminente.

—Es bastante sencillo —le dijo Naomi con tranquilidad—. Lo consigo porque si no lo fuera me vendría abajo. El mundo es un lugar aterrador. Así se volvió desde el momento en que los nazis empezaron a marchar a nuestro alrededor, e incluso ahora que en cambio son ellos a quienes nosotros tenemos rodeados, sigue siendo tan aterrador como antes. Nos arrebataron el pasado, todavía dominan el presente, y quién sabe en qué siniestro modo nos habrán destrozado el futuro. Es amargamente injusto, y si me abandono a pensar demasiado en todo ello, quiero bramar y gritar y echarme al suelo como un bebé. ¿Pero eso de qué sirve? Solo se vive una vez y los nazis ya han arruinado bastante nuestra vida.

Ester se secó las lágrimas.

—Naomi, tienes tanta razón. Y tanta fuerza. Te conozco y sé que Isaac va a estar bien. ¿Cuándo te vas?

Naomi arrastró los pies de nuevo, y a Ester se le cayó el alma al suelo.

—Esta noche.

—¿Esta noche?

—Lo siento. Se han procurado un vagón extra para el tren, así que hay más asientos disponibles. Me preguntaron si quería ir, y supe que debía decir que sí.

Ester sintió el torbellino de emociones que tenía dentro.

—Por supuesto. Claro que sí. Claro que debías. Ay, pero…

Se apartó y se miraron la una a la otra. Ester quiso retener la imagen de la joven, su amiga y hermana a lo largo de esa pesadilla, y no podía creer que a partir de mañana ya ni siquiera la tendría a su lado. De algún modo, no importaba cómo, debía conseguir que ella y Ana volvieran a casa, a Łódź.

Dos días después, un hombre llegó al campo. Traía tres carros tirados por robustos caballos, y caminaba por las calles del campo médico gritando una sola palabra: «¡Łódź!». Ester lo escuchó a través de la ventana del hospital y corrió a verlo.

—Me dirijo a Łódź —le dijo a ella—. He estado visitando los pueblos de la zona y cargo con estos hombres y estas carretas, y estaré encantado de llevar conmigo a quien quiera acompañarnos.

—¿Cuál es el precio?

Pareció ofenderse.

—No hay precio. Quiero ayudar a la gente a salir de este lugar inmundo y compañía para el camino, simplemente. Soy Frank.

Sacó una mano y Ester se la estrechó, pensando que era la primera vez que tocaba a un hombre en dos años completos.

—Encantada de conocerlo, Frank. Es usted muy amable.

Él respondió con una mueca.

—Eso no lo sé. Va a ser un viaje muy duro. Łódź está a 250 kilómetros de distancia pero no iremos rápido, de modo que tardaremos semanas. Pero estoy harto de esperar trenes y supongo que los polacos nos ayudarán durante nuestro trayecto así que… El riesgo merece la pena. —Él la miró—. ¿Eres de Łódź?

—Sí.

—¿Y quieres volver a casa?

—¡Sí! Muchísimo.

Se encogió de hombros y le dedicó una sonrisa repentina.

—Entonces, ¿a qué estamos esperando?

Era una buena pregunta. Ester se imaginó su ciudad natal y, por primera vez, le pareció a tocar de dedos. Volviendo la mirada al hospital, pensó en Ana. La comadrona estaba trabajando duro en el hospital, mientras llegaban mujeres que habían escapado de Birkenau por los pelos, todavía uniformadas, pero Ester sabía que pensar en su casa y la familia la atormentaban tanto como a Ester.

—¿Puedo traer a una amiga?

—Claro —dijo Frank sonriendo de nuevo—. Me voy mañana a primera hora y, si Dios quiere, estaremos en Łódź a tiempo para ver cómo florecen los árboles.

Ester cerró los ojos e imaginó el cerezo junto a los peldaños de la catedral de San Estanislao. Habían caído sus pétalos sobre ella y Filip durante los primeros días de su noviazgo y, si aquel buen hombre tenía razón, podría ser de nuevo bajo los pétalos que lo encontraría. Filip estaba vivo, de eso estaba segura. El camino que les esperaba sería frío y duro pero también estaba hecho de esperanza. Conseguiría salir de ahí y lograría volver a Łódź. Encontraría a Filip y, de algún modo, encontrarían a su hija y se reunirían de nuevo.

—Así pues… —preguntó Frank—: ¿Te apuntas?

—Me apunto —dijo con determinación, y corrió en busca de Ana.

A la mañana siguiente, con las primeras luces, ambas estaban allí, envueltas en ropas cálidas, calzando botas nuevas y saquitos con raciones de comida de la Cruz Roja a sus espaldas. Había unas treinta personas en aquel grupo de valientes, y se juntaron, mecánicamente formando colas de nuevo como presos, y luego, entre carcajadas de incomodidad, rompieron filas, mientras Frank los sacaba de Auschwitz y los dirigía hacia la carretera.

Al cabo de algunos minutos, por mutuo tácito acuerdo, se detuvieron y miraron atrás. Ester suspiró. El siniestro Birkenau, donde ella y Ana habían pasado los últimos y espantosos dos años, ya estaba fuera de sus vistas, pero las duras formas del campo seguían siendo imponentes, y sabía que algunas partes de ella misma estarían dañadas de manera irreparable por los horrores sufridos en aquella inimaginable y atroz construcción de los nazis. Les habían dicho que tenían suerte de estar vivas, y por supuesto, la tenían, pero no parecía que fuera suerte. Ni siquiera se sentía viva del todo. Más bien sentía encontrarse en la carcasa vacía de lo que solía ser la vida.

—¡Yo te maldigo! —gritó Frank a los edificios bajos y oscuros, y la multitud lo aclamó, bajito, decididamente dando sus fatigadas espaldas al infierno. Tenían una larga y difícil cuesta ante ellos.

TERCERA PARTE
ŁÓDŹ

TREINTA Y TRES

MARZO DE 1945

ANA
—¡Łódź!
Ana escuchó el grito procedente de los que encabezaban su agotada caravana y levantó la cabeza del carro al que Ester la había persuadido por fin a montarse algunos días antes. Había logrado ir a pie la mayor parte de los dieciséis días, pero sus pobres huesos protestaban, y al final Ester logró imponer su autoridad. Le pidió cordialmente a Frank que la dejara subirse en el carro del equipaje, donde iban las escasas pertenencias de la gente junto con las provisiones de la Cruz Roja, y a pesar de la vergüenza que había sentido Ana en un principio, luego resultó maravilloso. Había dormido la mayor parte del tiempo, usando una pila de mantas como almohada, y mecida por la marcha del caballo, y tenía que reconocer que la vivencia le había parecido extrañamente propia de la infancia. Casi deseaba que no hubieran llegado, temiendo lo que podría encontrar, pero mientras se acomodaba de nuevo bajo el cielo abierto, vio que Ester la miraba con ilusión.
—Ya estamos aquí, Ana. Estamos en casa.
Ana tomó asiento y observó a su alrededor, estupefacta. Había olvidado cuán grande era Łódź, y qué hermosa. Nunca se había planteado que fuera una ciudad imponente en particular, sobre todo si se la comparaba con Varsovia, pero tras dos años sin ver otra cosa que idénticos barracones y alambre de espino, se sentía inmersa en la opulencia. Mientras giraban hacia el final de la calle Piotrkowska, se fijó en los hermosos palacios de los pioneros de la industria del siglo anterior, altos y orgullosos a ambos lados de la calle con sus soportales elegantes y alargados ventanales. Era

un día cálido y muchas ventanas estaban abiertas. Ana podía ver la gente que había dentro: aquí una doncella quitando el polvo, más allá un hombre ante su escritorio, y ahí una muchacha absorta en un libro, actividades que parecían vertiginosamente exóticas.

—Esto es tan… Tan…

—Normal. —Ester acabó la frase en su lugar—. Tan maravillosamente, sensacionalmente normal.

Le acercó una mano y Ana la agarró mientras Ester caminaba a su lado, mientras la penosa caravana se iba moviendo incluso más lenta que durante aquel doloroso y largo trayecto a través del campo de Polonia. Había parecido, en algún momento, que nunca lo conseguirían, y aun así, ahí estaban y de repente parecía que jamás se hubieran ido. La ciudad debió de haberse librado de las bombas, ya que estaba perfectamente intacta, y de hecho mejorada. Los nazis claramente sabían cómo crear estructuras impresionantes cuando les convenía, ya que se veían varios edificios nuevos e impactantes. Una furia atizaba el interior de Ana y sintió un inesperado deseo de dejarse caer del carro y cubrir aquellos impertinentes muros nuevos con el pigmento rojo de su sangre, pero luego recordó que aquellos muros ahora les pertenecían.

La pobre Polonia había sido amedrentada pero no se había rendido. Estuvieron escuchando historias durante todo el trayecto. Bondadosas amas de casa les traían pan y sopa, e incluso —un placer indecible al paladar—, tartas y bollos. Los acompañaban mientras comían, les preguntaban acerca del campo y les explicaban cómo sus maridos se habían ido para luchar en regimientos polacos comandados por británicos o bien con los soviéticos. Todos seguían luchando, acechando Berlín, donde Hitler todavía lideraba sus fuerzas mientras se replegaban ante la evidencia de la llegada de ejércitos del resto del mundo.

—Lo cazaremos —decían todos, cuando los viajeros debían volver a levantarse de la hierba primaveral y seguir su camino—. Por vosotros lo capturaremos.

Les daban las gracias, intentando sonreír, pero cada vez era más obvia, tras cada amable familia con la que hablaban, que su propia experiencia de la guerra nunca podría transmitirse del todo. Le habían contado a la gente que dormían en tablas de madera, quince por cama. Habían descrito el hambre, el frío que penetraba en los huesos, la degradación de pasar lista una y otra vez, la brutalidad de los guardas y, por supuesto, el terror de las grandes cámaras de gas, que escupían humo humano sobre ellos día y noche, como una maldición interminable. Y toda esa gente había escuchado y se quedaba sin aliento, y decía «qué espanto», con seriedad, pero todavía no eran capaces de comprenderlo. Y, tal vez, era mejor así.

Pero seguía doliendo.

«Pero si ni siquiera eres judía...», le decían a Ana, como si fuera diferente para ella, como si los judíos de algún modo estuvieran curtidos ante el sufrimiento. Pero nadie podía estar curtido antes los horrores que habían soportado en los campos, y mientras Ana observaba el bullicioso Łódź que la rodeaba, atestado de gente que pensaba que esperar el tranvía veinte minutos en la nieve constituía una adversidad, temió que jamás volviera a encajar en la vida normal, en caso de que ahí hubiera una vida normal para ella.

Habían conocido a una pareja, unos días antes, que escaparon de Varsovia. Ana se abalanzó sobre ellos, desesperada por tener información, pero sus rostros se volvieron ariscos y dijeron que no podían soportar hablar sobre todo aquello. De lo poco que habían dicho, Ana les sonsacó que los rusos habían embaucado a los valientes ciudadanos para que se rebelaran contra tropas que todavía estaban por llegar. El ataque inicial tuvo un éxito glorioso, ganando los polacos buena parte de la ciudad y derribando los muros del gueto, pero un asedio que podía haber durado pocos días se fue alargando semana tras semana de desdicha, hasta que, finalmente, muertos de hambre y enfermos, fueron obligados a rendirse de nuevo a los alemanes.

Había sido un golpe doblemente amargo y sus enemigos se comportaron con el sadismo que los caracterizaba, deportando a la población nativa al completo —a judíos y no judíos por igual— a los campos. Aquella familia escapó con un puñado de otros cuando su tren había quedado atascado en una vía muerta invadida por hojas y lograron huir del vagón. No sabían nada de Bartek ni de Bronislaw y admitieron que las bajas habían sido muy altas, pero el simple hecho de que pudieran escapar dio a Ana un destello de esperanza y debía aferrarse a ella.

—¿Cómo vamos a encontrar a nuestras familias? —preguntó Ester, sentada y observando con desesperación las calles saturadas que la rodeaban.

—Os ayudaremos.

Ana se sobresaltó y miró a su alrededor mientras un pequeño grupo de hombres se dirigía a ellas. Llevaban los ropajes oscuros de los judíos jasídicos y, con los elegantes sombreros de ala ancha y tirabuzones a ambos lados de sus barbas, parecían salidos de otra época.

—¿Cómo?

—De muchas maneras —dijo su líder—. Hemos estado atareados desde la liberación. El CCJP, el Comité Central de Judíos de Polonia, se está esforzando mucho en Łódź por ayudar a aquellos que vuelven a sus hogares. ¿Habéis estado en los campos?

—Auschwitz —les dijo Ester, y se estremecieron.

—Entonces sois un milagro viviente —dijo el líder, haciendo una reverencia.

Ana vio el desasosiego en el rostro de su amiga.

—¿Ustedes también? —les preguntó.

Menearon la cabeza.

—Nos ocultamos. En las colinas. Era una vida muy dura.

—¿En serio? —preguntó Ester fríamente.

Ana le estrujó la mano.

—¿Cómo pueden ayudarnos? —preguntó con educación.

La miraron de los pies a la cabeza.

—¿Eres judía?

—No.

—Pero ella ha estado con nosotros todo el tiempo en el campo —se apresuró a decir Ester—. Nos ha ayudado, nos ha cuidado y ha sido una amiga de verdad para nosotros.

—Cosa que te agradecemos —dijo el hombre, con otra curiosa reverencia—. Pero no podemos serte de ayuda, sencillamente no disponemos de los contactos para hacerlo. Tú, sin embargo —se dirigió a Ester—, ¿eres judía?

—Sí.

—Entonces debes dirigirte a la calle Śródmiejska. El Comité de Auxilio Judío está haciendo entrega de nuestros apartamentos a los judíos que llegan de nuevo, y hay muchos lugares donde dejar anuncios escritos para tu familia y donde conseguir información.

Ana vio que los ojos de Ester se iluminaban, pero luego miró a Ana y titubeó.

—¿Qué puede hacer mi amiga?

Él se encogió de hombros.

—¿Cómo lo íbamos a saber? —dijo, luego tuvo una idea y añadió—. ¿Tu iglesia tal vez?

Apuntó hacia el otro lado de la calle y Ana se giró para ver que estaban pasando ante la catedral de San Estanislao. Al instante se vio envuelta en imágenes de su lujoso interior, y sintió un arrebato como respuesta. Casi podía oler el incienso, oír el suave cántico de los curas, ver a Cristo bendito en su cruz, llamándola a casa. Casi podía ver a los jóvenes que había en la capilla de la Virgen aquella vez en 1941, cuando entró buscando una tregua para su furia contra los nazis, y encontró al grupo de la Resistencia que la había ayudado a combatirlos, y fue llevada a Birkenau.

Sintió escalofríos. No se arrepintió de su llamada ni un segundo, pero Dios sabía lo duro que había sido para ella… y lo duro que tal vez seguiría siendo. Miró a Ester deseando que la reconfortara, pero la chica todavía estaba inmóvil, contemplando la escalera, y Ana recordó que aquel lugar contenía recuerdos que también a ella la conmovían. Era extraño, parecía que tanto sus religiones como sus destinos se entrelazaban cada vez más y miró de nuevo a la catedral, rezando —del mismo modo que sabía que Ester lo estaba haciendo— por ver ahí a Filip, esperando a su esposa. Pero no había nadie en la escalera.

Ana se apartó las mantas de las piernas y se acercó al borde del carro.

—Tengo que bajarme aquí. Gracias, Frank —llamó, pero Frank estaba reunido junto a los ancianos judíos con el resto del grupo, preguntando por amistades y consiguiendo direcciones para el centro de repatriación. Ana admiraba lo enérgico de la comunidad judía. Y lo envidiaba. ¿Cómo iba ella a encontrar un hogar?

—Déjame que te ayude, Ana. —Ester se había sacudido aquella ensoñación de encima y se apresuró a ayudarla a bajar del carro.

—Gracias, querida. —Ana colocó sus manos sobre los hombros de la joven para apearse y entonces se sintió curiosamente reacia a despedirse—. Te voy a echar de menos.

—No me voy a ninguna parte.

—Lo sé. Esta ciudad es nuestro hogar y espero que siga siendo así, y que podamos vernos a menudo, pero ahora será distinto. Será…

—Quiero decir que no me estoy yendo a ninguna parte ahora mismo. Excepto, quizás, contigo a la catedral.

—¡No! ¡Tienes que ir al centro judío! Tienes que ir a encontrar a tu familia.

—Y lo haré. Habrá tiempo. Llevo tanto tiempo de camino a casa que un día más no supondrá ninguna diferencia. Vengo contigo.

Ana sintió que las lágrimas le escocían en los ojos, y se apoyó en Ester, quien dobló ambos brazos sobre su espalda, muy cerca de ella.

—No habría llegado hasta aquí sin ti, Ana. No eres judía, esta no es tu lucha y, aun así, la has hecho tuya. Nos ayudaste en el gueto y a cambio quiero verte a salvo, de vuelta con tu familia.

—Ay, Ester…

Cualquier otra cosa que Ana tal vez habría querido decir se perdió en una ráfaga de emoción, y tan solo podía agarrarse con fuerza a su amiga —su hija— y tratar de no hacer demasiado ruido al llorar. Oyó que Ester emitía una risita, cuyo sonido se multiplicó en su interior, más alto que el clamor repentino de las campanas de la catedral que tenía a su lado.

—Venga, Ana. Vayamos en busca de tus chicos.

Varias largas horas más tarde, se aproximaron nerviosas a la calle Zgierska. Fueron primero al apartamento de la calle Bednarska que los nazis asignaron a los Kaminski, pero lo encontraron ocupado por otra gente, de modo que volvieron a su casa original... Lo que una vez había sido su hogar familiar. Las vallas del gueto ya no estaban, pero una fea herida seguía marcando el terreno en el que había estado, y la pisaron con exagerado esmero. Ambas se habían acostumbrado demasiado a las fronteras y romperlas las embriagaba de osadía. Se detuvieron al otro lado, pero cuando nada sucedió, se atrevieron a seguir caminando. El barrio estaba destrozado pero rebosante de vida. Por todas partes la gente limpiaba casas, reparaba fachadas y acarreaba pintura, muebles y moquetas como un enjambre ocupado en su nido. Pasaron ante un grupo de jóvenes que pintaban el exterior de una serie de casas y cantaban a pleno pulmón una canción tradicional polaca.

—Buenas, señoras —les dijeron desde lo alto de una escalera de pintor, ladeando unos sombreros imaginarios y apenas perdiendo el ritmo de su canción.

A Ana se le alegró el alma y las saludó, pero la siguiente calle era la suya y le temblaban las rodillas, nerviosa por sus expectativas. Ester se aferró aún más a ella, con seguridad y fuerza a su lado, y avanzaron las dos juntas. Todas las casas le resultaban familiares a Ana. Detrás de tantas de aquellas puertas, en tiempos más felices, había ayudado a traer bebés al mundo. Detrás de muchas, había comido con amigos, o había traído a Bronislaw, Zander y Jakub para que jugaran. La siguiente esquina escondía la escuela a la que los chicos habían salido corriendo cada mañana durante años, y unos pocos metros más allá, la iglesia a la que habían asistido cada domingo. Había quedado aislada en el gueto con los pobres judíos y había oído que la habían convertido en una fábrica de colchones.

—Ave María, madre de Dios.

Sus dedos se dirigieron a su cintura y se enlazaron al rosario que Georg había encontrado para ella en las ruinas en llamas de Kanada. Se emocionó tanto cuando se lo trajo, diciendo bruscamente:

«Ester dijo que estas cuentas le gustarían, señora». ¿Dónde estaría ahora? Sacaron a los niños de Birkenau casi de inmediato. Una de las enfermeras le dijo que se estaban instalando orfanatos por toda Polonia para ellos, y que una «operación de rescate» se había iniciado para tratar de encontrarles una familia de nuevo. La Cruz Roja polaca estaba colaborando, junto con el Departamento de Educación del Comité Central de Judíos de Polonia. Además, una nueva organización estadounidense, llamada Administración de las Naciones Unidas para el Auxilio y la Rehabilitación, preparaba un «equipo de búsqueda de niños»; algo que sonaba intimidatorio pero prometedor. Ana lanzó una mirada a Ester. Tenía la secreta esperanza de que aquella operación de rescate las ayudaría a encontrar a Pippa, pero no había dicho nada al respecto por miedo de dar a su amiga falsas ilusiones antes de saber nada más. Si estaba segura de una cosa era que haría todo cuanto estuviera en sus manos para encontrar a aquella niña. Antes, no obstante, tenía que pensar en sus propios hijos.

Se habían detenido frente a su antigua casa, y Ana sintió otra ráfaga de recuerdos, tan vívida que sus sentidos se vieron saturados con los olores y sonidos de treinta años de vida en familia. La casa seguía en pie, con los mismos peldaños que daban a la misma puerta de color verde oscuro. Los peldaños estaban picados y la pintura desconchada, pero lo único que importaba era quien pudiera estar ahí dentro. Ester la guió hasta la puerta pero también ella empezó a temblar y se apartó. De este lado había aún esperanza; del otro, tal vez solo dolor.

—No puedo —murmuró.

—Déjame que lo haga yo, entonces.

—No, yo…

Pero Ester golpeó la aldaba de metal que Bartek había colocado con tanto amor cuando se instalaron de recién casados, veintinueve años atrás. Ana oyó que el sonido reverberaba al otro lado y se imaginó el vestíbulo, con sus abrigos junto a la puerta, su cartera de comadrona, siempre ahí para cuando la necesitaran. Nada ocurrió. Quizás no estaban, pensó. O tal vez sí vivían ahí pero estarían fuera. Puede que vivieran en otra parte. Puede que no estuvieran vivos. Puede que llamar no diera frutos, pero, entonces, ¿adónde iría? Qué pasaría si…

Ana se quedó helada. Se oían pasos. Oía que cruzaban el vestíbulo ajedrezado, un tanto lentos tal vez, algo inciertos, pero pasos al fin y al cabo. Ester se colocó a su lado, asiendo su brazo otra vez, y al mirarla Ana, las palabras de Ruth parecían reverberar tras el ferrocarril: «Ahora es tu hija». Por lo menos la tenía a ella. Si algo había sucedido a sus chicos, tenía a Ester. Ay, pero aun así… su corazón anhelaba tanto…

—¿Mamá?

El mundo se detuvo. Había un hombre en el portal. Decididamente de mediana edad, delgado, con el pelo lacio, pero la palabra que había surgido de sus labios con tal ternura hizo que lo mirara bien y entonces, en sus dulces ojos azules, lo reconoció.

—¡Bron!

Al instante corrió hacia ella y Ester se hizo a un lado para que él pudiera abrazarla. Ana sintió que la levantaba del suelo como si fuera una niña pequeña y le hacía dar vueltas, mientras decía una y otra vez:

—¡Mamá, mamá, mamá!

Cuando finalmente la soltó, ella buscó su amado rostro con las manos, pero, ahora, de la casa emergían dos hombres más, que la estrechaban entre sus brazos, y al mirarlos a los ojos, llenos de felicidad y de amor, de nuevo era una joven madre, con sus bebés correteando entre sus faldas.

—¡Zander, Jakub! Aquí estáis. Estáis vivos. —Tal energía llenaba su cansado cuerpo que sentía que le estallaría en las venas. Los abrazó a todos uno a uno.

—¿Qué os pasó? ¿Dónde habéis estado?

—A Jakub y a mí nos mandaron a un campo de trabajo en Mauthausen-Gusen —le dijo Zander—. Llevamos dos años levantando piedras, mira qué fuertes nos hemos puesto.

Flexionó un brazo y Ana vio cómo se le marcaban los músculos tras una piel delgadísima, y sabía que no se lo estaba explicando todo, pero lo comprendió. Tendrían tiempo. De repente, tenían tanto tiempo.

—¿Bron?

—Estuve en Varsovia con… Con…

Sus palabras se le agotaron y dirigió los ojos al suelo, y en aquel instante Ana lo supo. Miró a su hijo mayor a los ojos, que eran como los de su padre, y tan solo vio dolor en ellos. Su alegría se tornó en una enfermiza y oscura tristeza, y lo agarró de las manos.

—¿Papá no volvió con vida?

—Lo siento, mamá. Intenté que estuviera a salvo. Te prometo que lo intenté. Pero fue tan valiente, tan audaz. Era un líder nato, mamá. Estaba en todos los mítines, en el centro de todos los planes para la rebelión. Encabezó uno de los ataques iniciales y formaba parte del grupo que tomó la principal oficina de correos para usarla como base. Estaba exultante. Todos lo estábamos. Creímos haberlo conseguido, mamá. Creíamos que habíamos ganado Varsovia. Todo lo que debíamos hacer era esperar la llegada del ejército soviético, que nos defendería, y ya lo tendríamos: la libertad. Deberías haberlo visto a él, mamá. Aquella noche bailaba sobre las mesas, igual que en Nochevieja, cuando lo regañabas, y él seguía bailando y te arrastraba para bailar contigo.

Descendían lágrimas por el rostro de Bronislaw y sus hermanos se le acercaron, rodeándole los hombros con sus brazos.

—No fue tu culpa, Bron. No había nada que hacer.

Jakub se volvió a Ana:

—Los soviéticos no entraron. Se limitaron a acampar en las afueras y dejaron que los rebeldes se enfrentaran solos al ejército, ¿verdad, Bron?

Bronislaw asintió, enigmático.

—Papá estuvo ahí hasta prácticamente el final. Se negaba a permitir que los nazis tomaran la avenida de Jerusalén. Dijo que moriría antes que rendirse de nuevo, pero entonces los alemanes empezaron a entrar de casa en casa, sacando a la fuerza a los civiles y disparándoles: a hombres, mujeres, niños. Nada les importaba.

Dispararon a miles y nuestro ejército de principiantes debía hacer algo. Tenía que atacar.

—¿Cómo murió? —logró decir Ana.

—Le dispararon durante el primer ataque. Era fácil. Estaba delante de todos y ellos tenían ametralladoras. Murieron tantos aquel día. Yo debería haber muerto. Yo…

—¡No, Bron! No digas eso. Para tu padre debió ser la mayor alegría que tú sobrevivieras.

—Me acerqué a él, mamá. Me hice el muerto, y mientras los alemanes se dirigían al siguiente objetivo, gateé entre los cuerpos y fui a buscarlo. Murió… murió en mis brazos.

—Oh, Bron…

Ahora le tendía ella sus brazos y él agachó la cabeza entre ellos, tan ceñido a ella que sentía como su pobre cuerpo se sacudía de aflicción.

—Estaba tranquilo, mamá. Decía que Dios le llamaba y que debía irse con él. Me dijo que me quería y que os quería a los demás.

Buscó a sus hermanos con la mirada, quienes le sonrieron.

—Entonces me dijo que, aunque nos quería a todos tanto, era a ti a quien amaba sobre todas las cosas de este mundo. Dijo que eras la mujer más buena, más valiente y más bella que había conocido en su vida, y que casarse contigo había hecho que su vida fuera plena. Dijo que un día contigo habría sido suficiente y que le habían sido concedidos muchos años maravillosos. Me suplicó que te encontrara y te cuidara, pero no tenía ni idea de cómo hacerlo. Y aun así… aquí estás. Siento no ser él, mamá. Siento, no ser él, pero te *cuidaré*. Todos lo haremos.

La sostuvo entre sus brazos y se fundieron en uno. Bartek, su amado Bartek ya no estaba. Reposaba junto a Dios, pero, aun así, ahí seguirían sus hijos. En su sangre se entremezclaba el dolor con la alegría, de tal manera que no sabía cuál de los dos gobernaba, pero había llegado hasta ahí. Era libre, y ella, como todo el mundo, debía una parte de aquella libertad a su valiente esposo y a sus compañeros, y tenía que seguir en pie y afrontar una vida que honrara aquel sacrificio.

—Entra, mamá —le dijo Jakub, arrastrándola a la puerta. Hizo el gesto de seguirlo, pero ante los peldaños se acordó.

—Ester. —La muchacha se había hecho a un lado, sonriente, aunque Ana veía las lágrimas que le recorrían las mejillas, y entonces temió que no pudiera haber alegría sin su dolor correspondiente.

—Entra, Ester.

Le ofreció la mano. La joven la miraba inexpresiva.

—Por favor —le rogó—, entra y quédate con nosotros hasta que encuentres a tu familia.

—Oh, no, yo…

Empezó a retroceder, pero Ana no lo podía aceptar. En el campo, Ester le había dicho que gracias a ella lograba seguir con vida, pero también gracias a Ester había seguido viva ella y no la iba a abandonar. Salió a toda velocidad de entre sus hijos y corrió a coger a Ester de las manos, y a arrastrarla hasta su casa.

—Me has ayudado, Ester, y yo también te ayudaré. Chicos —dijo atrayendo a Ester hacia adelante—, os presento a vuestra nueva hermana, Ester Pasternak, la mujer que me ha traído de vuelta hasta vosotros.

Ester todavía vacilaba, pero sus hijos, sin titubear un instante, le tendieron los brazos y dijeron:

—Bienvenida.

TREINTA Y CUATRO

ABRIL DE 1945

ESTER

Ester dobló la esquina que daba a la calle Śródmiejska, y lentamente se unió a la larga cola de personas que esperaban para registrarse en el Comité de Auxilio Judío. Examinó todas las caras, como llevaba haciendo ya dos semanas, rezando por ver a alguien conocido. Había unos pocos hombres y mujeres mayores, y apenas esperaba volver a ver jamás a su padre o a su suegro, pero se detenía ante todos los hombres altos —y se le cortaba cada vez la respiración— por si acaso se trataba de Filip. Hasta aquel momento solo había tenido decepciones, pero aún así los examinaba.

También le atraían su atención las jóvenes rubias. Apenas un día después de su regreso a casa, Ana mandó a Jakub al campo para que encontrara a su prima Krystyna, que se había ocultado junto a Leah, pero ni Krystyna ni Leah estaban, y la casa estaba cerrada. Los SS debieron de atraparlas y, o bien les dispararon en el acto, o las habrían apresado. Hasta donde Ester tenía noticias, su hermana bien podría haber acabado en la marcha de la muerte, y apenas a unos metros de distancia de ella, sin haberse enterado jamás.

O tal vez habría escapado.

Ester cayó de repente en la cuenta de que tal vez pasaría el resto de su vida sin saber qué fue de todos a quienes amaba, y ese era casi el pensamiento más terrible de todos. Por eso, cada día acudía a escudriñar la cola y a esperar en el patio junto a tantos otros, buscando a sus parientes entre la multitud. Tenía suerte: Ana había insistido que viviera con ella y con su familia para que no tuviera que buscar un cuarto, pero aun así sentía desarraigo.

La primavera irrumpió de golpe en Łódź. Habían llegado justo a tiempo para el florecimiento, tal y como Frank les había prometido. El patio interior del Comité de Auxilio se inundaba de luz cada mañana, pero apenas lograba iluminar aquellas existencias, desesperadas por encontrar a sus seres queridos. Ester normalmente tenía que pelearse para alcanzar el largo pasillo que llevaba al departamento de repatriación, con paneles de corcho en las paredes y anuncios clavados en ellos, escritos sobre toda clase de papeles:

Buscamos a Moishe Lieberman. Tu esposa Rachael
y tu hijo Ishmael están a salvo y están ansiosos por verte.
Nos puedes encontrar en Szklana, 18.

Mi amado Abel: Rezo por que leas esto y puedas venir a buscarme
en Przelotna, 21. Ruthie, que te quiere siempre.
Mi anhelado y muy añorado esposo. Siento haber discutido la noche
antes que llegaran los alemanes, mi amado Caleb Cohen.
He pensado en ti desde aquel día. Estoy en el Grand Hotel
y no puedo esperar a tenerte otra vez entre mis brazos.

A veces, un grito de alegría te apartaba de la pared y todo el mundo se daba la vuelta con envidia, pero la mayoría de los anuncios tenían los bordes gastados, y permanecían allí sin nadie que siguiera sus pistas. Ester colocó también el suyo en un panel, escrito en un recorte de papel rosa que Jakub encontró en la antigua imprenta:

Buscando desesperadamente a mi querido marido Filip Pasternak
y a mi adorada hermana Leah Abrams. Me encontrarás
con Ana Kaminski en la calle Zgierska, 99. Te quiero, Ester.

Incluso desde el fondo del pasillo lo seguía viendo ahí, desgastado como el resto. No hubo mano ansiosa que lo arrancara de la pared, ni querido marido ni adorada hermana que tomaran nota de la dirección, así que el anuncio seguía ahí, pese a lo desesperada que ella estaba. De todos modos, fue a revisarlo, y así fue como descubrió al hombre avanzando hacia el papel, disponiéndose a leerlo. Su corazón dio un vuelco y avanzó a codazos entre la multitud para acercarse a él.

Había demasiados cuerpos en el angosto pasillo. No iba a conseguirlo. Él se iría. Se percató de que no era Filip, ya que era mucho más bajo y más corpulento que su marido, pero su interés debía significar algo.

—Por favor, ¡déjenme pasar!

Una señora amable separó la multitud y Ester se abrió paso entre la gente. Logró extender la mano para tocar su hombro.

—¿Hola? ¿Conoce a Filip? —El hombre se giró, la miró y se quedó sin respiración. Estaba tan delgado que apenas era reconocible pero los rizos negros de su pelambrera le sonaron de inmediato—. ¿Noah? ¿Noah Broder?

Él estrechó sus manos y ella sintió los callos producidos por el duro trabajo físico contra sus dedos.

—¡Señora Pasternak! Ha sobrevivido… es un milagro.

No pudo no sonreír ante aquello.

—Llámame Ester, por favor. Y no, un milagro quizás no, pero sin duda me encuentro entre las afortunadas.

Mientras las seguía agarrando, dio la vuelta a sus manos una y otra vez, como si le costara creer que fueran de verdad.

—Mi Martha no lo consiguió, mis hijos, tampoco. Alguien de la Resistencia recuperó unos papeles de Chelmno y sus nombres se encuentran en la lista de los muertos, anotados de cualquier manera.

Su voz profunda se hizo añicos y soltó la de Ester para pasarse una mano por los ojos.

—Lo siento muchísimo, Noah.

Este recobró la compostura.

—Gracias. Antes deseaba haberme ido con ellos, muerto con ellos, pero ya no. Ahora quiero vivir y aportar algo bueno al mundo para mostrar a esos desgraciados de los nazis que no nos destruyeron, por mucho que lo intentaron.

—Eso es bueno, Noah. Siempre serás bienvenido en nuestra...

Se atascó ante la palabra «casa». No había «nuestra casa», a menos que su marido volviera. Tuvo que tragar de repente y se obligó a preguntarle:

—¿Sabes qué le pasó a Filip?

—Estuve con él —dijo, y ella casi perdió el conocimiento por el tiempo verbal que eligió, pero al notarlo, él la agarró del codo y la guió hasta el patio—. Estuve con él, Ester, en Chelmno. Nos escapamos los dos.

—¿Escapasteis?

Salió el sol, reluciente como el fuego, sobre el patio, pero él hizo un gesto de advertencia.

—Déjame que precise... Me escapé a la vez que él. Lo siento, no sé dónde debe de estar ahora mismo.

Era una amarga decepción, pero el verbo «escaparse» le bailaba en la cabeza, y se sentó con Noah, entusiasta, suplicándole que le contara todo lo que sabía.

—Fue en abril del año pasado, cuando muchísimos de nosotros fuimos apartados de las calles del gueto. Nos asignaron a un nuevo *Sonderkommando* y nos mandaron a Chelmno. Dios mío, estábamos aterrorizados. Creímos que nos llevaban directamente a la muerte. Oía a Filip rezar todo el tiempo, y fue solo cuando me acerqué a él que escuché que decía «Que Dios bendiga a Ester», una y otra vez. «Que Dios bendiga a Ester y la mantenga a salvo» —Noah miró a Ester, con una repentina sonrisa entre sus rasgos deteriorados—. Y Dios lo hizo. Filip va estar tan contento.

—¿Crees que está vivo? —preguntó con avidez.

—Hay posibilidades, querida. Definitivamente hay alguna posibilidad. No nos mandaron a morir, como ves, pero a una casa hecha polvo de una aldea normal. ¡Ay, las caras horrorizadas de la gente del lugar! Debieron creer que habían visto cómo la maquinaria de muerte llegaba a su fin, pero los nazis estaban de vuelta, con nosotros como sus agentes, forzados a construir dos cabañas enormes en el bosque que sabíamos que servirían para alojar a nuestros semejantes de camino a la tumba. Queríamos detenerlo, de verdad queríamos, pero ¿qué podíamos hacer? Trabajábamos a punta de pistola.

—Lo entiendo —le aseguró Ester—. En los campos era igual.

La miró con agradecimiento y prosiguió con su relato.

—Cuando los furgones empezaron a llegar fue terrible. Teníamos que quedarnos ahí a mirar mientras a la pobre gente la metían en una de las cabañas para desnudarlos, y luego los llevaban en masa hasta los furgones, como ganado. Todo el mundo sabía lo que les sucedía. Las historias ya se contaban entonces en el gueto y juro que sus aullidos permanecerán en mis pesadillas hasta el día en que muera. Pero todavía nos iban a suceder cosas peores. Nos forzaron a llenar dos hornos con sus pobres cadáveres para luego… triturar los huesos que quedaran sobre una gran losa de cemento. Cuando caía la noche, teníamos que arrojar los restos en el río Ner antes de que nos permitieran acostarnos.

—Lo siento mucho —dijo Ester—. Pobre tú. Pobre Filip.

Creyó que su corazón se iba a partir ante la imagen de su tierno esposo obligado a machacar huesos hasta pulverizarlos, pero Noah negó con la cabeza.

—Filip no tenía que hacer eso. Tuvo suerte. Los alemanes colocaron su gran tienda en un corral de la aldea y escogieron a algunos presos para que rebuscaran entre las ropas para encontrar objetos de valor. Al principio Filip estuvo asignado a aquello, pero un día un oficial de las SS trajo a su mujer para que viera la tienda, y se encaprichó de un vestido en particular. Era muy valioso, imagino, pero le iba demasiado pequeño. Se estaba quejando de las «inservibles judías delgadas» cuando Filip irrumpió, diciendo que podía arreglarlo.

»Ella parecía no creerlo —¿quién arregla una prenda para que *aumente* una talla?—, pero el oficial le encontró una máquina de coser y lo logró. No sé cómo. Me lo intentó explicar aquella noche: algo tenía que ver con cortar otro vestido con el que rellenar los huecos a cada lado y añadir ribetes a juego en el dobladillo y el talle para ocultarlo, pero nunca fui lo bastante listo para imaginarlo. En cualquier caso, la mujer estaba encantada y en menos que canta un gallo, Filip y varios sastres más fueron instalados a ambos lados de la tienda para que hicieran arreglos a las mejores prendas para las familias de los oficiales. No es algo que disfrutaran, como comprenderás, pero…

—Todos tenemos que encontrar maneras de sobrevivir.

—Eso mismo. Era un sastre con mucho talento, tu marido.

—*Es* un sastre con talento —le corrigió Ester con vehemencia, y Noah se mordió el labio, asintiendo.

—Te pido disculpas. Estoy seguro de que tienes razón.

—La tengo, lo sé. No podría volver a ver el mundo en su color si Filip no estuviera aún aquí. Vamos… ¿qué pasó entonces?

—Entonces… —Se encogió de hombros—: Entonces llegó un mes de matanzas. Fue horrible, Ester. Eran todos de Łódź y, en cada furgón que se detenía, los miembros de nuestro equipo debían reunir fuerzas para ver a sus propias familias en su interior. —Se cubrió los ojos con una mano y Ester se sintió fatal por habérselo preguntado, pero secó sus lágrimas y levantó de nuevo la cabeza, dispuesto a seguir con su testimonio—. Al final, a mitades de julio del año pasado, los furgones no vinieron más. Sin más. Un instante estábamos quemando incesantes cadáveres, y al siguiente, nada… No había más furgones. Los SS nos dijeron que no servían de nada y que los brillantes nazis habían encontrado un método de exterminio más eficiente.

—Auschwitz —dijo Ester con pesar, recordando al pobre Tomaz a su llegada, y muriendo en frente de ella.

—Eso parece, pero todavía no sabíamos nada. Estábamos aterrados. Pensábamos que íbamos a morir a continuación, pero con el avance de los rusos, los alemanes entraron en pánico. Querían desenterrar las fosas comunes de las operaciones iniciales de 1942 y quemarlas. Así que eso es lo que hicimos. Era un trabajo espantoso, pero al menos los pobres esqueletos no tenían rasgos reconocibles.

—¿Y Filip?

—Filip y sus sastres siguieron cosiendo. Todos dormíamos juntos, encerrados en una bodega de ladrillo tras la tienda donde guardaban las prendas, y los sastres hacían todo cuanto podían para que nuestras vidas fuesen más cómodas. Robaban ropa para nosotros y nos pasaban los obsequios que les habían dado las señoras alemanas. Filip incluso trató de enseñarme a coser para que pudiera pasar a su destacamento de trabajo más sencillo, pero nunca he sido hábil con los dedos y estaba demasiado agotado por la noche para aprender algo así. Tuve que contentarme con los cadáveres.

»De todos modos, pensaba que tenía suerte porque seguía vivo. Trabajábamos en dos grupos, uno por cada horno, y en otoño desmantelaron el horno del otro grupo, y dispararon a todos y cada uno de los hombres al borde de su propio pozo. Por aquel entonces, los alemanes estaban inquietos de verdad, y tuvimos que incinerar cada vez más cuerpos a toda prisa, pero aquellos bastardos codiciosos seguían queriendo la ropa. No lo lográbamos lo bastante rápido, así que de algún modo me consiguió trabajo en la tienda, cortando monedas y joyas en costuras ocultas. Fue justo a tiempo. El segundo horno se desmanteló a finales de 1944, y la tienda en el nuevo año. Solo quedábamos unos cuarenta, poniéndolo en orden, pero de repente, durante la noche del 17 de enero, el resto de guardias quisieron largarse, y no querían dejarnos atrás.

Ester lo miró fijamente, procesando la fecha. No lo supo en aquel momento, ya que las fechas se fundían en una sola en Birkenau, pero más adelante había descubierto que el 17 de enero fue la noche en que los alemanes instigaron las marchas de la muerte hacia el exterior del campo. Mientras ella había estado luchando para que Naomi e Isaac se quedaran en el barracón, Filip había estado peleando por su propia vida en la intemperie, en los bosques de Chelmno.

—Cuenta —le rogó a Noah y, frotando la frente como si los recuerdos le picaran físicamente, lo hizo.

—Estábamos en el almacén aquella noche y los guardas llegaron golpeando la puerta, diciéndonos que formáramos fila en grupos de cinco. Bueno, sabíamos exactamente qué pretendían y nos abalanzamos en defensa propia. Más o menos la mitad del grupo dormía en la planta baja, pero Filip y yo nos encontrábamos en la primera planta, gracias a Dios bendito. Se encarnizaron con los pobres chavales de abajo y les dispararon. Lo oímos: bang, bang, bang, bang, bang. Y luego otra vez: bang, bang, bang, bang, bang. Así de frío, así de eficiente.

—Sabíamos que seríamos los siguientes pero solo podían llegar hasta nosotros a través de una trampilla así que colocamos sobre ella todo lo que encontramos para mantenerlos a raya. Mandaron al jefe de policía del lugar, pero sofocamos su ataque y nos quedamos con su pistola. Realmente, Ester, jamás en mi vida he sentido tanto miedo… ni tanta euforia. Tras meses de una rutina que nos destruía el alma, me deleitaba hacer algo para hacerles frente de verdad. Estaban furiosos e intentaban disparar contra el edificio, pero nos manteníamos alejados de las ventanas, y los muros estaban hechos de buen ladrillo polaco, con lo que resistió todos sus embates. Pensé que lo lograrían. Pensé que se cansarían y se irían, pero luego llegaron las trazadoras.

—¿Las trazadoras?

—Balas de fuego. Atravesaban las ventanas y caían sobre la paja en la que dormíamos. El sitio se incendió al instante… Las llamas prendieron las vigas y los tablones del suelo, la sala se llenó de humo, y estábamos atrapados. Te juro que estuve a punto de caer de rodillas al suelo y morir, pero Filip no pensaba permitirlo. Verás, los alemanes estaban en la fachada frontal, esperando que saliéramos por alguna puerta o ardiéramos ante sus ojos, pero había una ventana trasera. Estaba muy arriba pero daba a un campo y a un bosque a la lejanía. Todo lo que debíamos hacer era saltar…

Ester se quedó sin respiración, imaginando el almacén y deseando que los hombres lo lograran.

—¿Y entonces…?

—Entonces saltamos. Filip y yo, y tal vez seis o siete más. Saltamos y salimos corriendo. Había nevado, así que nuestra caída se amortiguó, aunque también eso complicó la huida y provocó que hubiese mucha luz. Las llamas bailaban hasta extinguirse, mientras nosotros alcanzábamos los árboles. Casi los estábamos alcanzando cuando nos vieron. Empezaron a tirotearnos y a partir de entonces fue sálvese quien pueda. Corrí, esquivando los árboles, avanzando entre la maleza. Estaba cubierto de rasguños, pero encontré la madriguera abandonada de un tejón. Gracias a que los nazis me privaron de comida durante años, cabía en su interior, y ahí me quedé. Dos días. Solo me deslizaba afuera por la noche, para lamer algo de nieve, hasta que tuve la certeza de que se habían ido. Finalmente me sentí a salvo para salir, seguir por el bosque hasta el río y continuar hasta llegar a Grudziądz.

—¿Y los demás?

Sonrió con tristeza.

—No lo sé. Me sabe mal, Ester, pero sencillamente no lo sé. Le pido al cielo que escaparan también, pero no he visto a ninguno de ellos desde entonces. Vengo cada día, en busca de anuncios nuevos, y el tuyo es el único que he encontrado —le agarró las manos—. Siento mucho que no pueda contarte más, pero esto es lo único que te puedo decir: Filip te quería muchísimo. Si está vivo y bien, vendrá y te encontrará. Debes rezar y tener fe.

—Gracias, Noah. Gracias de verdad. ¿Vives en Łódź?

—De momento, sí. Antes de la guerra era actor, aunque no te lo creas, y ahora me uno a una comisión que está montando un teatro judío.

—¿Para aportar algo bueno al mundo? —le recordó ella.

—Exacto. Hay mucho arte en la ciudad ahora mismo. Varsovia está en ruinas, una gran desgracia, pero eso significa que mucha gente viene a Łódź. Tenemos la oportunidad de crear cosas nuevas entre el polvo de la destrucción, y me emociona formar parte de esto. No es lo mismo que una familia, pero sigue siendo un acto de creación y tenemos que intentar sanar donde podamos.

Ella le sonrió.

—Tenemos que hacerlo, Noah. Y estoy segura de que si tú participas, va a ser algo maravilloso. Espero con ansia asistir a tu primera actuación.

—¿Con Filip?

—Con Filip —asintió con firmeza, aunque las dudas volvían a hacer aparición.

¿Qué clase de arrogancia era creer que podía saber que su marido seguía en el mundo, cuando tantos otros se reafirmaban en la convicción de que nunca volverían a ver a los suyos? Noah era la última persona que vio a Filip, la última, excepto el alemán que tal vez le disparó… o la gente buena que le ofrecería protección. Debía tener fe.

Tras apuntarse la dirección de Noah y despedirse de él, dirigió sus pasos, como siempre, hasta la catedral de San Estanislao. Si Filip estaba vivo, volvería aquí a tiempo para las campanadas de mediodía, como siempre lo hacía cuando eran jóvenes y vergonzosos y desperdiciaban el tiempo en sus lados opuestos de la escalera.

—Ay, Filip, te echo de menos —le dijo a la piedra, mientras ocupaba el lugar exacto donde siempre se sentaba cuando en el hospital hacía su media hora de pausa para el almuerzo. Sabía que debía volver a trabajar. Había gente enferma. La necesitaban y ella les debía sus cuidados, pero todavía no. No hasta que encontrara a Filip. ¿Realmente iba a volver?

Miró hacia el otro lado, al antiguo lugar que ocupaba él, tratando de conjurar su silueta en el cielo primaveral, pero habían pasado dos años enteros desde que la habían arrancado de Łódź y, para su vergüenza, ya no sabía visualizar todos los preciosos detalles de su marido. El brillo de su amor, no obstante, sí poseía fuerza todavía, y siguió contemplándolo, vertiendo cada gramo de su ser hacia el universo, con la esperanza de que lo trajera de vuelta.

Tenía que hacerlo. ¿Qué sucedería si pasaba el resto de su vida sentada en peldaños vacíos cada mediodía, esperando como una loca a una persona que no iba a volver jamás? Alejó aquel pensamiento. Prefería hacerlo antes que arriesgarse a perder la diminuta posibilidad de volver a ver a Filip, puesto que eso sí sería una locura.

—¿Ester? ¡Dios mío…, Ester!

Se sobresaltó, girándose enloquecida para ver quién pronunciaba su nombre.

—¿Filip? —La multitud de la calle Piotrkowska se dividió y alguien se acercó hacia ella, con un enorme abrigo, una gran sonrisa y una cinta alegre en su pelo rubio—. ¡Leah!

Ester sintió una punzada momentánea de dolor, pero al cabo de un instante ya bajaba corriendo la escalera y se abrazaba con su hermana. Puede que no fuera Filip, pero también creía muerta a Leah, así que tenerla con ella, entre sus brazos, era una bendita liberación. Y si uno entre sus seres queridos había sobrevivido a aquel infierno, ¿por qué no otro más? Apretó fuerte el cuerpo de su hermana contra el suyo.

—Fuimos a la casita de Krystyna —le habló, con la voz entrecortada—. No había nadie. Pensé que se te habían llevado. Pensé que te habían… habían…

—¿Gaseado? Ni hablar. Creo que sí vinieron, pero nos habíamos trasladado a otra casa por aquel entonces y… ejem… Me busqué una nueva identidad.

—¿Otra nueva identidad?

Leah rio tontamente.

—Eso… Es una historia un poco larga, pero tendremos tiempo más tarde. Lo que importa es verte ahora mismo. He estado yendo a Łódź con tanta frecuencia como he podido, Ester, esperando encontrarte aquí.

Ester la miró enfurruñada.

—¿Por qué no fuiste simplemente a casa de Ana?

Leah hizo un ademán curioso, tan dolorosamente familiar para Ester que quiso romper a llorar al verlo. Su hermana ya era una mujer, eso estaba claro, pero por un segundo parecía que tuviera de nuevo tres años.

—¡Krystyna no lograba acordarse de la dirección! Imagínate. Dice que no solía venir a Łódź porque odia las ciudades. Tenía la dirección de su apartamento en Bednarska, pero ahora ahí vive otra gente, de modo que todo lo que podía hacer era dirigirme al Comité de Auxilio en busca de anuncios. Y hoy…

—Hoy viste el mío.

—Lo vi y lo copié. No quería llevármelo en caso de que Filip… —Tragó saliva—: ¿Todavía no has encontrado a Filip?

Ester negó con la cabeza y su hermana pequeña la abrazó muy fuerte.

—No te apures. Hay tiempo de sobra. Hay gente esparcida por toda Polonia y más allá. Algunos se han unido a los ejércitos, puede que otros estén en algún hospital, escondidos o buscando el camino a casa. Volverá, lo sé.

—Rezo porque así sea. —Ester le dio la razón, tragando el nudo que tenía en la garganta—. ¿Sabes algo de padre? —preguntó—: ¿O de Benjamin?

Leah agachó la mirada.

—Murieron, Ester. —Ester inclinó la cabeza, aceptando lo inevitable, aunque le dolía, pero las siguientes palabras de Leah le pusieron los pelos de punta—. Los ahorcaron.

—¿Los ahorcaron? ¿A los dos? ¿Por qué?

Leah se frotó las lágrimas de los ojos.

—Por matar a un oficial alemán. Le esperaron fuera de su despacho en el mercado de Bałuty y lo atacaron con botellas rotas. Los separaron a la fuerza, claro, pero no antes de poder asestarle una herida fatal en la sien. Los colgaron la misma tarde. Uno de los hombres a quienes dejaron aquí para limpiar el gueto me dijo que todo el mundo acudió a verlo, que sus nombres se susurraban entre la multitud, como héroes por atreverse a contraatacar. Dijo que aplaudían y que los mantenían en alto mientras las sogas les apretaban el pescuezo y que todo el mundo los aclamaba mientras entraban en los cielos.

A Ester le fallaron las piernas y cayó tendida sobre la escalera, tratando de procesar todo aquello.

—¿Pero, por qué? —preguntó.

Leah se puso de cuclillas junto a ella.

—El nombre del oficial era Hans Greisman.

—¿Hans? —Ester miró fijamente a su hermana—: ¿Quieres decir…?

338

Leah hizo que sí con la cabeza.

—A padre no lo trasladaron como al ganado, ni lo mataron de un tiro como a un animal sino que partió gloriosamente, vengándose del hombre que trató de violarme.

—Y el padre de Filip con él. ¿Un acto de desobediencia final?

—Exacto. —Ester oyó a Leah tragar saliva y clavó sus ojos en ella.

—¿Hay más…?

—Solo lo que me contó por escrito. Debió hacerlo la noche antes de morir y consiguió que alguien me trajera la carta a escondidas. Era breve, Ester… sabes que era más bien de pocas palabras… pero tan bella. Decía que estaba tan orgulloso de nosotras, que rezaba por nosotras cada día y que pedía a Dios que nos hiciera seguir con vida por un futuro más feliz. Decía que tú y yo lo llevamos a él y a madre en nuestros corazones y en nuestra sangre, y que esperaba que algún día tendríamos hijos para hacer que nuestra familia avanzara hacia adelante.

De los ojos de Ester brotaban lágrimas y no hizo esfuerzo alguno por ocultarlo. Pippa no solamente le había sido arrebatada a ella, sino también a Filip y a sus abuelos. Los cuatro estaban con Dios. *Tenía* que encontrarla.

—Leah… —empezó, pero su hermana le apartó el cabello de la cara con una mano y el sol resplandecía sobre algo dorado que llevaba en el dedo. Ester lo agarró y miró con asombro la sencilla sortija de oro—: ¿Te has casado?

Su hermana se ruborizó.

—Sí.

—¡Esa es tu nueva identidad!

Ella asintió.

—Adam tiene una granja cerca de la casita de Krystyna. Es judío, aunque *Mischling*, y su madre prusiana le consiguió papeles antes de la guerra para que estuviera a salvo. Y cuando me casé con él… también yo.

—Leah, eso es increíble. ¿Cuándo me lo vas a presentar?

De repente Leah se mostró tímida.

—¿Qué te parece ahora mismo?

—¿Ahora?

Dándose la vuelta, su hermana hizo señas hacia el otro lado de la calle y un joven rubicundo compareció ante ella.

—Este es Adam Wójcik, mi marido.

Soltó una risita de nuevo y Ester agradeció a Dios que por lo menos existiera alguien aparentemente inmune a los estragos de la guerra.

—Encantado de conocerte, Adam —tartamudeó, tratando de asimilarlo.

—Y a ti, Ester. —Estrechó su mano y relajó el brazo sobre los hombros de Leah—. Me alegro de que hayas vuelto sana y salva. Leah no para de hablar de ti. Te adora.

—¡No es verdad! —Rio Leah, dándole un golpe.

Ester sonrió, absorbiendo la maravillosa normalidad de aquella broma. Pero fue en aquel instante que el abrigo de su hermana se abrió y Ester vio su panza: redonda y tensando fuertemente la tela de su vestido.

—¡Estás embarazada!

Leah rodeó su barriga con las manos y se volvió hacia Adam.

—Sí. Papá estaría contento, ¿verdad?

—Mucho. ¿De cuánto estás?

—Estoy casi de ocho meses. Gracias al cielo que Ana ha vuelto, ¿no? ¿Todavía es comadrona? —Ester asintió, incapaz de hablar.

Los recuerdos de Pippa la invadían de nuevo y se tambaleó. Se sentó con dificultad sobre un peldaño.

—Espero que no lo tenga muy olvidado. —Leah seguía a lo suyo—. Imagino que su oficio no tendría mucha demanda en el campo…

Ester dejó caer la cabeza entre sus manos.

—No tienes ni idea —le dijo a su hermana.

La magnitud de todo por lo que había pasado —y todo lo que había perdido— la sacudió de repente y se desmayó sobre los peldaños de la catedral de San Estanislao.

TREINTA Y CINCO

JUNIO DE 1945

ANA
—Ahora descansad, tú y el bebé.

Ana dedicó una sonrisa a la madre, acurrucada en una cama caliente con su bebé lactando satisfecho, y pensó que jamás se iba a cansar de decir esas palabras. Siempre había creído que el milagro del nacimiento era una bendición, pero nunca antes se había dado cuenta de que era un milagro parecido disponer de calor, cuidado y paz para cuidar del bebé al nacer. Sospechaban que este iba a nacer de pies, así que habían llevado a la madre al hospital para mayor seguridad. Mientras alumbraba, el bebé se había girado en el último minuto, y el parto había ido bien, sin requerir intervención quirúrgica, pero el simple hecho de que podría haberla necesitado le llenó de gratitud el corazón a Ana.

Los tres mil bebés que había traído a la mugre y al odio de Birkenau la perseguirían por siempre jamás. Estaban los pobres bebés judíos a quienes ahogaban en la cubeta de Klara o los que sencillamente abandonaban a marchitarse en brazos de sus desoladas madres. Había también aquellos a los que se concedía el lujo de ser alimentados, pero cuyas madres estaban demasiado desnutridas para producir leche, y que por lo tanto morían igualmente. Y luego estaban los que eran arrebatados…

Ana sonrió a la madre y fue a dar la feliz noticia al ansioso padre que esperaba afuera. Se le llenaron los ojos de luz y se apresuró a reunirse con la madre, besándola con ternura y tocando con dedos perplejos la cabeza de su hijo. Así debía ser: María con su bebé en el pesebre y José velando por ella. Así fue bendecida Ana tres veces, y aunque todavía echaba de menos a Bartek con cada fibra de su ser, tener a sus tres hijos a su lado era un consuelo incalculable. La pobre Ester, en cambio, no tenía bebé ni marido y le resultaba desgarrador a Ana ver que su amiga se consumía. No podía hacer nada en cuanto a Filip, salvo confiar en que si estaba vivo encontraría el modo de volver junto a su esposa. Pippa, sin embargo...

Su estómago se revolvió cuando salió de la maternidad y vio al hombre de mediana edad de pie, llevando el uniforme caqui del ejército polaco, sujetando su gorro en señal de respeto entre sus manos y mirándola con sus ojos bondadosos.

—Rabino. —Se apresuró a estrecharle las manos—. Me alegra verlo a salvo y de vuelta de sus viajes.

Isaiah Drucker era rabino castrense en el ejército polaco, dedicado a la casi imposible tarea de localizar a los huérfanos judíos que habían sobrevivido a la guerra ocultos, y devolviéndolos a sus comunidad y a su fe. Un serio doctor del hospital le sugirió que sería un buen contacto para alguien que buscara a algún bebé «germanizado» de Birkenau.

Se lo presentaron a Ana el mismo día, hacía dos semanas, que se anunció la victoria en Europa. Se conocieron en un bullicioso café en el centro de Łódź, con las calles repletas de gente que festejaba el anuncio de la rendición final de los alemanes. Ambos estaban felices, pero el suyo era un asunto serio. Puede que la guerra hubiera acabado, pero sus secuelas seguirían resonando durante mucho mucho tiempo, incluyendo el destino de los pobres niños arrancados a sus padres biológicos y repartidos por toda Europa. Niños como Pippa.

—¿Tiene noticias? —le preguntó Ana, corriendo decidida hacia él.

El rabino Drucker hizo un gesto de advertencia con la mano.

—Puede que no sean las noticias que está usted aguardando en particular, señora Kaminski, pero he encontrado a tres niños con las marcas que usted describe.

—¿Números en las axilas?

—Exactamente.

—¿Qué números son?

—Son el 57892, el 51294 y el 47400.

—47400… —repitió Ana; insoportablemente, era parecido al número de Ester—: ¿Está seguro de que es un siete?

—Tengo una fotografía.

Sacó un cuadrado de color sepia y se lo dio a Ana. Lo colocó bajo una luz directa. Su vista ya flaqueaba antes de Birkenau, y la alimentación del campo solo consiguió empeorarla, pero incluso sus cansadas retinas podían ver la diagonal que indicaba el siete, grabada en la blanda piel con la misma pulcritud y precisión con la que Ester había realizado todos sus tatuajes, su propio bebé incluido.

—Las autoridades polacas tienen los informes —Drucker prosiguió—, de modo que podemos conseguir el nombre de la madre, pero aun así… —Se encogió, impotente, de hombros—: He hecho que trasladen a los niños al orfanato de aquí, a Łódź, y cuando lleguen los informes podemos tratar de encontrar a la madre.

—¿Y si no lo conseguimos?

Le ofreció una sonrisa triste.

—Si los informes muestran que sus madres eran judías, los puedo llevar a mi nuevo hospicio en Zabrze, donde serán criados en su fe.

—Pero… ¿sin una madre?

Asintió.

—Puedo hacer que corra la voz en las sinagogas y colocar anuncios en los pasillos del Comité de Auxilio, y esperar que algún pariente se acerque, pero más allá de eso…

Desplegó las manos y Ana asintió. Visitaría el orfanato más adelante, a ver a los bebés que había traído al Bloque 24 y que, de algún modo, habían logrado salir. Si cerraba los ojos, podía ver el precario horno de ladrillo sobre el que las madres parían; podía ver la paz absoluta en los ojos de cada mujer que había sostenido a su bebé, y el tormento en los de aquellas a quienes Wolf y Meyer se los habían arrancado de las manos. Todos y cada uno de aquellos bebés tatuados llevaba un poco de ella misma, y estaba decidida a encontrar los nombres de sus madres a través del rabino, y hacer correr la voz por todas las vías a su alcance.

Conocía a gente en la Cruz Roja y en la UNRRA americana,[2] y sus chicos estaban más que dispuestos a ayudar.

Bronislaw y Zander estaban trabajando en hospitales y tenían contactos en las redes judías que trataban de reconstruir el orgullo nacional. En cuanto a Jakub, trabajaba como aprendiz en la imprenta de su padre, pero pasaba buena parte de su tiempo en reuniones políticas. Temían, como ella sabía, acerca del futuro de su país bajo dominación rusa, y con razón, pero su cansado cerebro tan solo podía centrarse en una cosa: devolver a los bebés a sus madres. Estaba cansada de la política, cansada de someterse a los vaivenes del mundo entero, pero aquello era algo que comprendía. Si podía reunir a una madre con su bebé, aunque solo fuera una, sentiría que de algún modo empezaría a reparar el daño ocasionado por Birkenau y el resto de campos de barbarie. Deseaba únicamente que una de aquellas madres pudiera ser Ester.

Ana dio un vistazo a su reloj. Era casi mediodía.

—Venga, rabino.

Lo cogió del brazo y lo llevó hacia el pasillo, junto a un gran ventanal. La luz del sol entraba a raudales, y en la calle Piotrkowska la gente llevaba ropa ligera de verano, se sentaba en las terrazas de los cafés, cargaba bolsas de la compra a rebosar o se detenía para charlar con sus amigos. Pero, enfrente del hospital, y en la escalinata de la catedral de San Estanislao, estaba Ester. Sola y muy quieta, seguía con los ojos el movimiento del gentío con una esperanza desgarradora. Había un *bajgiel* sobre su regazo, pero aunque sus dedos lo reducían a migajas, no se metía ninguna en la boca. Ana la señaló.

—Está ahí cada día, esperando a que vuelva su marido y la encuentre. Ahí es donde se conocieron. Y donde él le propuso matrimonio.

—¿Va a volver, usted que cree?

2. Por sus siglas en inglés, nombre con el que generalmente se referían a la ya mencionada Administración de las Naciones Unidas para el Auxilio y la Rehabilitación. *(N. del T.)*

Ana suspiró.

—Si Dios quiere. Estuvo en Chelmno, y se dio a la fuga de un granero en llamas hacia el final de la guerra, pero no sabemos nada más. Llevamos a Ester a rastrear los bosques en caso de que su cuerpo todavía estuviera, pero no encontramos nada.

Ana miró hacia la joven, recordando su oscura aventura. Habían visto la huella de los barracones de madera, el emplazamiento de los enormes hornos de arcilla que se usaron para incinerar a tanta gente de Łódź, y los vestigios calcinados del almacén del que Filip debió haber escapado. Peinaron los bosques todo el día y Jakub incluso pidió a un amigo que le prestara un perro, pero no encontraron más que campanillas y conejos.

—Aquí no está —le dijo Ana a Ester con tanta amabilidad como le fue posible mientras caía el crepúsculo, y tuvo que impedir que la chica siguiera buscando.

—Supongo que eso es bueno —dijo Ester, pero no parecía creerse sus palabras.

Ana temía que estuviera empezando a creer que Filip estaba muerto, ¿y quién la culparía? Chelmno no estaba tan lejos de Łódź. Sin duda estaba mucho más cerca que Auschwitz, de modo que si hacía tres meses ellos consiguieron volver, ¿por qué él no?

—Puede ser que lo estén curando en alguna parte —siempre le decía Ana a Ester cuando usaba aquel argumento, pero la idea empezaba a desgastarse.

Había terminado la guerra. Los hospitales estaban abiertos y admitían a los refugiados. A buen seguro, si alguien se dirigía a uno, entonces su nombre aparecería en el registro. En caso, claro, de que se acordara de él.

Ana presionó la frente contra el cristal. Habían repasado todas las posibilidades, todo el tiempo, pero todas las conjeturas sobre qué podría haberle pasado al pobre Filip, se resumían en una clara: no estaba con Ester. Y la estaba haciendo jirones poco a poco.

—He puesto al corriente a todos los hospitales y nos harán saber si un tal Filip Pasternak se presenta ahí, pero hay poco más que pueda hacer… —le dijo al rabino—: Si al menos pudiera encontrar a su hija…

El rabino Drucker miró a Ester con tristeza y asintió.

—Haré todo lo que pueda, se lo prometo.

—Es usted un buen hombre.

Se volvió hacia ella.

—No estoy seguro, señora Kaminski, tan solo temo que en los últimos años el listón de la bondad se ha situado muy bajo.

Ana le agarró la mano.

—Eso no es cierto. Puede que los nazis nos hayan asfixiado bajo su manto de odio, pero ahora que se ha levantado, vemos más y más ejemplos de valor y bondad. Los niños que está localizando han recibido refugio y están a salvo. Muchos judíos han sobrevivido gracias a la valentía de los ciudadanos que los escondían y es esa capacidad de cuidar a nuestros semejantes lo que nos acompañará en nuestro camino.

Él le dedicó una sonrisa.

—El mundo al que usted trae los bebés me gusta, Ana Kaminski.

Ella respondió con otra sonrisa pero sus ojos volvieron a Ester, que seguía rígida en los escalones de la catedral.

—Tan solo deseo poder devolverle el suyo al mundo, rabino.

—¿El número 41400?

—Exacto.

Le apretó la mano.

—Seguiré buscando.

Entonces se fue, y Ana se quedó sola viendo como el reloj daba las doce y media, y Ester se obligó a levantarse y a descender los peldaños con pesar, cabizbaja y con las migajas de su *bajgiel* esparcidas a su alrededor para los pájaros impacientes.

TREINTA Y SEIS

1 DE SEPTIEMBRE DE 1945

ESTER

Ester estaba sentada en los peldaños de la catedral, observando a los pájaros que picoteaban ansiosos las migas de su *pasztecik*. Ana había horneado la masa por la mañana para tentar su escaso apetito y Ester trató de comer. En verdad lo hizo, pero parecía tener el estómago encogido aquellos días, fuera por las privaciones de Birkenau o por el rugiente vacío de la vida desde que había escapado a sus alambradas. Tenía suerte, lo sabía, de tener un lugar seguro donde vivir y que Ana y sus hijos la cuidaran, y amaba a su amiga muchísimo por ello, pero no era su hogar.

Todo el mundo seguía adelante con sus vidas y eso era algo bueno. Bronislaw se estaba mudando a Varsovia para dirigir una unidad en un hospital; Zander había aprobado sus exámenes finales de Medicina, y a Jakub le estaba yendo bien en la imprenta, y estaba saliendo con una joven encantadora. Incluso Ana estaba progresando, trabajando duro y trayendo más bebés al mundo. Ester se sentía privilegiada por estar con ellos en la pequeña ceremonia de recuerdo que habían celebrado por Bartek en su iglesia local, restaurada después de haber sido una fábrica de colchones durante un tiempo, y dedicaron sus oraciones a Sarah, a quien habían obligado a trabajar ahí durante los años del gueto, y a Ruth. Ahora que las sinagogas volvían a funcionar, ella y Leah planeaban su propio memorial para honrar a Mordecai y a Benjamin, que habían muerto tan valerosamente, pero ella estaba decidida a esperar a que Filip pudiera acudir.

El reloj señaló mediodía y levantó la vista para mirarlo, y también al cielo azul más allá. Era el 1 de septiembre, exactamente seis años

347

desde el día en que Alemania había marchado sobre Polonia, pasando los crueles tanques y ametralladoras del voraz Tercer Reich sobre sus vidas. Hacía exactamente seis años desde que Filip se había arrodillado ante ella y le había pedido que fuera su esposa, y el «sí» había brotado de sus labios en un glorioso estallido de felicidad que era imposible no recordar. Cada día que pasaba sin noticias de él corroía los contornos de su excesivamente breve matrimonio, hasta el punto que a veces ella se preguntaba si había tenido lugar en realidad.

Se palpó el estómago con la mano. Ahí tenía unas líneas, cinceladas en su piel maltrecha por el campo, que hablaban del bebé con que había cargado, del bebé que había tenido entre sus brazos durante tres hermosos días antes de que se lo arrebataran para ser «germanizado». Ester no quería odiar, realmente no quería, pero —que Dios la perdonara— era difícil no hacerlo.

Apartó su mente de la oscuridad de los nazis, y en pos de cosas más felices. Había recibido una carta de Naomi, mandada a través del Comité de Auxilio Judío. De algún modo, la chica se había hecho entender de tren en tren en dirección sur, hasta llegar a Salónica, donde se reunió con su padre y sus hermanas, todos ellos milagrosamente vivos. Estaban llenos de alegría de conocer al bebé Isaac —le decía en su carta— y llamaron al restaurante que abrieron en su honor. Ester debía ir algún día y quedarse con ellos, como habían dicho en Birkenau.

—Entonces tendrás que venir a visitarnos, cuando todo esto acabe. —Ester recordó que le había dicho su querida amiga el día en que se conocieron en la inmundicia de Birkenau. La había mirado con sorpresa entonces, admirada por su sencillo optimismo.

—¿De verdad crees que acabará? —preguntó.

—Tendrá que hacerlo, de una forma u otra, ¿y de qué sirve pensar que lo hará de la peor manera?

Bueno, Naomi había resultado tener razón y todo había terminado. Naomi estaba en casa e invitaba a Ester a visitarla. Pero de ningún modo se iría a Grecia sin su marido. Sus ojos se dejaron arrastrar por una nube blanca, perdiéndose inocua sobre la torre del reloj. El clima era parecido al de 1939, pero Filip y ella apenas si habían compartido un primer beso cuando aquellos aviones empezaron a cruzar, oscuros y amenazadores, el azul claro del cielo.

—Rápido —le había dicho Filip, tomándola de la mano y arrastrándola escaleras arriba y hacia el interior de la catedral, y Ester no tenía ni idea de si había sido el día más feliz de su vida o el peor de todos. Era algo que se había preguntado una y otra vez durante los años tenebrosos que lo siguieron, y temía que la perseguiría siempre. ¿Era lo mejor haber conocido una felicidad tan hermosa si la ausencia que la seguiría debía acarrear tanto dolor? Por lo menos en el campo sus emociones se habían aletargado, junto con el resto de sus funciones corporales, pero aquí, en Łódź, donde habían estado juntos por primera vez, parecían apuñalarla continuamente.

Ester buscó en su bolsillo y sacó una copia de la carta que encontró en el cuarto de Ana la semana anterior. No había estado fisgando; ni siquiera sabía que hubiera algo que fisgar. Sencillamente había estado buscando una cinta oscura con que recogerse el pelo, y ahí estaba, sobre el tocador, planchada bajo el cepillo de Ana. Aún así, no la habría tocado si no fuera por el sello que llevaba el sobre: «Sociedad para la Recuperación de Huérfanos Judíos». Ante aquellas palabras, no obstante, se había visto incapaz de resistir y, comprobando con culpa que no escuchara ruido alguno en la casa, la abrió con cuidado.

La carta era de un tal rabino Isaiah Drucker, informando acerca de un viaje por Alemania en busca de niños judíos. Ana, según parecía, había pedido a aquel hombre que fuera en busca de menores con números tatuados en la axila y había encontrado a algunos. Cinco, más exactamente, sumados a los tres hallados en un viaje anterior, pero ninguno de ellos con el 41400 tatuado en su piel delicada. Había adjuntado fotos, pequeñas y oscuras, pero suficientemente claras para percibir una serie de minúsculas axilas con los tatuajes que ella misma realizó con cuidado en aquel pliegue.

Las estuvo mirando una y otra vez, tratando de imaginar qué madres eran las que habían sujetado a aquellos niños mientras

ella les grababa la espantosa marca en su piel de recién nacido…
todo para eso, para el momento en que pudieran reaparecer tras
la guerra y ser encontrados. Y algunos lo estaban siendo. Algunos de verdad. La carta dejaba claro que Ana había escrito a este
diligente rabino para contarle que un bebé —el 51294— había
sido devuelto a su madre en Bielorrusia. Ester se había esforzado
siempre por sentirse feliz por ella. Sin embargo, a veces, la única
emoción verdadera era la furia de sus celos.

—Lo siento —susurró al cielo.

Otra nube benévola se deslizó por el cielo y ella intentó ver en
ella la gran bondad de Dios. Había oído que tanto Irma Grese
como Maria Mandel habían sido capturadas y que serían juzgadas
por sus crímenes, junto a muchos más, e irían a la horca con casi
total seguridad. Era menos de lo que merecían, pero lo importante
ahora era que había paz y que se reunía a las familias. Había mucho
por lo que estar agradecido, pero, ¡ay! Cómo echaba de menos
sentir los brazos de Filip rodeándola, cómo anhelaba decirle que
tenían una hija, cómo deseaba que él estuviera a su lado para intentar encontrar a Pippa. Sin él, todo parecía carente de sentido.

Se obligó a apartar la mirada de las nubes y dirigirla hacia el hospital. Aquello *no* era carente de sentido. Ahí estaban su trabajo,
sus pacientes y su equipo. Ahí estaba Ana, y sus «hermanos», y
también estaba Leah. El bebé de su hermana había nacido solo
dos días tras la ocupación alemana, como si hubiera sabido que
ya resultaba seguro salir. Leah había vuelto a la granja de Adam,
y había mandado avisar a Ana, pero para cuando ella y Ester lograron llegar en el carro de Jakub, el bebé ya había nacido y Leah
estaba acurrucada en la cama mientras Adam andaba orgulloso
de aquí para allá.

—¡Mira! —decía él emocionado—. ¡Mira qué ha hecho!

Era tan hermoso que Ester se echó a llorar y Leah la tuvo que
abrazar y decirle que sería una tía maravillosa, pero Ester no quería
estropear el momento hablando de su propio bebé perdido, así
que asintió y lo dejó. Ahora se sentía mal por ello. Haber perdido
a Pippa no era un secreto del que avergonzarse sino una tragedia.

No era algo que ella hubiera hecho, sino algo que se le había impuesto del modo más cruel. Pero, de todos modos… ¿Cómo podía comprenderlo alguien que no hubiera estado ahí? ¿Y por qué mancillar la felicidad de Leah con su propia pena?

Todavía guardaba la imagen de la turbadora noche en que ella y Ruth aguardaban en las sombras, observando como el carro se dirigía a las puertas del gueto, con Leah escondida bajo los sacos de uniformes de la *Wehrmacht*. Podía ver todavía al soldado que sacaba la bayoneta, y escuchaba los sollozos de su madre, que simulaba sufrir un arrebato para llamar su atención. Las magulladuras que los SS habían causado a Ruth aquella noche la debilitaron tanto que tenía escasas posibilidades de sobrevivir, pero había hecho aquel sacrificio para liberar a Leah, para mantenerla sano y salvo, y lo había conseguido. El prolongado candor de Leah sobre los auténticos estragos de la guerra era algo que debía ser motivo de celebración, no de resentimiento. Pero a veces parecía que lo que Ester podía acarrear sobre sus espaldas tuviera sus límites.

Un simple «dong» sobre su cabeza marcó la media hora. Su descanso había terminado y debía volver a trabajar. La piedra de aquella escalera era fría al tacto de sus piernas, igual que el día en que Filip había cruzado la calle y le había pedido matrimonio. No había aviones en el cielo aquel septiembre, pero tampoco un marido a su lado. Esparció las últimas migajas sobre la piedra y observó como las palomas descendían y picoteaban, arrullando agradecidas en torno a sus pies. ¿Cuántas veces más seguiría haciéndolo? ¿Cuántos días más seguiría sentándose ahí, sobre la huella desvanecida de su vida anterior? ¿Tal vez ya era hora de poner fin a aquel estúpido optimismo? Pero, si lo hacía, ¿qué motivo le quedaría realmente para vivir? ¿Qué…?

—¿Ester? —Ella parpadeó, miró a las palomas como si le hubieran hablado—: ¿Ester, de verdad eres tú?

Los pies de alguien habían cruzado la frontera de su campo de visión, y las palomas graznaron indignadas y se fueron. Aún no se atrevía a mirar arriba. Demasiadas veces su esperanza había sido frustrada y no podía soportar otra decepción. Pero una mano se le acercó y con gran dulzura le rodeó el mentón, haciendo que levantara la cabeza y pudiera contemplar los ojos que le eran más valiosos, más cálidos, más tiernos en el mundo.

—Filip —dijo en voz baja, y luego más alto—, ¡Filip!

Se aferró a él, arañando su ropa para acercarlo aun más a ella, para asegurarse que era de verdad, que estaba ahí delante de ella.

—Ester —dijo él de nuevo, y se inclinó hacia ella, y sus labios estaban sobre los de ella, y con un estallido el mundo se llenó de los más vivos y felices colores.

—Estás aquí —jadeó en sus labios—. Estás vivo. Estás aquí.

Las lágrimas le corrían por la cara, mezclándose con las de él. Estaba entre sus brazos, sus manos le acariciaban la espalda, sus labios le besaban el rostro una y otra vez y, de repente, todo aquel dolor se había desvanecido. La oscuridad de Birkenau desapareció con las sombras del pasado y la luz del amor la deslumbraba tanto que se habría desplomado de no ser porque él estaba ahí, sujetándola.

—¿Dónde has estado? —tartamudeó cuando finalmente se separaron el uno del otro y pudo contemplar su amado rostro.

—Por todos lados. Escapé de Chelmno. Ay, Dios, Ester, fue horrible.

—Lo sé —dijo, recorriendo con los dedos tiernamente su mandíbula, marcada por la guerra—. Noah me lo dijo.

—¿Noah? ¿También lo consiguió? ¿Está aquí?

—Aquí mismo, en Łódź. Me contó sobre vuestra fuga del almacén, pero no sabía si sobreviviste a los disparos de los alemanes.

—Apenas. Una bala me alcanzó la pierna pero no iba a dejar de correr. Conseguí llegar al otro lado hasta el río, me oculté entre los matorrales junto al agua y avancé corriente abajo hasta un bosque.

—¿Y luego?

Suspiró y se sentó en la escalera, apretando a Ester junto a él.

—Estaba débil, Ester, muy débil. Habría muerto si no fuera porque algunos combatientes de la Resistencia me encontraron. Me vendaron la herida y me dieron de comer. Me mantuvieron a salvo hasta que pude andar de nuevo, pero entonces llegó un oficial de reclutamiento y nos pidió que nos uniéramos a la ofensiva final contra Alemania. Así lo hicimos. Luchamos hasta Berlín… hasta las propias calles. Fue glorioso, Ester, pero en la batalla final por el Reichstag recibí un disparo.

—¿Otra vez?

—Lo siento.

Le dedicó una sonrisa irónica y ella le apretó la cara con ambas manos, riendo.

—No te disculpes, querido, mi querido hombre. Mi marido. Mi Filip.

La acercó a él, y la besó hasta que sentirlo casi le produjo demasiado vértigo para querer saber cómo había llegado hasta ahí, pero finalmente él se alejó.

—Estuve en un hospital de la Cruz Roja durante un tiempo, inconsciente. Incluso después de volver en mí, tuve que pelearme un poquito para que me dejaran salir y buscarte.

Nervioso, se echó el pelo hacia atrás y ella ahogó un grito. Le faltaba la parte superior de su oreja y una cicatriz en forma de sierra partía de ahí hasta el cuero cabelludo.

—No es tan terrible como parece.

—Gracias a Dios, ¡porque tiene un aspecto terrible!

—Ya lo sé. ¿Me podrás amar de todos modos, Ester?

Ella le asestó un golpe.

—Amarte es lo único que me ha mantenido en pie todos estos años horribles. Bueno, eso y… —Cortó la frase en seco—: Una cicatriz no va a impedir que lo haga.

Se acercó y siguió su recorrido, asombrada. Un milímetro más adentro y sabía que lo habría perdido. Por márgenes así de estrechos se había decantado la supervivencia en aquella amarga guerra, pero ellos, parecía ser, siempre habían ido a parar al lado correcto de la balanza. De alguna manera ambos lo habían logrado y el futuro era suyo de nuevo.

—¿Y tú? —le preguntó él con la mayor ternura—: ¿Qué pasó contigo?

—Estuve en Auschwitz-Birkenau.

Sus ojos se llenaron de aflicción.

—¿Todo este tiempo? ¿Sobreviviste?

Ella sonrió.

—Sobreviví. Y también lo hizo Ana y, tal vez, también… —se interrumpió a sí misma—: Filip, hay algo que tengo que contarte.

Él la miró profundamente a los ojos y ella tuvo que pestañear de nuevo para creer que realmente estaba ahí.

—¿Qué sucede, cariño?

Ella tragó saliva.

—Tenemos una hija.

—¿Una hija? Oh, Ester… ¿de verdad? —Miró a su alrededor—: ¿Dónde?

Ester volvió a derramar lágrimas, apoyada en Filip, osando finalmente a dejarse envolver por su auténtico pesar.

—No lo sé, Filip. Lo siento, lo siento mucho, pero no lo sé. Me la quitaron cuando solo tenía cuatro días.

Los ojos de Filip se llenaron de pena y trató de atraerla hacia él, pero esta vez ella se resistió.

—Hay una manera de encontrarla, Filip. Ana ha estado investigando pero he estado sin fuerzas para colaborar de verdad… hasta ahora.

Esta vez no se resistió cuando Filip la arrastró hacia él.

—Ahora estamos juntos, Ester. Nos hemos encontrado el uno al otro y luego encontraremos a nuestra hija.

EPÍLOGO

ABRIL DE 1946

Hay cunas por todos lados. Llenan la resonante sala de suelo de madera y desde cada una de ellas un niño mira, todo ojos. No hay esperanza, los pequeños no tienen edad suficiente para eso, pero sí una especie de nostalgia que me llega a lo más hondo y que me toca no el corazón, sino en un lugar más profundo, en la misma matriz. Ha pasado mucho tiempo desde que llevé a un niño en mi interior, pero quizá la sensación nunca desaparece del todo. Quizá cada niño que alumbré me ha dejado una pequeña parte de sí mismo, un pedacito de cordón umbilical que hace que mi corazón se derrita en cuanto tengo delante los ojos bien abiertos de un bebé. Y quizá cada niño al que he ayudado a venir a este mundo durante mis veintisiete años de comadrona me ha afectado de esa misma forma.

Entro en la habitación y avanzo unos pocos pasos. Las cunas son toscas y viejas, pero están limpias y con las sábanas en perfecto orden. En una de ellas, un bebé está llorando y se oye la voz de una mujer cantando una nana, suave y consoladora. El llanto se entrecorta hasta detenerse y entonces queda tan solo la canción. Como todo lo demás en esta gran sala, no tiene brillo ni elegancia, pero suena llena de amor. Sonrío y ruego por que sea este el lugar que estamos buscando.

—¿Preparada?

Me vuelvo hacia la joven que espera indecisa en la puerta, aferrada a la madera enjalbegada del marco, los ojos tan grandes como los de los huérfanos del interior.

—No estoy segura.

La cojo de la mano.

—Ha sido una pregunta absurda. Nunca te sentirás preparada, pero estás aquí y eso ya es bastante.

—¿Y si no es…?

—Entonces seguiremos buscando. Vamos.

Tiro de ella al tiempo que una cordial enfermera se abre camino entre las cunas, deshecha en sonrisas.

—Lo han conseguido. Cuánto me alegro. Espero que el viaje no les haya resultado demasiado pesado.

No puedo evitar reírme con acritud. El trayecto de esta mañana ha sido fácil, pero los años que lo precedieron fueron un laberinto lleno de sufrimiento y dolor. Nadie debería tener que recorrer el camino sucio y oscuro que nos ha traído a este destartalado lugar de tenue esperanza. Nos ha debilitado a ambas y no estoy segura, pese a lo que haya podido decir antes, de cuánto tiempo más podremos continuar este viaje.

La enfermera parece comprender. Me pone una mano en el brazo y asiente con la cabeza.

—Los años malos ya han terminado.

—Espero que tenga razón.

—Todos hemos perdido demasiado.

Miro a mi querida amiga, que se ha acercado a la cuna más cercana a la ventana. En ella hay una niña sentada, sus rubios mechones ensortijados alrededor de una carita seria iluminada por el sol que entra de fuera. Al ver que alguien se le acerca, se pone de pie con piernas algo tambaleantes pero decididas. Mi joven amiga cruza los últimos metros con rapidez y pone una mano en la barrera de la cuna. La niña alarga la suya y la escena me parte el corazón; ha habido demasiadas barreras, demasiadas alambradas, demasiada segregación y división.

—¿Es ella? —pregunto sin aliento.

—Tiene una marca parecida al tatuaje que describió —dice la enfermera encogiendo nerviosamente los hombros.

Parecida… No es suficiente. Se me encoge el corazón y de pronto soy yo la que no se siente preparada, de repente quiero que el camino sucio y oscuro prosiga serpenteante, porque mientras haya viaje habrá esperanza.

¡Detente!, tengo ganas de gritar, pero la palabra queda ahogada en mi garganta, porque la joven ya se ha inclinado hacia la cuna y tiene a la niña en brazos, y el anhelo que se lee en su rostro es más grande que todos estos pobres huérfanos juntos. Es hora de saber la verdad. Es hora de averiguar si nuestro viaje ha merecido la pena.

—Te ayudo.

Avanzo y, juntas, Ester y yo, cogemos a la pequeña y la colocamos, con mucho cuidado, horizontal sobre el cambiador que hay en medio de la sala. Hay un móvil que cuelga del techo, y la niña sonríe y quiere alcanzar con sus deditos las siluetas animales. Veo un destello de tinta negra en su axila y trago saliva. Hemos estado buscando tanto tiempo, yo, el rabino Drucker, Ester y Filip. Ha habido muchas pistas falsas y esperanzas vacías, pero estas niñas nos han dado fe a todos.

—¿Puedo...?

Ester se muerde el labio. Mira al otro lado de la sala, donde Filip aguarda tras el alféizar, dando vueltas al sombrero entre sus manos temblorosas, luego se da la vuelta y asiente. Poco a poco, agarro el brazo de la niña de dos años y lo elevo con cuidado sobre su cabeza. Se retuerce, pero los animales le llaman la atención y podemos subirle el brazo hasta revelar el número.

Ester ahoga un grito. A mis viejos ojos les cuesta esfuerzo pero al caer un rayo de sol sobre la niña lo veo claro: 58031.

Ester me mira, con los ojos resplandecientes.

—Es ella —dice—, es Oliwia.

Me santiguo. Hace un mes, una amable estadounidense de la UNRRA contactó al rabino Drucker para decirle que habían encontrado a una niña rubia, probablemente de unos dos años, con un tatuaje en la axila. El mensaje alumbró la esperanza en los ojos de Ester, aunque cuando nos mandaron el número, supimos al instante que no era Pippa. A pesar de todo, «58031» nos interpeló de inmediato: Oliwia, el primer bebé al que Ester tatuó. Recuerdo su mano temblorosa mientras aplicaba la aguja a su hermosa piel nueva. Recuerdo como se mordisqueó el labio y agarró fuerzas para grabar el número de la pobre Zofia en la pequeña axila con una precisión tan decidida. Ahí fue donde empezó todo, ahí fue donde el empeño de reunir a los bebés con aquellos que los aman empezó. Todavía no ha terminado, falta mucho todavía, pero ha empezado de verdad.

Se me llenan los ojos de lágrimas mientras Ester recoge a la niña en sus brazos.

—¡Oliwia! —le grita, enterrando su rostro en el cabello de la niña.

Me mira y por un instante ambas estamos en otra parte, atrapadas de nuevo en el Bloque 24, entre literas atestadas, ratas voraces y los piojos cargados de enfermedades. Por un instante nos agachamos ante un recién nacido, con la aguja de una prostituta en las manos, en una misión desesperada de vincular a una madre y un bebé: una misión desesperada que ha funcionado.

Zofia está muerta y yo, mirando a Oliwia, quiero volver a llorar por todo lo que ambas no pudieron tener, pero esta niña va a tener una madre. El día que nos comunicaron el número, vi el temblor en el labio de Ester, recordando al bebé arrebatado a su madre por Wolf y Meyer, del mismo modo que Pippa fue arrebatada a la suya. Vi las lágrimas que le centelleaban en los ojos mientras me hablaba sobre Zofia, a quien quitaron primero a su marido y luego a su niña, consumiéndose de dolor en sus brazos. Y vi como con la barbilla hacía un gesto de resolución, mientras decía:

—Tenemos que ir a por ella, Oliwia no tiene padres.

O, mejor dicho, no tenía hasta hoy. Los documentos de adopción están listos.

—Te llevo a casa, Oliwia —le dice Ester en polaco.

La niña se esfuerza por entender las palabras.

Ester se inclina poco a poco hacia mí, asintiendo, y luego corre hacia la puerta donde la aguarda Filip, observando nervioso.

—Filip —dice ella, con voz clara y alegre—, es hora que te presente a Oliwia, nuestra nueva hija.

Ella le tiende a Oliwia, y por un instante los dos adultos se miran fijamente por encima de la cabeza de la inocente niña. Reluce una tensión. Veo la tangible pena de que esta no sea Pippa: todavía no. Seguirán buscándola, todos seguiremos, pero por ahora, Oliwia necesita padres, y estos padres la necesitan. La pena se puede curar de muchas maneras, y esta adopción del primer bebé que Ester se esforzó en salvar es el inicio. La tensión se rompe mientras Filip tiende la mano y acaricia los rizos rubios de la pequeña.

—Hola, Oliwia —le dice—. Voy a ser tu papá.

—¿Papá? —repite la niña, perpleja, y sus nuevos padres estallan en carcajadas y se funden en un abrazo, estrujándola entre ambos cuerpos.

Tengo que apoyarme en el cambiador. Mis viejas piernas de repente flaquean, del alivio, y doy las gracias al Señor. Aquella niña tan hermosa nació en Birkenau, el lugar más oscuro en esta Tierra de Dios, y fue arrancada de los brazos esqueléticos de su madre tras solo dos días de amor. Pero el amor no puede ser aniquilado por las armas, ni los tanques, ni por las ideologías. El amor no puede ser amputado por la distancia ni por la ausencia, ni por el hambre ni por el frío, ni por palizas ni por la degradación. Y, el amor *puede* trascender más allá de la sangre, a pesar de lo que creían los nazis, y establecer vínculos que tienen más valor que un millón de perversas ideologías.

Sonrío, acordándome de mí misma y de Bartek con nuestros hijos, y le mando una oración al querido esposo a quien perdí y a quien echo de menos cada día. Estoy muy feliz de que Ester se haya librado de sufrir este dolor, y bendigo a esta hija que me fue obsequiada en medio de los horrores de la guerra. Ruth no puede estar aquí para hacerle de abuela a este nuevo regalo que ha recibido nuestra torcida, pero feliz, familia, pero yo sí puedo. Y lo haré.

La supervisora sigue rondando por ahí y, secándome una lágrima, hago un gesto a Ester y a Filip para que vayamos tirando. Con los dedos temblorosos, firman los papeles de adopción que los convierten en una familia y que, con suerte, crecerá para algún día incluir a Pippa y otros hermosos bebés más. Observo como firman sus nombres con un gesto triunfal, besan a Oliwia, y dan las gracias a la supervisora. Ponen el dinero en sus manos: un dinero donado tanto por la iglesia como por la sinagoga, con la intención de hacer posible que otros pobres huérfanos de la guerra encuentren el camino de vuelta a sus hogares... Y luego añaden otro trozo de papel.

Hay un número escrito claramente en él: «41400. Pippa Pasternak».

Está en algún sitio, ahí fuera, y todos nosotros la seguiremos buscando mientras podamos respirar. La supervisora les estruja a ambos las manos con las suyas, infinitamente bondadosas, y luego clava el papel en el muro. Ester extiende la mano y lo acaricia con los dedos un segundo; luego Oliwia hace lo mismo y estallando de la risa, Ester rodea los dedos de la niña con los suyos y se gira. Me mira a mí.

—Gracias, Ana. Ya estamos preparados. Preparados para irnos a casa.

Asiento con la cabeza, me abrocho el manto y recojo mi bolso. Llevaré a esta familia a casa, para que aprendamos a estar juntos, y luego deberé volver a mi deber. Hay bebés que esperan a nacer, y el mundo, al fin, parece un lugar propicio para ellos otra vez.

UNA CARTA
DE PARTE DE ANNA

Querido lector:

Quisiera darte muchísimas gracias por haber decidido leer *La enfermera de Auschwitz*.

Desde el instante en que leí por primera vez acerca de los tres mil niños que nacieron en un campo de exterminio, supe que era una historia que debía ser contada. Realmente espero que mi versión ficcionada te haya emocionado y, si quieres estar al día acerca de mis nuevas publicaciones, suscríbete en el siguiente enlace: www.bookouture.com/anna-stuart. Tu dirección de correo electrónico nunca será compartida y puedes cancelar tu suscripción en cualquier momento.

No ha sido un libro fácil de escribir. Evidentemente, el tema es espeluznante, pero mi investigación me condujo a relatos inspiradores a causa de su camaradería y su valor en medio del lodo de Auschwitz-Birkenau, y que ofrecen algo de luz. Incluso, cuando visité Auschwitz, y vi el lugar donde ocurrieron un sinnúmero de crímenes contra la humanidad, resultaba difícil de imaginar cómo alguien había podido sobrevivir. Solo puedo imaginar que, a pesar de todos aquellos crímenes, la humanidad resistió entre los prisioneros, y aquello es con lo que los escasos supervivientes lograron salir del infierno nazi.

Recomiendo visitar Auschwitz. No va a ser un día alegre, pero será un día emocionante y trascendental. En este mundo turbulento, debemos luchar por la humanidad, la bondad y la tolerancia, y espero que *La enfermera de Auschwitz* sirva como testimonio de esas virtudes y que sea una historia que permanezca en tu recuerdo.

Si ha sido así, te estaría enormemente agradecida si pudieras escribirme una reseña. Me encantaría saber qué opinas, y si merece la pena ayudar a nuevos lectores a que descubran alguno de mis libros por primera vez. Me gusta mucho, además, escuchar a mis lectores. Podéis contactarme en mi página de Facebook, o a través de Twitter, Goodreads o mi página web.

Gracias,
Anna

www.annastuartbooks.com
facebook.com/annastuartauthor
twitter.com/annastuartbooks

APUNTES HISTÓRICOS

Escribir acerca del Holocausto es un honor, y conlleva una enorme responsabilidad respecto a la verdad. Aunque esta novela es una obra de ficción, me he esforzado en asegurarme de que todos los detalles se aproximaran tanto a la realidad como fuera posible, para así representar con exactitud el terrible sufrimiento que soportaron aquellos que, como mis personajes, fueron sepultados en los guetos y los campos por el régimen nazi.

Personajes reales de la novela
Muchos de los personajes son reales, y creo que merece la pena añadir más detalles sobre algunos de ellos y aclarar cuáles son las historias verdaderas que inspiraron la mía.

Stanisława Leszczyńska fue la inspiración inicial de esta novela y —a pesar de que *La enfermera de Auschwitz* no sigue su historia real— muchos detalles de su asombrosa vida inspiraron algunas de sus escenas clave.

Stanisława era comadrona en Łódź cuando estalló la guerra, y tanto ella como su familia trabajaron para ayudar a los judíos desamparados en el gueto, y como consecuencia, fueron internados en los campos. Su marido y su hijo mayor, ambos llamados Bronislaw, escaparon a su cautiverio y llegaron a Varsovia. Ahí, el marido murió mientras luchaba en el trágico levantamiento hacia el final de la guerra (ver más abajo).

A Stanisława la internaron en Auschwitz, donde se enfrentó a la hermana Klara y a Pfani y se negó a permitir que asesinaran bebés que ella podía salvar, y es un hecho constatado que asistió en el parto de cerca de tres mil de ellos en Birkenau, y que ni uno solo de ellos murió al nacer. Pero, de manera trágica, debido a las horribles condiciones y a que los nazis no otorgaban raciones de comida a los bebés, muy pocos lograron sobrevivir. Se conoce que Stanisława tuvo a su cuidado a todas las madres, con serena profesionalidad, y que hizo frente a las autoridades del campo, que incluían al temible Josef Mengele, para lograr que la dejaran trabajar acorde a sus considerables capacidades, y a pesar de las terribles circunstancias.

Tras volver a Łódź al término de la guerra, y seguir hasta 1958 trabajando de comadrona, Stanisława apenas habló sobre sus experiencias en Auschwitz-Birkenau, hasta que su hijo mediano la instó a informar acerca del tiempo que pasó ahí (y que se puede encontrar en su versión completa en internet). Detalla el terrible sufrimiento de las madres y de los bebés y declara que, a partir del mayo de 1943, los bebés rubios y de ojos azules quedaban a cargo del programa Lebensborn, y que se diseñó un plan para tatuarlos en secreto, esperando reunirlos con sus madres. Esta fue la semilla de la historia ficticia de Ester.

Como he dicho ya, muchos de los detalles de esta novela se basan en lo que conocemos de la historia de Stanisława. En cambio, mi personaje de Ana es ficticio. Hay algunos elementos divergentes en su historia, con la intención que subrayaran lo siguiente:

Stanisława tenía una hija, Sylwia, a quien capturaron y terminó en Auschwitz con ella. Esta joven tenía formación médica y trabajó junto a su madre asistiendo a los partos, y como enfermera en el hospital. Sirvió de inspiración para Ester, y espero que la relación entre Ester y Ana sirva para demostrar las atenciones de Stanisława hacia su hija de verdad. Según el relato de una superviviente, Sylwia en una ocasión estuvo tan débil a causa de la tuberculosis que fue seleccionada para la cámara de gas, pero la salvaron cuando su madre se agarró a ella con fuerza, negándose a permitir que se la llevaran sin ella. Que Sylwia se salvara y sobreviviera debe ser considerado un testimonio del aprecio que los doctores de Birkenau sentían hacia aquella extraordinaria mujer.

Se desconocen con exactitud los detalles acerca de los bloques en que trabajó Stanisława, pero hay indicios de que estuvo en los Bloques 17 y 24, de modo que sencillamente utilicé esos dos. Curiosamente, a los visitantes se les dice que una cabaña que todavía permanece en pie en Birkenau es la maternidad, pero no hay en ella un horno de ladrillo en su centro, y la propia Stanisława dijo que la utilizaba a modo de camilla rudimentaria para los partos. Por lo tanto, hice de aquella cabaña el Bloque 17 donde empezaron Ana y Ester, pero luego hago que sean trasladadas a la más completa sección de «maternidad» del Bloque 24 poco después de su llegada.

El número de presa de Stanisława era el 41355. Decidí no utilizar aquel número por respeto a su identidad en contraste a mi comadrona de ficción. En su lugar utilicé el 41401 para Ana y el 41400 en el caso de Ester. Esos números, como la mayoría de ellos, pertenecen en los historiales a otros judíos polacos: Mayer Szac y Abraham Sukerman, ambos tristemente asesinados en Auschwitz. Espero que haber usado sus números para contar este vital relato arroje luz sobre la valentía de quienes tuvieron que soportar el horror de los campos de concentración.

Stanisława Leszczyńska fue una mujer verdaderamente inspiradora. En Polonia se le rinde homenaje: la carretera que conduce al portal de Birkenau lleva su nombre, y es candidata a la santidad en la Iglesia Católica. Sigue representando un maravilloso ejemplo de bondad, profesionalidad, modestia y valor.

Irma Grese llegó a Birkenau procedente del campo de mujeres de Ravensbrück en marzo de 1943, con solo veinte años de edad, y era una mujer tan bella como sádica. Los informes dan fe de su extrema vanidad, su promiscuidad en torno a otros doctores del campo y el modo en que disfrutaba atormentando a los presos. Según un superviviente, con su látigo fustigaba a las presas en el pecho hasta que sus carnes se agrietaban, relato que utilicé para ilustrar el horrendo sadismo de aquella joven y otros de su clase. Abandonó Birkenau con las marchas de la muerte, pero los británicos la capturaron, la juzgaron, y fue ejecutada por sus crímenes de guerra en diciembre de 1945.

El doctor Josef Mengele ha pasado a la historia por su particular maldad entre los nazis, a pesar de la gran competición en su entorno. Tal vez por el despiadado modo con el que utilizó a los judíos a su «cuidado» con fines científicos, como si fuesen ratas de laboratorio. Conocido como el «Ángel de la Muerte», sus crueles experimentos, especialmente con mellizos, lo hicieron infame. Según se dice, también era el único médico que realizaba las selecciones ante la rampa estando sobrio, y también el único que parecía entusiasmado con ello. Parece que tuvo varios momentos de fricción con Stanisława, y que tal vez sintiera respeto por ella (en la medida en que sería capaz de ello), por atreverse a contrariarlo. A pesar del imaginario popular, no era el único doctor de Auschwitz-Birkenau, ni tampoco el director. Al principio, fue médico jefe (si esa es la palabra adecuada) del campo de los gitanos, y no fue ascendido al liderazgo del campo de mujeres hasta que se dio muerte a todos los gitanos en agosto de 1944.

Mengele prosiguió su vida en Brasil, donde murió de un ataque al corazón mientras nadaba en 1979, a los sesenta y ocho años de edad. Una muerte mucho más amable que las que proporcionó a tantas de sus desgraciadas víctimas.

Mala Zimetbaum fue una judía belga, deportada a Auschwitz en septiembre de 1942 como prisionera número 19880. Lingüista de talento, trabajaba como intérprete y mensajera, algo que le otorgó privilegios como el de poder llevar su propia ropa, que se le respetara el cabello y alimentarse relativamente bien. A pesar de todo eso, se dedicó a cuidar de otras presas, ayudarlas a conseguir trabajo menos duro si era necesario, avisarles cuando había selecciones, o bien introducir a escondidas fotografías que los parientes mandaban a los presos, como ejemplifico con la carta que Filip le envía a Ester.

Mantenía una relación de «noviazgo», en el sentido de que podían comunicarse lo suficiente como para enamorarse, con **Edek Galiński**, mecánico en el campo de las mujeres. La historia de su fuga es relatada con fidelidad en la novela. Realmente consiguieron escapar: él disfrazado de miembro de las SS y Mala de preso a quien hacían instalar un fregadero, antes de intentar hacerse pasar por un guarda de las SS y su novia durante un paseo. Su plan funcionó durante tres días hasta que pillaron a Mala intentando comprar pan y la arrestaron. Edek, observando desde la lejanía, se entregó, al haberse prometido mutuamente que no se separarían, y se cuenta que —como en la novela— cantaban para que el otro escuchara desde sus celdas en el campo principal de Auschwitz.

Edek fue colgado al grito de «¡Viva Polonia!» y luego, la misma tarde, obligaron a Mala a marchar frente al campo. A diferencia de él, ella se sacó una cuchilla del pelo y se cortó las venas del antebrazo. En medio de ciertos disturbios, parece ser que la cargaron en una carretilla de camino al crematorio, seguramente para incinerarla viva. Se dice que las enfermeras de la ambulancia le vendaron las heridas despacio, para que muriera de camino. También se ha dicho que tomó un veneno o que la disparó un guarda. Decidí sintetizar estos relatos en algo que me parecía que cuadraba con su carácter, y no prolongué la acción demasiado en el tiempo. Espero que represente un final lleno de coraje para una noble mujer.

Auschwitz-Birkenau

Empecé a escribir sobre Auschwitz con cierta inquietud, muy consciente de que es casi imposible reflejar los horrores de la vida de los prisioneros: el vocabulario para hacerlo, sencillamente, no existe. Me esforcé, en su lugar, en mostrar a los lectores qué pasó, y me gustaría asegurar que, aunque puede que algunos personajes y la totalidad de los diálogos sean de ficción, todos los acontecimientos de la novela proceden de mi investigación. Tal vez valga la pena listar algunos de ellos para esclarecer que no he exagerado de ningún modo la barbarie de la existencia en Auschwitz-Birkenau:

La comida que se servía era —como han dicho numerosos testigos— tan limitada y horrible como se describe: sucedáneo de café para desayunar, sopa sin sustancia para el almuerzo y un mendrugo de pan para cenar. Resulta imposible concebir cómo se sobrevivía con aquella dieta mientras se realizaban largas jornadas de trabajo forzado, físico y duro.

Las condiciones de vida en los barracones eran tan bárbaras como lo he reflejado. Los presos a menudo dormían en una masa humana, al menos diez por litera con un pedazo de manta por cabeza. Los uniformes no se adecuaban a las condiciones de frío en invierno, y una crueldad particular consistía en sacarles los calcetines y zapatos y obligarlos a llevar duros zuecos de madera. Del mismo modo que los números y raparles las cabezas, era una forma de deshumanización y no es ninguna sorpresa que hubiera un mercado negro desenfrenado, que habitualmente consistía en la «organización» de los bienes de Kanada.

Los hospitales eran aun peores si cabe. La frecuencia de las enfermedades y la diarrea, y la falta de letrinas, agua y desinfectante tenían como consecuencia que los pacientes con frecuencia eran abandonados a morir entre sus fluidos corporales y, si ocupan los camastros inferiores, les llovían los de otros. Proliferaban ratas del tamaño de gatos, que mordisqueaban tanto a los pacientes vivos como a los muertos, y los piojos eran una plaga imposible de eliminar. De nuevo, cómo alguien logró sobrevivir a aquello es testimonio de la resistencia y el alma humanas.

Un árbol de Navidad, en efecto, fue colocado por los guardas de las SS, y estos hicieron formar a los presos antes de revelar una montaña de cadáveres desnudos como «regalo de Navidad», aunque el cántico desafiante de un villancico sí es de mi invención.

La «selección» es otra horrible realidad documentada y que parece casi imposible. Construido como campo de exterminio, desde el principio los recién llegados eran seleccionados en dos columnas. Los que estaban más en forma eran enviados a trabajar, mientras que los más débiles se destinaban directamente a morir en las cámaras de gas. Habitualmente los engañaban diciendo que los dirigían a la ducha (por eficiencia, no como un favor), pero quienes trabajaban en los campos sabían de qué se trataba. Había «selecciones» periódicas y aparentemente arbitrarias en cualquier momento, y el preso que era seleccionado sabía que marchaba hacia su muerte.

Los trenes: cuando mis personajes Ana y Ester llegan abril de 1943, los trenes todavía paraban en el exterior del recinto de Birkenau, pero, a partir de mayo de 1944, las vías del tren se alargaron hasta el medio del campo —como se muestra, por ejemplo, con la llegada de Tomaz— para acelerar el proceso. Los visitantes hoy en día pueden ver todavía la «rampa» interior.

Las marchas de la muerte son un conocido horror del desenlace de la historia de Auschwitz, y muestran cuán honda la crueldad y el engaño nazis eran al final de la guerra. Abandonaron a algunos de los pacientes más enfermos para que murieran y Stanisława, junto a varios otros, persuadieron a los nazis para seguir cuidando de ellos. Habiendo consentido, los nazis apagaron la electricidad, cerraron con llave las cocinas y dejaron que Kanada ardiera para privar a quienes quedaron atrás de cualquier comodidad final. Se abandonó a los niños, aunque es difícil discernir cuantas madres debieron seguir con ellos, y existen testimonios de personas que eludieron las marchas escondiéndose bajo pilas de cadáveres, como Naomi lo hace en la novela. Lo único que alteré ligeramente fue el margen temporal. Tardaron dos días en presionar a todos los reclusos a salir hacia los caminos helados, pero lo resumí por sencillez dramática.

Domingos: parece ser que los presos no tenían que trabajar durante los domingos, en el sentido de que no se les encomendaba trabajo oficialmente.

Noticias de los campos: cuando los dos fugados —que muestro en la novela— llegaron a Eslovaquia durante la primavera de 1944 explicaron al Consejo Judío la realidad acerca de Auschwitz-Birkenau. Su informe fue enviado al Congreso Judío Mundial pero no se reaccionó, incluso tras añadir información por parte de dos eslovacos más que escaparon aquel mayo. El dosier acabó en manos de los Aliados a mitades de junio de 1944 e incluso llegó a la Suecia neutral y al Vaticano. La BBC, la prensa suiza y los periódicos y emisoras estadounidenses fueron informando acerca de las atrocidades cometidas a partir de mitades de 1944 y los aviones de vigilancia estadounidense sacaron fotografías de Auschwitz, pero los Aliados no emprendieron ninguna acción directamente.

El campo no fue bombardeado, ni tampoco lo fue su evidente enlace ferroviario. ¿Por qué? Este no es el lugar para estas observaciones, pero sin duda resulta trágico que las matanzas no terminaran antes. Tal vez, a pesar de todas las pruebas, los crímenes inhumanos que estaban siendo perpetrados en Auschwitz, como en el resto de campos de concentración, eran demasiado terribles y no se creyeron hasta que los vieron con sus propios ojos.

Más allá de Auschwitz-Birkenau

Más allá de los confines de Auschwitz-Birkenau hay varios aspectos adicionales del mundo retratado en esta novela que merecen ser esclarecidos con más detalle.

El gueto de Łódź

Me avergüenza reconocer que, hasta que investigué para esta novela, no sabía mucho acerca de los guetos en los que se encerró a los judíos de muchas ciudades a lo largo de Europa, especialmente en Polonia. Łódź (pronunciado como algo parecido a «*wuch*») fue uno de los más grandes y que duraron más en el tiempo —principalmente a causa de la intensa labor política de su presidente, Chaim Rumkowski—, existiendo desde febrero de

1940 a agosto de 1944. La vida en él está bien documentada, desde los informes oficiales del gueto hasta varios diarios personales, entrevistas a supervivientes y algunas fotografías asombrosas. Invito a los lectores a que consulten estas fuentes, ya que son en sí más elocuentes que cualquier cosa que pueda decir yo.

Aunque, en la parte de la novela que transcurre en el gueto, la mayoría de los personajes que presento son de ficción, he intentado asegurarme al máximo de que las circunstancias y los acontecimientos sean fieles a la realidad. La comida apenas llegaba y era de muy mala calidad. El combustible era tan escaso que la gente se veía forzada a quemar sus muebles para cocinar y calentarse. El abarrotamiento inicial empeoró de manera inconmensurable cuando llegaron deportados procedentes de guetos más pequeños y menos rentables. Se cerraron las escuelas y se forzó a la gente a trabajar en talleres, y a partir de 1941, muchos muchos judíos fueron enviados a los campos, primero a los furgones de gaseamiento de Chelmno, y posteriormente a Auschwitz: algunos para trabajar en ellos, pero la mayoría para ser asesinados.

Lo único bueno es que mi representación de quienes trabajaban para ayudar a la gente del gueto es también fiel a la realidad, formando Stanisława y su familia parte de los escasos valientes que se unieron a la Resistencia contra los nazis.

El programa Lebensborn

Este brutal programa buscaba introducir niños con rasgos arios en hogares de alemanes, asegurándose que eran educados según la filosofía nazi. Miles de niños fueron secuestrados a sus padres, especialmente en Polonia, e implacablemente destinados a la Patria donde eran entregados a parejas alemanas, o bien a hospicios especiales. Muchos eran tan pequeños que, después de la guerra, no guardaban ningún recuerdo de sus padres de verdad o su vida anterior.

Además, como forma sobrecogedora de programa estatal de prostitución, muchas jóvenes arias de las tierras ocupadas por los alemanes fueron tentadas a entrar a grandes casas donde se las animaba a procrear con «buenos» hombres arios (normalmente, soldados) para proveer de niños a la nación. Habitualmente permanecían en el lugar hasta que daban a luz, y en ocasiones después, bien criando a los niños en estos hogares o entregándolos a parejas casadas en adopción. Una trágica cantidad de aquellos niños fueron objeto de rechazo y se les estigmatizó de manera espantosa tras la guerra, especialmente en Noruega, donde eran percibidos como la prueba viviente del vergonzante colaboracionismo, y sus vidas fueron terribles.

Robar niños «compatibles» en los campos de concentración era una parte relativamente pequeña del programa Lebensborn, pero no por ello menos angustiante para las madres. Al principio, solo se llevaban a los niños no judíos, pero hay pruebas claras de que a medida que a las autoridades alemanas les iba preocupando más y más el número de jóvenes aniquilados en el frente oriental, las condiciones para su aceptación fueron cayendo en picado, con el acuerdo tácito de que cualquiera que fuera rubio no podía ser judío.

Es difícil seguirle la pista al destino de muchos adultos que sobrevivieron a Auschwitz-Birkenau, y es incluso más complicado en el caso de los niños. A pesar de mis esfuerzos no conseguí encontrar ninguna historia concreta de los bebés tatuados por Stanisława y sus asistentes directamente reunidos con sus madres. Hay, por suerte, algunas historias conmovedoras acerca de otros bebés del programa que sí encontraron a sus padres, de modo que no es imposible que ocurriera. Sin embargo, por mucho que hubiera gustado reunir a Ester y a Pippa al final de la novela, no parecía honesto, considerando las terribles pérdidas de las madres en Birkenau, de modo que decidí que buscaran a Oliwia en su lugar. Espero de corazón que mi personaje de ficción lograra, algún día, encontrar a su hija, pero tal vez es algo que debe decidir el lector.

El Levantamiento de Varsovia

Este valiente levantamiento polaco empezó el 1 de agosto de 1944, con el objetivo de que los rebeldes locales consiguieran tomar el centro de Varsovia, para allanar el camino a la llegada de las tropas soviéticas desde el este. Los polacos hicieron su parte, pero los soviéticos ignoraron sus intentos de contactarlos por radio, y no avanzaron más allá de los límites de la ciudad. No está exactamente claro por qué, y hay teorías que sugieren que las acciones polacas los tomaron por sorpresa, mientras que según otras fue una manera deliberada de abandonar a los polacos a morir, para facilitar que Rusia ocupara el país tras la guerra. Sea cual sea el motivo, el resultado fue un sitio prolongado que sufrieron los varsovianos, en el que la escasez de comida y de agua rápidamente se convirtió en un serio problema, y en septiembre los alemanes volvieron a capturar la ciudad, con la consecuencia de numerosas pérdidas humanas.

La población civil de Varsovia al completo fue expulsada. Buena parte de ella fue a parar a campos de trabajo en varios puntos del Reich, y la ciudad fue diezmada. Los valientes rebeldes, entre los cuales se encontraban realmente el marido y el hijo de Stanisława, fueron víctimas del abandono de sus supuestos aliados, y su audaz y en última instancia infructuosa rebelión es una de las demasiadas tragedias de la Segunda Guerra Mundial.

El retorno a casa

Tan solo me di cuenta al recopilar información para el final del libro de cuánta gente perdida se encontraba en tránsito en Europa durante los meses y, en verdad, años que siguieron a la guerra. Había tantos refugiados, evacuados, prisioneros de guerra, internados y tropas intentando volver a sus casas, y mucha gente que no tenía ni siquiera idea de si tenía una casa o una familia, a la que volver.

Fue reconfortante descubrir un gran número de organizaciones caritativas que realizaban un trabajo increíble colaborando en reunir a la gente con sus seres queridos. Un aspecto que hay que resaltar del odioso régimen nazi es su meticulosa recopilación documental, que implicaba que las masas que mandaban a los campos podían ser rastreadas. Se llevaron a cabo varios intentos de destruir aquella documentación durante la retirada alemana, pero en medio de la confusión, buena parte sobrevivió y ayudó a grupos como la Cruz Roja, el Comité de Auxilio Judío y la Administración de las Naciones Unidas para el Auxilio y la Rehabilitación a realizar su trabajo.

La mayoría de ciudades tenían oficinas de repatriación, y los grupos judíos fueron importantes puntos de enlace. Łódź se convirtió en una ciudad efervescente durante los meses posteriores a la guerra, una capital que reemplazaba la devastada Varsovia, y algo que me sorprendió fue que buena parte de la regeneración de, por ejemplo, los teatros, ya estaba teniendo lugar en mayo de 1945. El final de la guerra llegó antes a Polonia que al Reino Unido pero vaya si lo necesitaban. El desgraciado país sufrió de manera terrible, y las historias que escuché acerca de los anuncios que se dejaban en los muros de las oficinas del Comité de Auxilio Judío eran desgarradoras. Demasiadas personas jamás lograron reunirse y la guerra los desarraigó de por vida.

Me pareció importante que los lectores pudieran descubrir el destino de varios personajes, particularmente en el caso de Filip. Como Ester, se trata de una personaje ficticio pero su experiencia en Chelmno hacia el final de la guerra se basa en hechos conocidos. Varios hombres fueron llevados ahí, que fue reinventado como lugar de exterminio en abril de 1944, y se les hizo trabajar incinerando cadáveres. También es cierto que se instaló una carpa donde se clasificaban las pertenencias de los presos, y que varios de los sastres de más talento arreglaban prendas que gustaban a los parientes de los oficiales de las SS. Aquello ayudó a varios hombres a sobrevivir, hasta que Chelmno fue clausurado ante el avance de los rusos.

La historia de Filip y Noah y su dramática fuga del cobertizo también está basada en testimonios de supervivientes, según los cuales los presos de la planta inferior murieron tiroteados mien-

374

tras que los de la superior desafiaron a los nazis y se escaparon al bosque. Es una pequeña historia de esperanza en medio de tanta tragedia, y me gustó utilizarla para conseguir que Filip volviera junto a Ester al final de la novela.

AGRADECIMIENTOS

No ha sido fácil escribir este libro. A veces me pregunté si me tocaba a mí afrontarlo, pero sabía que esta historia debía ser contada, y me gustaría agradecer a toda la gente increíble que me ayudó a narrarla.

En primer lugar entre esta larga lista deben figurar mi editora, Natasha Harding, y mi agente, Kate Shaw. Estas dos fantásticas mujeres me ayudaron a desarrollar el concepto de *La enfermera de Auschwitz* y moldear la narración de manera que sirviera de testimonio del terrible sufrimiento de tantos durante el Holocausto, al tiempo que explicara una historia individual. Aunque esta novela se inspira en Stanisława Leszczyńska, Natasha y Kate me ayudaron a encontrar una interpretación de ficción acerca de lo que pasó y que sería un homenaje sin pretender ser una biografía, y también a crear el personaje de Ester para que la acompañara, y facilitase la impresionante historia de cómo tatuaron a los bebés en secreto con la esperanza de ser encontrados después de la guerra. Gracias a ambas de todo corazón, la novela no sería sin vosotras la mitad de lo que es.

Encarecidas gracias también al resto del talentoso equipo de Bookouture, por ayudarme en su edición, el *sensitivity reading* y el fabuloso diseño de la portada, y que también me ha ayudado a llevar esta historia a los lectores en su mejor versión posible. Estoy muy contenta y orgullosa de haber trabajado con todos vosotros.

Dedico también un gran reconocimiento también a mi «cuadrilla» de redactores, especialmente a Tracy Bloom y Julie Houston, por todos sus consejos, apoyo y vino… Asistimos a nuestra primera residencia de escritores el año pasado, con la encantadora Debbie

Rayner, y los varios días que pasaron fueron verdaderamente inspiradores. ¡Es fantástico cuánto se puede llegar a hacer rodeada de otros que trabajan contigo, y personas sabias a quien se puede consultar cuando crees que quieres golpearte la cabeza contra la pared! Gracias, señoras, ¡y vayan preparándose para la próxima!

Un gran agradecimiento a mis «asistentes de investigación», Brenda y Jamie Goth, que fueron tan amables de acompañarme a mí y a mi marido a Cracovia. Fueron inestimables en nuestra indagación acerca de las cervezas y la comida de Polonia y, algo inolvidable, ¡los patinetes eléctricos! Ahora en serio: fueron con nosotros a Auschwitz y juntos recorrimos el campo donde tuvo lugar tanto sufrimiento, y salimos de él tristes pero enriquecidos por la experiencia. Espero que nunca se vuelva a permitir que ocurra algo parecido en la Tierra, y que todos lo recordemos ahora que se están desarrollando terribles acontecimientos en Ucrania.

Tuvimos la fortuna de contar con nuestro guía de Auschwitz, David Kennedy. Amasa enormes conocimientos y fue tan amable de responder a todas mis preguntas tanto el mismo día como más adelante por Messenger, y recomendarme varias fuentes excelentes. Realmente me ayudó a ponerme en la piel de las miles de pobres mujeres internadas en Auschwitz-Birkenau, y se lo agradezco.

He reservado mi mayor agradecimiento para el final, y se lo dedico a mi marido, Stuart, que me ha acompañado durante toda la redacción de este libro y de todos los demás. Le ha tocado aguantar mis vaivenes a las tantas de la noche, las frustraciones con mi investigación, y mis lluvias de ideas. Es quien me ha escuchado mientras le taladraba con ideas nuevas o sobre cosas «fascinantes» sobre las que he leído, o bien marañas argumentales en las que me había metido, y lo hace con infinita paciencia y buen humor. Él es mi panel de expertos, quien me devuelve a la realidad y mi apoyo. Gracias, Stuart.

ÍNDICE

TERCERA PARTE: ŁÓDŹ